U0496924

黄蓓佳长篇小说
麦草做的镯子
黄蓓佳长篇小说
飘落的白棉花
高门楼儿
天边的桃林
I Want to be Good
Huang Beijia
碧玉蝈蝈
遥远的星
中国童话
黄蓓佳 著
江苏凤凰少年儿童出版社
太平洋，大西洋
住在橘子里
奔跑的岱二牛
Flight of the Bumblebee
Huang Beijia
镜子
太平洋，大西洋
FIVE EIGHT-Y
草镯
大丫和二丫
我是巴根
亲亲
小船，小船
猎人海力布
黄蓓佳倾情小说拼音版
野蜂飞舞
中国文学
Библиотека китайской литературы
Хуан Бэйцзя
Я БУДУ УМНИЦЕЙ
Роман
遥远的风铃
I WANT TO BE GOOD
BEYOND THE HORIZON PUBLICATIONS

黄蓓佳长篇小说
膀上的天使
欢喜河娃
Huan Xi He Wa
灰兔
余宝的世界
童眸
重述经典
美丽的壮锦
Mei Li De Zhuang Jin
小渔夫和公主
亲亲我的妈妈
最温柔的眼睛
Picquier Jeunesse
我要做好孩子
野蜂飞舞
你是我的宝贝
HUANG Beijia
Comment j'ai apprivoisé ma mère
白棉花
1944
艾晚的水仙球
漂来的狗儿
星星
Ju Zi Li De Xian Nü
黄蓓佳 著
5个8岁
系列长篇小说
FIVE EIGHT-YEAR-OLDS
黑眼睛
1982
江苏少年儿童出版社

蓓蕾盛开，渐入佳境
——黄蓓佳儿童文学创作评论集

主编　谈凤霞

江苏凤凰少年儿童出版社

版权所有　翻印必究

图书在版编目（CIP）数据

蓓蕾盛开，渐入佳境：黄蓓佳儿童文学创作评论集 / 谈凤霞主编. -- 南京：江苏凤凰少年儿童出版社，2023.2
　ISBN 978-7-5584-3028-2

Ⅰ．①蓓… Ⅱ．①谈… Ⅲ．①儿童文学－文学评论－中国－当代－文集 Ⅳ．①I207.8-53

中国版本图书馆CIP数据核字(2022)第255990号

蓓蕾盛开，渐入佳境
——黄蓓佳儿童文学创作评论集
BEILEI SHENGKAI, JIANRU JIAJING
——HUANG BEIJIA ERTONG WENXUE CHUANGZUO PINGLUNJI

丛书策划	王泳波　陈文瑛
主　　编	谈凤霞
插　　画	武修莎
责任编辑	钟小羽　王彦为
装帧设计	蔡　蕾
责任校对	朱学怡
责任印制	季　青
出版发行	江苏凤凰少年儿童出版社
地　　址	南京市湖南路1号A楼，邮编：210009
印　　刷	南京新洲印刷有限公司
开　　本	718毫米×1000毫米　1/16
印　　张	24.75　插页8
版　　次	2023年2月第1版
印　　次	2023年2月第1次印刷
书　　号	ISBN 978-7-5584-3028-2
定　　价	58.00元

如发现质量问题，请联系我们。
【内容质量】电话：025-83658155　邮箱：zhongxy@ppm.cn
【印装质量】电话：025-83241151

本书主编

谈凤霞，文学博士，南京师范大学文学院教授、博士生导师，主要教学和研究方向为中国现当代文学、儿童文学、儿童电影、比较文学等。中国儿童文学研究学会理事，外国儿童文学研究学会理事，当代少儿文学创作与研究中心执行副主任。学术专著有《边缘的诗性追寻——中国现代童年书写现象研究》《雕刻童年时光：中国儿童电影史探》《坐标与价值：中西儿童文学研究》《场域与格局：江苏儿童文学新版图》等。在国内外学术期刊发表中英文论文近百篇。著有长篇小说《读书种子》《守护天使》、散文集《剑桥彩虹·开》《剑桥彩虹·阔》（与孙清越合著），翻译多部英美儿童文学作品。

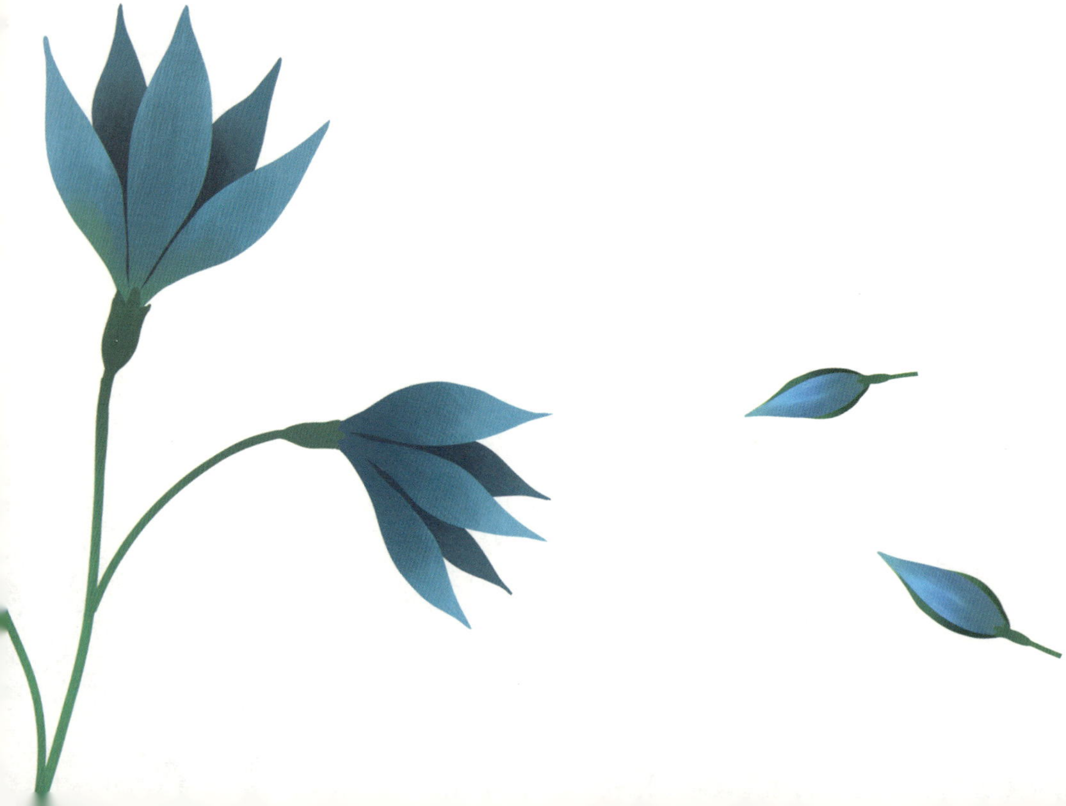

序
"正是春光最盛时，桃花枝映李花枝"
——黄蓓佳儿童文学之光华

◇ 谈凤霞

在中国当代文坛上，黄蓓佳是突出的"这一个"，其殊异性在于：她在成人文学与儿童文学领域进行二者兼顾、兼重且兼美的跨界写作。她可能是成人文学作家中创作儿童文学历时最长且建树颇多的一位，也是儿童文学作家中创作成人文学作品最为丰厚的一位。之前，铁凝、王安忆、迟子建等作家在初涉文坛时也多以儿童文学为开端，但之后基本聚焦于成人文学；近年来，张炜、阿来、马原、虹影等也先后涉猎儿童文学，各自开疆辟域，而黄蓓佳则已经在这片让她牵挂的园地上辛勤耕耘了数十年，并且硕果满枝。黄蓓佳的儿童文学和成人文学创作都追求深远和精微，她在《谁让我如此牵挂》中自述："快乐并忧伤，或者说，快乐并思想，这是我对自己写作儿童小说的要求。"[①] 她希望儿童文学

---

① 黄蓓佳：《谁让我如此牵挂》，《民主》2016年第4期。

提供给孩子的是有深度、有质量、有品位的阅读。秉持这样的自觉追求,她的儿童文学创作成为中国当代儿童文学的一座高峰,也成为一道拥有着清新朴实的中国底色、令世界瞩目的美丽风景。

黄蓓佳这样的双栖作家,用杨万里的诗句"正是春光最盛时,桃花枝映李花枝"来形容真是再恰当不过了。她的成人文学作品成就斐然,儿童文学作品获奖无数,二者交相辉映。评价其儿童小说的品格与意义,应该基于其成人文学和儿童文学内在共通的美学境界。在五十年的文学创作生涯中,黄蓓佳一直具有不断汲取又不忘突破的劲道。她在创作初期就表明了自己在艺术上的不懈追求:"每走完人生的一个历程,总要与一些作家作品分手,向他们告别,说一声'再见'。永远敬慕永远推崇的,不过是托尔斯泰的《复活》,罗曼·罗兰的《约翰·克利斯朵夫》,肖洛霍夫的《静静的顿河》这么几部。"① 她所言的"告别"意味着在新征程上的不断出发,而"永远"则是对"伟大的经典"从一而终式的奔赴。黄蓓佳的小说在四处寻路中始终灌注了走向经典的渴望并不懈地锻造其成熟的品质,无论是其成人文学还是儿童文学都有高远的追求和丰厚的建树。

黄蓓佳早在北大读书时期就钟情于儿童文学,年轻的笔端已颇具纯正的文学气象,她的作品清新、流丽而不失醇厚。发表于 1980 年的短篇儿童小说《小船,小船》使黄蓓佳在中国儿童文学界声名鹊起,它承载着清凌凌的风景和沉甸甸的情感,以其特有的风致,划行于滔滔的时间长河。《小船,小船》的背景里荡漾着忧伤,也巧妙地交织了温情。作家将故事讲得疏密有致、情深意长。向来善于操弄文字的作家不仅是画家,还是作曲家,文学作品骨子里应是一首跌宕起伏的乐曲。年轻的黄蓓佳已经深谙其道。文中的小船也承载了关于人生的思考,润物细无声地引渡了一个男孩的成长。这篇短篇小说出手不凡,超越了儿童文学

---

① 黄蓓佳:《走一步,说一声"再见"》,《当代外国文学》1987 年第 4 期。

中常见的讴歌教师高尚品质的单一立意,拥有了广阔的主题,具有超越时代的生命力。在尝试短篇小说之后,黄蓓佳继续施展自己的文学才华,写了许多长篇儿童小说。虽然这些后来的"巨轮"更为厚重,然而其早年的"小船"已经显山露水地昭示了一位优秀儿童文学作家非同一般的潜质,也显示了其跨越成人文学与儿童文学的创作功力。这只来自江南水乡的小船,犁开了二十世纪七八十年代中国儿童文学沉寂的湖面,留下了它旖旎的波纹,至今仍轻轻摇荡,清新漫溢。

出版于二十世纪九十年代末的《我要做好孩子》《今天我是升旗手》等长篇儿童小说是黄蓓佳进入创作喷涌期的开端。之后,黄蓓佳在二十一世纪的二十多年间创作了十多部长篇小说,可谓步步莲花、步步换景,而且日益醇香。黄蓓佳的儿童文学表达了她对儿童生命里种种境遇的洞悉和关爱,她以母性的目光注视当代儿童的生活与内心,也以深情的目光回望属于她自己和上代人的过往童年,尤其是《遥远的风铃》《余宝的世界》《童眸》《野蜂飞舞》《太平洋,大西洋》《叫一声老师》等作品,更突出地体现了深广的人文内涵、开阔的艺术思维和超拔的美学境界,极大地提升了中国当代儿童文学隽永而厚重的审美品格。就文学格局与质地而言,这些作品完全可以与那些世界一流的儿童小说分庭抗礼。

已有诸多评论家肯定了黄蓓佳多方面的创作造诣,尤其是针对她的成人文学中的多部长篇小说力作,如《没有名字的身体》《所有的》《家人们》等。汪政发现其小说的可读性及其对诗意优美境界的创造,王彬彬欣赏其准确精细、富有韵味的语言功力,丁帆赞扬其在泥古与创新之间的风景描写,朱晓进评价其蕴含文化况味的细节刻画……我一向认同这样的艺术观:一切艺术的最高境界都应臻于诗性,不只是和谐,甚至在矛盾与冲突中也创造诗性。黄蓓佳的小说创作蕴含了诗性品格,这种诗性并非是溢于言表、刻意渲染的诗情画意,而是缘于内在的"素朴的诗与感伤的诗"之结晶。德国诗人、剧作家席勒在其著名的文论《论素朴的诗与感伤的诗》中区分了两种诗人,素朴的诗人限于模仿现实,按照人的实质在现实中表现人性,而感伤的诗人沉思事物在他身上所产生的印象,从有限的状态进入到无限的状态。他提出,真正的审美境界应该是素朴性格和感伤性格的诗的结合,"素朴的性格同感伤的性格可以这样地结合起来,以致双方都相互提防走向极端,前者提防心灵走到夸张的地步,后者提防心灵走到松弛的地步"①。文学表现的有限与无限在黄蓓佳近些年的小说中得到了灵巧的熔铸,她调匀了两副笔墨,以素朴之笔对现实世界真切描写,以感伤之笔对心灵世界深入刻画,精致、微妙又丰润、饱满,营建精神和艺术的张力,既没有走向夸张,也没有走向松弛。

纵观其创作轨迹,黄蓓佳的小说创作不断呈现令人惊艳的美学风景。她在儿童文学与成人文学的双轨上行进得日益娴熟,步履笃实而又不失优雅。她让诗意沉淀,诗性内敛。黄蓓佳小说的诗性,首先得归功于其作品常常冶炼着一个倔强地追寻心中之真、被爱与痛的火焰灼烧着的感伤的灵魂。《没有名字的身体》中受困于秘密之爱的成年女性"我",《所有的》中豁出一切而终未修成正果的艾早,《家人们》中在情感或良知之茧中挣扎的罗想农等人,作家意在呈现其灵魂深处不为人知的呐喊与战栗。即便是儿童小说,黄蓓佳也没有放低写作标准,她以深切的理解塑造了一些同样滚烫的灵魂,如《漂来的狗儿》中从"狗儿"改名到"鸽儿"的敢想敢做的女孩,《遥远的风铃》中在世事沧桑和人性沉浮的阅历中磨砺的少女小芽,《余宝的世界》中在亲情与道德的争斗中煎熬的民工子弟余宝,《童眸》中心性倔强、不屈于命运的二丫和细妹……以上所举的成人小说和儿童小说,在本质上都可看作是巴赫金所称的"时间进入了人的内部,进入了人物形象本身"的"成长小说"②,塑造的是成

---

① 席勒:《论素朴的诗与感伤的诗》,载中国社会科学院文学研究所编著《古典文艺理论译丛卷一》,知识产权出版社,2010,第257页。
② 巴赫金:《教育小说及其在现实主义历史中的意义》,载《小说理论》,白春仁、晓河译,河北教育出版社,1998,第230页。

长中的人物形象。黄蓓佳给予"成长"一个非常形象而精妙的定义："由鱼变人的撕裂的疼痛"①。她用深深细细的笔触去写各色人等灵魂裂变的疼痛，由此而使故事超越了形而下的生活内容而获得了精神的诗性。作者在其长篇力作《家人们》中道出一种真实："所有的人都在隐藏自己。有时候，因为藏得太深，自己把自己丢掉了，这时候就需要提醒自己：你在哪里？你是谁？"②黄蓓佳笔下的人物大多需要穿过铠甲的森林而走向自己。哈罗德·布鲁姆认为"西方经典的全部意义在于使人善用自己的孤独"③，黄蓓佳作品中的人物本身也都有各自的孤独，隐藏着心灵的私语。这种孤独在《遥远的风铃》中有一段直接的描写，小芽经受不住良心的折磨，夜晚去给她喜欢的贺天宇送李小娟拜托她转交的情书，"这样的夜晚走在农场的任何一条路上，你能感觉到的只有孤独，孤独的世界和孤独的你，彼此之间都是疏远和戒备的，是无依无靠和冷漠无情的"④。这一孤独的感思以不同形式存在于黄蓓佳笔下的多个人物心中，给风尘满面的故事带去了诗性的气质。

　　黄蓓佳小说的诗性也得力于其崇尚的"干净"。在《遥远的风铃》中，作者借小芽对知青贺天宇的"干净"而生发的喜欢道出了她对这种美的崇尚。但黄蓓佳的小说并非以纯美之笔去表现纯净之人事，相反，她质朴地勾勒和描绘生活原貌和人心真实，不回避现实的斑驳和灵魂的芜杂，而在主旨上又不放弃对于灵魂之洁净的寻求。如《家人们》中的几个主要角色——罗想农、杨云、罗家园、乔六月、乔麦子等，都经受着各自内心隐忧的种种折磨，但是每个人最终都以或隐忍或歉疚或忏悔或自我惩罚等方式去洗涤灵魂的罪过。《所有的》中，艾早一步步滑向深渊，但始终埋在心底的是她对陈清风的无望与无私之爱。再如《童

---

① 黄蓓佳：《遥远的风铃》，江苏少年儿童出版社，2007，第292页。
② 黄蓓佳：《家人们》，人民文学出版社，2011，第9～10页。
③ 哈罗德·布鲁姆：《西方正典》，江宁康译，译林出版社，2011，第24页。
④ 黄蓓佳：《遥远的风铃》，江苏少年儿童出版社，2007，第58页。

眸》,二丫对于大丫虽有以之为耻的恨,但也缠绕着血缘牵系的爱与护,并最终为救她而死。黄蓓佳多部小说的题旨表现为在罪与罚的跋涉中走向清洁的救赎,甚至在一些作品的结尾部分不惜冒着"光明的尾巴"之嫌来安设一些惊喜,如《家人们》的结尾,让被剥夺了太多人生温暖的罗想农突然得知他原来和乔麦子有一个爱的结晶,作者这么认为:"这是一种生命的勇敢:人类有权利享受存在的恩典。"①《童眸》在讲述了四个悲苦辛酸的童年故事后,末篇的结尾也以过继到城里人家的乡下小女孩欢天喜地的声音"我喜欢,盼着呢……"来收束。我欣赏作家如此安排的勇气及背后的信念。在我看来,具有人文情怀的文学本就是一种火焰,照亮希望与美好并不一定比照亮幽暗和丑陋显得容易和肤浅,有时这是一种"看山还是山"的深刻而透彻的了悟、慈悲和智慧!

　　读黄蓓佳的小说,可以感觉到她对十九世纪现实主义经典手法的传承,但其作品没有滑向过于繁复琐碎而可能带来的滞重,她善于在古典和现代、写实与抽象等多种对立的元素之间寻求融合。她的小说格调庄重,但有意地减少故事结构和语言的沉重感。《没有名字的身体》《所有的》《家人们》等小说都采用了自由穿插的回忆式结构,时空的腾挪多变带来了叙述节奏的交错变化,不板结也不拖泥带水。叙事中时有融入风景描写和对音乐、舞蹈等艺术的感悟(如《遥远的风铃》中对乐曲《沃尔塔瓦河》的形象描写,《漂来的狗儿》中对芭蕾舞《天鹅湖》的醉心领略,等),调整了叙事的张弛和虚实,在现实的主调上增加了空灵的浪漫。黄蓓佳在小说中也常设置暗含主旨的象征性意象,如《所有的》中的艾早、艾晚一心喜欢的"琥珀";《遥远的风铃》中温医生一心想看的江豚;儿童历史小说"5个8岁"系列长篇小说中的单本题目《草镯子》《白棉花》《星星索》等,本身就是意象呈现。这些草蛇灰线般出没的中心意象也使小说携带了诗的含蓄、凝练,或可能的升华。尽

---

① 黄蓓佳:《一个人的重和一群人的重》,《扬子江评论》2012年第3期。

管黄蓓佳十分看重现实世界的素朴营造，但感伤的浪漫也是她不肯完全放弃的。也正是这种作为低声部甚或仅是作为滑音、颤音而存在的浪漫音律，使其小说的面貌即使遍布沧桑的沟壑，也依然有氤氲清雅的云岚，带来超逸于现实的、能激荡或净化读者的悠远情思。席勒认为，摹写现实的素朴诗人可以彻底完成他的任务，但是这个任务是有限的；而书写印象的感伤诗人固然不能彻底完成他的任务，但他的任务是无限的。黄蓓佳在素朴的诗与感伤的诗之间自然而巧妙地穿梭，寻找着勾连与平衡，结构和语言都洗练而不乏轻灵，散发着干净、朴实而又绵柔的韵味。

另一值得瞩目之处是，在中国儿童小说创作界，无论是在内容的开拓上还是手法的创新上，黄蓓佳都有不少先锋姿态，如《我飞了》对身体的描写和魔幻现实主义的运用，《遥远的风铃》对少女性爱意识和灵肉冲突的大胆表现……她的一些成长小说甚至可以消弭儿童文学与成人文学的界限，它们在思想和艺术上具有丝毫不逊色于成人文学的表现力度。《余宝的世界》塑造了一个特别的"鬼眼男孩"，开拓出一个具有毛茸茸的生活质感及沉甸甸的人生分量的现实世界与艺术世界。这部小说聚焦的是生活在天使街的民工子弟，但不囿于孩子，乃是以十一岁的男孩余宝为圆心，并以余宝一家为核心内环，辐射到他们周围的人和事。天使街是城市外来族底层生活的缩影，作者以其细致、真切的笔触来展现余宝生活的外在世界：人们生活得困苦、卑微，虽有算计但又不失敦厚，迸发着在贫穷中抗争的渴求及人性中的光彩。题目所言的余宝的"世界"还涉猎这个"鬼眼男孩"成长中步步惊心的内在世界。作者匠心独运地以一个偶然事件作为故事的由头来铺排一场渐转渐强的旋涡，旋涡的中心是少年余宝充满疑惑、惊恐、哀伤和担忧的心灵世界。小说在叙事上巧妙地以少年主人公懵懂而又不乏深沉的口吻道出了复杂而沉重的现实世界在孩子心中的投影及其所激起的波澜。在对死亡、生命价值、道德与人性的探秘与考量中，少年的心灵获得了有刚性、有韧性的成长。这部直面现实的厚重之作以其结实而饱满、温情而不失苍劲的写实风格掷地有声,是黄蓓佳书写当下现实童年的作品中一座重要的里程碑。《余宝的世界》极富生活质感与悲悯情怀,具有高度的思想价值和艺术价值,可与同样书写儿童在苦难中成长的巴西小说《我亲爱的甜橙树》相媲美。《童眸》则携带着二十世纪七十年代仁字巷里平地卷起的尘土,有其非常独特的光影、气息与力道。作品从女孩朵儿的那双干净而温柔的眸子里映照出童年天地间的明亮与晦暗,点染着笑与泪、爱与恨的粗粝童年,并在读者的心里沉淀。《童眸》是作者将自己刻骨铭心的童年记忆在漫长的岁月中精心酝酿的成长诗篇,可以看作是当代版的《呼兰河传》或中国版的《布鲁克林有棵树》。

  黄蓓佳不断拓展自己的儿童文学疆域,在历史题材的儿童文学创作维度上,有着十分自觉的大格局和高规格的追求。她在多部小说中设置历史背景,营造厚重的历史感。"5个8岁"系列长篇小说(包括《草镯子》《白棉花》《星星索》《黑眼睛》《平安夜》)通过五个不同时代中国孩子的成长,书写中国百年历史,以孩子的视角截取一个个时代断面,将童年形态融入历史图卷。这一系列故事的时间线从民国时代的童年岁月延伸至当下儿童的日常生活,五个故事选取了中国百年历史的五个特殊的时间节点,梅香、克俭、小米、艾晚和任小小这五个分属于不同时代的八岁儿童都生活在青阳小城的同一片土地上,孩子们各自经历了所属年代的社会动荡与变革,社会背景中的重大历史事件由儿童视角呈现,将历史和童年这两个不同质的内容作为一体两面来表现。作者通过儿童的日常生活体验显示几代人的集体记忆,对历史性、时代性命题的思考隐含在不同社会背景的童年故事中,叙事富有张力。

  黄蓓佳的战争书写独辟蹊径,气象阔大,且常常涉及国际友谊。以抗战为背景的《白棉花》展开了中国男孩与西方飞行员之间超越国别和语言的友情。《野蜂飞舞》则更是超越了儿童文学中大多数战争题材作品的园囿,成为中国儿童文学中战争文学领域的一个翘楚,以文学的细腻经纬承载了深厚的历史担当和文化使命。正如汪政和晓华所评价的："《野蜂飞舞》写了抗战，但更是一部大学之书，一部教育之书，一部文明的坚守之书。"① 这部小说以钢琴曲《野蜂飞舞》为名，既是时代和情感的一种象征，也构成了情节和结构的一条线索。叙事的起承转合如镜头的推拉摇移，节奏流畅，情意饱满。小说以老年的黄橙子来讲述童年经历的这一叙事方式贴切地营造了一个辽远的时空，让读者跟随她怀旧的视线一起穿越时光的迷雾，以幼年黄橙子的清澈目光去看榴园中那些鲜活生命，领略或彰显在外或蕴含其中的精神风骨，触摸那个时代偾张的脉搏和隐秘的心跳。黄蓓佳以一支丰沛的笔，将华西坝的风景环境和日常生活描写得历历在目，将教授和孩子们的形象刻画得个性分明，又以相当婉转和克制的笔致，将少男少女间暧昧的情感，以及宝贵生命的逝去所带来的悲痛简洁地呈示，这一浓淡相宜的处理带来了言有尽而情无垠、意无穷的魅力。书中经历战争的孩子们见证了父辈在战火中的英勇和坚守，将自己年轻的生命奉献给保家卫国的战斗，青春之花绽放在血与火的战场上。小说表现的人世沧桑、大学精神和战斗精神具有极强的感染力，融合了历史和现今、生命价值和家国情怀，将颂扬、伤痛和缅怀表达得深沉而诗意，同时也没有忘却书写黑暗年代中的温暖和光亮。

此后的又一部与战争历史相关的佳作《太平洋，大西洋》，可以看作是《野蜂飞舞》的姊妹篇，小说以联结着两大洋的两重时空交叉并行，以一个"侦探小说"的外壳——当代南京"猎犬三人组"的孩子们帮助爱尔兰华侨寻找童年伙伴的过程，来打捞解放战争时期丹阳幼童音乐学校的历史片段，将当下儿童的轻快生活与过去年代儿童的艰难生存相交织。作者以时尚动感的现代元素勾连沉重悲情的历史遗案，形成结

---

① 汪政、晓华：《〈野蜂飞舞〉：致敬年轻的灵魂》，《文艺报》2018年8月1日。

构上的对峙或平衡，在一定程度上消解了主体故事的悲伤和沉重。相形之下，历史时空的讲述更为丰润，邮件中追溯的童年记忆展示了音乐学校中的师生群体为传承艺术薪火和民族文化复兴所做的坚守与牺牲。身世坎坷的音乐神童多来米的形象饱满动人，他身处尘埃里而心中有明镜的"沉默"姿态中蕴含了强大的情感力量。

无论是成人文学还是儿童文学，黄蓓佳在文学表现什么和如何表现方面，都很仔细地把握轻与重的对立与渗透，她以"一个人的重与一群人的重"为支点，以素朴与感伤的合力做杠杆，力求举重若轻地撬起风云变幻的文学星球。文学创造的是一个宇宙，是追索人类幸福和痛苦的秘密的宇宙。黄蓓佳以其拳拳之心殷切地追索那些隐藏的秘密，包括成人的与孩子的，或二者交集与相承的，并且始终灌注了深深的体恤。作者对于笔下故事人物的酝酿和琢磨，也正如《家人们》中的主人公罗想农和他心上人乔麦子之间的关系："他们收藏对方，像吞一粒珍珠一样吞进腹中，之后让那粒珍珠留在身体的最温暖之处，养着，想着"[①]。正因为黄蓓佳这样满怀爱怜、痛楚而缱绻的"养"与"想"，所以，我们才见到了那因执着的磨砺而闪耀的光华，以及那从"最温暖"处传递而来的温度。作为精神滋养的（儿童）文学，不仅需要锐利凛冽的寒光劈开人生世相的虚浮堆叠，也需要从素朴与感伤中结晶而来的光华、温度以及诚意，以此唤起对一切本真忆念、美好信念的寻找和秉持。

五十年来，黄蓓佳的儿童文学创作从家乡江苏出发，走向广阔的世界。长年生活于江苏这片热土，黄蓓佳还以自己的卓越创作影响和引领着一支江苏儿童文学作家队伍的前行。她在为《江苏儿童文学新十年》撰写的前言《我们的队伍》中写道：

    这是我们江苏文坛上，一支最值得尊敬和自豪的队伍。这也是

[①] 黄蓓佳：《家人们》，人民文学出版社，2011，第10页。

我们江苏文学园地里，一片最鲜艳最丰腴的美丽花丛。勤奋、踏实、低调是我们这支队伍的特点。所有的人，因为喜爱文字而写作，因为着迷于儿童文学的透明和纯净而写作……我们最喜欢的事情就是，各自沉浸在儿童文学的世界中，在文字的海洋里徜徉和漂浮，慢慢地、慢慢地享受只属于我们的快乐。有时候，我们像一个建筑师，着迷于搭建一座儿童文学的宫殿。有时候，我们又像一个预言家，在通往未来的无数条道路中，替孩子们寻找最理想最光明的那一条。①

这段深情款款的文字不仅是对江苏儿童文学作家的赞美，也是黄蓓佳对自身所钟爱的儿童文学事业的执念。

"你若盛开，蝴蝶自来。"黄蓓佳在儿童文学园地笔耕不辍，花枝繁茂，相应地，对其创作的评论和研究也是风生水起。黄蓓佳早年的短篇儿童小说发表于江苏《少年文艺》，之后的许多部儿童文学作品也都由江苏凤凰少年儿童出版社（简称"苏少社"）出版。2022年是黄蓓佳从事文学创作的第五十年，苏少社委托我编选黄蓓佳儿童文学创作的评论集，向贡献卓著的黄蓓佳老师致敬！

对黄蓓佳儿童文学作品的研究林林总总，既有各类作品的个案评论，也有对她某一时段创作的整体综论；既有随感式评论，也有学术性研究，还出现了大量以其创作为研究对象的硕士学位论文。此外，还有诸多跟作品出版相关的媒体报道和作家访谈。遗憾的是，由于篇幅所限，无法将所有评论全部收入集子，只能选择不同领域的部分代表性论作来管中窥豹。这部评论集的内容体例为：序言——整体概括黄蓓佳儿童文学创作特色与成就，并说明评论集的编选情况；年谱——包括成人文学和儿童文学在内的所有创作，勾勒黄蓓佳创作的全息面貌；综

---

① 黄蓓佳：《我们的队伍》，载江苏省作家协会儿童文学工作委员会选编《江苏儿童文学新十年》，江苏凤凰少年儿童出版社，2014，前言。

论——包括对黄蓓佳各时段儿童文学创作的宏观评论和专题研究；代表作品评论——包括对其短篇小说、长篇小说、童话和绘本等多种文类代表作品的重要评论；国内外访谈与报道——包括国内媒体与黄蓓佳的访谈，以及国外媒体的报道；研讨会纪要——选列黄蓓佳作品研讨会报道；附录一——以黄蓓佳儿童文学创作为研究对象的部分硕士论文的摘要；附录二——梳理黄蓓佳儿童文学作品的版权输出情况。

漫漫五十年，黄蓓佳的儿童文学创作"蓓"蕾盛开，渐入"佳"境。衷心感谢黄老师为江苏、中国、世界的孩子们（和大人们）的倾情奉献！祝愿黄老师的文学大树常青，在未来的岁月中依然花果丰美，胜境无限！

目 录

序："正是春光最盛时，桃花枝映李花枝"
　　——黄蓓佳儿童文学之光华 …………………… 谈凤霞　001

一、年谱

黄蓓佳文学年谱 ……………………………………… 姜　淼　003

二、综论

小船，摇向孩子们的心灵深处……
　　——评黄蓓佳的儿童文学创作 ………………… 董之林　035
她在探索什么？
　　——谈黄蓓佳的儿童小说创作 ………………… 金燕玉　042
黄蓓佳近期儿童文学创作论
　　——兼谈当前儿童文学创作中的一些问题…… 汪　政　晓华　049
黄蓓佳：每一部书都是一段生命 ………………… 马　季　059
温暖与疼爱
　　——黄蓓佳儿童小说谈 ………………………… 徐　鲁　065
"私享"着写作的人
　　——黄蓓佳速写 ………………………………… 郁敬湘　073

唯一的尺度是精神更自由
　　——黄蓓佳小说阅读之一 …………………… 何　平　082
黄蓓佳：家、大院和人的成长 ………………… 吴其南　089
闪耀五十年，她是文坛的一个奇迹 …………… 徐德霞　104
五四传统的另一面 ……………………………… 徐　妍　108
全人生视域下透明的童真与伟大的同情 ……… 李利芳　111
穿梭自如，畅意斑斓
　　——黄蓓佳综论 …………………………… 姚苏平　113
给孩子有深度、有质量、有品位的阅读
　　——黄蓓佳儿童文学作品研究 …………… 王　苗　116

三、代表作品评论

《小船，小船》

时间的魔法师
　　——黄蓓佳《心声》叙述时间说略 ……… 何　平　129

《我要做好孩子》

请读《我要做好孩子》 ………………………… 黄毓璜　133
简析《我要做好孩子》德译本中的文化过滤现象 ……… 王　凤　137

《今天我是升旗手》

努力塑造新世纪的好少年
　　——《今天我是升旗手》导演阐述 ……… 李忠信　147

《亲亲我的妈妈》

爱的传播者
　　——读黄蓓佳儿童小说新作《亲亲我的妈妈》…… 汤　锐　151

《你是我的宝贝》

有爱，人间就是天堂
　　——读黄蓓佳儿童小说《你是我的宝贝》……… 李学斌　155

在贝贝的世界里观看自己

　　——评黄蓓佳的《你是我的宝贝》 …………… 刘秀娟　160

* 《艾晚的水仙球》

我们是这样长大的 ………………………………………… 赵　菱　167

* 《余宝的世界》

天使街：现实苦难与苍凉童年 …………………………… 李学斌　171

城乡变迁中的漂泊童年

　　——以《山羊不吃天堂草》《余宝的世界》为例 …… 何家欢　175

* 《童眸》

《童眸》：渡过童年人生的突变 …………………………… 刘绪源　185

洗尽铅华的童年烛照

　　——评黄蓓佳长篇儿童小说《童眸》 ………………… 谈凤霞　189

黄蓓佳《童眸》：折射人生体验的儿童小说 ……………… 齐童巍　193

* 《野蜂飞舞》

《野蜂飞舞》：为火焰般年轻的生命而歌 ………………… 徐　鲁　197

在平淡中发现崇高

　　——读黄蓓佳《野蜂飞舞》 …………………………… 王一典　201

* 《奔跑的岱二牛》

新农村，新儿童

　　——评黄蓓佳的《奔跑的岱二牛》 …………………… 汪　政　215

奔跑着成长 ………………………………………………… 徐德霞　220

* 《太平洋，大西洋》

黄蓓佳《太平洋，大西洋》：谱写友情的复调悲怆交响诗

　　………………………………………………………… 丁　帆　225

《太平洋，大西洋》：山河岁月中的童年弦歌 …………… 李蒙蒙　231

黄蓓佳《太平洋，大西洋》：让音乐点亮未来 …………… 汪修荣　235

悲壮谱写的时代史诗

　　——读黄蓓佳《太平洋，大西洋》 ………… 黄紫萱　田振华　238

* 《叫一声老师》

《叫一声老师》：一部"活的儿童教育学" …………… 成尚荣 253

叫一声老师，情深意长 …………………………………… 周益民 256

声声慢情切切，桃李春风一杯酒
　　　——黄蓓佳《叫一声老师》读札 …………… 王振羽 258

迸射人性的光芒
　　　——读黄蓓佳《叫一声老师》 ………………… 赵冬俊 261

* "5个8岁"系列长篇小说

穿越历史的童年叙事
　　　——评黄蓓佳"5个8岁"系列长篇小说 …… 赵　霞　方卫平 265

超越于童年生命的书写
　　　——评黄蓓佳儿童小说新作 …………………… 谭旭东 275

* 《中国童话》

重写中国童话 ……………………………………………… 徐　艳 287

* 中国童话美绘书系

把最美丽的童话给最美丽的童年
　　　——黄蓓佳老师印象 …………………………… 朱永新 291

* 《天边的桃林》

儿童心灵的美好画卷 ……………………………………… 周益民 297

四、国内外访谈与报道

黄蓓佳：成人文学让我释放，儿童文学让我纯净
　　………………………………………………… 黄蓓佳　陈　香 303

黄蓓佳访谈：40岁后，我对回忆铭心刻骨 …… 黄蓓佳　舒晋瑜 311

黄蓓佳《童眸》：刻骨铭心的追思和温柔的批判
　　………………………………………………… 黄蓓佳　王　杨 321

黄蓓佳：写出隐秘曲折的成长之痛 ………… 黄蓓佳　梁　燕 325

黄蓓佳谈文学：困境、绝地求生和人性之光 …… 黄蓓佳 陈　香 331
黄蓓佳：我对这个世界永远好奇 ………… 黄蓓佳 刘　雅 342
人物：中国儿童文学作家黄蓓佳 …… 报道：赵采熙 翻译：陈　悦 351
黄蓓佳作品《我要做好孩子》
——江苏凤凰出版传媒集团全新推出"江苏文学名家名作"
　　外译项目，传播当代声音 ……………………… 翻译：徐　辰 353
作家黄蓓佳：文学作品应当写人的苦难
　　……………………………… 报道：琼　燕 翻译：祝仰修 355

五、研讨会纪要

黄蓓佳小说创作研讨会纪要 ………………………… 周　韫 359
黄蓓佳长篇小说《童眸》研讨会在南京举行 …… 周　韫 俞丽云 362
"黄蓓佳儿童文学创作研讨会"召开：将儿童与成人打通至
全生命统一的状态 ………………………………………… 何　晶 367

附录一：部分相关硕士论文摘要 ……………………………… 372
附录二：黄蓓佳儿童文学作品"走出去"情况展示（部分）…… 379

一 年谱

黄蓓佳文学年谱

姜 淼

一九五五年，出生

六月二十七日，黄蓓佳出生于江苏如皋。父亲毛家瑞、母亲黄立华都是教师，尤其是父亲在文学上颇有见地。"黄立华师范专科毕业后，分配到江苏省立泰兴中学教书，与本校毕业留校的早年老同学毛家瑞先生自由恋爱，文明结婚。毛家瑞也是如皋人，身体修长，天资聪颖，对语言、文学、音乐、绘画等等都很有造诣。他写过一些优美的散文和小说，泰兴籍的著名作家陆文夫五十年代曾相与友善。"[1]

一九五八年，三岁

入读泰兴县机关幼儿园。寄宿。

一九六二年，七岁

小学二年级。开始啃读人生中第一部长篇小说《野火春风斗古城》。在做家务照顾弟弟妹妹的空隙中，黄蓓佳阅读一切能够读到的内容，"所有能搞到手的有文字的东西：历史、地理、天文、医书、'文革'小报、大批判文章、被遗弃的初中和高中的教科书，甚至家里糊在墙壁上的黄得发脆的

---

[1] 吕晴飞：《中国当代青年女作家评传》，中国妇女出版社，1990，第599页。

旧报纸。那时候我像染上了看书的瘾，懂也好，不懂也好，只要一书在手，有字可看，就快乐无比"①。"'文革'爆发，学校图书馆的很多书都被拉到操场上烧成了灰烬，实在没有书读了，那些包萝卜干的纸、糊墙的纸……只要有字，她就读。"②"再长大一点她就对有一类书偏心地喜欢。像《苦牛》《三月雪》《骨肉》《长长的流水》……""《简·爱》和《琴声如诉》，是她长久喜爱的两本书。"③ 这些作品真挚而隽永，在黄蓓佳的文字中留下了深刻的印迹。"她从小爱读书、爱唱歌，也爱跳舞、演戏，广泛的爱好使她具备了较好的艺术修养。"④

小时候，因为话剧《年青的一代》，她"日夜梦想着将来当一名地质队员，风餐露宿，走遍大西北的戈壁滩，用手中神奇的小锤去敲醒沉睡的大山"⑤。她也迷恋过演戏。有一次观看演出，她就曾迷幻般的告诉别人，她过去的梦想，就是当个演员，甚至现在还有这样的愿望。⑥ 黄蓓佳的童年梦想之一还有当兵，她对战争片、间谍片和侦破片有着浓厚的兴趣，在她后来的一系列作品中，还有着这种"军人情结"的体现。

一九六六年，十一岁

黄蓓佳小学毕业，升初中。"升学考试尚未破除，我硬了头皮去考县中。早晨起床，吃了头天母亲特意买回来的米糕，取'高中'之意。而后母亲'送考'，将我送到做考场的教室门口，便回去给她的学生上课了。"⑦

---

① 黄蓓佳：《生命激荡的印痕》，上海人民出版社，1995，第37页。
② 郁敬湘：《"私享"着写作的人——黄蓓佳速写》，《扬子江评论》2010年第6期。
③ 吕晴飞：《中国当代青年女作家评传》，中国妇女出版社，1990，第604页。
④ 黄蓓佳：《小船，小船》，江苏人民出版社，1981，第13页。
⑤ 黄蓓佳：《这一瞬间如此辉煌》，福建人民出版社，1984，第356页。
⑥ 吴毓生：《超常的情感体验——黄蓓佳三篇近作漫评》，《当代作家评论》1990年第5期。
⑦ 黄蓓佳：《生命激荡的印痕》，上海人民出版社，1995，第16页。

黄蓓佳在考完后去如皋外婆家过暑假，遭遇了"破四旧"等大事，迅速成长了起来。

一九六九年，十四岁

任职于县教育局的父亲带着全家下放，落脚点是黄桥古镇。父母都在黄桥中学任教，全家人住在黄桥中学的教工宿舍。"从初二年级到高中毕业，在那个破旧、安详、烟水氤氲又热气腾腾的苏中小镇上，我从懵懂少女到知识青年，度过了最难忘的青春时光。"① 黄蓓佳在黄桥中学读了四年，以全优生身份毕业。

一九七二年，十七岁

黄蓓佳高中毕业。该年，南京艺术学院话剧专业的老师去泰兴县招收学生，黄蓓佳作为推荐应试的考生之一前去参加面试。因表现优异，招生老师当时就打算录取她，但因所谓的"家庭出身不好"，她与南京艺术学院失之交臂。高中毕业后，黄蓓佳回到如皋老家与外婆做伴。外婆年轻时爱读张恨水的小说，甚至能大段大段地背诵《啼笑因缘》②。除此以外，外婆还爱唱越剧，吴越文化成为黄蓓佳早期的艺术熏陶。黄蓓佳曾到小学去代过三个月的课，与孩子们朝夕相处，了解熟悉孩子们的生活和心灵，这些都为她日后的儿童文学创作提供了源源不断的灵感。

一九七三年，十八岁

五月，短篇小说《补考》发表于《朝霞》（丛刊），由上海人民出版社出版。这篇小说最初是一九七二年学校"红五月征文"比赛的征文。这篇文章深得老师的欣赏，虽然黄蓓佳未主动投稿，但该文几经辗转后得以正式发表。小说塑造了热心公共事业、对自己学习严格要求的高中生江勇刚

---

① 黄蓓佳：《再走黄桥古镇 温暖着回忆》，《扬子晚报》2015年3月18日。
② 吕晴飞：《中国当代青年女作家评传》，中国妇女出版社，1990，第600页。

这一形象。这篇文章虽然带有主流话语的印迹，但文字平和有力，叙事从容舒缓，从那时起，黄蓓佳的作品中就有一种"复杂中的'简单'"，有评论家称"世道人心，不管多么动荡、喧嚣和混乱，她总能让它澄清"[①]。是年八月十三日，短篇小说《他们又长大了》发表于《新华日报》。多年后，黄蓓佳表示，自己提起笔时并没有想到能当作家，而是出于一个"很朴素、很功利的目的"[②]才走上创作道路的，写小说为的是能找到一份工作，比如做报社、广播站、文化馆的通讯员。

一九七四年，十九岁

黄蓓佳下乡插队，在长江下游一个江心小岛上当农业工人。短篇小说《铁粮囤》发表于《激流勇进 钟山文艺丛刊》第二期，塑造了粮库保管员老铁的形象。

一九七五年，二十岁

黄蓓佳在插队期间，以插队知青身份借调到《雨花》工作（散文集《此生不在》里也有提及）。散文《源远流长——一封来自油田的信》发表于《江苏文艺》第四期，短篇小说《脚手架下》发表于《江苏文艺》第九期。

一九七六年，二十一岁

一月，《开弓没有回头箭》发表于《江苏文艺》第一期。

一九七七年，二十二岁

黄蓓佳在插队时听到了恢复高考制度的消息。经过了推荐、预考与正

---

① 何平：《唯一的尺度是精神更自由——黄蓓佳小说阅读之一》，《扬子江评论》2010年第6期。
② 陈香：《黄蓓佳：成人文学让我释放，儿童文学让我纯净》，《中华读书报》2008年8月20日。

式考试，黄蓓佳考入北京大学中文系文学专业。黄蓓佳的高考作文《苦战》在《新华日报》上刊登，次年由《山西青年》转载。在大学期间，黄蓓佳经历了丰富多彩的校园生活，加入了校学生会文化部。在读书期间，江苏《少年文艺》不断向黄蓓佳约稿，编辑们十分关心她的写作和生活，这也成为她的写作动力之一。①

一九七八年，二十三岁

十月，短篇小说《爸爸的求学经过》在江苏《少年文艺》上发表，这是黄蓓佳在江苏《少年文艺》上发表的第一篇作品，后改名为《星空下》，被收入小说散文集《小船，小船》。这篇小说写的是解放前一个知识分子家庭所遭遇的苦难，塑造了满腹学问却报国无门的父亲、求知若渴的"我"以及善良坚韧却最终付出生命代价的姐姐形象。"它不以苦情赚人的眼泪，而是以人情的美动人肺腑"②。这种细腻纯净的"人情美"在黄蓓佳的作品中始终如一。

一九七九年，二十四岁

二月，散文《化装晚会》发表于江苏《少年文艺》第二期。四月，散文《蓝色的渤海湾——夏令营散记》发表于《西藏文艺》第四期。同月，短篇小说《白果树下》发表于《新华日报》。十月，访谈录《"到群众中去落户"——丁玲访问记》发表于《文汇报》。

一九八〇年，二十五岁

三月，短篇小说《阿兔》发表于江苏《少年文艺》第三期，后被收入《中国新文学大系1976—2000》第二十三卷儿童文学卷一③。阿兔是小说主

---

① 黄蓓佳、舒晋瑜：《黄蓓佳访谈：40 岁后，我对回忆铭心刻骨》，《中华读书报》2012 年 8 月 22 日。
② 黄蓓佳：《小船，小船》，江苏人民出版社，1981，第 3～4 页。
③ 黄蓓佳：《阿兔》，载秦文君主编《中国新文学大系1976—2000》第二十三卷，上海文艺出版社，2009，第 40 页。

人公的少年玩伴，她天真、善良、对一切充满幻想，但在十年浩劫中的一次次打击下逐渐失去了昔日的神采，最终变成了一个无趣而温顺的妇人。短篇小说《小船，小船》发表于江苏《少年文艺》第四期，后收入《中国新文艺大系 1976—1982 儿童文学集》①。小说塑造了敏感细腻、腿脚不便的少年芦芦，以及两位一心扑在孩子身上的老师。芦芦的原型是黄蓓佳之前代课时认识的孩子，黄蓓佳回忆他时提到"风一吹，白色的芦花飘飘荡荡，无声无息地落在他的头上，身上，有一种伤感和残缺的美"②。小说通篇涌动着一种温情的传承，还有不计回报的无私奉献精神。《小船，小船》获全国儿童文学园丁奖，根据小说改编的同名电视剧两次获国际奖。

此外，黄蓓佳同年发表的其他文学作品包括：短篇小说《五（1）班的"备忘录"》（江苏《少年文艺》第一期）、短篇小说《深山里的孩子们》（江苏《少年文艺》第二期）、传记文学《他在成名之前》（江苏《少年文艺》第二期）、短篇小说《夏天最后一朵玫瑰》（《青春》第二期）、短篇小说《葡萄熟了》（《青春》第二期）、短篇小说《黄昏，有一个小院》（《安徽文学》第五期）、短篇小说《小河流过门前》（江苏《少年文艺》第五期）、短篇小说《当我还在童年》（江苏《少年文艺》第六期）、传记文学《高山和大海》（江苏《少年文艺》第六期）、散文《未名湖夕照》（《未来丛刊》第一辑）。

一九八一年，二十六岁

短篇小说《飘过身边的云彩》发表于《安徽文学》第一期，小说讲述了一位男大学生的爱情生活经历，将平庸、放任自流的男性与积极奋进的女性进行对比，有学者认为此篇"第一次触及了女大学生的奋斗意识和爱

---

① 黄蓓佳：《小船，小船》，载金近主编《中国新文艺大系 1976—1982 儿童文学集》，中国文联出版公司，1986，第 1~3 页。
② 黄蓓佳：《生命激荡的印痕》，上海人民出版社，1995，第 22 页。

情缺憾这一双重主题",故而"开启了'情绪小说'的先河"①。七月,小说散文集《小船,小船》由江苏人民出版社出版。丁玲为《小船,小船》作序,称赞黄蓓佳"文字流丽",并认为文集中的《阿兔》一篇"看来颇有鲁迅的《故乡》的影子"②。江苏《少年文艺》编辑顾宪谟对文集中的作品进行了详尽的述评,认为黄蓓佳"以感情见长",作品中除了"真挚、凝重、细腻"的感情之外,"还总带有某种凄婉的色彩和淡淡的悲哀"③。此外,《小船,小船》中对环境的渲染富有"浓郁的生活气息和诗意的艺术魅力"④,无论是《阿兔》中的江堤月夜景,还是《小船,小船》中清晨芦苇荡的姝丽,都带有黄蓓佳对环境纤敏并细致入微的体察。此外,短篇小说《雨巷》发表于《文汇月刊》第八期。有评论家认为"《雨巷》开启了黄蓓佳'情绪小说'的两大主题:事业上的失意和奋斗,爱情上的错迕和追求"⑤。

同年,黄蓓佳发表的作品还有:短篇小说《山雨》(《青春》第一期)、传记文学《心灵的凯旋》(江苏《少年文艺》第一期)、短篇小说《公墓》(《文汇月刊》第二期)、散文《敬礼!白桦树》(江苏《少年文艺》第三期)、散文《心,永远憧憬未来》(江苏《少年文艺》第四期)、短篇小说《忠诚》(江苏《少年文艺》第五期)、短篇小说《小姑所居》(《安徽文学》第五期)。

一九八二年,二十七岁

一月底,黄蓓佳被分配至江苏省外事办公室工作。

---

① 曾镇南:《她憧憬着人生的辉煌瞬间——评黄蓓佳的小说创作》,《青春》1984年第7期。
② 黄蓓佳:《小船,小船》,江苏人民出版社,1981,第2页。
③ 同上,第10~11页。
④ 同上,第12页。
⑤ 曾镇南:《她憧憬着人生的辉煌瞬间——评黄蓓佳的小说创作》,《青春》1984年第7期。

黄蓓佳的中篇小说《芦花飘飞的时候》发表于《巨人》第一期。小说塑造了朴实而机灵的主人公小狗子，以及县剧团随和可爱的小演员荷花。在美丽的长鱼沙岛上，小狗子与荷花结下了深厚的友谊。"捕捉生活中微小而动人的细节，并用抒情、淡雅的笔调，对少年男女心灵的善和美，以及对农家田园的自然风光，给以细腻的描绘"[1]，黄蓓佳追求的不是跌宕起伏的情节，她一直秉持着"以情动人"，这篇小说的理念与她之前的创作是一以贯之的。"作者没有去追求那种故事性强的或带悬念的东西，也没有过分精雕细琢地去描写情节，而是以自然的江南水乡的风土味儿，用淡淡的飘着清香的生活气息，向读者展开了一幅淡水墨画卷。"[2] 六月，《芦花飘飞的时候》由少年儿童出版社出版。短篇小说《在水边》发表于《文汇月刊》第六期，后收入中短篇小说集《在水边》，由福建人民出版社出版。故事以大学生活为背景，讲述了女大学生宁静在流言蜚语中的孤独和惶惑。这篇小说的情节并不复杂，但细腻的情感波动与曲折的心理描写，将人与人之间的误解推进到悲剧的层面，也将曲折幽暗的人性挖掘得入木三分。九月，黄蓓佳参加了由《上海文学》编辑部组织的以青年作家为主的笔会，正是在笔会期间，黄蓓佳写出了七万多字的中篇小说《请与我同行》，于次年发表于《收获》第二期。

同年，黄蓓佳发表的作品还有：短篇小说《弯弯的小巷》（江苏《少年文艺》第一期）、中篇小说《唱给妈妈的歌》（《未来》第二期）、报告文学《山沟里来的小姑娘：记新疆孩子赵爽》（《东方少年》第二期）、散文《蓝色的牵牛花》（《春风》第三期）、短篇小说《心声》（《儿童文学选刊》第三期）、短篇小说《"啊嗬嗬嗨——"》（《星火》第三期）、短篇小说《天边的桃林》（江苏《少年文艺》第五期）、短篇小说《在你的身后》（江苏《少年文艺》第六期）、短篇小说《在那绿色的山上》（江苏《少年文艺》第六

---

[1] 黄蓓佳：《芦花飘飞的时候》，少年儿童出版社，1982，内容提要第1页。
[2] 沈杨：《纯真的友情——读〈芦花飘飞的时候〉》，载贺宜主编《儿童文学研究 第11辑》，少年儿童出版社，1982，第63~64页。

期)、中篇小说《终曲》(《钟山》第六期)、短篇小说《去年冬天在郊外》(《上海文学》第七期)、短篇小说《窗外的石榴花》(江苏《少年文艺》第八期)、短篇小说《海边的女人》(《北京文学》第九期)、短篇小说《地上的人,天上的星》(《萌芽》第九期)、短篇小说《热风》(《奔流》第十期)、短篇小说《穿过开阔地》(《广州文艺》第十期)、短篇小说《雪·太阳·村庄》(江苏《少年文艺》第十一期)、短篇小说《梦园》(《鹿鸣》第十二期)。

一九八三年,二十八岁

黄蓓佳与爱人步入婚姻。在十天的婚假内,黄蓓佳完成了十万字的中篇小说《秋色宜人》。

中篇小说《这一瞬间如此辉煌》发表于《花城》第三期,次年由《中篇小说选刊》第一期转载,后收入中短篇小说集《这一瞬间如此辉煌》,由福建人民出版社出版。小说塑造了音乐系学生卫伟、明子、小枝以及苏老师、倪老师等一系列人物形象,留下了一个开放性的结局,令人回味无穷。是年,创作谈《我寻找一支桨》发表于《儿童文学研究》第三期,后收入《儿童文学研究 第十三辑》,由少年儿童出版社出版。中篇小说《夜露》发表于《江南》增刊。中篇小说《秋色宜人》发表于《收获》第四期,这是"反映外事工作最出色的作品"[1],也是黄蓓佳在工作中受到启发后写下的杰作。

同年,黄蓓佳发表的作品还有:短篇小说《五彩缤纷的早晨》(《奔流》第二期)、中篇小说《请与我同行》(《收获》第二期)、短篇小说《灯红酒绿》(《安徽文学》第七期)、短篇小说《最后一天》(《鹿鸣》第七期)、短篇小说《那个炎热的夏天》(《文汇月刊》第七期)、短篇小说《太阳挂在天上》(江苏《少年文艺》第八期)、短篇小说《遥远的地方有一片海》(江苏

---

[1] 曾镇南:《她憧憬着人生的辉煌瞬间——评黄蓓佳的小说创作》,《青春》1984年第7期。

《少年文艺》第九期）、散文《我有过一个白色的梦》（《儿童时代》第十三期）。

一九八四年，二十九岁

黄蓓佳调入江苏作家协会，成为专业作家，从事专业创作。

四月，中篇小说集《唱给妈妈的歌》由江苏少年儿童出版社（2008年更名为"江苏凤凰少年儿童出版社"）出版。九月，中短篇小说集《在水边》由福建人民出版社出版，收录了《夏天最后一朵玫瑰》《黄昏，有一个小院》《在水边》《飘过身边的云彩》等十四篇中短篇小说。十二月，中短篇小说集《这一瞬间如此辉煌》由福建人民出版社出版，收录《请与我同行》《雨巷》《我们去摘秋天的果实》等五篇中短篇小说，主人公多为年轻活跃的大学生，或者刚刚大学毕业，"满怀憧憬走向工作岗位的青年男女们"①。

同年，黄蓓佳发表的作品有：短篇小说《金发姑娘埃米》（《飞天》第一期）、散文《心灵的追求（我与文学）》（《飞天》第三期）、中篇小说《我们去摘秋天的果实》（《钟山》第三期）、短篇小说《渴望春天》（《青春丛刊》第四期）、短篇小说《望年会》（《文汇月刊》第六期）、短篇小说《滨河路》（《鹿鸣》第七期）、散文《我希望》（《青年文摘》第七期）。

这一年，女儿出生。

一九八五年，三十岁

一月，黄蓓佳的短篇小说集《遥远的地方有一片海》由少年儿童出版社出版，收录《心声》《雪·太阳·村庄》《弯弯的小巷》《在那绿色的山上》等十篇短篇小说。

黄蓓佳同年发表的作品还有：短篇小说《楼房》（《鸭绿江》第五期）、散文《故居的回忆》（《文学》第五期）、散文《回想与希冀》（《青春》第六

---

① 黄蓓佳：《这一瞬间如此辉煌》，福建人民出版社，1984，第357页。

期)、短篇小说《山间别墅》(《特区文学》第六期)、短篇小说《飘然而至的白绸衫》(《中国教育报》九月十四日)、短篇小说《薄雪花》(《人民文学》第七期)。

一九八六年，三十一岁

一月，中篇小说《给你奏一支梦幻曲》发表于《花城》第一期。小说详细叙述了大学生生活，"这是一个迷离纷乱、五光十色的梦境"[1]，生活本身正如同这些大学生心中的梦幻曲。中篇小说《仲夏夜》发表于《钟山》第六期。在这篇小说中，黄蓓佳以她擅长的敏锐细腻、清新柔和的笔调触碰社会，在平静的故事叙述中揭示了青年人微妙丰富的内心世界。此篇后收入小说集《给你奏一支梦幻曲》(花城出版社，1988年版)。

同年，黄蓓佳发表的作品还有：散文《在得与失的天平上》(《艺术世界》第一期)、中篇小说《永久的魅力》(《小说家》第二期)、散文《默默的纪念：悼丁玲老师》(《文汇月刊》第四期，转载于《中国文学》第二期)、散文《我和作文》(《小学生作文》第六期)、短篇小说《鸽子》(《福建文学》第九期)、短篇小说《浪漫的女人》(《家庭》第十期)、散文《读书生活小记》(《树林》第十期)、短篇小说《迷惑》(《天津文学》第十二期)。

受邀代表中国青年作家参加上海"金山国际笔会"。

一九八七年，三十二岁

一月，长篇小说《夜夜狂欢》发表于《长篇小说专辑》第一期。在《夜夜狂欢》中，黄蓓佳实现了一种转化，即"从意识内容向具象内容转化"[2]。十一月，中篇小说《冬之旅》发表于《文汇月刊》第十一期。《冬之旅》主要描述了大学生生活，赵本夫认为这篇中篇小说"少了梦幻的色

---

[1] 黄蓓佳：《给你奏一支梦幻曲》，花城出版社，1988，第1页。
[2] 徐德明：《黄蓓佳双重征服的新态势》，《当代作家评论》1987年第6期。

彩，多了些实在的血肉"，"以第一人称娓娓叙来，从容不迫，使人感到亲切，感到真实"①。黄蓓佳在这篇小说中运用一种不动声色的手法来处理故事，"从前我的文字感情色彩很浓，这一篇里我故意用一种淡淡的、漫不经心的、局外人的口吻叙述一个故事，我惊奇地发现我其实更善于用此种笔法写作，它使我本人也处在不动声色之中，写得随心所欲"②。这种平淡克制的文风，有别于她在创作儿童文学时温柔舒缓的笔法，却同样富有强烈的内在张力。

同年，黄蓓佳发表的作品还有：中篇小说《方生方死》（《小说界》第一期）、散文《建筑的梦幻》（《艺术世界》第二期）、短篇小说《在房间的那一头》（《人民日报（海外版）》一月五日）、散文《二人转》（《文学报》九月三日）、散文《梦中的苹果园》（《扬子晚报》九月十日）、散文《我的心愿》（《当代文坛报》第四期）、散文《走一步，说一声"再见"》（《当代外国文学》第四期）、短篇小说《街心花园》（《中国作家》第四期）。

一九八八年，三十三岁

六月，中篇小说集《给你奏一支梦幻曲》由花城出版社出版，收录《给你奏一支梦幻曲》《永久的魅力》《渴望春天》《仲夏夜》《冬之旅》五篇小说。同年，黄蓓佳发表的作品还有：散文《青春的伴侣》（《南京日报》一月八日）、散文《夏日里的〈冬之旅〉》（《文学自由谈》第四期）、散文《我穿上了一双魔鞋》（《黄金时代》第六期）、散文《一夜轻松》（《新华日报》七月二十日）、散文《也叫〈朝花夕拾〉》（《雨花》第八期）。

一九八九年，三十四岁

一月，短篇小说《阳台》发表于《中国作家》第一期。中篇小说《玫瑰房间》发表于《钟山》第二期，《小说月报》一九八九年第七期转载。许

---

① 赵本夫：《〈冬之旅〉随想》，《文学自由谈》1988年第4期。
② 黄蓓佳：《夏日里的〈冬之旅〉》，《文学自由谈》1988年第4期。

多选集在收录《玫瑰房间》时都冠以"爱情小说"之名,但在黄蓓佳看来,此篇只是以爱情为架构写了"人际关系中的一种不稳定状态"①。四月,长篇小说《夜夜狂欢》由上海文艺出版社出版。黄蓓佳认为"写小说首先是为了让人们消遣和娱乐"②,正是秉着这种创作理念,《夜夜狂欢》最鲜明的特点是"可读性"。

黄蓓佳同年发表的其他文学作品包括:短篇小说《法式洋房》(《雨花》第五期)、短篇小说《逃遁》(《百花洲》第六期)、短篇小说《丽人岛》(《家庭》第七期)、中篇小说《忧伤的五月》(《文汇月刊》第九期)。

一九九〇年,三十五岁

五月,短篇小说《夫妻游戏》发表于《文汇月刊》第五期,小说以冷静的口吻讲述了官场上的大龄夫妇在求子一事上的波澜与曲折,从中颇现人性的幽暗。同年,黄蓓佳发表的作品还有:短篇小说《追你到天涯》(《现代风》第三期)、散文《也谈"列提纲"(答王莎莎)》(《语文学习》第五期)、短篇小说《梦中情人》(《芒种》第八期)、短篇小说《美满家庭》(《雨花》第十一期)、短篇小说《一错再错》(《家庭》第十九期)。

一九九一年,三十六岁

黄蓓佳应新加坡政府邀请,去参加"世界作家周"。她与各国作家一起在新加坡文化中心朗读自己的作品片段,会谈交流。之后赴多所高中,向中学生讲述自己的文学经历和创作经验。

一月,短篇小说《水边的阿蒂丽娜》发表于《小说界》第二期。同年,黄蓓佳发表的作品还有:短篇小说《永不对陌生人说》(《时代文学》第一期)、短篇小说《五百英里》(《漓江》第一期)、短篇小说《考学记》(《青春》第七期)、短篇小说《婚姻变奏》(《太湖》第八期)。

---

① 黄蓓佳:《输掉所有的游戏》,江苏文艺出版社,1998,第1页。
② 黄蓓佳:《夜夜狂欢》,上海文艺出版社,1989,第308页。

一九九二年，三十七岁

三月，中篇小说《藤之舞》发表于《钟山》第三期。四月，长篇小说《午夜鸡尾酒》及《何处归程》由江苏文艺出版社（2008年更名为"江苏凤凰文艺出版社"）出版，两部小说均以黄蓓佳熟悉的知识分子生活为题材，同年在中国台湾出版繁体字版本。这一年，黄蓓佳发表的作品还有：短篇小说《茫茫彼岸》（《春风》第一期）、短篇小说《天凉了》（《芙蓉》第二期）、短篇小说《电梯上的故事》（《萌芽》第二期）。

一九九三年，三十八岁

五月，长篇小说《世纪恋情》由作家出版社出版。小说以纤细缠绵的笔触，描写了乱世中女大学生林眉曲折的情感之路。同年黄蓓佳发表的作品还有：散文《漂泊异乡的中国主妇们》（《深圳青年》第七期）、短篇小说《飘浮状态》（《广州文艺》第七期）。

一九九四年，三十九岁

十月，长篇小说《派克式左轮》由海南国际新闻出版中心出版。小说在十一年后改编成同名电视剧，引起较大反响。同年，黄蓓佳发表的作品还有：短篇小说《柔情似水》（《西南军事文学》第一期）、短篇小说《唇间一抹》（《家庭》第三期）、散文《贴身小袄》（《莫愁》第四期）、短篇小说《曼德琳女士》（《春风小说半月刊》第五期）、散文《我的保加利亚邻居》（《莫愁》第七期）、短篇小说《等你》（《家庭》第七期）、中篇小说《危险游戏》（《广州文艺》第八期）、散文《劳燕分飞的日子》（《幸福》第八期）、短篇小说《芳香之地》（《春风小说半月刊》第十期）。

一九九五年，四十岁

三月，中短篇小说集《玫瑰房间》由河北教育出版社出版，收录了《忧伤的五月》《水边的阿蒂丽娜》《婚姻变奏》等五篇中短篇小说。七月，黄蓓佳随江苏省文化代表团访问日本福冈国际文化交流中心。十二月，散文随笔集《生命激荡的印痕》由上海人民出版社出版，收录的散文分成四部分：生活中的喜怒哀乐、国外生活感慨、创作中的酸甜苦辣、女儿的成长点滴，共计六十一篇。

同年，黄蓓佳发表的作品还有：散文《为女人而写》（《分忧》第一期）、散文《写一部中国的〈乱世佳人〉》（《女友》第三期）、散文《花开花落》（《大地》第三期）、散文《欲望的快乐》（《深圳青年》第三期）、散文《如水流淌的音乐》（《青年一代》第四期）、散文《永远的心愿》（《分忧》第五期）、短篇小说《卖唱片的小伙子》（《女友》第八期）。

一九九六年，四十一岁

三月，中短篇小说集《藤之舞》由云南人民出版社出版。该书收录了《仲夏夜》《藤之舞》《考学记》等六部中短篇小说。十二月，长篇小说《我要做好孩子》由江苏少年儿童出版社出版。黄蓓佳从参加小升初考试的女儿身上得到启发，小说塑造了为小升初考试努力、同时体验酸甜苦辣生活的小女孩金铃的形象，引发了一代孩子的深切共鸣，读者们在金铃身上找到了自己的影子。该小说次年被改编为电影，获"金鸡奖"。隔年又改编成电视连续剧，获"飞天奖"。《我要做好孩子》屡屡获得殊荣，曾获中宣部精神文明建设"五个一工程"奖、全国优秀儿童文学奖、全国优秀畅销书奖（少儿类）、宋庆龄儿童文学奖等。同月，中短篇小说集《忧伤的五月》由华夏出版社出版，该书收录了《这一瞬间如此辉煌》《秋色宜人》《婚姻变奏》等十三篇中短篇小说。

一九九七年，四十二岁

十月，长篇小说《新乱世佳人》由江苏文艺出版社出版。这是黄蓓佳在新历史小说上的一次尝试，小说主要讲述海阳城的董、冒两家人在历史巨变中的命运沉浮，"有那么一点点我母亲家族的影子"[1]。《新乱世佳人》

---

[1] 黄蓓佳：《窗口风景》，江苏人民出版社，1998，第134页。

原名为《翠》，是黄蓓佳第一次有意识地"为女人而写"的一部小说，后改编为电视剧。十二月，黄蓓佳于江苏省作家协会第五次代表大会上当选为江苏省作家协会副主席。同年，黄蓓佳发表的作品还有：《新乱世佳人：35集电视连续剧故事》（与董娇合著，《电视·电影·文学》第二期）、散文《不变的女人》（《广州文艺》第三期）。

一九九八年，四十三岁

四月，散文《俄罗斯的男孩女孩》发表于《散文天地》第四期。八月，中短篇小说文丛"黄蓓佳文集"四卷本由江苏文艺出版社出版，分别为《派克式左轮》《雨巷同行》《输掉所有的游戏》《午夜鸡尾酒》。九月，散文随笔集《窗口风景》由江苏人民出版社出版，被收入"野蔷薇文丛"，该书收录了《窗口风景》《旧时的爱情》《戏剧人生》等四十九篇散文。

一九九九年，四十四岁

长篇小说《婚姻流程》发表于《上海小说》第一期，同年十一月由上海文艺出版社出版。四月，长篇小说《今天我是升旗手》由江苏少年儿童出版社出版。《今天我是升旗手》塑造了正直善良、充满奇思妙想的男孩肖晓的形象。肖晓出身于军人家庭，具有较强的荣誉感，一直渴望能够在小学毕业前当一次升旗手。《今天我是升旗手》荣获了包括中宣部精神文明建设"五个一工程"奖、全国优秀少儿图书奖、冰心儿童图书奖在内的多项荣誉。同年，黄蓓佳发表的作品还有：中篇小说《玫瑰灰的毛衣》（《钟山》第三期）、散文《四季家园》（《现代家庭》第三期）、散文《少年阅读》（《出版广角》第八期）。

二〇〇〇年，四十五岁

随中国作家代表团赴叙利亚、约旦、黎巴嫩访问，接受叙利亚大学荣誉徽章。

二〇〇一年，四十六岁

黄蓓佳参加江苏作家代表团，访问法、德、意诸国。

一月，长篇小说《目光一样透明》发表于《中国作家》第一期，后由江苏文艺出版社出版。小说通过少女小芽的视角，塑造了二十世纪七十年代初一座江心小岛上众知青的群像，在动荡时代中"体现了一种诗意般的人生栖息方式"①。这篇作品延续了黄蓓佳在苦难中寻找澄净与宁静的风格。十月，中篇小说集《危险游戏》由花山文艺出版社出版。同年，黄蓓佳发表的作品还有：散文《谁是今天的成功女性》(《人事管理》第三期)、散文《灰色背景中的绚烂——写在纪伯伦纪念馆前》(《译林》第四期)、散文《作协主席利娜德》(《钟山》第四期)、散文《黄昏谒大马士革清真寺》(《雨花》第四期)、散文《我认识的范小青》(《时代文学》第六期)、散文《我的求学生涯》(《中文自修》第十二期)。

二〇〇二年，四十七岁

长篇小说《我要做好孩子》欧共体法文版由法国菲利普·毕基埃出版社出版。同年，黄蓓佳受邀去法国出版社访问。

一月，长篇小说《月色撩人》由江苏文艺出版社出版。四月，长篇小说《我飞了》由江苏少年儿童出版社出版，二〇一一年由人民文学出版社再版。《我飞了》荣获包括全国优秀少儿图书奖、全国优秀畅销书奖、迎接党的十六大优秀出版物在内的多项荣誉。八月，散文集《玻璃后面的花朵》由知识出版社出版。该书收录了《考艺校的学生们》《生而有缘》《在我最美丽的时候我遇见了谁》等四十篇散文。同年，法国菲利普·毕基埃出版社购买《我要做好孩子》(口袋版)版权。

同年，黄蓓佳发表的作品还有：散文《台湾茶》(《缤纷》第五期)、短篇小说《好事，但不能太好》(《新世纪文学选刊》第六期)、中篇小说《梦逍遥》(《钟山》第六期)、中篇小说《枕上的花朵》(《作品》第十期)。

---

① 李慧：《栖息于诗意之中》，《当代文坛》2002年第4期。

二〇〇三年，四十八岁

六月，长篇小说《漂来的狗儿》由上海文艺出版社出版。小说以二十世纪七十年代为背景，描述了梧桐院里一群中学教师的孩子与邻家女孩狗儿的童年时光。这是一部以成长为主题的"快乐而忧伤的小说"[1]。曹文轩在封底跋言中评价道："她对人性的深切理解，对现实生活的敏锐感悟，与她一贯的美学趣味和根深蒂固的道德感，对立却又和谐地构成了她的文学世界。"同年，长篇小说《没有名字的身体》发表于《钟山》第五期，十一月由人民文学出版社出版，小说塑造了一个中年女性知识分子形象。是年十月，中短篇小说集《我喜欢百合的香味》由浙江美术出版社出版，收录了《梦逍遥》《枕上的花朵》《玫瑰灰的毛衣》等中短篇小说。这本小说集由画家闫平绘制插图，收入"名家之间"丛书。作品的图文巧妙地结合在一起，相辅相成，相映成趣。

同年，黄蓓佳发表的其他文学作品包括：散文《谈写作能力的培养》（与麦格合著，《新语文学习（小学低年级版）》第 S1 期）、中篇小说《爱情是脆弱的》（《小说界》第三期）、短篇小说《牵手》（《新世纪文学选刊》第二期）、散文《不可预知的写作》（《小说界》第三期）、散文《飞翔的灵魂》（《少年读者》第三期）、散文《欧洲的马拉松》（《海燕》第四期）、散文《蜻蜓点水举重若轻》（江苏《少年文艺》第四期）、中篇小说《爱某个人就让他自由》（《小说月报（原创版）》第六期）、散文《〈苔丝〉给我三次生命的回忆》（《新视听》第 6M 期）、散文《直击心灵的一瞬》（《中学生阅读文选（高中版）》第七期）、散文《考艺校的学生们》（《中学生阅读（初中版）》第十期）。

二〇〇四年，四十九岁

五月，童话作品集《中国童话》由江苏少年儿童出版社出版。受意大利作家卡尔维诺的《意大利童话》的启发，同时出于对儿童文学的责任感，

---

[1] 黄蓓佳：《漂来的狗儿》，上海文艺出版社，2003，第1页。

黄蓓佳以细腻温柔的笔锋重新构建了华美绚丽的中国传统童话世界。这部作品获江苏优秀图书奖、江苏省精神文明建设"五个一工程"奖、紫金山文学奖、冰心文学奖，被评为"全国十大童书"。十二月，中篇小说《眼球的雨刮器》发表于《钟山》第六期。

　　同年，黄蓓佳发表的作品还有：散文《怀中的婴儿》（《银潮》第一期）、散文《挑战自己》（《新高考（文科版）》第三期）、散文《学做"工农兵"》（《中学生阅读（初中版）》第三期）、散文《穿行在戈兰高地上》（《啄木鸟》第三期）、短篇小说《守望爱情》（《当代（长篇小说选刊）》第四期）、散文《享受阅读》（《人民日报》六月一日）、散文《有一种美好可以永存》（江苏《少年文艺》第十一期）、散文《读书的故事》（《新语文学习》第十二期）、散文《那时候，你会接受我的手吗？》（《爱情·婚姻·家庭（冷暖人生版）》第二十四期）、散文《生而有缘》（《视野》第八期）、散文《文学伴少年成长》（《光明日报》九月十六日）。

　　受南非政府文化部邀请，参加中国作家代表团赴南非访问交流。

二〇〇五年，五十岁

　　该年，黄蓓佳将《派克式左轮》改编成二十集电视连续剧，于次年六月首播。在剧中，黄蓓佳强调当代大学生内在的灵魂探索，以相对积极的结局给观众以启迪与反思。同年，黄蓓佳发表的作品有：散文《走过的路》（《时代文学》第二期）、散文《恋爱和恐惧》（《读友》第3A期）、散文《孤独的旗手（外一篇）》（《太湖》第四期）、散文《城市的品质》（《苏州杂志》第五期）、散文《我的青苹果时代》（《语文学习》第六期）、散文《地球、家园、其他》（《雨花》第八期）、散文《在我最美丽的时候我遇见了谁》（《青年博览》第十期）、散文《关于鲜花》（《民族文汇》第四十九期）。

　　赴安徒生的故乡丹麦和林格伦的故乡瑞典等北欧三国访问，与北欧作家交流文学写作心得。

　　《派克式左轮》在加拿大拍摄，黄蓓佳跟随出访，顺便了解加拿大众多华人家庭生活，积累写作素材。

二〇〇六年，五十一岁

三月，长篇小说《亲亲我的妈妈》由江苏少年儿童出版社出版。该作关注单亲家庭孩童的成长，充盈着"失败与破碎中的人性的温暖"①。这部作品获中宣部精神文明建设"五个一工程"奖、江苏省优秀图书奖，入选"三个一百"原创出版工程，被评为全国"十大童书"榜、全行业优秀畅销品种。十二月，黄蓓佳应邀出席"纪念《少年文艺》创刊30周年"作家与编辑座谈会。同年，黄蓓佳发表的作品还有：散文《生命中的温暖》（江苏《少年文艺》第一期）、书信《跑过冬天：写在女儿成人之际》（《金色年华》第5C期）、散文《两代母亲》（《语文教学与研究（学生版）》第八期）。长篇小说《亲亲我的妈妈》由法国菲利普·毕基埃出版社购买欧共体法文版版权。《小船，小船》由中国香港洪波出版公司购买繁体字版权。

参加中宣部文化代表团，访问越南、印度、埃及，与三国作家座谈交流，互换作品，参观了埃及儿童作家创作和展示中心。

二〇〇七年，五十二岁

三月，长篇小说《遥远的风铃》由江苏少年儿童出版社出版。同月，长篇小说《所有的》发表于《钟山》第五和第六期，该作次年一月由江苏文艺出版社出版。在《所有的》中，主人公艾早和艾晚两姐妹的成长轨迹，在时代变迁中蜿蜒向前。黄蓓佳在《所有的》封底跋言中自述："《所有的》是一个太哲学的书名，但是唯有它能够把这本书拎起来，再妥善地包裹住。所有的秘密、所有的哀伤、所有的背叛、所有的救赎、所有漂泊他乡的无奈、所有无法掌控的变异。当然，也包括所有来自生命本源的快乐。"《所有的》于二〇一一年入围茅盾文学奖。

同年，黄蓓佳发表的作品还有：散文《让我来举起你》（《文艺报》六月二日）、散文《在镇湖惊艳》（《苏州杂志》第六期）、散文《生命中的素材》（江苏《少年文艺（写作版）》第九期）。长篇小说《我要做好孩子》由瑞士

---

① 肖林：《黄蓓佳：从前的风铃如何摇响》，《出版人》2007年第11期。

出版社购买德文版权、由韩国金宁出版公司购买韩文版权。长篇小说《亲亲我的妈妈》由中国香港木棉树出版社购买繁体字版权、由韩国金宁出版公司购买韩文版权。长篇小说《我飞了》由韩国金宁出版公司购买韩文版权。

作为江苏作家代表团成员访问美国。

二〇〇八年，五十三岁

一月，中篇小说集《爱某个人就让他自由》由江苏凤凰文艺出版社出版。四月，长篇小说《你是我的宝贝》由江苏凤凰少年儿童出版社出版，该书获中国出版政府奖提名奖、中华优秀出版物奖、全国优秀儿童文学奖、江苏省精神文明建设"五个一工程"奖、中国人口文化奖。是年十月，长篇小说《与好孩子同行》由湖南少年儿童出版社出版，被收入"新世纪新十家"丛书。十月二十日，黄蓓佳应邀出席第十一届"雨花奖"颁奖大会。该年，《小船，小船》中的《心声》一文出现在日本教材中，用于中学教育。

同年，黄蓓佳发表的作品还有：长篇小说《从边缘行走》（《长篇小说选刊》第三期）、散文《新区行》（与苏童、叶兆言合著，《苏州杂志》第五期）、散文《让每一颗太阳都放出光芒》（《中国校园文学》第十一期）、散文《回忆恢复高考的岁月》（《金陵瞭望》第二十二期）。

参加韩国首尔国际书展，做专场嘉宾演讲，现场与读者互动交谈、签售，拜访韩国出版机构及翻译院。

因德文版《我要做好孩子》出版，黄蓓佳受邀参加瑞士国际作家节，做专场演讲，之后被安排去瑞士各地多家中学演讲、互动、签售。

二〇〇九年，五十四岁

该年黄蓓佳的创作以散文为主。二月，散文《我和车》发表于《苏州杂志》第二期。五月，散文《每一个灯光漫溢的夜晚》发表于《世界文学》第五期。七月，散文《消失的故乡》发表于《高中生之友》第七期。

长篇小说《我要做好孩子》被收入"百年百部中国儿童文学经典书系"。

参加德国莱比锡国际书展，做专场嘉宾演讲、签售，接受德国电视台采访，参加书展组织的"文学之夜"朗读会。书展活动结束后，黄蓓佳受慕尼黑国际儿童写作中心邀请，在中心报告厅做了演讲，之后赴柏林等地的文化中心做演讲、签售。来到瑞士巴塞尔，参加当地的"各国作家文学进校园"活动，在多座中学课堂和社区图书馆做朗读、交谈、签售活动。

二〇一〇年，五十五岁

一月，小说集"中国当代儿童文学名家丛书（珍藏美绘版）·黄蓓佳系列"由中国少年儿童出版社出版，该系列收录了《今天我是升旗手》《亲亲我的妈妈》《我飞了》《我要做好孩子》四部作品。五月，长篇小说《艾晚的水仙球》由江苏凤凰少年儿童出版社出版。该书获中宣部精神文明建设"五个一工程"奖、陶风图书奖，入选"三个一百"原创出版工程、"大众喜爱的100种图书"、新闻出版总署向全国青少年推荐的百种优秀图书、全行业优秀畅销品种。六月，"5个8岁"系列长篇之《草镯子》《白棉花》《星星索》《黑眼睛》《平安夜》由江苏人民出版社出版，其中《草镯子》获江苏省紫金山文学奖。

同年，黄蓓佳发表的作品还有：散文《南京，怎么爱你都不够》（《中国妇女》第5A期）、书评《一本不事张扬的好书：感受〈美国语文〉的魅力》（《出版广角》第二期）、散文《〈美国语文〉的成功教育》（《青年时代（下旬刊）》第三期）、散文《走过的路》（《扬子江评论》第六期）。长篇小说《我飞了》由中国香港木棉树出版社购买繁体字版权。

参加希腊国际书展，与各国作家一起朗读自己的作品。

二〇一一年，五十六岁

一月，作品集"天天典藏·黄蓓佳"由天天出版社出版，该系列收录了《草镯子》《白棉花》《黑眼睛》《阿姨你住过的地方》《遥远的风铃》《含羞草》等十七部作品。四月，首届江苏书展暨第七届江苏读书节举行，黄蓓佳应邀赴现场。六月，长篇小说《家人们》由人民文学出版社出版，同年全文刊载于《中华文学选刊》第十二期。小说中对于风景的描写是行文的一大亮点。丁帆认为,黄蓓佳"从《家人们》开始转型,将视线逐渐从形上的人物心理的描写转移到形下的风景描写上,开阔的自然描写视域,使作品更具有浪漫主义的特质"①。和《所有的》一样,《家人们》笔锋沉静,情感内蕴,"在这种平和的叙述中呈现出一种静穆悠远的美感"②。十二月十七日,黄蓓佳出席由江苏省作家协会主办的黄蓓佳小说创作研讨会。

同年,黄蓓佳发表的作品还有:散文《上海,激动人心的城市》(《上海采风》第一期)、散文《独坐影院》(《中学生优秀作文(中考专刊)》第Z1期)、短篇小说《心声》(《时代教育·先锋少年文学》第五期)。此外,黄蓓佳倾情小说拼音版(《太阳和月亮》《猎人海力布》《住在橘子里的仙女》《水码头》《小渔夫和公主》《会跳舞的摇摇》《一条名叫孩孩的狗》《我是巴顿》《碧玉蝈蝈》《天使飞翔》)由美国艾思传媒有限公司购买美国谷歌电子图书版权。

二〇一二年,五十七岁

一月,长篇小说《平安夜》由海豚出版社出版,该作二〇一八年一月由南京大学出版社再版。四月,中短篇小说集"黄蓓佳经典少儿小说系列"(插图版)由江苏凤凰文艺出版社出版,共计七卷。散文随笔集《片断》由江苏凤凰文艺出版社出版。五月,"中国童话美绘书系"由江苏凤凰少年儿童出版社出版,共计十卷,该系列入选国家新闻出版广电总局向全国青少年推荐百种优秀图书。十二月,长篇小说《余宝的世界》由江苏凤凰少年儿童出版社出版。小说以男孩余宝的视角,描述了城市底层儿童的生活。该书获中国出版政府奖提名奖、中华优秀出版物奖、江苏省精神文明建设"五个一工程"奖、CCBF"金风车"最佳童书奖,入选国家新闻出版广电

---

① 丁帆:《在泥古与创新之间的风景描写——黄蓓佳近期长篇小说的局部嬗变》,《当代文坛》2012年第2期。
② 朱晓进:《细节所蕴含的文化况味——黄蓓佳小说〈所有的〉和〈家人们〉的艺术境界》,《当代作家评论》2012年第6期。

总局向全国青少年推荐百种优秀图书、"大众喜爱的50种图书"。

同年，黄蓓佳发表的作品还有：散文《一个人的重和一群人的重》（《文艺报》一月六日）、短篇小说《我母亲的学生》（《上海文学》第九期）、散文《恰同学少年》（《学习报（八年级语文人文阅读）》第三十七期）。长篇小说《艾晚的水仙球》由韩国宝林出版社购买韩文版权。"5个8岁"系列长篇小说（《草镯子》《白棉花》《星星索》《黑眼睛》《平安夜》）由中国香港木棉树出版社购买繁体字版权。

受葡萄牙及西班牙文化机构邀请，黄蓓佳作为江苏作家代表团成员赴葡、西两国做文学访问，考察两国文学及出版现状。

二〇一三年，五十八岁

三月，短篇小说集《会跳舞的摇摇》由新蕾出版社出版，该作收录了《天边的桃林》《芦花飘飞的时候》等十三篇短篇小说。短篇小说《宠物满房》发表于《中国作家》第十期，后获首届《中国作家》舟山群岛新区杯短篇小说奖。五月，小说集《黄蓓佳经典温情小说》由少年儿童出版社出版。六月，作品集《小船，小船》由北京少年儿童出版社出版。八月二十八日，黄蓓佳赴北京国际图书博览会，出席"让世界聆听——黄蓓佳女士文学作品版贸成果展示与研讨会"。同年，"中国童话美绘书系"（《欢喜河娃》《小渔夫与宝镜公主》《泸沽湖的儿女》《花儿与少年》《美丽的壮锦》《橘子里的仙女》《亲亲的蛇郎》《牛郎织女》《碧玉蝈蝈》《猎人海力布》）由美国艾思传媒有限公司购买美国谷歌电子图书版权。

二〇一四年，五十九岁

二月，散文《红烧肉——缺失的记忆》收入《肥肉》，由南京师范大学出版社出版。四月二十六日，黄蓓佳出席江苏新世纪中短篇小说研讨会。

参加巴黎图书沙龙，在巴黎第七大学、中法文化中心及书展主宾国展区做文学交流活动，并签售作品。

应中国驻阿尔巴尼亚大使馆邀请，参加江苏文化界代表团，赴巴尔干半岛诸国做文化交流和考察。

二〇一五年，六十岁

六月，短篇小说《长夜暗行》发表于《钟山》第六期，次年由《新华文摘》第三期转载。十月，《万家亲友团》在《北京文学》第十期发表，次月被《小说月刊》转载。小说以一对年轻夫妻的亲友团为描写对象，紧紧贴近生活，在新型的人际关系中探讨生活的复杂面貌。小说获《小说选刊》优秀小说奖、汪曾祺文学奖，后被收入《2015中国年度短篇小说》，由漓江出版社出版；被收入《2016中国好小说·短篇卷》，由中国书籍出版社出版。创作谈《生活的"无力感"》发表于《北京文学》第十期。

同年，黄蓓佳发表的作品还有：散文《扬子江边河豚美》（《现代快报》五月十八日）、散文《志愿者海伦》（《光明日报》十一月六日）、散文《无力感与存在感》（《文学报》十二月九日）。长篇小说《我要做好孩子》《余宝的世界》由越南芝文化股份公司购买越南文版权。

二〇一六年，六十一岁

五月，长篇小说《童眸》由江苏凤凰少年儿童出版社出版，该作获中国出版政府奖图书奖、陈伯吹国际儿童文学奖、花地文学榜·年度儿童文学金奖、冰心儿童图书奖、京东文学奖年度童书奖、紫金山文学奖，入选中国图书评论学会"中国好书"、中国出版协会"中国30本好书"、国家新闻出版广电总局向全国青少年推荐百种优秀出版物。本书对"这些可爱的，有时候又觉得可恨的小孩子们"（封底跋言）的幽隐复杂的人性进行了探寻。小说主人公朵儿、白毛、闻庆来、二丫、细妹……在仁字巷里用命运勾勒出一个个丰富曲折的故事。黄蓓佳在后记中说："所有成年人的善良、勇敢、勤劳、厚道、热心热肠，他们身上都有。而那些成年人该有的自私、懦弱、冷血、刁钻刻薄、蛮不讲理、猥琐退缩，他们身上也有……人性的复杂，构成了我们这个世界的千姿百态，正因为如此，我们的人物才有温度。"七月二十四日，黄蓓佳应邀出席"新作《童眸》首发式暨'黄蓓佳工作室'揭牌仪式"。十一月，短篇小说《珞珈路》发表于《中国作家》第十一期，后转载于《小说月报》第十二期。短篇小说《心就是用来碎的》发表于《北京文学》第十一期，后转载于《小说月报》次年第一期、《作品与争鸣》次年第二期。十一月三十日，黄蓓佳出席中国作家协会第九次代表大会。十二月十六日，黄蓓佳长篇小说《童眸》研讨会在南京举行，专家们就其创作风格及江苏儿童文学生态进行了深入的交流与探讨。

同年，黄蓓佳发表的作品还有：散文《横八字巷的人们》（《新华日报》七月二十八日）、创作谈《我对这个世界的爱恋》（《扬子晚报》七月三十日）、短篇小说《布里小镇》（《人民文学》第十一期）。

《黄蓓佳研究资料》由人民文学出版社出版。

长篇小说《我要做好孩子》由俄罗斯东方文学出版社购买俄罗斯文版权。

二〇一七年，六十二岁

一月，"中国孩子"系列丛书由作家出版社出版，收录了《梅香1924：井里的天空》《克俭1944：烽火白棉花》《小米1967：红鸽子》《艾晚1982：我的路》《任小小2009：幸福来敲门》五部作品。该月，散文集《地图上的行走者》由江苏凤凰美术出版社出版。该书由五部分组成，分别为"中东忧伤""英伦气象""南洋味道""四海风云""五洲过客"，共计三十篇作品。该月，散文集《梦中的芦苇》由晨光出版社出版。四月，短篇小说《K线图》发表于《人民文学》第四期，后被转载于《作品与争鸣》第六期、《长江文艺》第十二期。

该年六月，长篇小说《星星索》由山东文艺出版社出版，长篇小说《我的姐姐是天使》由济南出版社出版。七月，短篇小说集《珞珈路》由北岳文艺出版社出版，收录了《布里小镇》《K线图》《我母亲的学生》《万家亲友团》等十篇短篇小说。七月十三日，黄蓓佳应邀出席第十三届江苏读书节。十四日，黄蓓佳携《珞珈路》出席第七届江苏书展。

同年，黄蓓佳还发表了创作谈《行到水穷处》（《中国新闻出版广电报》一月六日）、《提篮里的玫瑰》（《太湖》第六期）、短篇小说《曼德琳妈妈》

(《雨花》第十七期)、散文《地图上的行走者》(《雨花》第十七期)。

同年,长篇小说《我要做好孩子》《漂来的狗儿》由日本株式会社树立社购买日文版权。

二〇一八年,六十三岁

二月,绘本《镜子里的小人儿》《凯撒有了小妹妹》《月亮坐在屋檐上》《最温柔的眼睛》由江苏凤凰少年儿童出版社出版。在绘本中,黄蓓佳的儿童文学实现了优美文字与图像的结合。三月,中篇小说《天国游戏》发表于《北京文学》第三期,转载于《长江文艺》第十期。小说集"黄蓓佳非常成长系列"由天天出版社出版,该系列收入了《我要做好孩子》《今天我是升旗手》《我飞了》《你是我的宝贝》《亲亲我的妈妈》五部作品。六月,《孩孩的幸福时光》由南京大学出版社出版。七月,长篇小说《野蜂飞舞》由江苏凤凰少年儿童出版社出版,该书入选中国图书评论学会"中国好书"月度好书、优秀青少年读物出版工程、百道网年度好书、新阅读研究所年度"中国童书榜"最佳童书,获江苏省精神文明建设"五个一工程"奖、桂冠童书奖。《野蜂飞舞》是一部抗战题材儿童小说,以抗战时期华西坝的榴园为背景,透过主人公女孩黄橙子的视角,见证了特殊岁月中的成长、战乱岁月中的相望与扶持,勾勒出一个知识分子家庭的曲折命运,表达了一种大时代的情怀和精神。这部作品的故事温暖深情,情节轻盈透彻,主题辽阔悲壮,是一部具有史诗般张力的文学力作。这种温柔轻盈下的深沉情思,过滤掉岁月苦难的美的沉淀,是黄蓓佳"复杂中的'简单'"创作原则的体现。十月,创作谈《山河壮丽 岁月漫长》发表于《民主》第十期,黄蓓佳详细讲述了自己创作《野蜂飞舞》的来龙去脉。十一月,长篇小说《细妹》由新蕾出版社出版。

同年,长篇小说《亲亲我的妈妈》《我飞了》《漂来的狗儿》由越南芝文化股份公司购买越南文版权。中国香港中华书局购买了长篇小说《童眸》的繁体字版权。

二〇一九年，六十四岁

六月，短篇小说《我亲爱的奶娘》发表于《人民文学》第六期。小说以温柔恬静的语调，讲述了"我"与奶娘之间超越血缘的深情厚谊，通篇闪烁着和煦的人性之美。该月，黄蓓佳担任"年华璀璨"儿童文学丛书主编，该丛书为江苏省委宣传部重点资助项目，也是江苏省作家协会二〇一九年重点创作项目。黄蓓佳为这套丛书作序《年华璀璨，岁月永恒》，其创作的长篇小说《小放牛》收入该套丛书出版。十一月，黄蓓佳获国际安徒生奖候选人提名。十二月，长篇小说《奔跑的岱二牛》由江苏凤凰少年儿童出版社出版。该书是黄蓓佳继《野蜂飞舞》之后的又一力作，以"明快、单纯、谐谑"的笔调展现了轰轰烈烈的新农村建设对乡村传统价值观念的冲击，以主人公岱二牛的寻觅为线索，勾勒出乡村温暖又略带荒诞色彩的日常图景。《奔跑的岱二牛》入选江苏省全民阅读活动领导小组向社会推荐的12本好书、年度"苏版好书"、凤凰年度好书、文津图书奖推荐图书，获陈伯吹国际儿童文学奖、年度"中国童书榜"最佳童书。

同年，长篇小说《野蜂飞舞》由越南芝文化股份公司购买越南文版权，由印度通用图书批销公司购买英文版在印度的出版、发行权，由马来西亚彩虹出版有限公司购买马来文版权，由黎巴嫩数字未来出版社购买阿拉伯文版权。长篇小说《我要做好孩子》由突尼斯东方知识出版社购买阿拉伯文版权。长篇小说《亲亲我的妈妈》《童眸》《漂来的狗儿》、绘本《最温柔的眼睛》《凯撒有了小妹妹》《镜子里的小人儿》《月亮坐在屋檐上》由黎巴嫩数字未来出版社购买阿拉伯文版权。

二〇二〇年，六十五岁

三月，《困境、绝地求生和人性之光——对话黄蓓佳》发表于《儿童文学选刊》第三期。五月，《看乡村少年行走如风》发表于《民主》第五期。五月，长篇小说《童眸》由中国大百科全书出版社再版。九月，《高门楼儿》等四卷本大字版由中国盲文出版社出版。十二月，黄蓓佳"童眸"美绘书系（共四册）由江苏凤凰少年儿童出版社出版。同月，《牛郎和织女：

大字注音版》等十卷本由中国盲文出版社出版。美绘本《我亲爱的奶娘》由青岛出版社出版。

同年，印度通用图书批销公司购买长篇小说《我要做好孩子》英文版在印度的出版、发行权。

二〇二一年，六十六岁

三月，长篇小说《太平洋，大西洋》由江苏凤凰少年儿童出版社出版。该书可视作《野蜂飞舞》的姊妹篇，小说双线并行，以"复调"的形式在不同时空间自由切换，以老华侨万里寻友为线索，打捞起一段"音乐神童"的成长片段。小说将"艺术之美、家国之爱、历史真实、人物命运"等元素巧妙勾连，读后有荡气回肠之感。该作入选凤凰年度好书、《中华读书报》"年度十佳童书"、阅读公社"年度20部优秀童书"、"大众好书榜"年度好书、百道网好书榜年榜、全国家庭亲子阅读导读书目、年度儿童文学新书榜特别推荐作品、年度"苏版好书"。四月，《黄蓓佳寄语》发表于《儿童文学选刊》第四期。同月，《我亲爱的奶娘》由《民主》第四期转载。《蝈蝈儿》《西瓜地》《凯撒和小爱的幸福生活》由吉林出版集团股份有限公司出版，该书收入"黄蓓佳温馨成长系列"丛书。十月，《亲爱的兔子》由安徽少年儿童出版社出版。

同年，巴基斯坦超越地平线出版社购买《我要做好孩子》英文版在巴基斯坦的出版、发行权。

二〇二二年，六十七岁

一月，长篇小说《亲亲我的妈妈》《野蜂飞舞》《漂来的狗儿》《太平洋，大西洋》《余宝的世界》等十五卷由人民文学出版社再版。同月，《我要做好孩子》英文版入选美国儿童文学协会评出的"2021年优秀儿童文学译作"。四月，长篇小说《叫一声老师》由江苏凤凰少年儿童出版社出版。该作以天真童稚、幽默诙谐的笔法，细细描摹出几位县城老师的苦乐人生，既发掘了传统师道的历史积淀，又勾勒出为人师者琐屑的日常图谱，余韵绵密而悠长。黄蓓佳表示要"把这本小说献给我的父亲母亲，以及所有爱过我的，和我爱过的老师们"。《叫一声老师》入选《中华读书报》春季童书书单、《中国出版传媒商报》"最值得推荐的50种童书（春季版）"、《中国出版传媒商报》"第一季度影响力图书"、《中国教师报》推动儿童发展的"十本书"（非绘本类）、"大众好书榜"第一季度榜单、百道网月度好书、《中国新闻出版广电报》月度优秀畅销书榜、凤凰好书四月榜、"全民阅读·书店之选"儿童文学类图书。五月，《生命里那些如星光般闪耀的老师》发表于《民主》第五期。同月，黄蓓佳通过视频方式参加牙买加金斯顿图书节，江苏凤凰少年儿童出版社赠送《我要做好孩子》样书给牙买加康沃尔、米德尔塞克斯和萨星三个县的图书馆。同月，黄蓓佳儿童文学创作研讨会在江苏南京召开，省内外近二十位专家学者以线上、线下的方式参与了研讨。七月，为纪念黄蓓佳创作五十年，"黄蓓佳长篇小说典藏版"十二册由江苏凤凰少年儿童出版社推出。十月，绘本《小猫妞妞》由天天出版社出版。绘本《西瓜地》《蝈蝈儿》等四册由吉林出版集团股份有限公司出版。《黄蓓佳作品学生版》等三册由长江文艺出版社出版。同月，黄蓓佳获2023年阿斯特丽德·林格伦纪念奖候选人提名。

同年，英国若意文化出版社购买《野蜂飞舞》英文版在全球（除印度和巴基斯坦外）的出版、发行权。长篇小说《奔跑的岱二牛》《太平洋，大西洋》由越南芝文化股份公司购买越南文版权。

姜淼，文学博士，毕业于南京大学，现就职于上海民办圣华紫竹双语学校。

本文首发于《东吴学术》2020年第1期，2022年10月补充、修订。

二 综论

小船，摇向孩子们的心灵深处……
——评黄蓓佳的儿童文学创作

董之林

黄蓓佳是步入文坛不久的青年女作者。一九八一年七月，江苏人民出版社出版了她第一部儿童短篇小说散文集《小船，小船》，老作家丁玲写了序言，说"她文字流丽，是一个可以深造、很有希望的青年"。

黄蓓佳的儿童文学作品以表现我们时代的儿童生活为主。她善于抓住孩子们平凡生活中富有教育意义的"细枝末节"，有声有色地铺衍成篇，像一片片轻柔的芦花从孩子们眼前徐徐飘过，又像是一湾清泉潺潺流入孩子们的心扉。她作品中那些细腻动人的描写，恰似信手抛撒在小溪中的粒粒彩石，不时激起孩子们感情的涟漪，使他们心灵受到震动、陶冶的同时，得到思想上的启迪。

一

文学创作需要作者写自己熟悉的生活。黄蓓佳的作品之所以能够打动读者，写得情真意切，正是因为她写了自己真正熟悉的生活，抒发了她对生活的真实感受。

黄蓓佳生长在苏北的一个小镇，父母都是教师，家里还有一位很会讲故事的外婆。"文革"风暴一起，学校乱哄哄的，上不了课，知识分子都成了"臭老九"。凭她的出身与年龄，在生活中受到的委屈与压抑是可以想见的。她下乡插过队，做过小学代课教师。恢复高考招生制度以后，她考入北京大学中文系。动荡的年月给她留下的记忆，以及她对这一段生活的反复思考，使她对社会中的真伪、善恶、美丑有了比较深切的理解。下乡插队的生活给她留下的印象尤为深刻，她说："我总觉得生活是从插队的那一天起才真正开始的。"我们从她的许多作品中都可以依稀看到她插队的那个美丽的小岛，看到她与岛上"淳朴、憨厚、勤快，也懂事"的孩子结下的深厚情谊。那段平凡而又难忘的生活经历，为她日后从事儿童文学创作打下了良好的基础。

高尔基说过："真正的艺术只能在读者和作者建立了真正相互信任的地方产生。作家的任务，就是把那些称之为灵魂的一切，叙述给世界和人类。一个全心全意的作家，当他像对着自己最好的朋友那样，讲述我们生活的欢乐和痛苦、好和坏、可笑和卑贱的时候，他就会明白，他会得到读者的信任，读者会把他当成自己的朋友。"儿童文学也不例外，只有孩子们认为作品中的生活是可信的，作品中流露出的感情是真实的，作品才能打动他们，作品中的教益也才能为他们所接受。黄蓓佳选择了最适合她身份的叙述方式，与孩子们建立了感情上的信任。她的创作活动，就像一位聪明而性情温厚的大姐姐在临睡之前向弟弟妹妹们叙说自己过去的经历，娓娓动听。

《阿兔》这篇作品的背景是"文革"的动乱年月，作品表现的生活场景是孩子们所熟悉的：住阿婆家、吃甜玉米秸、江堤乘凉、参加劳动……作者采用回忆的手法，借那些特定历史环境中的凡人小事，向小读者敞开了她的心扉。"她像对着自己最好的朋友那样，讲述我们生活的欢乐和痛苦、好和坏、可笑和卑贱"，使小读者们不禁感动、深思。他们从《阿兔》中看到的，不仅仅是"我"与阿兔江堤乘凉时的美丽遐想，孩童之间争吵时的伤心与哀怨，还有漫漫人生旅途中对生活真谛的探索，对纯洁友谊的颂扬，对扼杀理想的憎恶。

《当我还在童年》反映的是童年生活中一件极细小的事情。作品中"我"的那种内疚之情，曾潜藏在许多孩子的内心深处，或朦胧缥缈，或转瞬即逝。黄蓓佳抓住了这细微之中闪光的思想，也就是内疚中包含的富于同情心、乐于助人的正义感,她抓住了可以"称之为灵魂"的东西,生动形象地铺开来描写。在她与孩子们交流童年生活感受的淙淙细语声中,一条去向真善美的生活之路显现在小读者面前。

二

大部分读者对黄蓓佳作品所表现的内容都不会感到生疏。难得的是,这些司空见惯的内容,经过作者对生活和人物心灵的深入挖掘,又放射出了异常悦目的光彩,留下回味的余地,自然也就引起了人们的兴趣。

《小船,小船》是黄蓓佳作品中很有特色的一篇。它描写了担任小学教师的两姊妹先后渡船送一个腿有残疾的孩子上学的故事。这种好人好事在生活中很多,不但很多作者,甚至小学生在作文里都曾写过。但是黄蓓佳把这样一个故事写得非常动人,关键在于她刻画了三个性格鲜明的人物——芦芦、小刘老师和小玲老师,并且颇富诗意地讲述了发生在他们之间的故事。作品中的芦芦是一个有着丰富内心世界的孩子,用他妈妈的话来说,"残疾的孩子嘛,少只脚,多个心眼儿"。作者借他对两位老师的观察,展现出小刘老师助人为乐、体贴入微的美好品德,也突出了小玲老师热情开朗的性格特点。小玲老师不但继承了姐姐的美好品质,而且敢于斗争,敢于打开新局面,以一身蓬勃的朝气弥补了姐姐性格上的某些不足。作者对这个人物没有加以人为的"拔高",而是从生活出发,比较真实地表现了她从不够成熟到较为成熟的性格发展过程。三个人物的性格刻画,在作品中形成了一个有机的整体。作者对小刘老师与小玲老师的性格描写得越细腻、具体,也就愈加清晰地把芦芦沉默、多愁善感的内心世界展现在读者面前。这种对生活、对人物心理的深入挖掘,使孩子们看到了生活中一些凭他们自己的眼睛看不到的东西,从而使他们有一种豁然开朗的感觉。

作者还十分注意挖掘孩子们心中有,却不大能够说得出来的微妙而美好的感情。在《当我还在童年》这篇作品中,当那只耍戏法的小狗叼着罐罐向"我"要钱时,作者对"我"的内心世界做了生动的描绘:

是的，我也应该给钱的，我看见小狗鞠躬了，看见小姐姐"拿大顶"了，小姐姐还流了那么多的汗……可是我没有钱，一个钱也没有，我只有两个玻璃球。

以致后来再来变戏法的，"我"也不敢去看，"我总觉得这两个变戏法的和小姐姐他们是一家子的人……"

这是一种孩子式的负疚感。作者向读者揭示了儿童纯真善良的内心世界：乐于助人，一点也不能做"亏心事"。虽然这件事情以及它所表现的思想内容并不稀奇，可是作品并不显得平直浅露。作者从细微处入手，把孩子内心深处的波动形象细腻地揭示出来，为作品添趣不少。这也是她写日常生活而不流于一般的一个重要原因。由此可以看出作者敏锐、细密的观察能力。

三

翻阅黄蓓佳的作品，映入眼帘的常常是一片绿郁葱茏：青青芦苇丛中划过的放鸭小船（《小船，小船》），翠竹环抱的白果渡村（《阿兔》），有着动人传说的"又来沙"小岛（《敬礼！白桦树》），还有那穿街走巷、流不断的清清小河（《小河流过门前》）……似乎作者的手中拿着一支彩笔，她常用不同的色调在作品里勾一轮明月、点几点星光、绘一截芦根、滴几滴露水，给作品带来不尽的诗情画意。请看《小船，小船》：

叶片上有露水，水珠儿是红的，芦芦的头不动，红水珠儿就跟着闪出蓝的、橙的、黄的各种颜色的光芒，就像神话里的那种宝珠。不时地，有一只翠绿的小青蛙"噗"的一声跳上芦苇，蹲在叶梗上，那水珠就纷纷地往下掉落，落在清碧碧的河水里。

这些美丽的色泽，融汇了芦芦单纯而又深沉的感情，富于象征性。读者从这幅画里看到了一个凝思默想的病孩子，他内心的感情纤细而瞬息万变，饱含了对美好生活的渴望和对小刘老师深深的思念。从生活中消失了的小刘老师，不就像芦芦眼前这转瞬即逝的晶莹露水吗？

古人说"神与物游"。成功的景物描写，不是单纯的自然模拟，其中一定熔铸了作品中人物的情感和作者的意愿。在《忠诚》中，作者对那只猫活灵活现的描写自不必说，即使是一只老鼠，她也写得十分生动有趣。当外婆告诉蕾儿，蚊帐被老鼠咬了个洞时，"一只肥胖的老鼠正安然坐在衣柜顶上，伸出一只爪子慢条斯理地理它的胡须，全然不把我们放在眼里"。寥寥数语，便写出了大屋的空旷，衬托出蕾儿与外婆孤寂的生活。《小河流过门前》中，孩子对小河的观察与感受，也写得比较成功。那河面上活泼游动的小鱼，恰是对顽皮好动的孩子们十分形象的模拟，读后令人感到一股新鲜、逗人的气息扑面而来，与作者的直接叙述相比，别有一番风趣。

在作品中穿插景物描写，寓情于景，情景交融，可以说是黄蓓佳运用自如的成功之笔。她擅长用一些可以表达自己思想感情的物象串联全篇，看上去信笔所至，但不枝不蔓，像是以一根红线，把生活中的珍珠穿在一起，使它们发出更耀眼的光彩。

《星空下》多次写到了星空。第一次伴随星空出现的是古老美丽的传说，像一粒粒幻想的种子播撒在"我"和姐姐天晴的心里；第二次提到星空，使读者看到"我"后来理想的雏形；第三次描写星空，写出了"我"为实现理想付出的艰苦努力；第四次写星空在作品的结尾，"我"被无辜地赶出了校门，小小年纪便告别家乡亲人，踏上了继续求学的漫漫路程，作品中这样描写：

> 晨雾还没有散尽，一颗启明星高高地挂在天边。啊，神秘的星星，莫非你知道人间的悲苦？你知道不知道我面前是一条什么样的路呢？

作品中时隐时现的星空，每次出现都有特别的含意。它似乎可以做证，黑暗的社会吞噬了多少人心头的理想之光。"我"的父亲和姐姐原本都是有美好理想的人，可是到头来，父亲失了业，姐姐惨死在缫丝厂煮茧子的开水锅里。他们为"我"的理想实现付出了惨重的代价，但是"我"面前的这条求学之路，依旧像那神秘的星空，迷惘莫测。星空漫漫，前途渺茫，文章不觉在读者心头蒙上了一层压抑的雾霭，这样展示给小读者的旧社会的黑暗生活就不是抽象的、空洞的告白，而是活生生的现实。作者对旧社会的揭露和控诉，她所要揭示的生活真理，也都染上了浓郁的诗情画意。

四

"我常常提醒自己：每个人活在世界上，都对社会负有责任。"黄蓓佳正像自己所说的那样，在文学道路上孜孜以求、勇于探索，不断追求更高的思想境界，表现更高尚、更美好的理想情操，力求对社会与小读者尽职尽责。她没有把自己的眼界局限于儿童的日常生活，而是努力开阔自己的视野，不断充实各方面的知识，提高自己的精神境界，在艺术形式和表现手法上也不断翻新。

《五（1）班的"备忘录"》是一篇表现小学生现实生活的作品。作者采用孩子们写备忘录的形式，让作品中的几个班干部和"改正了缺点的孩子"查克，各自在李老师留下的备忘录上直抒胸臆，实际上也是向读者轮流表演。作者把他们各自的表演巧妙地串成一篇作品，写得活泼、明快、有声有色，很能引起孩子们的兴趣。《化装晚会》的构思也很别致。作者把孩子们生活中常有的谈理想活动，变成一次"化装晚会"，让孩子们表演自己二十年以后的情景。崇高的理想和天真活泼的天性，统一在一个又一个性格不同的孩子身上，读来既引人捧腹，又发人深思。而且，孩子们也不是呆板地在那里表演，中间还穿插些趣味性的情节，使人物性格更加鲜明。将这些描写新时期儿童生活的作品与其他作品相比较，就会发现黄蓓佳赋予不同题材的作品不同的色调与氛围。比如《星空下》与《化装晚会》这两篇作品表现了不同时期少年儿童追求理想的不同境遇，前一篇节奏平缓而低沉，形成一种压抑的气氛；后一篇节奏明快而活泼，使作品荡漾着一片明媚和煦的春光。

既然是探索，那么黄蓓佳的作品也就难免出现一些问题。《深山里的孩子们》虽然写出了孩子们的友谊与志趣，也使人感受到山区生活的清新气息，但是内容比较散，作者的思路不够连贯，所以给读者留下的印象不深。《朋友》这篇作品对如何正确看待高考落榜似乎缺乏比较明确的认识，使读者对这个问题的理解也有些模糊。文学作品不但要写得真，而且要写生活中那些有特点、有意思的"真"东西。并不是任何真的东西都是有教育意义和审美价值的，只有把真、善、美三者有机地统一起来，作家才算完成了自己的任务。对于儿童文学，这一点更为重要。在黄蓓佳某些成功的作品里，也还有些生硬的地方，比如《星空下》中齐伯伯揭露汉奸政府利用数学竞赛装门面的那段话，就有些成人化了，孩子们未必能理解得了。

本文发表于《文谭》，1983 年第 11 期

她在探索什么？
——谈黄蓓佳的儿童小说创作

金燕玉

　　托尔斯泰说："每一个作家的特色是把所看见的生动的事物像用一块棱镜一样，集中到焦点上。"（《舍尔戒杨可的札记》）由此看来，一个作家有没有自己创作的焦点非常重要，没有焦点，显示不出特色来，也形成不了风格。致力于追求自己的艺术个性可以说是创作上成熟起来的标志。我们欣喜地看到，年轻的儿童文学作者黄蓓佳正在这种追求的过程中显现出独特的色彩来。她在创作自述《我寻找一支桨》中明白地表露道："什么样的作品是孩子们最最喜欢的？我尝试着写出各种风格题材的作品，交给他们自己挑选。"结果发现："唯有那些写人和人之间的感情的，写得真挚、深切、纯洁、隽永的，他们会一遍两遍地看，看完了还会在心里久久盘绕、回味、思索，再也忘不掉。"于是，她找到了自己创作上的焦点，用她的话来说，就是寻到"一支桨"，在儿童文学的大海中划起自己的小船。

　　是的，综观黄蓓佳的二十多个短篇和两个中篇小说，她所着力表现的，正是孩子世界中人与人之间的尊重、信任、关怀、爱护、同情等美好的感情。描写感情的作品，要吸引少年儿童，让他们爱读并受到感染，在客观上有有利的因素，也有一定的难度。从儿童的特点来看，他们富有感情，具有天真、纯洁、爱护动物、憎恨强暴与同情弱小、爱美爱真等美德，具有追求光明和崇高的品性，表现美好的感情，会引起他们的共鸣。但儿童好动活泼，写情的作品如果流于呆板、沉闷、抽象，就不能引起他们的兴趣。怎样反映孩子世界中的感情生活，是儿童文学创作的一个重要课题。黄蓓佳的作品大多写得情致盎然、深切动人，充满艺术的魅力，深受小读者的喜爱。她对这个课题的探索值得我们重视。

把感情写得"真挚、深切、纯洁、隽永"是黄蓓佳孜孜不倦追求的艺术境界，她通过各种方式努力去达到。黄蓓佳作品中感情的"真"，很大程度上来源于"准"，即准确地把握儿童的感情特征。她尤其善于把握病残儿童的感情特征。如果我们稍微留心一下，就会发现病残儿童常常成为她的小说中处于感情中心的小主人公，如《小船，小船》中的芦芦、《在你的身后》中的"我"、《天边的桃林》中的桃叶、《窗外的石榴花》中的小聪等。这种取材的特点源于她当教师期间对一个残疾儿童的深深的同情："身体残疾的孩子，心灵应该是健全的，他们也应该有他们自己的理想、爱好、脾气、性格，有自己的爱和憎，有自己的喜和怒。他们也是我们的兄弟姐妹。"（《心，永远憧憬未来》）带着这种独特和真切的生活感受，黄蓓佳写出了病残儿童特殊、复杂的感情，他们异于一般儿童，在感情上更为强烈和敏感。《小船，小船》写的是教师帮助病残儿童的事，故事很简单。作者并不直接正面地去描写好人好事，而是挖掘出事件背后的感情，以芦芦对小刘老师的敬爱、怀念之情，对小玲老师由疏远到亲近的感情变化串联全篇，写得委婉、细腻，确有令人回肠荡气之功。曲折的感情使得情节也丰富生动起来。《在你的身后》是一篇残疾儿童的感情自白书，跛足少年"我"娓娓诉说了自己的寂寞和孤独、委屈和屈辱、发愤和进取。作品熔痛苦、怨愤、欢欣、内疚的感情于一炉，感人肺腑。芦芦和"我"的感情除了有残疾儿童的共同性外，还烙上了鲜明的个性特征，芦芦的急躁、倔强，"我"的温和、刚强，都通过感情描写被刻画出来。

由对残疾儿童命运的关注而扩展开来，黄蓓佳又在自己作品中以生活中的失意儿童为对象，彰显感情对他们认识自身价值、提高自信心的作用，从而深化了作品所蕴含的感情。在《雪·太阳·村庄》中有这样两句话："当人们没有发现它的价值的时候，你能说它永远是没用的东西吗？"这表面上是指一颗石子，实际上表达了作者对失意儿童的看法。这篇小说的主人公冬生不也像这样一颗石子吗？妈妈嫌他笨，认定他没出息，不喜欢他。一天到晚的数落和沉重的家务劳动把冬生压得头都抬不起来。如果说儿童丰富复杂的精神世界是一部艺术作品的草稿的话，那么，妈妈那双笨拙的手正在漫不经心地把草稿中美好的东西抹掉，她的无知和偏见只会扼杀孩子内在的理想和才能。幸运的是，冬生没能从妈妈那儿得到的抚爱、关怀、信任、鼓励都由秦老师补足了，秦老师那双训练有素的温暖的手正在对草稿做美好的加工，她唤起了冬生的自信，帮助冬生树立理想，引导他一步步去实现理想——当一名地质队员。作品不仅写出了冬生对即将离去的秦老师的依依不舍之情，还传达了冬生受到爱护和鼓励后的感情反馈，这样，洋溢在全篇的师生情谊就显得更加深沉、丰富。

中篇小说《唱给妈妈的歌》同样使我们感受到感情的力度和强度。作者的笔墨始终追随着小主人公内心的两条线索——志向和感情，黄蓓佳在事件发展的过程中恰当地描绘了人物的一系列心理活动，令人信服地展示出主人公心灵复苏的过程。四年级学生孟小羽从管教所出来后，当一个普通人的愿望和对母亲的深切怀念，在他的内心回旋激荡。孟小羽心中经常弹奏着的两种和弦，如果得不到回音和共鸣，那么，他会感到颓丧而走回头路。而管教所秦所长对他的信任和尊重、杨娜给予他的友谊和帮助、杨娜妈妈的慈爱，汇成了一股强大的感情力量，给他温暖，使他认识到自己的价值，从而满怀信心地走向正路。孟小羽的转变过程就是一曲人与人之间美好感情的颂歌。虽然这篇小说最后两节以偶然巧合来完成孟小羽的彻底转变，有斧凿之嫌，但就全篇而言，感情还是深切感人的。

孩子们的友情在儿童文学作品中很常见，黄蓓佳在处理这类题材时，也是别开生面，有自己的特色。她的笔墨着力于反映友情的纯洁和美好，所描写的孩子的友情往往是在素不相识的情况下偶然产生的，完全建立在相互关心、体贴、帮助的平等基础上，不问年龄、知识、城乡、性别的差异，因此显得特别真诚可贵。无论是调皮的初一学生小胜和高考落榜生大平，还是城里农科所的孩子晨晨和看桃林的哑巴小姑娘桃叶，或者是躺在床上的病孩子小聪和窗外一群打羽毛球的孩子，他们之间都建立了无私、美好的友谊。中篇小说《芦花飘飞的时候》也是如此。荷叶是县剧团的小演员，小狗子是农村土生土长的孩子，他俩只相处了几天时间，却成了一对好朋友。在这些孩子之间，我们看不到有些儿童小说常写的那种"哥们义气"，以及什么友谊和进步的矛盾，只有那令人赞叹不已的人情美和心灵美。"人就是这样，谁知道谁日后是个什么样？要紧的是互相帮助，有颗公正、善良的心。"这是《芦花飘飞的时候》中作者议论的话，正好道出她写孩子友情的指导思想。黄蓓佳写友情，是为了表现"公正、善良的心"，是为了表现友情所产生的使人变得更美好的力量，是为了让小读者受到高尚品性的感染。荷叶纯真、可爱，没有看不起农村人的庸俗气，没有演员的花架子；小狗子朴实、厚道，一心为荷叶着想。两个小主人公的心灵都是那样美好，他们之间的友情才会纯净得像芦花那样洁白，才更能打动人心。总的看来，黄蓓佳所表现的感情，无论是姐弟之间的骨肉情，还是孩子之间的友情，或是师生之情、儿童对幼小动物的感情，都是那么纯净，那样美，就像一泓泉水，清澈见底，没有杂质，滋润着少年儿童的心田；又像阵阵清风，凉爽宜人，吹拂着正在茁壮成长的稚嫩幼苗。在表现孩子感情生活的广阔天地里，黄蓓佳已经开拓、耕耘了属于自己的一片田地！

在文学创作中，形式的选择在客观上由内容所决定，在主观上由作者的艺术气质所决定。一个作家，为了表达一定的内容，必然立足于自己的艺术气质，去寻求相适应的形式。只有找到得心应手的最适合表现内容的形式，才有可能创作出成功的作品。为了写好孩子世界中的美好感情，黄蓓佳在内容与形式的统一上所做的探索也是可贵的。

黄蓓佳对儿童感情的表现是与她对儿童内心世界的大胆挖掘紧紧联系在一起的。感情出于内心，诉诸行动，靠外部动作的描写，当然可以很好地反映感情，但如果要把感情写得更为隽永、耐人寻味，表现出感情的丰富性和复杂性，还得靠直击内心。在儿童文学创作中，过去一般强调作品要有活动性，要写得紧张、热闹、有趣，这确实很重要，不过，往往忽略了儿童文学作品的抒情性。实际上，少年儿童的内心活动也是他们的重要活动之一，表露少年儿童内心活动的清新、优美的作品，一直是少年儿童文学创作的一个方面。冰心的《寄小读者》和契诃夫的《万卡》，就是其中的典范。随着时代的发展，社会生活的多元化，当代少年儿童的内心世界愈趋丰富，心理活动也较过去复杂，他们就愈能欣赏和欢迎这类作品。黄蓓佳敏锐地感受到了少年儿童审美趣味上的变化，而她的艺术气质也把她的笔引向儿童的内心："孩子们也是生活在社会之中，也有自己的思想，自己的秘密，自己的一些微妙而说不出来的热情。我喜欢挖掘这些东西。"（《心，永远憧憬未来》）因此，她大胆地书写儿童的感情，通过对儿童心理活动的刻画，来表现他们感情上的微妙变化，如波动的幅度，深切的程度等。这是她写好儿童感情的一个重要途径，也是她对儿童内心世界的开拓。一个五岁的孩子，在看杂技表演时，会有什么反应？一般人也许只会看到孩子在拍手称好，黄蓓佳却能窥见孩子心中的种种感受，以此构思成《当我还在童年》。善良、纯真的童心所产生的美好、宝贵的同情，在"我"的一系列心理活动中被揭示出来，让小读者们感同身受。

儿童的心理活动和成人的心理活动有根本的不同：前者比较直接、具体和零碎，后者可以是间接、抽象和系统化的。把握住两者的区别，是写好儿童的心理活动，不使小读者感到沉闷的关键。黄蓓佳的《心声》写到京京读《万卡》时老走神，就把他心里所想的都化为一幅幅生动的生活画面：和爷爷、妮儿在一起生活的情景。这几个生活画面是片段性的、不连贯的，不能组成京京在乡下生活的完整情节，却能很好地表达京京怀念爷爷和妮儿的纯朴感情，以及《万卡》在他心中引起的强烈的感情共鸣。甚至当京京在朗读课文时，作者还写他的心理活动，有了前文一系列的铺垫，此处的描写让读者相信，这样的心理活动一定在京京的内心存在着。结尾处的心理活动，结合前文京京怀念乡下生活的闪回式片段，把京京对爷爷和妮儿的感情又推进一步。

情景交融是诗人和散文家追求的艺术境界。黄蓓佳生在水乡，长在芦荡，从小受到自然风光的熏陶，对景物的感受力很强。当她写感情时，这方面的素养就起了作用，使她能寓情于景、寓情于物，把抽象的感情凭借具体的景物形象地表现出来，便于小读者体会和理解。最能体现这种风格的《小船，小船》，几乎无物没有情，无景没有情，哪怕是一根小小的芦根也"满怀深思"，"雪白的芦根贴着船帮犹疑了半天，才一步三回头地漂远了"。这是在写芦根，又分明是在写芦芦的心情，想到自己对新老师的满腔热情落空了，芦芦是多么伤心。再看那只牵动着芦芦情思，也牵动着读者情怀的小船——给人以欢乐和悲哀、失望与希望的小船，它贯穿全文，它的出没反映出芦芦感情的起伏，它吸引着小读者，也把芦芦的感情传达到他们心中。《芦花飘飞的时候》曾两次细致地描写芦花，又在结尾写到小狗子约荷叶在芦花放白的时候再到村里玩，"让雪白的芦花飘在头上身上"。这绝不是毫无必要的重复，而是渲染感情的需要。因为荷叶和小狗子在芦花放白的时候建立了友谊，芦花的纯美象征感情的纯洁。芦花和友谊紧紧相连，给小读者留下深刻的印象。

为了突出感情、强化感情，黄蓓佳还尝试采用了一种叙述方法，即以小主人公在某一时间内、某一境遇下的活动为框架，随着小主人公的意识流动，一段一段引出情节。这或许可以看作是意识流的手法在儿童文学中的运用，以儿童的好读好懂为原则，不能出格。这种写法的好处是能够比较随意地抒发感情，以感情为线索来抓住小读者，而且动静结合，眼前事和心中情相互调剂，不致令人沉闷。黄蓓佳的尝试是成功的。《雪·太阳·村庄》截取冬生一早起来准备去送秦老师的生活片段，用它来容纳以前的生活内容。在这个片段中，冬生被妈妈支使着做这做那，心却早飞到了秦老师的身边，秦老师关怀和培育冬生的镜头一一出现，叙述情节和抒发感情紧密地结合在一起。请看这段："现在，家里不再有什么要做的事，冬生可以走了，去送他最亲爱的老师。老师这一走，十有八九是不会回来的。就像太阳出来以后，白雪化成水，渗入地下，不能再看见一样，可是满田里青青的麦苗留下了，道路、村庄和青灰色的矿土都留下了，这里仍然是一个完整的世界……"冬生的依依不舍之情被淋漓尽致地表达了出来，紧接着，冬生开始行动，他进屋拿起送给秦老师的礼物，匆匆上路了。回忆往事、总结感情与情节收尾这三者完全有机地联系在一起。

黄蓓佳特别擅长用令小读者感到亲切的抒情的语言写作。为少年儿童写作，涉笔成趣固然是了不起的本领，下笔有情也是不简单的。她的作品像是敞开胸怀在和你倾心交谈，优美的语言像一条连接小读者心灵的通道，让感情的潺潺流水顺利通过。她简洁、明快、流畅、自然的语言，最适于描摹儿童心理、抒发感情。散文《敬礼！白桦树》的开头是这样的："白桦树，我又看见了你！高高地立在河岸上，依然是那样挺秀，依然是那样银白纯净，那样庄重可亲。你呀，白桦树，我又看见了你！"语言富有抒情的特质，且完全达到了茅盾对儿童文学语言提出的要求："语法（造句）要单纯而又不呆板，语汇要丰富多彩而又不堆砌，句调要铿锵悦耳而又不故意追求节奏。"

黄蓓佳前一阶段的儿童文学创作，大多源于她的童年生活。这的确为她的作品带来富有真情实感的特色，但如果不跨出自己童年生活的圈子，那么久而久之，会有题材枯竭之患。因此，如何开阔视野、贴近时代，通过儿童的感情世界折射出更深更丰富的生活、情愫、思想，应该是黄蓓佳今后创作的努力方向。儿童的感情是丰富的，对儿童感情世界的探索也是没有止境的。时代风云的变幻、广阔的社会生活，都会在儿童的内心世界掀起层层感情的波澜。我们期待着它们从黄蓓佳的笔端涌现出来。

本文选自金燕玉专著《大世界中的小世界》，南京出版社，1994年版

黄蓓佳近期儿童文学创作论
——兼谈当前儿童文学创作中的一些问题

汪 政　晓 华

黄蓓佳是一位在成人文学和儿童文学方面都取得了相当成就的小说家，回顾她的创作道路，应该说她首先是以儿童文学创作引起文坛关注的。但进入二十世纪八十年代中期以后，黄蓓佳的主要耕作地带转向了中青年知识分子题材的成人小说，创作了以《新乱世佳人》为代表的新历史小说。就在黄蓓佳的创作发生转移的这十几个年头，中国当代儿童文学在观念上发生了很大的变化，潮起潮落，其审美观念已经是几番变迁，再加上域外儿童文学的抢滩，更使得中国儿童文学的创作和接受都处在一种喧腾而又复杂的状态中。就在这时，黄蓓佳又不紧不慢地回到了儿童文学创作的园地，在不长的时间里，连续收获了四部长篇儿童小说《我要做好孩子》《今天我是升旗手》《我飞了》《漂来的狗儿》。这四部小说都以儿童的现实生活为题材，平实、亲和，虽无一丝夸饰和张扬，却使读者在平静的阅读中被吸引、被征服，这与当前儿童文学的一些流行趣味形成了对比。我们以为这是一种现象，一种值得探讨的现象，尤其是在当代儿童文学审美嬗变的背景下，更有许多有待申说的话题。

一

儿童文学和其他文学种类一样，理应百花齐放，风格多样。如果将风格分为"奇"和"正"两大类的话，我们以为黄蓓佳大抵走的是平正一路。

这里的平正有二：一是指她所选的题材、人物和故事，二是指她隐含在这些文学内容后面的艺术思维。《我要做好孩子》是以六年级小学生的学习和生活为背景的，作为毕业班的学生，他们面临着来自社会、学校和家庭的巨大压力，考取什么样的学校似乎就是对他们唯一的衡量标准。主人公金铃在班上是一个"中不溜儿"，成绩忽上忽下，这样的孩子是最不被老师关注的。金铃希望自己能做一个"好孩子"，可她总是因为粗心大意、心有旁骛而不能让老师和家长满意。尽管金铃有这样那样的"毛病"，但她是可爱的，她善良、富有同情心，她也是正直的、真诚的、坦率的，勇于承认自己的过错，为同学打抱不平。老师平时并不在意她，然而在老师生病的时候，却是她第一个想到给老师送上一朵康乃馨。金铃是作品的核心，在她的周围是一群备战小升初的学生，尚海、杨小丽、倪志伟、于胖儿……考试的日期越来越近，而孩子还是孩子，黄蓓佳以准确的笔墨写出了他们的压抑和挣脱、束缚和自由、投入和游离的真实状态。同样是写小学毕业班的学生，《今天我是升旗手》的角度却不一样。小说围绕着品学兼优的好学生肖晓渴望当一回升旗手来展开，虽然肖晓一次又一次与升旗的机会擦肩而过，但他对荣誉的强烈追求使得他总是做得比别人更好。最后，肖晓终于当上了升旗手，更重要的是，他的心灵在这个过程中得到了净化和升华。与金铃、肖晓不同，《我飞了》中的单明明是一个我们通常意义上的"差生"。因学习成绩不好，他常常遭到老师和同学的耻笑，而他唯一擅长的体育却又给他带来了痛苦，老师竟然要求他在市运动会比赛时绊倒对手而保住本校的第一名。新来的同学杜小亚改变了单明明，杜小亚以他的聪明和机智帮助了单明明，而单明明又以他的热情和仗义深深打动了杜小亚，他们很快成为一对形影不离的好朋友。在善良、勇敢、正义、友爱、无私、互助的光照之下，他们和班上的其他同学一起，在一次次的尝试中，终于向着自己的理想"飞"去。《漂来的狗儿》可以看成是一部成长小说，作者通过回忆的叙事体式，对二十世纪六七十年代的儿童生活进行了细致入微的描写，再现了那个特殊岁月里独特的儿童世界。也许，因为时间间距的作用与文学表现趣味的变化，这一段历史在作者的笔下与新时期文学之初的"伤痕文学"已有了明显的差异。虽然也有政治环境的影响,但生活的锁链、成长的波折并没有打断乡村小镇的生活节律,世态炎凉、人情冷暖以及少男少女的青春萌动和对美好理想的憧憬与追求在作品里都得到了再现,这无疑是一种真实的历史还原,那里依然是一个丰富多彩的世界。作品着力塑造了狗儿这一少女的形象,她的成长轨道与个人遭际显然带有那个时代的烙印,但更让人感慨的是她在特殊遭际中顽强生长出来的个性,一种努力超越、不断追求、永不言败的性格。

从这几部儿童长篇小说的介绍中,我们大抵可以体会到黄蓓佳儿童小说创作中的平正风格。她的笔触更多是放在儿童的现实生活中的,她所涉及的人物在现实社会中随处可见,她所讲述的故事也可以说是平平常常、波澜不惊,有些甚至看起来是鸡毛蒜皮、不值一写的小事,而在黄蓓佳看来,这对孩子们来说恰恰是重要的。她总是把写作的视点放得很低,尽量贴近少年儿童,努力从平常的事物中挖掘出闪光点。从作品中我们可以感受到她对儿童的了解,对生活在"现在时"的儿童身心状况的准确把握。但是,在一些新潮的儿童文学观里,像这类平正的路子往往是受到贬责的。也许是矫枉过正的原因,我们过去的儿童观、教育观、人才观都过分地强调了规矩,管得过死,因此在很大程度上确实扼杀了儿童的自由,限制了儿童的想象。我们知道,儿童成长的历史就是一个自然人不断社会化的历史,是人自身不断人化的历史。因此,从一定的角度看,过分强调儿童的所谓"天性"实际上是反智的,也是不利于儿童的身心成长,特别是思维的正常发育的。尊重儿童的天性,是不是就一定要在儿童文学艺术中将现实世界赶跑,完全以奇异的想象来替代?如果对这些年来的儿童文学作品进行一些考察,就会发现近年来有很多儿童文学作品在所谓的奇思妙想、光怪陆离的后面,潜藏着许多不健康的价值观和反科学的思维模式。儿童的经验世界是有限的,他们缺乏相对完整的知识体系,缺乏足够的反思能力,他们的被动接受性很强,而选择性比较弱。如果过多地,甚至硬性地在文学领域给孩子们一个与正常的客观世界相矛盾、相对抗的世界,又如何能培养他们对客观世界探究的兴趣、认知的能力?这对孩子们的成长实在是利少而弊多的。

我们这样说并不是一定要黜奇而尊正,而是觉得应该处理好奇与正的关系。在这个关系中,我们认为从宏观上讲,儿童文学较好的风格布局应该是以正为主,以奇为辅,或以奇为补,也就是说要"执正驭奇"(《文心雕龙·定势》)。儿童文学首先要给孩子们以纯正的审美趣味,要以优美的艺术世界去陶冶儿童的心灵,即使是奇崛的情节设计也应该具有有迹可循的可信性,应该建立在一种美好情怀与理想之中。我们说黄蓓佳的儿童文学创作走的是平正的路子,其实,她的平正之中也有自然的、合乎逻辑的奇险之处。比如在《我飞了》中,聪明善良、近乎完美的杜小亚因患白血病去世之后,作者便是以浪漫的、魔幻的方式,让杜小亚实现了生前许下的诺言,成了一个小天使,一直"活"在单明明的意识里,在单明明最需要的时候帮助他、鼓励他。杜小亚重新塑造了单明明,不仅让他保持了原来的优点,而且让他学会了如何开动脑筋,如何树立信心。在作者的构思中,杜小亚与单明明共同代表了一种"成长"的理想,从表面上看,好像是死去的杜小亚以天使和精灵的模样活在单明明的生活中,实际上这种艺术处理的重心与其说是在单明明身上,毋宁说是单明明的内心理想、情感的外化。这种亦真亦幻、似梦非梦的奇险给平正、朴实的风格注入了灵动与瑰丽。

二

文道结合是中国传统文学创作的正统观念,自先秦以来,以文章宣扬道义、教化人民的思想是占主导地位的,"文以明道""文以载道"更是从文学的社会作用着眼,重道而轻文。从二十世纪四十年代中期到七十年代末,文道结合改头换面成文学必须为政治服务,文学成了政治的工具。这种思想长期主宰着中国文坛,儿童文学当然也不能例外,一时间儿童文学中写小英雄、写阶级斗争的比比皆是。直到八十年代拨乱反正,才好不容易理顺了文学与政治的关系,对"文道说"也有了历史的、科学的理解。

但是我们也应该看到,由于对所谓"文学本体"的强调,这些年来,一些成人文学更多地关注文学本身，一些作家甚至主张文学可以进行无意义的写作，呼吁为文学减负。这种主张与传统相反，可以说是弃道而重文，这也在一定程度上对儿童文学产生了冲击。对于这个问题，我们一定要持审慎的态度。说文学不再从属于政治，并不是说文学与政治、伦理道德等其他意识形态就没有关系，更不等于说一个作家就可以拒绝承担社会所赋予的责任。成人文学如此，更不用说儿童文学了。儿童文学的阅读对象大多是儿童，这种与生俱来的特殊性使儿童文学几乎天然地面对着文与道、教与乐的关系问题。周作人曾说过要给儿童文学减负，认为不要给孩子许多义理上的负担，不要让孩子在阅读文学、欣赏艺术的时候也不轻松、不自由。他以许多童谣为例，认为儿童文学可以做得"纯"一些，读过了，唱过了，快乐了，也就完了。其实，这里的关键是如何理解道、如何理解教的问题，给孩子一种人情之美、一种世俗的纯朴氛围、一种节奏感，这也是教育，是对孩子的一种熏陶与塑造。

因此，我们认为，一个优秀的儿童文学作家必须是一个对儿童的成长规律有所了解的作家，必须关注儿童的发展与学习，必须对他所处时代的教育现状有切实的认识，必须有相对进步的教育理念。只有这样，他才能正确地反映出儿童教育的现状和存在的问题，才能通过他的作品倡导和展示理想的儿童生活和儿童教育，也才能使自己的创作以合乎儿童认知和接受的方式接近儿童。黄蓓佳的这几部作品可以说都在关注教育，而且，每一部都重在解决一个目前儿童教育中存在的问题——《我要做好孩子》让我们思考：什么是好孩子，什么是"坏"孩子？社会、学校、老师和家长衡量一个孩子好坏的标准究竟是什么？分数能否反映一个孩子的全部？让一个十二岁的孩子面临残酷的淘汰制，我们现行的考试方式是否合理，它会对孩子的心灵产生怎样的伤害？《今天我是升旗手》向我们提出：在现代社会中，一个人的荣誉感究竟应该占有怎样的地位？为当一回升旗手，成长中的肖晓付出如此巨大的代价，这到底值不值得？在校园变得越来越复杂、世俗和脆弱的时候，老师和家长如何呵护孩子们心灵中的那一方净土？《我飞了》又对我们提出：如何帮助孩子面对贫困，面对缺憾，面对欺骗？

像单明明、周学好、月亮这类有自卑感的学生,他们内心的渴望是什么? 在天使杜小亚的帮助下,他们尝到了成功的喜悦,那么我们的学校、老师又应该为他们做些什么呢……应该说,黄蓓佳以小说的形式提出的这些与目前的教育切实相关的问题,都是值得我们思考和关注的。作为一个清醒的作家,她在充分观察儿童、理解儿童、深入他们的内心世界的基础上,对现行教育现状进行了反思,并且用自己带有倾向性的笔触引导孩子去认知这个世界,以一个女性作家所特有的宽容、温和与慈爱尽可能给予孩子们关于生活的答案。《漂来的狗儿》集中表达了作家对成长的思考,特别是狗儿这一形象富有相当深刻的典型意义。在众多的孩子中,狗儿是有些另类的,这种另类源于她的私生子的身世、被领养的身份和由此产生的贫穷、被歧视与不平等。这样的环境在狗儿身上产生了强大的反弹力,从而催生出她倔强的个性——对成长的渴望,争强好斗的冲动,甚至报复心理。她爱美,企盼得到他人与社会的肯定,她珍惜亲情、友谊与美丽的青春萌动,这些看似不和谐的因素构成了这个复杂的小人物。这种"畸形的美"留给人们的思考与启发显然超出了小说本身的故事背景所框设的意义阈。

文道与教乐是客观存在的,我们不认为重视文道问题是对儿童文学品格的降低,相反,回避这个问题却可能走上歧途。废置文道观,就取消了儿童文学在认知上的特殊性和道德界限。不少比较前卫的儿童文学作品常常超越了儿童的认识水平和判断力,将成人的思想硬塞进儿童文学作品中,这实际上是极不负责任的。儿童文学肯定要有一种节制,它要回避一些东西,要控制一些力量,否则会给孩子带来伤害,以致形成不健康的世界观。至于有些作家专心于写青少年的叛逆心理,在个性的旗帜下渲染青少年的性心理和逆反行为,我们觉得就更不应该提倡了。正如鲁迅当年所说:"孩子的世界,与成人截然不同;倘不先行理解,一味蛮干,便大碍于孩子的发达。"

与此相关,整个儿童文学界也必须注意外国儿童文学的引进。某些在成人文学翻译中可以置之不理的东西,到了儿童文学领域却须慎之又慎,比如过分集中的宗教痕迹,激烈而狭隘的文化取向,过分明确的国家意识形态，甚至过分怪异的审美风格，都必须引起注意，因为这牵涉到儿童的文化启蒙问题。其实，这种情况还可以扩大到整个儿童艺术，当儿童饮食健康动辄成为社会关注的焦点时，人们是否遗忘了孩子们的精神配餐？要知道，孩子的精神发育将关涉到一个国家未来的文化安全。

三

说儿童文学作家要有社会责任感，要有严肃的文道观，并不是指作家要取代家长和老师，或者在作品中对小读者耳提面命。提倡文道结合的同时，也要让道以文的方式出现，具体到儿童文学创作中，就是要以合乎儿童审美规律的艺术世界来呈现，这关系到如何理解儿童文学的审美特质的问题。我们认为，儿童文学的审美本质重在一个"情"字，平正也即意味着有健康的、合乎人性与儿童特点的情感取向，文道结合中就包含着处理好情与理的关系。当然，情感是一切文学的本质，但儿童文学尤甚，儿童的成长可以说是由情感引领的。由于经验和认知的限制，儿童的智力水平总是有限的，但是儿童几乎从一生下来就处在哺育他的长辈们的亲情之中，儿童对世界的认知、对行为的选择往往不是基于理智判断，而是从对象引起他的情绪反应出发，从对象与他构成的情感记忆出发，或者是从他所依恋的对象对他的情感态度出发的。因此，抓住儿童的情感是对其施加影响的最有效的途径，而儿童情感的发育也同时成为他成长中重要的环节。

对这一点，黄蓓佳应该说是有相当自觉的体认的，在早期的创作自述《我寻找一支桨》中，她曾经这样说过："什么样的作品是孩子们最最喜欢的？我尝试着写出各种风格题材的作品，交给他们自己挑选。"结果她发现："唯有那些写人和人之间的感情的，写得真挚、深切、纯洁、隽永的，他们会一遍两遍地看，看完了还会在心里久久盘绕、回味、思索，再也忘不掉"。正因为黄蓓佳有了这种自觉的认识，善于营造情感世界也成为黄蓓佳儿童文学创作的一贯特色。无论是关爱病残儿童的《小船，小船》，帮助失足少年的《唱给妈妈的歌》，还是表现公正、善良、友情的《芦花飘飞的时候》，情感都是维系这些作品的重要因素，也是这些作品能够打动人心的关键所在。

在近期的这几部长篇中,黄蓓佳仍然以自己最得心应手的方式来建构作品,浓浓的亲情、友情、师生情乃至人与自然的感情都是她着力描写的对象,作品营造的抒情氛围对人物的塑造和情节的推进以及主题的升华都起到了至关重要的作用。在《我要做好孩子》中,有一段写得特别感人:邢老师生病了,金铃买了一枝鲜花去看她,因为她不是尖子生,她没有想到平时对她并不是特别关注的邢老师竟要她替自己去当一回小老师,"金铃的眼泪差点儿又要掉下来了……费好大的劲才能使自己不至于激动得哭出来或者笑出来"。当金铃很好地完成了老师的任务,并且写了一篇非常出色的作文的时候,邢老师认真地对金铃说:"真的,你已经是好孩子了。一个能写出这么好的文章的学生,凭什么不能称为好孩子呢?老师现在已经想得很通,好孩子的内涵太丰富,它不全是由 100 分组成的。老师相信你将来能做成了不起的事,是一个外表平凡而灵魂伟大的人。好好努力吧,金铃同学,好孩子!"这种直接的情感交流打破了老师与学生之间的隔阂,我相信有许多小读者读到这儿会像金铃一样流下感动的泪水。老师的理解和尊重胜过所有的说教,孩子们需要的正是这样的心与心的贴近。

这样感人的场景在《今天我是升旗手》和《我飞了》中同样随处可见:因为林茜茜得过奖,学校便临时用她取代了肖晓的升旗手位置。可是当林茜茜晕倒的时候,是肖晓冲上去背起了她,并且为她换病房、筹钱治病。肖晓的行为感动了林茜茜,也感动了周围的同学。林茜茜不再像以前那样冷漠,她也懂得替别人着想了。这是情感的力量,黄蓓佳就是力图用这样的方式,调动小读者的情感,让他们在潜移默化中受到教育,懂得什么是宽容,什么是理解,应该怎样珍惜人与人之间的感情。这三部长篇中都写到了孩子与小动物之间的感情,如金铃和蚕宝宝、肖晓和小狗孩孩等等。而《我飞了》中关于鸽子的描写尤其动人,那只信鸽是杜小亚的妈妈买回来给他补身体的,善良的杜小亚不忍伤害了这个小生命,就一直养着,直到他住院才把鸽子交给了好朋友单明明。在医院里,他总是记挂着这只鸽子,单明明向他保证一定会照看好鸽子。在这里,鸽子被赋予了象征的意义，它的生与死和杜小亚有了某种隐秘的联系，单明明对鸽子的情感与对杜小亚的情感交织在一起。当父亲误把鸽子杀了之后，单明明愤怒得几乎难以自控，"他心里反反复复地想着同一个问题：鸽子死了，杜小亚会不会死……他哽咽着在心里说，一定不能让杜小亚死，一定一定不能。什么叫好朋友啊？好朋友是要开开心心相处到老的，是要一块儿上小学、上中学、上大学，相互帮助相互珍惜着过完一辈子的，无论如何他不能让杜小亚先死啊"！这一大段心理描写真是恰到好处，它把人物的情感推向了高潮，让人不能不被他们纯真的友谊所感动。至于《漂来的狗儿》，里面的抒情风格就更为明显了。由于采用了回忆的叙事体式，全书呈现出一种悠远、温情、略带感伤的整体风格。水码头、烟雨迷蒙的湖桑地、布满蛛网的尘封的图书室以及失传的游戏、民间手工编织、乡宣传队和的确良衬衫组成的图画，把读者带入宁静、美丽而又落寞的氛围中，整部作品可以说就是一首诗、一曲童谣、一张老照片、一种让人回味不尽的心情意绪。这样的作品孩子们看了，不仅能从中得到人生的启迪，而且在当今这个充满物质欲望与诱惑的时代是会被感染与净化的。

也许有的读者会认为黄蓓佳的这种抒情风格太过于传统，太过于浪漫。确实，在流行的儿童文学观点及创作中，情感的处理正出现两极分化的状态：一是"冷"，即反抒情，与成人文学的"零度叙事"相呼应，主张去掉作品的抒情成分，颠覆作品的抒情结构，这在一批叛逆少年小说中表现得较为典型；二是"热"，即煽情，夸大儿童的情感反应，将儿童的情感世界世俗化、成人化、矫情化，这在不少流行的儿童散文等读物中最为突出，几成模式。这实际上都是一些值得商榷的儿童文学情感观。总的来说，在目前的儿童文学创作中，不管是情感的性质及取向，还是情感的表达方式，都存在一个度的问题，理应引起高度重视。

黄蓓佳的儿童小说带给我们的话题远不止这些，之所以从以上三个方面来进行论述，是因为一方面它们构成了黄蓓佳儿童文学创作最基本的观念和特色，另一方面也是因为在这几个方面，当前的儿童文学多多少少存在一些误区,有讨论的必要。现在的儿童文学创作和阅读已经进入到一个非常时期,教育的压力、家长对孩子成长的焦虑、儿童读物出版的产业化,使得这块土地上植物疯长,良莠不齐。我们仍然强调这一领域的独特性,孩子的成长不仅是他们自身的事,它与家庭有关,与社会有关,与文化氛围有关,也更与他们的读物有关。劳于斯道,其责也重,鲁迅先生当年主张"一切实施,都应该以孩子为本位",于今看来,我们做得还很不够。

本文发表于《盐城师范学院学报(人文社会科学版)》,2004年第2期

黄蓓佳：每一部书都是一段生命

马 季

到了一定年龄的人都会悟出一个道理，保有一颗"童心"不是件容易的事情。所谓"童心"，就是把一颗"清澈"的心交给他人，交给读者。这既是创作的境界，也是人生的境界。黄蓓佳通过儿童文学创作实现了自己的这一人生追求，并且让读者感受到了她对世界的独特认识。同时，她又在成人文学创作领域取得了不俗成就，这在当今文坛并不多见。江苏少年儿童出版社推出的"黄蓓佳倾情小说系列"至今已经出版了七部作品，其中《我要做好孩子》和《亲亲我的妈妈》已经出了法文版。2007年3月最新出版的《遥远的风铃》再度热卖，引起读者关注。在这套系列小说中，新时代丰富多彩的儿童形象跃然纸上，各种社会问题也通过儿童视角展露在世人面前。

生活和写作都需要静心聚气

1977年，"文革"结束后的第一次高考，黄蓓佳幸运地考上了北京大学中文系。进校不久，她写了一篇感受大学生活的文章。1978年，这篇文章在《山西青年》发表，编辑部寄来了七元钱稿费，这是她一生中的第一笔稿费。黄蓓佳用这笔稿费买了一个铅笔盒、一本小字典。铅笔盒伴她度过了北大读书时光，小字典作为"文物"至今还珍藏在她的书橱里。大学期间，黄蓓佳开始大量创作和发表儿童文学作品，在江苏《少年文艺》杂志老编辑顾宪谟老师的指导和帮助下,《星空下》获得了首届"江苏省少年儿童文学奖",这是黄蓓佳创作生涯获得的第一个奖项,也是一个良好的开端。从此,她与文学结下不解之缘。直到今天写出《我要做好孩子》《今天我是升旗手》《我飞了》《漂来的狗儿》《亲亲我的妈妈》《小船,小船》等一系列儿童文学作品和《新乱世佳人》《派克式左轮》《没有名字的身体》等多部长篇小说。黄蓓佳的梦想终于开花结果,香飘四处……

黄蓓佳身上有一种独特又纯洁的浪漫主义色彩,一种与世俗不同的气息。这虽然同她长期倾心于儿童文学创作有一定的关系,但从本质上来讲,还是她为人处世的态度在起作用。她承认自己曾经属于"先锋"和"异数"一类。二十世纪七十年代,她的小说因为对女性情爱的描写引起过争论,当时她甚至不屑于理睬别人的批评,按她的话说就是"敢作敢为""没什么大不了的"。在逐渐深入文学领域之后,黄蓓佳对人和事的看法慢慢变得平和、豁达起来。对时下的文坛争论和各种炒作,她都表示宽容和理解。她形容自己的生活就是在书房里的"日复一日",几乎没有什么变化,当然,这也是她乐于接受的生存状态。生活和写作都需要静心聚气,但不能因此丧失对生活的兴趣和情趣。在黄蓓佳视野开阔的家中,不难发现她对生活细节的"有心",无论是广口玻璃瓶里插着的大束鲜花,还是零散摆放的来自不同国家、民族的各式小玩意儿,都体现出她悠然与细致的生活态度。

生活和创作应该是一体的、互相渗透的,这才是生命的根本。黄蓓佳在一篇随笔里这样写道:"疾病使我们的生活变得简单,死亡更促使人去回望生命中曾经发生过的事情,那些使我们感动和难忘的点点滴滴。每天每天,我坐在窗口打字,院子里蓬勃生长的花草树木与我安静地相守相望,我的心里便浸透愉悦。感谢上帝,我健康地活着,可以思想,能够享受文字带给我的快乐。我甚至自私地希望这一段封闭的时间尽可能长久,好让我跟小说中的故事和人物厮守得更亲密一些,彼此间的交融更契合一些。"

读书读出来的《中国童话》

黄蓓佳从小就喜爱读书。她七岁时开始阅读,读的第一本书是《野火春风斗古城》，至今记忆犹新。小学读到一半，"文革"爆发，学校图书馆的很多书都被拉到操场上烧成了灰烬，生活中几乎不见书的踪影。对一个渴望读书的孩子来讲，就像小船儿在水上失去了方向。在由此造成的精神饥渴感的追逼下，她常常是逮到什么书就读什么书，所幸她的父母都是中学语文老师，家中多多少少有一些书可读，至少全套中学语文课本还是有的，于是她就囫囵吞枣读了个遍。实在没书可读的时候，她就跟几个喜欢读书的小伙伴私下里交换可怜的藏书。有时，她会和小伙伴们一起趁着暮色，悄悄来到早已封闭的学校图书馆，将手伸进破碎的玻璃窗里，打开窗户，像从事秘密工作的特工一样，一个一个爬进去，从不多的图书中偷出几本来，看完后再悄悄送回去。实在没有书读了，那些包萝卜干的纸、糊墙的纸……只要有字，就能充一充饥。那段时期，黄蓓佳的阅读内容很杂乱，文学的、地理的、历史的，什么都有。正是少年时代的大量阅读丰富了她的知识，帮助她打下了良好的写作基础。她在回忆这段历史时不无感慨地说："阅读是世上最美的事情，它给我的童年带来了无限快乐和美好回忆。"

在长期的阅读经历中，黄蓓佳最喜爱安徒生童话，在不同的年龄阶段，读安徒生都会有不同的理解和感受。安徒生不仅使她获得了精神慰藉，还催生了她文学想象的翅膀。2003年秋天，黄蓓佳读到了译林出版社翻译出版的《意大利童话》。这是著名作家卡尔维诺根据本国各种方言记录的民间故事资料，加以筛选整理，用现代通用意大利语改写而成的。这个通过"童话书"向世界推介自己民族文化的方式立即吸引了她。当夜通宵失眠、辗转反侧的黄蓓佳萌生了一个念头："我也要为中国的孩子写一本《中国童话》。如果说我这样的决定是'东施效颦'，那就让我做一次愚蠢的'东施'吧。我希望用我的笔让孩子们了解我们民族文化中美好的一个部分，值得让他们记住的一些东西。"第二天，黄蓓佳给江苏少年儿童出版社的编辑打了电话，说出了自己的构想，立即得到出版社的支持。在决定写作《中国童话》之后，黄蓓佳陷入了一个矛盾当中，"我本来的打算是要解构这些传统童话，用现代思想的观念将它们重新打造"，但最终她"决定原汁原味地写"。在这个解构、仿写、戏说经典成风的时代，黄蓓佳的选择承担了一定的市场风险，但保持了文化价值。第二年"六一"前夕，由《牛郎织女》《小渔夫和公主》《猎人海力布》《美丽的壮锦》《碧玉蝈蝈》《泸沽湖的儿女》等十篇具有浓郁民族风情的童话组成的作品集《中国童话》问世了。作为一次尝试，黄蓓佳成功地打开了关注本土儿童文学资源的闸门，丰富了孩子们"阅读中国"的经验，篇幅虽小，意义却很不一般。

然而，世界不完全是由童话组成的，时常还会发生一些令人担忧，甚至惨不忍睹的事情。作为一名有社会责任感的作家，黄蓓佳对青少年的成长问题也十分关注。她受1991年11月1日发生在美国爱荷华大学校园枪杀案——"卢刚事件"的触动，在1993年写出了长篇小说《派克式左轮》。小说中的中国留学生学业优秀，工作努力，但在面临就业时，承受不住精神压力，开枪打死了导师和同学，最后开枪自杀。《派克式左轮》可以说是一部社会问题小说，小说所关注的问题不仅仅存在于美国，也存在于中国和其他国家。《派克式左轮》面世之后，因其曲折感人的故事情节和事件本身的轰动效应，一度畅销二十万册，并被全国三十多家报纸连载。时隔十多年后，2004年2月的一天，云南大学发生了"马家爵杀人案件"，这个事件虽然和"卢刚事件"之间没有必然联系，但可以说明一个问题：青少年成长期的心理疾病已经不容忽视。用创作来表达自己的看法，用文学形象来提醒公众关注，黄蓓佳认为，一个作家应该做自己力所能及的事情，应该对公共事件发出自己的声音。2005年，《派克式左轮》由她本人改编成二十集电视连续剧，故事发人深省，在结尾却给人以积极向上的人生启迪，呼吁要以正确的方式实现人生价值。而在改编苏童小说《红粉》的过程中，黄蓓佳主张从新的角度诠释那段历史。在苦难中点燃希望，在磨砺中建立信念，为改造中的艰难和苦难抹上了一笔亮色，从而将那段历史以一种纯美的、健康的、积极向上的方式呈现给观众。

写作就是对自己的挑战

在"黄蓓佳倾情小说系列"中，长篇小说《遥远的风铃》记述了发生在二十世纪七十年代的一段故事：命运的机缘让一批省城教授、电影导演以及县中教学骨干，兼做了江心洲中学的各科老师。他们凄切而壮美的生命之花，开放在这片浩荡而贫瘠的土地上，激荡着少女小芽的懵懂岁月。小芽睁着一双澄明纯净的眼睛，目睹身边的世事沧桑、人生沉浮，朦胧地了解，又朦胧地惊讶。作者通过叙述让我们回顾：从前的花朵如何开放，从前的庄稼如何成熟，从前的风铃如何摇响。而《亲亲我的妈妈》则是对孩子的阅读构成挑战的一部小说。书中写了一个因为工作和生活的压力而患上了轻微抑郁症的母亲和一个从小生长在单亲家庭中，因而多少有一点孤独症的孩子。这样的一对母子，从孩子出生后就分离，到孩子十岁时才相聚，开始的时候，他们之间必定是格格不入的，是戒备紧张的，是疏离和陌生的。但是他们在相处过程中，通过彼此的努力，慢慢地靠近、理解，直至融洽，到最后终于牵起对方的手，互相支持和鼓励着，共同去走人生的路。这样一个严肃的、有深度的主题，用一本儿童小说来表达，不光对孩子的阅读是一种挑战，对黄蓓佳的写作也是一个挑战。多年的创作实践告诉她，具有挑战性的写作才是有意义的写作，这既是对读者负责，也是对自己负责。黄蓓佳认为那些成长过于迅速的孩子需要有深度的阅读、有质量的阅读、有品位的阅读。作家不必去弯腰放低自己的姿态，迁就孩子的高度，而是要站起身，甚至踮起脚，让读者们伸开腰节，舒展灵魂，去努力地触碰和攀登。作家要在孩子们有限的成长时段中，送过去最好的精神食粮。

在成人小说创作上，黄蓓佳也为自己设置了不少难题，在"走出固有叙事模式，寻找新的想象动力"方面做出了不懈努力，并获得了成绩。

四十岁以后，黄蓓佳觉得自己在驾驭题材方面已经比较自如，在怀旧情绪的支配下，她开始不停地书写自己的故乡。后来的长篇小说《新乱世佳人》《目光一样透明》《没有名字的身体》《漂来的狗儿》，都是和故乡、家庭以及个人心灵有关的作品。尽管每一部书都是一段生命，但这几部书是她全部文字中最沉重的部分。《新乱世佳人》是一部历史小说，时间跨度比较长，从民国初年一直写到解放后。在这部小说中，黄蓓佳用崭新的视角诠释了东方女性心碧这一形象。在风雨飘摇的年代，男人就像一棵大树，女人就像缠绕这棵大树的藤，因为这棵树太高太直了，所以风雨雷电到来的时候，最先折断的就是这棵树。但是树死了，藤不会死，因为藤比树更为柔韧、顽强，就像女人，她有一种母性，有对家族的责任、忠心，她死活也要把这个家撑下去；因为她内在有很多的力量，最艰苦的时候反而是这力量发挥得最淋漓尽致的时候。女性的潜力会在困境中迸发，而男性刚而易折，通常禁不起反复的打击。通过一系列细节描述，东方女性的隐忍和智慧，在这部作品中被挖掘和展现得淋漓尽致。正因为如此，小说在被改编成电视连续剧后，在观众中也激起了共鸣，乃至网上评片、求片的呼声不断。

《没有名字的身体》应该说是一部具有强烈实验倾向的长篇小说，通过这部作品，我们可以看出，黄蓓佳是一位求新求变的作家，更是一位有"女性自觉意识"的作家。首先是语言上的创新，其精细、准确和韵味，丰富了小说力求营造的情感氛围。其次是叙事的回环、引而不发，娴熟的技巧营造的阅读期待达到了相当的高度，使读者完全进入了一种"隐有波澜未成潮"的意境当中。"灵魂的力量"是这部小说渴望揭示的中心意象。"是的我没有老，我对年轻的女孩子们满怀妒意，暗中还存有跟她们一比高下的念头。我不能够老，我喜欢的那个人，我深爱的那个人，他肯定不愿意看到我皱纹纵横、沧桑疲惫的模样。他认识我的那一年，我十三岁。从此以后我没有长大。我在他的眼睛里再没有一丝一毫改变，从面容，到身体，到灵魂……"在如此强烈的精神旋涡里，女性的内心世界被精细刻画到了毫厘。小说似乎在思考这样的问题：当爱从肉体出发，抵达道德和信仰彼岸的时候，到底会衍生出什么？正如杜拉所说的那样，小说不仅是叙述故事，也是叙述故事没有发生的一面，叙述故事的空无所有。《没有名字的身体》是对一个人，一个女人生命的变异性发出的严峻追问，也是对人的精神领域的一次深度探询。对一个成名作家来讲，在写作中不断挑战自我需要勇气，当然更需要自信。黄蓓佳正好两者都具备。她就是这样一个人，一个不畏困难、天生乐观、敢于超越的人。

本文发表于《文化月刊》，2007年第6期

温暖与疼爱
——黄蓓佳儿童小说谈

徐 鲁

黄蓓佳的长篇儿童小说《你是我的宝贝》是一本讲述人间大爱，对生命、对人性充满深切的爱与知的书，是一本温暖的生命关怀之书。

她在小说的后记里也写下了这样的独白："我写这样的一本书，不是为了'关注弱势群体'。绝对不是。我没有任何资格站在某种位置上'关注'这些孩子们。我对他们只有喜爱，像喜爱我自己的孩子一样。……我想告诉大家，世界上所有的孩子，都是上帝赐给我们的宝贝。去爱他们。去关心他们。去把他们抱在怀里，亲吻他们，心疼他们，给他们空间，让他们长大。"

黄蓓佳带着我们走进了一种十分陌生的、对于许多身心健康的人来说也许是难以想象的生活。这是一些先天愚型的儿童的生活和生存空间，是"另一个世界"。这些孩子的思维异常单纯、透明，心地善良，他们没有任何功利性的私心和欲望，他们甚至也不需要任何奖赏。实际上我们这个世界也没有什么东西可以诱惑他们和奖赏他们，因为他们的心纯粹得没有半点杂质。

"我们总喜欢悲天悯人地认为他们的世界是地狱，以为他们的生活一团漆黑，深重，艰难，压抑，无望。其实对于他们来说，世界是天堂，轻松，明亮，自由，舒展，鸟语花香，天高云淡。"黄蓓佳在深入这个群体并且充分探访和感受了这些孩子的生活之后，由衷地感叹："他们甚至不需要去知道世事的艰辛和悲苦，也不必去明了这个世界上还存在着那么多的尔虞我诈……""他们的心灵因为简单而快乐，因为本真而纯粹。所以在他们的脸上，你永远看不到尖刻，看不到凶狠，也看不到愁苦和沮丧。"

书中的小主人公贝贝是个先天愚型的儿童，他所患的病症，医学上称为"唐氏综合征"，终生无法治愈。这个孩子的到来，不仅是我们这个世界的甜蜜和快乐，更是这个世界的愁苦与忧伤。他从来不知道自己的命运有多么悲苦。刚刚两岁时，他的爸爸在野外考察时不幸遇难，他的妈妈没有勇气面对这样一个智障的孩子，也难以承受如此沉重的现实，悄悄地离家出走，一去不回了。所幸的是，这个孩子拥有一位慈爱和伟大的奶奶。祖孙两人，再加上一条名为"妹妹"的大狗，他们亲密无间、乐观自信地生活在这个世界上。奶奶努力要使贝贝成为一个心灵健康、自立自爱而且拥有尊严的人。她费尽苦心呵护贝贝，锻炼贝贝。她的希望渐露曙光，心地善良和单纯的孩子一天天在长大。

可是，现实生活是残酷的。贝贝长到十岁那年，年迈的奶奶因为心脏病去世了，贝贝身边再也没有一个亲人了。但是，世界并没有抛弃这个孤苦的孩子，对这个孩子的关心与呵护，并没有因为他的亲人离去而中断。在贝贝后来的生活中，一个又一个或熟悉或陌生的人走到了他的身边。这些人包括小区里的一个年轻的水电维修工李大勇，居委会的洪阿姨，贝贝的舅舅、舅妈一家人，培智学校的方老师……

在贝贝的生活里，尽管不断地出现种种的艰难、矛盾、争吵、烦恼、逃避，甚至人性中利己的私念……但最终，人们都在和贝贝的相处中，感受到了那种单纯、善良、真诚和无私的力量。这个智障孩子的心，就像一面澄澈透明的镜子，照见了那些健康人的生活中和心灵深处隐藏着的阴暗与杂质，使每一个人在重新认识和喜爱上贝贝的同时，也重新打量和发现了自己。在日常生活中，固然是他们在帮助和关注这个智障的孩子，而在精神和德行的层面上，其实是这个孩子在引领、提醒和升华着他们。

小说中塑造了一系列个性鲜明、真实而可敬的人物形象。坚强慈爱的奶奶是黄蓓佳着力刻画的一个令人难忘的人物。奶奶虽然老了，而且每天要面对一个智障的孩子，但她从不气馁，从不灰心，也从来不觉得自己可怜。她活着的目的，就是为了让贝贝将来可以活得好，活得有尊严。为了贝贝，她做到了一个老人能够做到的一切。奶奶的德行之于贝贝的生命，就像一首著名的歌里唱的那样："是你一直满足于让我发亮，你一直在我身后跟着。所有的荣耀都给了我，你是我背后最坚强的支柱。没有名字，只有笑容掩去一切的痛苦……我能高飞像只老鹰，全因为你是我翅膀下的风。"

在贝贝的生命中，和奶奶的地位同样重要的，还有那只与他形影不离、情义深长的、名叫"妹妹"的狗。奶奶在世时，经常是一只手搂着贝贝，一只手搂着"妹妹"，嘱咐说："你们两个，要永远永远做好朋友，要你帮我，我帮你，一块儿把日子过下去。"而贝贝尽管平时说话很少能够做到一句话超过五个字，超过了就可能语无伦次、逻辑不清，但有一句话他能够说得非常清晰明白，那就是："妹妹，我好好喜欢你！"在这个孩子后来的生活中，这只狗成了他最好的亲人、最知心的朋友、最难以割舍的牵挂，一如他的奶奶。

小说里对那个80后小伙子李大勇的刻画，也用力甚多。在这个人物身上也饱含着作家的欣赏、赞美与期待。从某种程度上，也代表着作家对80后这一代人的理解与欣赏。在李大勇眼里，贝贝透明得不掺一丝杂质，在这样单纯的生命面前，任何的私念都让人觉得肮脏。奶奶对大勇的尊重与喜爱，贝贝对大勇的信任与依赖，还有"妹妹"对大勇的友好与信任，都让他明白了什么叫"责任"。跟这样的一家人相处越久，他越感觉自己正在接受和亲近一种叫"亲情"的东西。"在别人面前他不愿意长大。在贝贝和奶奶面前他希望长得更大。"这是这个小伙子对自己做出的结论。而在奶奶去世之后，这个浑身充满活力和义气的年轻人，竟然自觉地担当起了贝贝的"保护神"和"爸爸"的角色。在越来越深入地认识和感受到贝贝的心灵世界的同时，他也渐渐地认识和发现了自己。他对贝贝所付出的越来越多的爱与知，也就是他对自己、对这个世界越来越多的爱与知。围绕在贝贝周围的另外一些人物，如洪阿姨、方老师、小胖，甚至舅舅、舅妈……

虽然有的着笔不多，在这个孩子的成长过程中只是瞬间闪过的一个人物，但每一个人都会被贝贝的举止感化，并且最终以自己的实际行动给读者留下一个好的印象。这其中的道理，用李大勇的话说就是："碰上这么善良的孩子，恶魔也要收了身上的邪劲儿。"

在整个小说的书写过程中，还有另一个十分感人的人物，虽然一直是一个"隐身的形象"，却始终在场，那就是作家自己。

我们看到，整个故事的讲述里，始终充溢着一种令人怜惜、牵挂、心疼和难以释怀的感情。那是一种始终在场的、温柔、宽容和细腻的母性。

作家在后记里说到的"我对他们只有喜爱，像喜爱我自己的孩子一样""我想告诉大家，世界上所有的孩子，都是上帝赐给我们的宝贝""去爱他们。去关心他们。去把他们抱在怀里，亲吻他们，心疼他们"……这些情感诉求，在小说的书写过程中像爱的泉水一样不断涌溢出来，化为一段段文字。例如，我们会在小说里不时地看到，当作家讲述到某个细节的时候，会冷不丁地出现一两个类似旁白的句子，如"这个让人心疼的小东西""像贝贝这样的孩子，他的心灵是一个黑洞，洞中的秘密别人无法猜测"等等。写到居委会的洪阿姨在街上看见七十多岁的奶奶推着自行车艰难地送贝贝去上学这个细节时，作家写了这么一句："她觉得心都疼得揪起来了。"这与其说是洪阿姨的感受，不如说是直接在写作家本人的感受。

所有类似的旁白，只能是来自身为女性和母亲的作家自己。这也正好证实了中国儿童文学的老祖母冰心老人的那个命题：从事儿童文学创作的人，必须要有一颗热爱儿童的心，有一颗"慈母的心"。而在方老师这个人物身上，我们似乎也能感受到作家对当下的儿童教育的一些发现、思考与期待。她期望，"教育能为懵懂的心灵打开缝隙，透进光亮"；教育能够像一双温暖的大手，托举起那些破茧而出的蝴蝶，让它们展开翅膀，飞得更高，即使是伤残的蝴蝶，那些有缺陷的孩子，也能够如小说结尾时方老师所说的那样，"希望有一天，你们大家也能像蝴蝶一样飞起来"。

读完这部小说，我想到前不久读到的一个过目难忘的句子：我深爱着这个世界，包括它的悲苦。

再来看她的另一部长篇儿童小说《我飞了》。

"单明明很久以后都在想,班主任文老师把杜小亚带到班里来的那一天,真的是一个很平常的日子啊……"与其说这是一个马尔克斯式的小说开头,不如说是作者想用这种方式开门见山地告诉她的读者,《我飞了》将是一部马尔克斯式的、带着魔幻现实主义色彩的小说作品。

事实上也正是如此。小说的主人公之一是一个名叫单明明的刚满十二岁的小男生,他酷爱体育,尤其是中长跑。他在自己十二岁生日时最渴望得到的礼物,是一辆能够载着他"像蜻蜓低回,像小鹰翱翔"的滑板车。但在生活中他却很不幸,不仅过早地失去了母爱,连最疼爱他的祖母也去世了。

他的爸爸是一个每天早出晚归的出租车司机,生活得极其狼狈和粗糙。单明明在孤独和寂寞中独自迎接又独自送走暗淡无趣的每一天。他的心里渴望着生活中能有什么奇迹发生,但生活一次又一次让他失望。走在上学的路上,他"像一条想要离开主人又不能够的垂头丧气的狗"。

终于有一天,一个名叫杜小亚的转学男孩来到他的身边。他们很快成了好朋友,而且他们两家人还成了邻居。原本是生活在寂寥和沮丧中的单明明在杜小亚的友谊和鼓励中重新获得了快乐、自信和"飞"的梦想。

杜小亚也高兴地看到,重新拥有了快乐和自信的单明明经常在上学和放学的路上愉快地奔跑:"单明明体态轻捷,四肢修长,皮肤黝黑,跑动的时候,披垂的额发会向后翻过去,迎风张开,像一团黑黑的火焰。"

然而,正如小说中所写到的那样,生活中有太多令他们意想不到的事情,而且严峻得超过了他们的承受能力。一向身体瘦弱、面色苍白、"像一只吐尽了长丝奄奄一息的蚕儿"一样的杜小亚,不久就因白血病离开了人世。痛苦万分的单明明无法接受这个事实,他怎么也不能把死亡和杜小亚连在一起,他在连续三天的高烧昏迷中喃喃地呼叫着杜小亚的名字。

第四天的傍晚,奇迹出现了!单明明在一片阳光灿烂的澄明仙境中忽然看见了杜小亚:杜小亚已经变成了一个展开着白色翅膀的小天使。他告诉单明明:"对于活着的人来说,我只是空气、幻影、光斑,或者一个意象。除了你，人家连我的身形都看不到……我只活在好朋友的心里。我会时时刻刻跟你们在一起，看着你们上学、听课、做作业、玩游戏。所有那些喜欢过我的人，我都会回报他们的好心，帮助他们实现一个愿望。"

从此，那个关于"飞"的理想，还有对已经不在这个世界了的杜小亚的怀念，伴着单明明和他的同学们一起成长。单明明在心里有了一个坚定的信念：今后做每一件事情，都必须设身处地地想一想杜小亚的感受，他一定要让自己的好朋友多一点快乐和开心，少一点悲伤和难过。

这个信念支持着单明明在生活中勇敢和快乐地向前。因为他知道，并且能够真切地感觉到，"无形的杜小亚还是有分量的，他会永远沉沉地站在自己的肩上，注视着自己一生所做的一切"。

毕业前夕，满怀"飞"的梦想的单明明终于在杜小亚和同学们的关切与鼓励的目光里飘然而起。他伸展双臂，对着世界喊道："把跑道打开吧，我飞啦！"

毫无疑问，这是一个富于幻想元素和浪漫色彩的现实故事。对于贯穿故事始终的那个"飞"的梦想，如果我们从心理学家和精神分析学家那里寻求支持和答案，那么它应该是具有多重含义的：它或许表明了一种逃避、回避困境而获得自由的愿望；或许表示着对某些幸福快乐、童年游戏以及一种类似在母亲怀抱里的安全感的寻求与呼唤，飞翔之梦就是这种幸福和欣悦状态的再现；还有就是它可能意味着有能力走出和超越某种困境并俯视它的一种自信与力量。

就小说的主人公单明明所处的生活境遇和精神空间看，上述的几种飞翔之梦的元素都是可以成立的。现实生活中有着许多让脆弱的生命不能承受之重，但人的思想与灵魂是渴望飞升和超越的。当通往生命中的幸福与欢乐的路口被堵死的时候，灵魂就会张开翅膀，还有一双天使般的手会为你打开光明的路径，最终帮助你完成那个生命的追寻。

在这部激情呼啸的作品里，与其说是化身为天使的杜小亚，不如说胸中怀有巨大的善意和爱意的作家才是那个帮助单明明完成了飞翔之梦的人。

所谓作家，说到底就是一个逃离了自己的世界而入侵到别人世界中的人。当作家黄蓓佳逃离了自己的世界而进入了单明明和杜小亚的世界后,她显然已经看到,在这个世界里,什么都是可能的,什么都是可以存在的。就像《精灵帽》的作者多维·杨森所描绘的那样:"在那个世界里……非理性与最清晰、最逻辑的东西是融为一体的。那里有梦幻般的超现实的东西,日常的真实出现在怪异的环境中,噩梦般的废墟在空旷的地平线上碎裂……"而且,最重要的是,对于那些未成年的孩子来说,这个世界是没有终极的东西的,连死亡也不是最终极的,因为在死亡之上还有希望,还有永恒的友谊和飞翔的灵魂。

于是,在作家的笔下,失去的信心、勇气和梦想得以重新找到;沮丧的生活里终有灿烂的阳光照射进来;自卑的男孩子也能创造出石破天惊的奇迹;胆怯羞涩的女孩子也能克服性格里的弱点,拥有自己的光辉。就像野百合也能拥有自己的春天,就像《青鸟》里的穷孩子也会获得仙女送来的神秘礼物。而且,只要努力,即使在成人的世界里,人与人之间的隔阂与距离也终会消除,良知和爱心将被唤醒,责任心和道义感将重新归来……

甚至,当善良的作家无力改变冷酷的命运,必须带走一个脆弱的小男孩的生命——这种情景正如一位无助的母亲无力从病魔手中挽救自己亲骨肉的生命一样——的时候,她唯一可以做到的是像《青鸟》里的故事一样,借助于幻想,假扮成仙女前来搭救小小的生命。她让在某种形式下已经消失了的生命又以另一种形式复活。她的目的当然不是要在孩子们的世界和经验里建立虚幻的乌托邦,而是要向他们证明和展示,无论这个世界有多么沉重、无奈和不完美,但它终究是可以变得愉快,美好,充满人道、公平和正义的,这是因为有友谊、爱心、梦想和希望存在!哪怕仅仅是送给孩子们一些幻想和向往,也足以使他们想到应该怎样善待生命、热爱生命,应该克服什么、战胜什么,应该建立什么、创造什么,才能打开通往理想世界的跑道,进而去实现和拥抱那些理想和向往。

从这个意义上说,《我飞了》无疑是一部含义深刻、带有生命追寻意味的小说。然而它又绝非生硬的和图解式的说教性质的作品,它是悲剧中的喜剧。在充满浪漫色彩的想象力的推动下，作者用一个完整的故事完成了一个严肃和深刻的主题。

给我带来阅读的愉悦与强烈的评论冲动的，还有书中的一组组性格各异、互相映衬的人物。我在一页阅读笔记上是这样排列他们的：单明明 VS 杜小亚；太阳 VS 月亮；周学好 VS 左凡兵；单立国 VS 郑维娜 VS 筱桂花；文一涛 VS 李小丽 VS 高放……他们都是生活在单明明和杜小亚——其实也是生活在我们身边的人。怎样看待和分析这样一些人物，也许需要另一篇文章来完成。

据说，二十一世纪儿童文学的特点之一，就是描写少年儿童群体主人公的作品比以往增多不少，从而冲破了过去作品中的主人公均为特定的个人这种单一模式。黄蓓佳的这部小说里有一组儿童人物群体形象，显然，他们将为儿童文学批评家在这方面的研究提供某些新的佐证。

　　　　　　　　　　　　本文发表于《扬子江评论》，2009 年第 4 期

"私享"着写作的人
——黄蓓佳速写

郁敬湘

在一段相当漫长的时光里，黄蓓佳老师是一个偶像，存在于高处和远处，令二十世纪七八十年代的少男少女们仰望和遥望。那时：

许多人读着她的作品，仰望着北京大学，知道了未名湖，向往过女高音和交谊舞；

许多人读着她的作品，懂得了音乐原来也可以用文字书写，可以流淌在纸上；

许多人读着她的作品，艳羡着那个时代的小众生活，咖啡、唱片、全毛的团绒、工业券和友谊商店……

在那个灰扑扑的年代，她如一道光鲜亮丽的风景，也收藏在了我的心里。

一、给黄老师打长长短短的电话

1995年，我新调入江苏少年儿童出版社（以下简称"苏少社"），做了一名编辑。

1996年，黄蓓佳老师回归儿童文学，为苏少社写了一部书，就是后来屡屡获得殊荣、把苏少社儿童文学出版托举到一个新高度的儿童长篇小说《我要做好孩子》。

1998年，黄蓓佳老师为苏少社创作了第二部儿童长篇小说《今天我是升旗手》。

2001年，黄蓓佳老师为苏少社创作了第三部儿童长篇小说《我飞了》。

那时的她，已作别儿童文学界多年，并且在成人文学领域扎下根、开出花、收获了丰实的成果。她受女儿小升初启发，仅仅花一个月时间写出的《我要做好孩子》，问世后立刻在全国引领了劲强的"好孩子"风潮。作品中的女孩"金铃"成为许多孩子的朋友，成为儿童教育研究者感兴趣的个案，也成为相貌普通、兴趣广泛、心地善良、成绩中等的一大类孩子的代名词。作品中蕴含的深厚功力和对"当下"儿童校园生活的描摹，令儿童文学界为之振奋。

苏少社为这位重量级的大腕作家开通了一条绿色通道，组织了优秀的编辑团队，为每一部作品设计营销策划方案，要求呈现最美丽的装帧面貌。她的每一部作品的出版，都被列入出版社的年度大事记。她的每一部作品的到来，也一定被列入责任编辑的职场大事记。

在苏少社，能够做黄老师作品的责任编辑是一项殊荣。黄老师最初的两部小说，都是由分管文学的副社长刘健屏和编辑室主任祁智亲自责编。很快，刘健屏调任了江苏文艺出版社的社长。又过了几年，祁智做了苏少社社长。2004年，我有幸参与编辑了黄蓓佳老师重述经典的作品《中国童话》，并因此与她的又一部优秀的小说相遇。

那是2004年6月1日，儿童节。

黄蓓佳老师应南京市中山东路新华书店邀请，宣传新书《中国童话》。午间，暴雨变成淅沥小雨，社长约请黄老师去王家湾吃饭。菜点得很朴素，却道道是真正好味。黄老师刚刚从《中国童话》的火热现场撤回，穿一套靛蓝色的衣裙。席间，黄老师讲了一个男孩子和母亲之间的故事，语惊四座，社长当即向她诚挚组稿。王家湾之后，黄老师投入她的《派克式左轮》的创作里，风起云涌地看外景、改本子。社长祁智一直惦着她，在楼里见到我，就竖起食指："给黄老师打电话啦？"我于是就去打电话，打长长短短的电话，早早晚晚地打。催稿的电话一遍遍打过去，好性子的黄老师却也不恼。那个男孩于是就清晰起来，叫了"安迪"；那个母亲于是就光鲜起来，叫了"舒一眉"……

安迪是个男孩，是一个被老师唤作"赵安迪"、被爸爸叫成"安宝儿"、被妈妈称作"弟弟"的十岁男孩。读者认识他是在一个凝重沉郁的葬礼上，即将埋葬的是他的爸爸——那个可怜的四十岁男人因为自己在这个世界上尚有未竟的责任而无法瞑目。安迪就是在这个葬礼上，和读者一样，第一次见到了他的妈妈舒一眉——那个漂亮的、仿佛是从照片上走下来的人。命运在这个阴郁的瞬间，把男孩安迪推向了一道险峻的崖，崖的那一边，有散发着甜橙般香气的舒一眉……

那一场葬礼，以及从葬礼上开始的故事，全都在黄蓓佳老师的新作里。

黄老师在王家湾讲的，就是安迪的故事。

黄老师在王家湾讲故事的时候，安迪还是一个刚刚长到"第一章"的男孩——第一章就是他爸爸的葬礼，也是他妈妈从照片上走下来的时刻。没长成的部分，还在黄蓓佳老师的心里。她会让安迪怎么长下去呢？她让安迪在一本书里丝丝入扣地长大，那本书就好比是安迪成长的房子——房子里有阳光，有阴霾，有小鸟和花朵，有生活里种种潮湿和好闻的气息，那本书就是后来让苏少社再获殊荣的小说《亲亲我的妈妈》。

我至今还记得，作品竣工的时间是在2006年早春的一天。

静谧的冬季过去了，早春的那一天，黄老师给我打来电话："小郁，好了。"

轻轻巧巧的一句话，那个叫"安迪"的孩子算是诞生了。

"安迪"那一次不是孤单地来，他还带着女孩金铃、未来升旗手肖晓、想飞起来的单明明……他们来自《我要做好孩子》《今天我是升旗手》《我飞了》，之后还有《漂来的狗儿》《小船，小船》。2006年3月，出版社依托"安迪"，让书中的主角们列队走向读者；黄蓓佳老师作为他们的漂亮妈妈，盛装面对小朋友。

2007年，又有了《遥远的风铃》。

2008年，《你是我的宝贝》出版，小说荣获业内三大奖项——中国出版政府奖、中华优秀出版物奖、全国优秀儿童文学奖。

2010年,《艾晚的水仙球》落户苏少社。

而这令人振奋的一切,都是从最初的那一刻开始的!

二、"私享"着写作的人

这些年,我给黄老师打过不计其数的电话,长长短短的,一遍一遍地。每次我的电话打过去,在四声之内,就会听见黄老师明亮的声音应答——黄老师总是在家里!在电话机的附近!在三楼北向的书房里伏案!

我就这样判断着黄老师的生活,推测着她写作的时间、她阅读的时间、她下楼散步的时间、她离开家出席各种社会活动的时间、她分配给孩子和家中老人的时间、她为南郊这所美丽房子设计装修花费的时间……细细地算,细细地想,以我这个持家主妇脚踏实地的视角考量下来,结论是相当震撼的:这位风情万种的优雅女子,对写作之外的一切,果断地动用了"删除键"或"省略符",她为写作而活!

黄老师对媒体说过:"写作生活很寂寞也很愉快,这是属于我的享受。"

黄老师曾这样写道:"每天每天,我坐在窗口打字,院子里蓬勃生长的花草树木与我安静地相守相望,我的心里便浸透愉悦。感谢上帝,我健康地活着,可以思想,能够享受文字带给我的快乐。我甚至自私地希望这一段封闭的时间尽可能长久,好让我跟小说中的故事和人物厮守得更亲密一些,彼此间的交融更契合一些。"

生活和创作应该是一体的、互相渗透的,这才是生命的根本。

在写作之外,她花费时间最多的,就是阅读。童年时代的阅读,十分辛苦。小学读到一半,"文革"爆发,学校图书馆的很多书都被拉到操场上烧成了灰烬,实在没有书读了,那些包萝卜干的纸、糊墙的纸……只要有字,她就读。如今,她已经著作等身、名扬天下,还是会孜孜不倦地读书。作为省政府参事、江苏省作家协会驻会副主席,她有时是免不了要出席一些场合的,在聚会的场合,总是有出版社的社长和写书的朋友赠予她新近出炉的书。

黄老师在美丽南郊的一所跃层住宅里生活。房子很大很美丽,一楼有一个敞开式的超大厨房,岛式的。厨房雪亮,装点了一大蓬白色玫瑰,看不见炊具,台面一尘不染,像是商场里精致的化妆品柜台。黄老师是作家中难得的能正常起居的人。在常人进餐的那个时间,黄老师就转悠到厨房:吃两片饼干配一杯牛奶,算是早餐;她先生若是做了备份的饭菜存在冰箱,她就有了正餐;晚餐她通常喝一点汤,用西红柿和鸡蛋做。

生活清淡,时间就富裕出来了。

三餐简单,精神的空间才能丰富和活跃。

黄老师在这样的环境里,创作完成了长篇小说《所有的》。

"阅读之外,她确实把所有的时间都耗在了写作上!"读完这部小说电子稿后的第一瞬间,我就这样感叹着。

这部作品2007年在江苏文艺出版社出版,洋洋洒洒三十五万字。连黄老师自己也吃惊:"我实在是不知道该用一个怎样的词语才能够涵盖整本书的意思,说不清楚的痛楚和迷失。"媒体提问为何一下写了三十五万字,她想了想,回答:"写完后,我自己也很吃惊,我不是故意的,写着写着就无法控制了。"她那样悉心地写,是希望读者们可以跟着她的笔,慢慢地徜徉,慢慢地欣赏:所有的秘密,所有的哀伤,所有的背叛,所有的救赎,所有漂泊他乡的无奈,所有无法掌控的变异。

2009年4月之后,黄老师开始了又一项浩大的工程。她截取了中国历史的100年,从当下(2009年)回望至二十世纪初,写了5个8岁孩子的故事。5个8岁的孩子,借助5个精彩而难忘的历史节点,远去的,直至当前的,贯穿100年。

书稿完成后,各家出版社纷纷争抢。黄老师出于友情和信赖,把作品交给凤凰出版传媒集团麾下的江苏人民出版社出版。在卷首,黄老师深情题献:"献给100年来在中国这块土地上长大的孩子们——你们的悲喜歌哭,是我写下这些文字的理由。我在书外凝视你们,你们在书中凝视我。我想象你们的长大,但是未曾与你们同行。"

"5个8岁"全套共计5卷:《草镯子》(1924)、《白棉花》(1944)、《星星索》(1967)、《黑眼睛》(1982)和《平安夜》(2009)。

我翻开第一卷，是 8 岁女孩梅香的故事。小巷斜阳中，青石板、白井栏和缠裹着红漆皮的门环……青阳城一个守旧的小康家庭，祖母（爸爸的养母）作为母系力量的代表，影响着这个家庭的一切。青年时想留洋的爸爸，为孝道夭折了自己不着边际的理想，在当地政府做小公务员，并遵母命娶了小脚的旧式太太——梅香的妈妈。8 岁女孩梅香爬梯子喂猫的时候，这个家庭的老太太、太太、女用人余妈、厨子老五叔，都在为一个巨大的任务困扰着：孝道要求梅香能迅速地有一个弟弟，而梅香的妈妈病弱，一次一次地流产。

我边阅读边录下笔记，关键词："梅香/福儿/宅院/旁院/老太太/小脚/解放脚/留学东洋/政府的公事房/黄包车/童养媳/呆小二卖水/雪纺绸衫/篦头发/无后为大/安胎/娶二房太太/晒霉/珊瑚宝贝/玲珑的洋手表/月亮门的新院子……"

"写作生活很寂寞也很愉快，这是属于我的享受。"黄蓓佳老师把她"私享"着的写作，与我们分享了。

三、做朗读者，携中国文学"出海"

2010 年 4 月 23 日夜晚，希腊第二大城市、第十届希腊书展的承办地萨洛尼卡，"中国文学之夜"活动现场，身着灰色上衣的黄蓓佳老师正借助麦克风，为在座的中外读者朗读长篇小说《所有的》的片段——"逃亡的男人"。

黄老师用她明亮的南方普通话朗读，灰色的衬衣领围了一圈含蓄的碎木耳边，台容端庄大方。她读完之后，希腊朗读者又用希腊语读了一遍，台下传来一阵阵喝彩声。同台朗读的还有曹文轩、陈世旭、毕飞宇等国内著名作家。"中国文学之夜"是黄老师的节日，也是同行的凤凰出版传媒集团参展团全体成员的节日，大家都是正装前往，认真聆听。活动结束之后，团长（凤凰出版传媒集团总经理陈海燕）召集大家到亚里士多德广场聚会，庆祝黄老师朗诵成功，庆祝中国文学来到萨洛尼卡！爱琴海春风拂面，星空下流浪狗穿梭，大家畅饮着家乡的美酒，啃着大块儿的希腊烤肉，思绪万千。

此前，黄蓓佳老师已经多次在海外为读者朗读她的作品。她随作家代表团、出版代表团，先后出访过美国、俄罗斯、印度、新加坡、日本、韩国、南非等三十多个国家，把中国作家的风貌传递给世界，把世界各国书业和文学的动态带回国内。由于经济、政治、民族、文化等因素的阻隔，世界对中国文学的了解，远远比不上中国对世界文学的了解。中国文学和中国作家，至今在海外还时常遭遇不解和尴尬。尤其是现当代中国文学，要想引起世界的关注，往往必须走电影《红高粱》的路线，必须有张艺谋这样的大导演改编拍摄成电影，必须像《红高粱》那样不成比例地夸大民族特色以迎合外国人的欣赏口味。中国作家协会副主席陈建功曾表示："西方人往往对那些被禁的中国书感兴趣，哪怕它们不是特别好的文学作品，他们只是好奇。"儿童文学阅读年龄段低，受意识形态影响小，往往更适宜世界范围内的交流和互动。

在瑞士，黄蓓佳老师被邀请先后为二十多所学校的学生们朗读《我要做好孩子》瑞士版。她身材苗条，混在一群茁壮的欧洲中学生中间，显得年轻而亲切。她读着遥远中国一个名叫金铃的小学生的故事，教室里笑声阵阵。她和孩子们合影留念，她出席当地的文学社活动，约见自己作品的德文翻译芭芭拉女士。途中，她还去了慕尼黑青少年图书馆，那是一座城堡式样的老建筑，收藏有世界各国优秀的青少年适读图书，文学图书尤其丰富。她认真查看环境，研究馆藏分类和索引，盘算着国内的作家如何来到这里，把作品留下、把中国文学的声音传递给世界。她应邀去一位出版人家里做客，他推荐黄老师看自己书架上的一本书，说"非常有意思"。黄老师一看就笑了，原来是二十世纪四十年代中国出版的一本书，里面全是老图画，画的是当时北京的孩子玩耍的场景。原来外国人对中国孩子过去的生活这么感兴趣，黄老师立刻想到现在的中国孩子也应该补上这一课，他们也会觉得新鲜。

有一点点遗憾。黄老师曾对我说过："语言是各国作家们交流的瓶颈，彼此通常只能说一些泛泛的生活话题。"

更多的，还是收获。黄蓓佳老师已经有许多作品被介绍到了国外，其中《我要做好孩子》《亲亲我的妈妈》《我飞了》《漂来的狗儿》等被翻译成法文、德文、韩文出版。儿童短篇小说《心声》被日本收入教材。《我要做好孩子》在法国出版后也很受欢迎，因为畅销，还另外出了一个"口袋书"的版本。

黄老师认为，外国儿童与中国儿童大体上没什么差异，也并不是我们想象的那样，孩子们只上网，不看书。恰恰相反，他们十分注重纸质书的阅读。"我参加过很多国际书展，发现一半以上都是少儿读物。只是他们的出书方法和手段比我们更加宽泛，文字的、手绘的、图文结合的，以及强调互动性的等等。"实际上，今天的孩子正越来越现实，越来越封闭和自我，因为他们跟机器打交道的时间远远超过跟人打交道的时间，机器让他们聪明，也让他们冰冷。

2010年夏，北京图书博览会上，黄蓓佳老师作品的德文翻译芭芭拉女士作为瑞士馆的工作人员来北京参展，黄老师特地嘱咐我去瑞士展台代她看望她的这位异国朋友。芭芭拉女士专注地工作，简朴地生活，是一名值得尊敬的文化工作者。

从北京回到南京，我读到一则旧文，研讨中国出版如何"出海"。读完我想：黄蓓佳老师已经携她的文学作品"出海"了，她的作品正是那艘快船，携了文学"出海"，携了中国出版"出海"！

黄老师已经把写作这桩事情"私享"了三十多年。

我作为编辑，在近处分享她的写作，也已经有近十年。

这些年来，出版的业态发生着颠覆性的改变。每天，我打开网页，随时会看到一些消息，通常为：某书十二个月已畅销五百万册；某作家与某某公司签订战略性合作计划，每年推出新作十种；某写作组合加盟某图书公司；或是年度十大高收入作家榜……这样的消息，常常扰乱我内心的宁静。忐忑之下，我又打长长短短的电话，向黄老师倾诉并寻求答案。

今年以来，电话在响四声之后，通常还是没有人接。黄老师做了省作协的驻会副主席，需要去单位坐班、处理公务。偶尔她在家，还能让我在四声之内听到她明亮的声音。她只要在家，就在书房里，在电话机的附近，在三楼北向的书房里。我祈愿她能继续"私享"她的写作，从春天写到夏天，再写到冬天。每天上午写一个章节，下午出去散步，回忆往事和虚构情节，这是最让她感觉舒服的写作节奏。

我盼望黄老师那部正待收尾的成人长篇小说舒舒服服地竣工。

我更盼望黄老师不忘记儿童和儿童文学，在美丽南郊的大房子里为孩子们写作。有一天，她能给我打来电话，轻轻巧巧地说："小郁，好了。"

黄老师说"好了"的时候，一切就真的"好了"。

本文发表于《扬子江评论》，2010年第6期

唯一的尺度是精神更自由
——黄蓓佳小说阅读之一

何 平

　　这段时间我一直在读黄蓓佳，甚至按照她的创作简历，找到她写作起点的1972年，读了《补考》《脚手架》《开弓没有回头箭》这些"少作"，但说老实话，从哪里开始说黄蓓佳好像理不出多少头绪。黄蓓佳的写作有种复杂中的"简单"。世道人心，不管多么动荡、喧嚣和混乱，她总能让它澄清。就算世俗眼里的不堪者也总藏着纯良的内心。黄蓓佳几乎固执地把这种东西发展成对世界和对自己写作的一种确信。这也许就是一个作家的世界观和写作观。我甚至想当然地以为这是黄蓓佳与生俱来的。

　　研究一个作家，我们总习惯把他们安放到文学史的某个位置去前后左右地找参照系，但黄蓓佳是一个有着广泛公众认知度却不在"史"的作家。我不知道"史"对黄蓓佳的轻忽是不是因为她的"简单"。表面看，"简单"的作家留给批评家或者文学史去做的事情确实很少，但许多优秀的作家往往是愿意"示弱"，愿意"简单"的。因为面对无限可能的世界，作家有限的经验和想象所带来的变数和格局其实是很有限的。因此，与文学批评、文学研究"繁难"之好恰成对比的另一个我们不得不承认的事实是很多优秀的作家恰恰又是"简单"的。贪多嚼不透只能囫囵吞枣，"简单"的作家却能够在自己的世界里经营出有着自己气息和温度的东西。不只是黄蓓佳，江苏的作家，苏童、范小青、叶兆言、毕飞宇差不多都有着各自固执的"简单"。再退回来说黄蓓佳入"史"的问题，或许有人要说，作家为什么要入"史"?作家在"史"有在"史"的好处,就像作家入选各种序列的国民教材。如果我们承认一个基本的事实,绝大多数作家还是希望自己的作品被广泛传播、接受和消费的,而不是书斋里的自悦和自赏,那么和文学史、国民教材相关的文学教育无疑是一个作家被更多读者所熟知以及经典化的一个不错的路径。所以,哪怕作家自己并不在乎进入不进入文学史和国民教材,我还是坚持认为好的作家、经典的作品是应该尽可能多地进入到各种文学史和国民教材。而就黄蓓佳而言,她的广泛被阅读和认知,不能不说和当代文学启蒙教育对她的广泛推举密切相关。可以毫不夸张地说,现在80后、90后的孩子大多是读着黄蓓佳《我要做好孩子》《今天我是升旗手》《亲亲我的妈妈》长大的。毫不讳言,黄蓓佳在我们传统文学版图中是不折不扣的"纯"文学,但黄蓓佳在很大范围里又是不折不扣的畅销书作家。今天的文学研究在文学的评奖、期刊、文艺政策等外部制度领域已经积累了很多成果,但对畅销书机制对文学影响的研究还不能算深入。因而现在的问题是普通读者对黄蓓佳很"买账",而作为大学教材或者个人著作的中国当代文学史却很少涉及黄蓓佳。要研究这里面的原因,可以思考的问题很多。"潮流化"是目前坊间绝大多数文学史对黄蓓佳写作三十余年习惯的文学史处理方式。而黄蓓佳的写作从来就是在潮流之外,且又没有强大到可以成为潮流的反抗力量,因而被边缘出文学史。这种情况在江苏作家苏童身上同样有所体现。现在的中国当代文学史提到苏童,大抵是因为苏童被二十世纪八十年代的先锋文学所选中。而谁都能够看到的一个事实是,进入九十年代,苏童的短篇小说越写越好,越写越成熟,但苏童却淡出了这一时段的文学史。另外一个值得关注的是,在我们很多人的经验中,黄蓓佳的所长是在所谓的儿童文学领域。除了专门的儿童文学史,至少目前中国的文学史并没有给儿童文学一块专门的领地。那些被提及的儿童文学作家也只是因为他们人先入了"史",牵藤带瓜地把他们的儿童文学创作也带入了文学史,比如叶圣陶、张天翼等等。以中国现代文学史为例,八十年代以来,文学史的格局变化很大,比如通俗文学、海外汉语文学、新文学作家的古体诗写作入史等等,都有了现实的收获,甚至有的已经成为一种共识。而即便如此，我认为我们的文学史在很多方面还有欠缺，比如中国文学背景下的少数民族作家的非汉语写作，比如这里说到的儿童文学入史等问题，却没有引起足够的重视。文学史不是一个无边的筐，什么都能往里面装，但这两个方面直接关涉我们的文学版图的完整性，值得我们的文学史研究专家去考虑。

再说一个问题，人们说，黄蓓佳是个作家，是一个儿童文学作家。将儿童文学作家从作家中像特区一样单列出来有没有这个必要？作家自己认同这样的划分吗？而且我们有一个"儿童文学"的概念，但从生理年龄上，我们并没有与之对应的"青年文学""中年文学""老年文学"。或许在具体的写作实践中，这样的写作也客观存在，但我们好像从来没有感到有像"儿童文学"这样命名的必要。我承认在阅读黄蓓佳的时候是有着"成人文学"和"儿童文学"的区分惯性，但"成人"和"儿童"的界限不是图书分级那么简单的问题。因为涉及图书分级，也许是一个纯技术的问题，比如暴力、情色到怎样的程度"儿童不宜"。如果把"成人"和"儿童"文学的分界设置在图书分级这样的技术问题上，显然过于看轻了"儿童文学"的独特创作机制。这至多说明"儿童文学"是一种有限度的写作。

在我的想象中，即便你心里清楚所有的"儿童不宜"的教条，也不是所有的作家都能够成为儿童文学作家。这里面有一个怎样的遴选机制，如何在那么多的作家中间，选择出能够为孩子写作的？是不是每一个作家都有为儿童写作的能力？有些问题貌似是常识，比如儿童文学作家应该了解孩子的世界，应该懂得孩子的逻辑，但问题真的这么简单吗？什么是孩子的世界、什么是孩子的逻辑，这又何尝不是我们成人想象出来的。说老实话，如果写《漂来的狗儿》和"5个8岁"系列长篇小说中的《星星索》（1967）时，黄蓓佳还有一点似曾相识的童年记忆可以调动，那么写更久远或更当下的生活时，黄蓓佳依靠什么进入儿童世界？一个基本的常识：不是写了儿童的就是儿童文学。从来没有谁认为莫言的《透明的红萝卜》这样的小说是儿童文学。我姑且假定非图书分级意义上的"成人文学"和"儿童文学"客观存在，我发现类似黄蓓佳这样一直从容地游走在两者之间的作家很少。同代的作家中，余华、王安忆、贾平凹好像都有过"儿童文学"创作的前写作阶段，但他们今天几乎不碰"儿童文学"了。而二十世纪八九十年代和黄蓓佳齐名的陈丹燕现在也很少有"儿童文学"的新作。因此，我甚至感到应该把黄蓓佳作为一个特别的文学现象来研究。从个人生理年龄的角度，黄蓓佳离"儿童"越来越远，但黄蓓佳的"儿童文学"创作从来没有中断和停止的迹象。

成人写孩子的事给孩子看，说到底是一种"代言体"。在这样的观点下，儿童文学作家应该是作家中的另外一群人，他们是出入于成人世界和孩子世界之间的"通灵者"，他们是孩子派往成人世界的信使，当然很多时候他们也是能够为孩子打抱不平的侠客。显然黄蓓佳的很多类似《我要做好孩子》的小说都在被这样的观点左右、被误读。我认为，仅仅止于"代言"，"儿童文学"的路将会越走越窄。因为这种写作存在的合理性是建立在我们将儿童视为一群无法用文学表达自己世界的沉默者之上的。这样的观点显然建立在成人对文学资源的垄断的前提下。我们有没有意识到：一旦儿童的文学表达成为可能，我们今天对"儿童文学"合法性的想象还能在多大程度上成立呢？事实上，网络时代的文学现实使文学表达的低龄化越来越成为可能。在这样的背景下，如果"儿童文学"还仅仅抱守"代言"传统，终有一天将会被淘汰出局。因此，说得严重点，今天已经到了"儿童文学"的死生之期。缘此，"儿童文学"的分野也将愈演愈烈。研究儿童心理和儿童阅读心理固然是一条生路。从我的观察看，出版界比文学界更早意识到危机。从二十世纪九十年代开始，《大灰狼》杂志，"马小跳"系列图书，再到《哈利·波特》的引进，新的元素不断被注入儿童期刊、图书出版中，这些当然也给儿童文学创作带来新的革命。但这条生路说得好听点是"儿童文学"的"儿童本位"，操作不当就变成一味地妥协、迎合的"媚少"。事实上，看我们今天的"儿童文学"乱象，此说已经不是杞人忧天、危言耸听。

事实上，如果真要"媚"，黄蓓佳并不缺少"媚少"的能力。读黄蓓佳的小说，能感到她对孩子世界是了然于心的。无论是《我要做好孩子》《今天我是升旗手》，还是更近的《你是我的宝贝》、"5个8岁"系列之《平安夜》，黄蓓佳小说中的"孩子们"从来就在时代的旋涡中。但即便如此，黄蓓佳更愿意做的是从时代的喧闹中沉静下去。而且这些年，黄蓓佳小说中的另一部分则是追忆的、怀旧的，比如《漂来的狗儿》以及"5个8岁"系列之《草镯子》《白棉花》《星星索》《黑眼睛》。我不知道《漂来的狗儿》的内容提要是谁执笔的。它这样写："七十年代是一个奇特的年代。灰暗沉闷的生活禁锢了成年人的灵魂，却无法遏制孩子们自由奔放的性情。在'梧桐院'的小天地，一群中学教师的孩子和一个邻家女孩狗儿结成玩伴，玩得上天入地，花样百出，趣味无穷。聪明的小爱、博学的方明亮、高贵的小兔子、调皮的小山和小水、精灵般的小妹、心比天高命比纸薄的狗儿……这些可爱又可敬的孩子是凡俗土地上开出来的摇曳的花朵，每一片花瓣都涂抹着温情和理想，闪耀出那个奇特年代的人性之光。因为他们'教师子女'的独特身份，每个人都在书香的氤氲中出生长大，相比于同时代的同龄孩子，他们的知识面更广，见识更多，胆子更大，脑子更灵，更能够创造出乐趣，让童年的每一天都过得精彩纷呈。这是一部讲述成长的小说，趣味盎然的小说，快乐而忧伤的小说。书中的背景和人物仿佛一段封存已久的电影，作者架起放映机，银幕亮起，胶带走片发出'沙沙'的响声，人物就动起来，笑起来了，招手把你带进银幕中去了。你跟着他们一起捞小鱼，粘知了，去中学图书馆偷书，看连环画《红楼梦》，给伟大领袖写信，在漂亮的芭蕾舞演员面前自惭形秽，惶惑于身体的发育长大，被侮辱被伤害而后抗争，品尝少男少女的朦胧恋情……最后影像定格，灯光熄灭，银幕隐入黑暗，你会有一声轻轻的叹息，心里想：物质最贫困的童年其实是精神最自由的童年。"这段话将黄蓓佳的怀旧之作说得很透彻。成长蜕变的过程是一种自我撕裂，这成为一个时代的真实，成为一个时代童年的真实。而在逝者如斯之后的回望，黄蓓佳不只是怀旧和感伤，而是把剥、清理和反思。好的文学不仅仅让读者揽镜自照沉浸其中，也可能是提示性的。黄蓓佳的小说质地纯良，充盈着诗意的理想主义。我忽然理解在黄蓓佳的世界里其实并没有"成人"和"儿童"的分界，在追求"精神最自由"上面，他们握手言欢而又并肩战斗。黄蓓佳让我们认识到：文学也可以不去逞强斗狠，它可以安静地、微弱地、一个字一个字地、若砖若瓦若石若木地建筑起自己的心灵的宫殿。我们可以说，黄蓓佳写作中有很多的主题，但我认为最重要的是对脆弱、渺小的生命，对自然神秘和人伦秩序富有人性的爱、痛惜、体恤和宽宥。黄蓓佳不是为某个观念在写作，写作于她已经成为一种生命的需要。这应该是最本色的写作。而我们很多时候恰恰忘记了，文学远远有比观念和技术更重要的、更值得我们为之付出的东西。

对于黄蓓佳而言，可以完全忽视"成人文学"和"儿童文学"的界限，唯一的尺度是精神更自由。而精神自由者往往又是执于理想和信念者。所以，《漂来的狗儿》中的狗儿沿着河流逆流而上寻找想象中的母亲，梦想成为小燕子那样的舞者；《我要做好孩子》中的金铃要做一个不害怕计算题，能够自己学好数学的好孩子；《爱某个人就让他自由》中的马宏"哪怕他跟一百个女人缠绵交欢，爱了再恨了，结婚而后离婚，他心里始终横亘着居真理的影子——去法国读书，在法国定居，漂亮的、现代的、思想自由的居真理。他是一个生活在梦里的人，他的身子在现实的世界里随波逐流，好脾气地把迎向他的女人一一地接纳过去，抚慰和安置她们，不让任何一个人失望而去。他的灵魂却站在高高的云端，凝视着居真理的身影，想她，爱她，渴望着有一天能够跟她终成眷属"。更进一步说，黄蓓佳几乎所有的小说其实都在写追求精神自由者的孤独。如她在《玫瑰灰的毛衣》里写小林和他婚外爱慕的小玉，这个为了心爱的女人抛家去国的男人却是"（小林和小玉的）亲密关系从来没有进入过实质性内容。所有的人（包括我）都认为他们有的，但是他们恰恰没有。小玉有点像小林生活中的一盆花，他培育它，照料它，欣喜地看着它冉冉开放，浅笑盈盈，散发出淡幽幽的香味，而后俯头，将脸颊轻轻地贴近花瓣，深深地嗅它的味道，心满意足地醉着"。黄蓓佳小说写了那么多从婚姻中出走的男男女女，她却免了在我们世界里汹涌的"俗"。爱止于爱，爱到成为一个独异者，甚至不吝惜自己，就像《玫瑰灰的毛衣》中小林的妻子可以为丈夫爱的女人去另一个城市买一件玫瑰灰的毛衣，以至于疲劳驾驶丢了性命。而《眼球的雨刮器》中那个叫小蔓的女人为了一去不复返的乔乔无望地等。黄蓓佳小说中这些执于信念者所念念在心的不是我们想象中的家国社稷，只不过是庸常人生中的一点光、一点亮而已。就是这一点光、一点亮，成为他们日日生活的全部意义。

本文发表于《扬子江评论》，2010年第6期

黄蓓佳：家、大院和人的成长

吴其南

黄蓓佳主要是一位成人文学作家。但二十世纪八十年代初，她初登文坛，是以儿童文学建立起最初的声誉的。《小船，小船》《心声》《遥远的地方有一片海》等出手不凡的作品，加上它们结集出版时是老作家丁玲作序推荐，使她成为当时儿童文学创作中一颗闪亮的新星。但此后不久她便转向成人文学。直到1996年，她因自己的女儿升初中，"和孩子共同经历了一场算得上残酷的升学大战"，对当下儿童的生存状态有所体会，才又一次开始儿童文学写作。不长的时间便出版了《我要做好孩子》《今天我是升旗手》《我飞了》《亲亲我的妈妈》《你是我的宝贝》《遥远的风铃》《草镯子》《星星索》《白棉花》《黑眼睛》《平安夜》等一批作品，它们同样激起不小的反响。从七八十年代之交到新旧世纪之交，中间空白十余年的时间，黄蓓佳现在的儿童文学作品较早前有承袭也有变化。转向儿童文学之后，她继续写作成人文学，并常常将儿童文学和成人文学统一起来，如《黑眼睛》就是在成人文学《所有的》的基础上删、改而成的。这些相对复杂的创作历程既记载着作家个人的创作道路，也折射着中国儿童文学近几十年的变化，理解作家的创作对理解这一时期的中国儿童文学也具有意义。

一

这意义首先表现在对社会现实的关注和理解。

关注现实，对二十世纪七八十年代开始创作的那一批作家是没有问题的，因为那是一个想不关注都难、都不可能的时期。刚刚经历了一场大劫难，人们积累了太多的伤痕、痛楚、辛酸、愤怒，需要宣泄，需要倾诉，需要反思。当时的文学几乎是不由自主地承担了这份职责，超越社会学、哲学、宗教、道德，成为一个时代意识形态的旗帜，作家也似乎不只是作家，而同时成为社会学家、道德家甚至哲学家。更重要的是，经过十年动乱，整个国家，各行各业，每个具体的单位，每个具体的人，都积累了太多太多的问题，即使一个很超脱的人，处在这样的环境里，也很难继续超脱。所以，当时发展出一种新的文学类型，名字就叫"问题小说"。黄蓓佳在这样的背景下走上文坛，自然不能不受这种大环境的影响。她最初的一些小说就带有那个时代的一些特征。《阿兔》带有伤痕小说的特征，《心声》反映的则是进入新时期以后教育上出现的问题。但和当时许多拨乱反正、写伤痕写反思的作品不同，作者很少从政治、社会的视角出发，很少按主流意识形态的步调来选择题材、进行创作。她更多关心的是一般儿童的生存状态，是人的成长、人的个性，是十年动乱后正在重建的人与人之间的美好关系。如《小船，小船》表现的是一个残疾孩子对曾经有过的无微不至的关爱的一种殷切的盼望和等待，以及作者对这种等待的一种肯定。这表面上看起来只是题材、描写对象发生了转变——从当时占主导地位的政治题材、社会题材转向人生题材、成长题材，内在反映的却是价值取向的变动。因为当时多数文学的题材是从主流意识形态的大视角给出的，批判十年动乱，表现拨乱反正，选择这些题材，同时就是选择主流意识形态的视角，选择主流意识形态的价值取向。虽然当时主流意识形态的价值取向和知识阶层的启蒙意识较为一致，但潜在的矛盾其实从一开始就存在。黄蓓佳等一批青年作家没有拾取主流意识形态给出的话题，而是在政治题材之外另辟一个空间。虽说题材的转移并不一定意味着价值取向的改变，但毕竟在某种程度上完成了对主流意识形态大视角的悬搁，为自己独立地理解生活提供了一些可能。《心声》揭示了进入新时期以后出现在学校教育中的问题，对当下的现实进行批判，而这正是真正的现实主义文学应该具有的品格。

这种"忠实于自己眼睛"的现实主义关注在1996年黄蓓佳第二次涉足儿童文学的作品时再一次表现出来。只是，同样是现实关注，同样是忠实于自己的内心，这次面对的情势却和上次不大一样。从二十世纪八十年代初到世纪之交，时间只有短短的十几年，中国社会、中国文学却发生了巨大的变化。新时期初，即黄蓓佳刚开始文学创作的那段时间，社会的兴奋点还在政治领域，作家还习惯于从国家意识形态的大视角去观照生活，内容上批判十年动乱的极左思潮，思维方法上却与前者大体相近。到了二十世纪末，这种思维方式还在，有时还被主流话语尊为主旋律，实际情形却发生了极大的改变。现实生活中不再提"以阶级斗争为纲"，社会生活的重心转移到以经济建设为中心的轨道上来，商业大潮涌起，许多人都开始"向钱看"。出版社改制，经济效益成了编辑、作家们的主要动力之一，游戏、热闹、娱乐、身体叙事成了儿童文学最主要的表现内容。在这样的场域里，不仅政治话语式微，连一般的社会关怀也被悬搁。黄蓓佳不同，她的写作一如既往是较为中性的，既不为当前的主流话语所裹挟，坚持以自己的方式关注现实，包括现实生活中正在出现的各种问题；也不为大众话语所左右，一味陷在娱乐、游戏话语里不能自拔。作者第二次走进儿童文学后出版的第一部作品是长篇儿童小说《我要做好孩子》，据作者自己说，这部小说源于她的女儿要考中学，要为"小升初"中几个重点中学的名额而奋斗，半年多的时间里，她不得不和女儿一起找资料、做习题。由于对当下儿童的生存状态深有感触，于是她进一步开始思考和写作。这种写作姿态也体现在作者随后的一系列儿童小说中。《今天我是升旗手》讨论了商业文化背景下、社会向物质化转向的时候，精神追求对人，特别是对儿童成长的意义。当商海弄潮儿成了万众瞩目的时代英雄，儿童自制的"名片"上给自己加的头衔都是"总裁""董事长""总经理"，精神追求是否还有自己的空间？我们曾有过唯精神化，被别人嘲笑为穿着一条破短裤、挑着两只破箩筐奔向共产主义的时期，相对于这种越穷越光荣，物质上越贫穷、精神上越富有的伪共产主义，强调物质、强调现世的幸福是一种进步；但是，在肯定此岸的现世幸福时，我们应不应该有一片精神的绿地？五四时期，周作人的"人的文学"理论在反对封建礼教、恢复人的感性生命中是起了重要作用的。但"人的文学"在抨击旧礼教将人变成抽象的道德符号、力倡霭理士心理学、主张人像孩子和动物一样简单地生活的时候，同时强调人的另一面，即神性。"人性有灵肉二元，同时并存永相冲突。肉的一面，是兽性的遗传；灵的一面，是神性的发端……兽性与神性，合起来便只是人性。"①《今天我是升旗手》中的肖晓，渴望有机会当一次升旗手，亲手在全校同学面前升起五星红旗。肖晓故事的落脚点并不在升旗这一行为本身，而是他在心中设置了一片精神的高地，成长就是向这片高地趋近。还有《我飞了》《亲亲我的妈妈》《你是我的宝贝》等，有的涉及儿童生活中的友谊、失败和奋进的问题，有的涉及单亲家庭的问题，有的涉及残障儿童的问题，都是儿童生活中一些现实而敏感的话题。作者近年创作的主要属历史题材的"5个8岁"系列长篇小说，即《草镯子》《白棉花》《星星索》《黑眼睛》《平安夜》，不仅以写实的方法书写历史，也努力将这些故事放到现实的"记忆框架"中予以表现，使读者在这些历史书写中看到今天的现实意义。

现实关怀不只是一个作家的社会担当，很大程度上也是艺术能力的展现。黄蓓佳儿童小说不为主流话语所裹挟，不为商业文化所绑架；不只是作品思想上的需要，也是作品艺术表现上的需要。"现实"不同于"现在"："现在"是一段时间，是一种无定性的存在；"现实"却注入了人的理解，每个人理解中的"现实"是不一样的。儿童文学由于面对年龄较小的读者，偏重表现、传达具有普遍意义的经验，这些经验很多是超时空的，久而久之，时间、当下，甚至"现实"都不知不觉地从儿童文学中隐匿了。数年前，我写过一篇名为《时间失落：当前儿童文学中的一种隐忧》的论文，提到世纪之交中国儿童文学热衷表现没有时间的内容的现象。产生这种现

---

① 周作人：《周作人散文全集》（第2卷），广西师范大学出版社，2009，第87页。

象的主要原因自然是作者们被商业大潮所诱惑，失去社会责任感、缺乏社会担当，但同时也有艺术能力的问题。因为生活本身是无方向的。要为生活命名，要为"现在"注入本质、将"现实"召唤出来，作家要有自己对生活的理解。描写对象越是贴近生活本身，命名越有难度。黄蓓佳儿童小说反映生活的一个主要特点就是不将生活简化、抽象化、单纯化，比如，不追求一个所谓的"儿童世界"。在儿童文学中，描写所谓的"儿童世界"一直是作为一个正面的要求予以提倡的。特别是一些主张"儿童本位"的作家，以为儿童心理和成人心理不同，他们有自己的生活范围，有自己的生活内容，有自己的成长需要，有自己的成长节律，作家只能尊重它、顺应它，否则就是揠苗助长，就是把成人的意志硬性地渗入到儿童生活中，从而造成儿童心灵的扭曲。这自然有其合理之处，但尊重儿童的成长节律和把儿童生活抽象化、单纯化，创造一个所谓的"儿童世界"不是一回事。在现实生活中，儿童和成人、儿童生活和成人生活，从来都是无法隔离的。儿童的主要生活空间在家庭和学校。家中有家长，学校有老师，且家长和老师都不是孤立的个体。家庭是社会的细胞，学校是简化了的社会，家长和老师都是自觉不自觉地采取各种社会规则对儿童进行规训的。老师上课是按教材、按教学大纲进行的，教材、大纲就是一种有普遍意义的社会规约。孩子的游戏其实也是如此。黄蓓佳深谙这一点，她的儿童小说从不将儿童、儿童生活从社会生活中孤立出来予以表现。《我飞了》主要写小学六年级学生单明明的故事。学生的主要活动空间在学校，学校是一个孩子相对集中、最容易将孩子的生活从社会生活中隔离出来的地方，《我飞了》却没有这样做。作者不仅写了体育老师高放，写了由体育老师延伸出去的全市长跑比赛；写了单明明的家，写了单明明开出租车的父亲；更写了同学杜小亚，写了杜小亚的家、杜小亚的病和死。她将一个孩子的生活放在社会生活的大背景中予以表现，因而有一种厚度，有一种被人们称为"毛茸茸的生活"的原生性，有一种带露折花的鲜活感。这样，作家的身影便淡化了，仿佛不是作家在说话、叙述者在说话，而是生活自身在说话。这种表现方式其实比那种将生活单纯化、抽象化的写作更具难度。黄蓓佳儿童小说的优势有时便是由这种丰富性突显出来的。

二

不搞所谓的"儿童世界",不将儿童、儿童生活从整体性的社会生活中剥离出来,反映在小说叙事上,就是更注重写实,更注重描写,更注重题材自身的空间。虽然小说题材表现的空间和小说的叙事空间不是一回事,但当小说更注重小说题材自身空间的时候,小说的空间美感也会借此凸现出来。黄蓓佳的儿童小说与当代许多儿童小说,包括一些年龄、经历与她相近的女作家(如程玮、陈丹燕、秦文君、韦伶等)的儿童小说的不同,也从这儿表现出来:在小说叙事空间的选择上,她更注重"家"。黄蓓佳的儿童小说主要是以家为中心来描写儿童生活、来设计笔下的人物和故事的。这不是说她的小说的题材都拘囿在家的范围内,而是说以家为中心、以家为出发点来想象、构思笔下的艺术世界。即使一些离家较远的描写,也会让人感受到一种从家出发的叙述视野的存在。

这首先从作者1996年以后一系列写现实的儿童生活的小说中表现出来。

《我要做好孩子》是作者以自己的女儿小学升初中那段时间的生活为基本素材而创作的作品。自恢复学校考试制度以来,儿童文学中对这种考试制度的揭露和批判就一直连绵不绝。《黑色的七月》《雾锁桃李》《一个女中学生之死》等作品的涌现,说明尽管这代作家在许多方面颇多歧见,在这一点上却显出难得的一致。因为主要写学习,多数作品把叙事空间放在学校,主人公即压力的承受者主要是学生自己。黄蓓佳却将叙事空间主要放到家庭,从家的视角写学业重压下儿童的生存状态。《我要做好孩子》用的是全知视角,叙述者在故事外,属高视点权威叙述。题名虽然用了"我"作为儿童主人公的自称,但那是叙述者转述孩子的话,并不是儿童的第一人称叙述。这个叙述者不仅非常了解小主人公金玲,而且非常了解她的家、她的父母亲,可以看作是从现实的、作为家长的作家身上分裂出来的另一个自我。作者既从家庭内部对升学时期儿童的生存状态进行描写,又站在事后的立场上对儿童这种生存状态，包括社会、家长、学校在这一过程中所起的作用做出反思。有特色的是，虽然作品写了繁重的学业对儿童的压抑，写了成人为了让孩子考上重点中学所施加的过分的压力，但未像许多同类作品那样变成对现行教育制度的控诉。作品中的金玲是一个善良、懂事的女孩，成绩不算十分出色，却真实、诚恳、善解人意，不会因为有重点学校名额的残酷竞争就不择手段，也不会因为有学业上的压力就完全失去自己。虽然她也在家长的督促下苦读，为提高数学成绩到处补课，但总体上仍遵循自己内在的时钟，真实、诚恳、快乐地生活着。作者将这种活法称为"中间状态"，并对这种"中间状态"表示欣赏。这儿所说的"中间状态"不是不求上进，也不是甘于"比上不足比下有余"的中游状态，而是有些类似中国古人所说的"中庸"。中庸不仅是不走极端，而且是不为外在的潮流所左右，知道自己要什么、能要什么。知道自己应做什么、能做什么，其实包含了人生的大智慧。《我要做好孩子》作为一部表现现实教育制度下儿童有些困窘的生存状态的作品，其特色和意义很大程度就在对这种"中间状态"的觉悟和表现上。

《亲亲我的妈妈》也是一部以家庭为主要叙事空间、反映儿童生活的作品。这里说的家是最严格意义上的家。单亲家庭、单亲家庭中孩子的教育、单亲家庭中孩子与父/母的关系，是现代儿童文学中经常涉及的题材之一。《亲亲我的妈妈》也表现了这方面的内容。赵安迪很小的时候父母离婚，他随父亲住在县城。十岁时，父亲车祸去世，他离开县城来到南京，来到母亲身边，开始和依然单身的母亲一起生活，经历了一段母子间互相适应、互相磨合的过程。但作品也没有像许多同类型小说一样专注于写单亲家庭孩子的社会遭遇问题，写处在这样环境中的儿童的心理问题，而是围绕着赵安迪到一个新环境后生活的各个侧面展开叙事。妈妈、妈妈的单位、妈妈的同事，新学校、新同学、新老师，姥姥、二姨、二姨家的表姐可儿，另一端还连着老家的爷爷、奶奶、姑姑。小说就这样在复杂的多重联系中表现都市的一个单亲家庭中儿童生活的各个侧面。作者将一对本已陌生的母子一起相处时的隔阂、矛盾、磨合、理解表现得极有层次。作者没有将这一故事表现为单亲家庭儿童教育这样一个单一、单向的问题，而是围绕一个单亲家庭写这一环境中儿童的生存状态及成长。不仅要求母亲理解儿子，也要求儿子理解母亲。安迪很小的时候父母即已离婚，他印象中的母亲只是一个照片上的女子。当母亲从照片上走下来，变成他现实生活中的一部分后，他感到有些不适、有些困惑，甚至有些怨恨，这都是可以理解的。比如，母亲当初为什么要和父亲离婚？为什么要抛弃父亲和他，一个人回到城市？这里有要向孩子说明和对孩子进行教育的问题，但更重要的还是将孩子放到历史和现实生活中，让儿童用自己的眼睛去看，用自己的心灵去理解。所以，作者没有因为孩子小就向他封锁信息。作品真实地展现了母亲的生活状况，她对她的电视台工作的热爱，她因不被人理解所表现出的困惑和痛苦，她在遭遇挫折时的懒散和疲惫、成功时像孩子般快乐和失败时无法收拾的狼狈。一个母亲、一个大人的生活就这样真切地呈现在孩子面前。而正是这种真实的、诚恳的呈现使安迪理解了母亲，这种理解便是成长。贯穿在这种成长表现里的，是现代人的平等意识。

《你是我的宝贝》通过家庭展现了另一主题，即残障儿童的问题。贝贝患有唐氏综合征，有轻度智力障碍。父亲去世，母亲改嫁，留下他与奶奶相依为命。奶奶去世后，从乡下来到城市的舅舅、舅妈看中了他家的房子，争着做了贝贝的监护人，但二人既无爱心也无责任心，使贝贝受到许多苛待。好心的居委会洪阿姨和小区水电维修工李大勇等许多人主动地站出来，使这个命运多舛的病儿兼孤儿受到照顾。这不是一个简单的歌颂好人好事的作品，它涉及的首先是家庭和社会的道德伦理的问题。贝贝是一个病儿，父亲去世、母亲改嫁后又成为孤儿。奶奶是一个有爱心的人，在她照顾贝贝的那段时间，贝贝过得很幸福、很快乐。奶奶去世后，舅舅、舅妈住了贝贝的房子却未履行监护人的责任，他们的行为是应该被谴责的。居委会阿姨、小区保安、残障学校的老师及许多帮助贝贝的人是应该被赞颂的。通过他们，我们看到了人性中美好的一面，特别是小区水电维修工李大勇。他的父亲是建筑包工头，属于改革开放后最先富起来的一批人，但他不满意父亲为拉拢建委主任为他安排的婚姻，跑到城里在一个小区当水电维修工，作者称其为"大孩子"。他对贝贝的关心完全是无私的。在一个物欲横流的商品经济的社会里，人与人之间的真诚关爱依然存在。而且，作者也不同意将自己这篇作品的内容只称为对弱势群体的关怀。"我写这样的一本书，不是为了'关注弱势群体'，绝对不是。我没有任何资格站在某种位置上'关注'这些孩子们。"从行为能力的角度说，病儿孤儿无疑是弱势的、需要人关怀和帮助的；但换一个角度，从心灵美好的角度说，谁更需要"救助"，那就真的很难说了。"一个智障的儿童，就是一块透明的玻璃，一块光亮的镜子，会把我们生活中种种的肮脏和丑陋照得原形毕露。在纯洁如水晶的灵魂面前，人不能虚伪，不能自私，不能狭隘，更不能起任何恶念。善和恶本来是相对的东西，一旦'善良'变得绝对，'恶'也就分崩离析，因为它无处藏身。"[1] 贝贝简单、纯洁，他生活在他自己的世界里，和生活中的许多人相比较，谁更美好、更有道德？李大勇是个大孩子，洪阿姨以及小区、福利院的许多人何尝不怀有一颗赤子之心？《你是我的宝贝》主要写一个小区。小区包含许多家庭，是当下中国最贴近家庭的社会组织。从家庭到社会，道德伦理有延伸也有变化。通过对小区一个病儿孤儿的描写，作品既是对人们道德伦理的拷问，也是对商业社会中依然存在的美好的人际关系的礼赞。

家自然不是存在于真空之中的。黄蓓佳在世纪之交创作的以家庭生活为主要表现对象的儿童小说其实也是和时代紧密联系在一起的。无论是《我要做好孩子》中的竞争、拼搏，《亲亲我的妈妈》中的宽容、理解，《你是我的宝贝》中的关怀、相助，还是作者另一些小说中表现出来的困惑与迷茫，其实都折射出新时期以来中国社会不断向前的历史印迹。黄蓓佳不是一个趋时的作家，主要从家庭出发，主要描写儿童在家庭的生活，也不易形成很趋时的话题，但作者选择了生活中看起来较为平静的部分，遵照现实主义细节真实的原则，平平写来，却使人感受到平静的生活下面某些新潮的涌动。如前面论及的《你是我的宝贝》，看起来是

---

[1] 黄蓓佳：《阿姨你住过的地方》，人民文学出版社，2011，第196页。

一个礼赞新风尚、歌颂美好的人际关系的作品,作品确实也包含了这方面的内容,从这方面去理解这篇作品也不错。但换一个角度,以故事中贝贝玻璃般的单纯透明,以及李大勇、洪阿姨等水晶般的心灵和世纪之交中国大地上商业大潮涌起时一些人的铜臭、算计和肮脏的欲望相比,我们不仅听到了时代脉搏的跳动,而且听到了作家面对这些不同形象发出的或谴责或赞美的声音。家反映着时代,时代也不断地改变着家。

三

在写完《我要做好孩子》《我飞了》《你是我的宝贝》这些反映现实的儿童生活的小说之后,黄蓓佳又将目光转向自己的童年、少年。"我已经替别人写过许多童年故事,也该替自己写一点留下一个纪念。"[1] 于是便有了《漂来的狗儿》《遥远的风铃》《艾晚的水仙球》等。这些作品大体仍以家为主要视角和描写空间,只是时代不同,作品中呈现出来的情景也和《我要做好孩子》等大不一样。

以自己的童年生活为素材进行创作,不论用不用主人公回忆的形式,从表现上看都是一种回望式的叙事。在 2008 年出版的长篇小说《所有的》中,作者曾说:"时间是一口深潭,站到潭边,穿过漆黑的潭水,不要用你的眼睛,用脑子去看,用前额正中的第三只眼,时光之眼直抵深处。你会发现,从前经历过的一切——都还存在,无声地静立在潭底,被穿过水面的光线折射,发射出幽幽的微光。如果风吹潭水,水波荡漾,潭底的风景会跟着摇曳生姿,有了声色气味,炊烟尘土,城镇和街道仿佛活了起来一样。"[2] 但这又不是完全的再现。任何回忆都是在特定的文化语境中进行的,打着时间的烙印。这样,回忆又是一种创造,是站在今天的时间点上,以今天的目光,以今天的思想情感对经历的重塑。阅读这些作品,我们自

---

[1] 黄蓓佳:《谁让我如此牵挂》,载《阿姨你住过的地方》,人民文学出版社,2011,第 5 页。
[2] 黄蓓佳:《所有的》,江苏凤凰文艺出版社,2008,第 12 页。

然要在过去与今天的双向互动中进行理解。

《漂来的狗儿》以一个许多孩子共同居住的大院为基本的叙事空间，广义上或可归入近年来人们时常提及的"大院文学"一类。大院是一个基本的空间单元，在中国，这个大院的特殊程度要以居住在这个大院的人而定。如军区大院，里面居住的基本是军人，也有军队的领导干部，门口有人站岗，外人出入要经过严格的登记和盘查，自然是一个很特殊的地方。居住在这种地方的孩子从小就受着和外面的人不同的待遇，彼此间，或与社会间有着和大院外的人不同的关系。以这样的大院为故事的发生背景，自然形成这类"大院文学"不同的特点。黄蓓佳笔下的大院不是军区大院，里面居住的主要是教师，虽然相对封闭，却有知识分子家庭的书卷气。而且，作者没有将故事严格地限制在大院内，而是引入一个住在大院后门平房中的女孩狗儿，狗儿成了故事的主人公。狗儿是私生女，由人放在脚盆里从上游漂来，被居住在大院后门水码头边的豁嘴婶婶收养。狗儿和大院里的孩子在同一学校上学，平时和大院孩子一起玩，自然成了大院群体的一部分。但差别还是存在的。这样一种出身，这样一种生存环境，既养成狗儿粗粝、散漫、无拘无束的野性，也养成狗儿泼辣、自由、敢作敢为的个性。小说是从"我"——大院女孩小爱的角度叙述的。从一个善良的、文雅的、善解人意的女孩的角度看"漂来的狗儿"，狗儿自然成了一个浑身是戏的人物。她仿佛是从墙角缝里生出来的一株草，有一点土，有一点水，有一点空气，她都能及时地抓住，扎下根去，蓬蓬勃勃地生长。虽然历尽坎坷，结尾也非大富大贵，但她奋斗了，也成功了，不能不让人感佩。作品是从已是成人的小爱的角度叙述的，委婉清丽，将一个喧闹的、充满孩子气的夸张搞笑的故事包蕴在一个成年女性略带伤感的似水柔情里，大院也像家一样，成了生命历程中一个挥之不去的存在。

《遥远的风铃》是以作者的插队生活为素材创作的作品，故事空间是长江中的一座小岛。这座小岛我们在作者早期的作品，如《芦花飘飞的时候》中曾经遇到过。这次，作品采取的是故事外叙述，但在故事内设置了一个视点人物。故事主要围绕着这个视点人物而展开。但这个视点人物并不是插队时的作者自己，甚至不是岛上的任何一位知青，而是原来住在岛上的一个女孩——岛上农场招待所所长的女儿林小芽。故事的主要内容也不是写知青，而是主要写岛上一所中学里几位老师的生活，特别是一对上海夫妇下放到岛上后，在这所学校激起的波澜。虽然是动乱年月的故事，背景有些纷杂和阴暗，但故事的整体还是明亮的。这一方面是作品采取少女林小芽的视角，所写内容经过林小芽的选择和过滤，染上了林小芽的感情色彩，更多表现的是年轻人成长着的身体、知识、文化、理想、爱情。而如其他"文革"题材的小说中大量出现的阴谋、算计、造反、武斗等等，则几乎全未进入视野。另一方面，也是因为处在故事中心的是一个偶然的契机：一对夫妇——电影厂导演叶飘零和她的丈夫温卫庭医生下放，来到江心洲林小芽所在的中学。下放，对当事者当然不是好事，但对封闭在江心小岛的林小芽等人而言，却是一次难得的接触外界的机会。因为世界在她们面前打开了一扇窗，透过这扇窗，她们看到了外面的世界，感受到来自都市的文明的风。虽然是动乱年代，虽然是"犯了错误"的落难者，但是在叶飘零等人身上，林小芽们还是看到了真正的高贵和优雅，感受到了现代都市文明的魅力。"这是怎样一个风姿绰约、神态高贵的女人啊！她长身玉立，一件米黄色卡其布料子的束腰风衣松宽地垂挂在肩头，衣长及踝，敞开的衣襟中露出一件玫红色毛衣和咖啡色灯芯绒长裤。一路风尘没有在她脸上留下多少污痕和倦意，相反她柳眉高挑，双眸炯炯，紧闭的嘴角带着一种像是嘲讽又像是不屑的笑意，目光在人群中先是居高临下地一扫而过，而后又从相反的方向缓慢地看过来，一个一个，尖锐却不动声色，令在场的每一个人都不由自主地缩一缩脖子，忍不住地心中一凛。"后来，她在学校里上音乐课，教学生欣赏斯美塔那的交响诗《沃尔塔瓦河》，在农场宣传队指导排练节目，都显出一种超凡脱俗的气质。还有岛上的男知青贺天宇，从美国来岛上探亲的罗小欧，以及小芽的同学花红等，合在一起，在"文革"后期那纷乱昏暗的背景上，组成了朝霞般的瑰丽色彩。且不论将这一片瑰丽放在十年动乱的昏暗背景上是否和谐，但任何生存都是具体的。我们不能将个体的成长本质化，也不应将十年动乱本质化。即使在一个纷乱昏暗的年代,某些个体的成长同样可以是较为阳光和明媚的。一些都市的文化人、知青下放到一个偏远的小岛,就他们自己而言自是一种不幸,但对封闭在岛上的林小芽们,却真的成了一种机遇。但这机遇毕竟是压抑年代的机遇,只能自己悄悄地去领略、感受、体会,所以作者将这种成长称为"隐秘的成长"。这种隐秘的成长是打着作家个人经历的烙印的,但作品采取的第三人称故事外叙述,使视点人物变成岛上的一个女孩,这就在表现自己切身体验的同时又拉开了与自己切身体验的距离,站在一个较远的时空点上对当初的经历进行理性的反思。角色上的距离也和作品表现"隐秘的成长"主题相适应。或许是表现自己的切身体验和视点人物已是处于青春期的女孩的原因,《遥远的风铃》写得细腻、幽深,特别是对情窦初开的女孩的心理描写,很有感性的深度,是作者少儿文学中艺术感最为浓郁的作品。

《艾晚的水仙球》大体也是这个系列的作品之一。2008年,作者创作了后来获得诸多好评的长篇小说《所有的》,一部以表现一个多子女家庭里艾早、艾晚、艾好三个孩子的故事为主要内容的作品。两年以后,2010年,作者以《所有的》为蓝本,删去故事后半部属于成人生活的情节,主要截取艾家三个孩子成年前的故事,故事时间也从二十世纪六七十年代改到八十年代,将小说打造成了《所有的》儿童版——《艾晚的水仙球》。再过一年,作者又在这个故事的框架中对文本进行重新组合,并改名为《黑眼睛》,收在作者的"5个8岁"系列长篇小说中,成为5个8岁儿童的故事之一。从《所有的》到《艾晚的水仙球》或《黑眼睛》,故事时间、故事容量、故事结局发生了很大的变化,但主要人物、主要的故事内容大体保持了一致。这就给阅读、评论作为儿童文学的《艾晚的水仙球》或《黑眼睛》的读者一个机会,他们可以将这两部作品和《所有的》放在一起进行比较,从人物后来的命运来重新审视其童年,或将其童年放在其全部人生中予以思考。艾早类似《漂来的狗儿》中的狗儿,敢恨敢爱、敢作敢为,在《艾晚的水仙球》中,这一性格多少已暗示出她后来生活的悲剧性。艾好是神童,智力超群但缺乏基本的生活能力，结尾也是悲剧。只有艾晚，有些近似《我要做好孩子》中的金铃，是一个"乖巧得让人心疼"的女孩。在《艾晚的水仙球》中，她像金铃一样处在一种看似有些懵懂但其实是很智慧的"中间状态"，不争不吵，安安静静，不细心简直会忽视她的存在。但在《所有的》中，她是性格发展、变化最大的一个。虽然《艾晚的水仙球》和《所有的》是两部独立的小说，我们不能将两个艾晚等同起来，但两者之间的联系还是清晰可辨的。《艾晚的水仙球》的故事背景虽被放在二十世纪八十年代，但其体验是作者自己童年时代的。作者将两者处理得天衣无缝。

　　童年经验是作家的宝贵财富，对儿童文学作家、女性作家尤其如此。黄蓓佳对自己童年经验的处理是充分又极显特色的。她不是客观地、具体地去回忆自己曾经经历的那些事，而是将自己、将这些事件淡化，表现从这些事、这些经历中升华出来的一种氛围，一种氤氲缥缈的情绪性的东西。《漂来的狗儿》写自己的童年、自己童年生活的大院，但处在故事中心的不是故事中最接近自己的小爱，而是大院后门的狗儿，小爱相对处在边缘。这种处理既将当初的生活表现出来，又有一种时间、空间上的距离，显出一种理性省视的特点。《遥远的风铃》将视点人物林小芽置于故事中心，但林小芽不是当初作者下乡插队的知青身份，而是岛上的一位原居民。作家将自己当初的感受放到一个和自己当初的知青身份有很大不同的岛上女孩身上去说，一开始就拉开了与自己经历的距离，注重的是体验上的真实而非具体人物、具体事件上的真实，这种回忆也显得更轻盈、灵动。而《艾晚的水仙球》则整个地置换了故事背景，将二十世纪六七十年代的体验放到八十年代的孩子身上去说，注重的自然是那些较为超越的、在不同时代的家庭和孩子身上都能看到和起作用的东西。但如人们谈历史时常说的"一切历史都是当代史"一样，个体的回忆也是在当下的背景中进行，与当下认识、理解、情感、需要相融合，具有当下的生成的特征。比如对"隐秘的成长"的认识。成长自然是一切孩子的共同主题，也是一切儿童文学的共同主题，但成长的内容是什么，方式是怎样的，作者现在的理解和自己实际经历时的理解，包括那时的社会的理解肯定不一样。作者是站在现在的时间点上对当初的经历进行选择和重新组合的，如对文化的尊崇，对人的个性的尊崇，包括《遥远的风铃》中对来自上海的女导演的高贵而优雅的气质的尊崇，都分明地打着今天社会生活的烙印。或许也正因为如此，作者这些"为自己写的"，带有非常鲜明的作者个人生活痕迹的作品也走入现在许多儿童的生活，并在众多的阅读中获得了普遍的认同。

本文节选自吴其南专著《从仪式到狂欢——20世纪少儿文学作家作品研究》，人民文学出版社，2014年，选入时有删节。

闪耀五十年，她是文坛的一个奇迹

徐德霞

黄蓓佳步入文坛五十年，始终以一种匀速慢跑、稳健自信、胸有成竹的姿态，领跑在儿童文学创作马拉松队伍的前列。她的写作非常从容，每拿出一部作品都令人眼前一亮，都会引起儿童文学界和读者的关注，每一部都可圈可点。她的作品连续多次获得中宣部精神文明建设"五个一工程"奖、中国出版政府奖、全国优秀儿童文学奖等多个大奖。这些大奖一生能获得一次已经是了不起的事情，但黄蓓佳连续多次得奖，不能不说是儿童文学界的传奇。几十年来，她一直是一位让读者、让出版者抱有信心和期待的作家。

说到黄蓓佳的作品，我认为有这样几个特点：

第一点，宽阔而厚重，即作品有宽度，也有厚度。

黄蓓佳是纯正的江南女子，皮肤白皙、身材窈窕、容貌美而雅，但她的性格、她的文笔，还有她的胸怀、她的抱负，一点都不像是温婉娇弱的小女子，倒像是一个有眼光、有野心、有追求、有定力、有力量的大女人。我这样说是有根据的，《太平洋，大西洋》的封底上有这样一段自白："每个作家，一辈子的写作，都是奢望自己能够写透这个世界。"我认为"写透"二字暴露了黄蓓佳的野心和追求。那些闻名于世界的大作家，如大文豪但丁、拜伦、托尔斯泰、雨果、莎士比亚、泰戈尔、鲁迅等，他们都是试图写透世相、看透人心的典范。当然，受限于人类的能力和才华，或许没人能写透这个世界，黄蓓佳也自知无法完全做到，但她知道"那些遗留在遥远时空中的故事胶囊，每拿起一颗，'啪'的一声挤破，都会迸出璀璨并耀目的精华，熏陶和滋养着我们，亲近和吸引我们，永无止境"。这是一个作家理智而明智的自我定位，这是一个作家脚踏实地的抱负与追求。作为一个专业作家，她在这世界上永不停歇地寻找那些遗留在时光中的故事胶囊。从她的《我要做好孩子》《今天我是升旗手》，到《艾晚的水仙球》，再到《童眸》《野蜂飞舞》《奔跑的岱二牛》《太平洋，大西洋》，我们可以看到这一颗颗故事胶囊，每一颗都装满精华。

她这一系列作品，展示了一条非常清晰的创作轨迹。如果说她的早期作品，如《我要做好孩子》《今天我是升旗手》《我飞了》等描绘的还是"孩子世界中的孩子"，从《童眸》或者更早的时候开始，她就不再满足于只是写"孩子世界中的孩子"了，而是把孩子放在复杂丰富的社会生活中，在人生的风浪中淬炼、打拼，孩子成为世界的一部分。比如，《野蜂飞舞》《太平洋，大西洋》可以看成是姊妹篇，《野蜂飞舞》写的是抗战全面爆发以后，在大学和知识分子迁往大西南的时代背景中，"抗战五大学"中的一家人、五个孩子外加一个收养的孩子的命运。《太平洋，大西洋》的背景是解放战争时期，写的是一所幼童音乐学校之中，两个孩子被战争驱赶到了一起，又因战争而分离，远隔重洋，历经七十年的友情故事。这两部作品写的都是战争背景下，因世事艰难、命运多舛而跌宕起伏的人生故事。《奔跑的岱二牛》则是在新时期的当下，在一个充满变革和无数发财机会的背景下的江南农村生活故事，在黄蓓佳的创作历程中，这是一部难得一见的幽默、风趣、轻喜剧一般的作品。

我们都知道黄蓓佳是跨界作家，她在成人文学和儿童文学两界之中腾挪跳跃，来去自如，是把成人文学与儿童文学结合得极好的作家，也是把成人文学的创作经验在儿童文学创作中运用自如的作家。特别是最近几年，她的题材和视野越来越宽泛，胆子越来越大，笔触也越来越自信、从容、圆润，作品不仅题材宽阔，而且真实有厚度。

最近几年，成人作家涉足儿童文学的很多，也写出了一些相当不错的作品。但大多数作家要么本色出演，以童年经验为根基，写自己的童年生活；要么变脸，一写儿童文学就故意换一副面孔，就像大人一见到小朋友就换一副笑脸，声音语调也变得柔柔的、软软的，透着故意为之的假。还真没有像黄蓓佳这样从容自信游走于两者之间，把成人生活与孩子生活糅合得那么好的作家。她的写作站在广阔复杂的社会背景和时代潮流中，反映人的命运，见证孩子的成长，因而也特别深刻而有力量，这是我总结的第二点。

如果以运动员来形容黄蓓佳的话，她是一个力量型的选手。她的作品很有力道。她是一位名副其实的专业作家，创作路子宽，视野很开阔，生活积累很厚实，而且笔力从容稳健、柔中带刚。也就是说，她打出的不是直勾拳，而是太极拳。她总是不疾不徐、从容淡定地描绘这个世界，刻画形形色色的人，慢慢揭示出隐秘而细微的精神世界，通过故事透视人性是她的长项。她从不认为孩子的世界就一定是纯净的世界，相反，她恰恰认为"孩子内心隐秘的世界和成年人同样复杂"。因此，她的作品内容就很丰富，不仅有厚度、有深度，而且富有层次感。她一开始写长篇时就是如此，比如《我要做好孩子》中的金铃，正直善良，学习成绩中等，为了做老师、父母眼中的"好孩子"，她做出了种种努力，不停地和大人们进行抗争，屡败屡战，在挫折中、在不懈的努力中，她得到的是成功与成长。《今天我是升旗手》中的肖晓是和金铃不一样的、性格鲜明的孩子，肖晓精力充沛，品学兼优，顽皮而又鬼点子特别多。他出身于军人家庭，崇拜英雄，充满阳刚之气，为了当升旗手，动了很多心思，做了很多谋划，也使了很多小手段，最终到小学快毕业时终于做了一次升旗手。这是黄蓓佳早期的作品，相对而言，还是比较"儿童化"的。而越往近年，她的作品越深刻、越有厚度。比如《童眸》，由四个相对独立的故事构成，描绘了一群生活在苏中小镇仁字巷中的孩子，黄蓓佳精心塑造了白毛、细妹、大丫、二丫、马小五等一系列儿童形象。在这部作品里，可以看出她更加不满足于写表面的生活故事，而是通过故事揭示人性，拿出了鞭辟入里之功，写人的内在情感世界。比如，得了白化病的孩子白毛，本是一个自卑、孤僻、胆怯的孩子，戴着一副墨镜隔开了阳光，也遮蔽了他看现实世界的目光。墨镜后阴暗的内心世界也慢慢滋长、膨胀起来，人性中"恶"的一面逐渐显现，他开始要挟伙伴们，甚至索要关怀、怜悯：我快要死了，你们就应该怎么怎么样。这就突破了一个病弱孩子期望关怀与温暖的传统故事的窠臼。

此外，还有大丫和二丫的故事，大丫是个傻孩子，二丫对傻姐带来的耻辱深恶痛绝，充满了仇恨，甚至想把她推进河里淹死，但就在姐姐即将失足跌落河里的那一刻，她却为了拉住姐姐，自己滑进了河里。这仅仅是血缘亲情的力量吗？我认为不只是这些，还有为人之初的本性之善。说到底，黄蓓佳展示的还是孩子内心世界的纯正良善。还有细妹的故事，父亲去世之后，年幼的细妹不得不承担起家庭生活的重任，随后和混世魔王马小五产生了说不清、道不明的情感纠葛，也许那就是朦胧爱情。世事艰难，人生风急浪高，每个人的命运中都有可能出现变数。黄蓓佳所表现的正是在复杂的、意料之中或者意料之外的磨难中，孩子们身上所呈现出来的或善或恶，或阴或晴的内心隐秘世界。

从生活中揭秘人性，或是从人生中透视世态炎凉。总之，黄蓓佳的作品很有力道，很有质感，不是尖锐与犀利，而像一团红泥，经过烧制变成了陶或者瓷，看起来是一件色泽柔和、饱满充盈、沉甸甸的、很有质感的艺术品，它是有内涵的，是有内在精神的。从这些作品中不仅能看出纹路，也能看到它初始成分中的血和泪，因此它是有力度的，也是能打动人心的。

作为一位专业作家，黄蓓佳的专业精神也值得称道。首先，她有德守正，不为时代大潮所裹挟，严守本分，有定力、有信仰，还有专业精神，这一点不能不令人敬佩。其次，她的每一部作品，都打磨得圆润成熟、少有漏隙。在这个浮躁的时代，她在艺术上用功之深、之精、之细的精神难能可贵。从事创作五十年，她在文坛上留下了一串坚实的脚印，这也是她在儿童文学作家中卓尔不群、堪称楷模之处。

本文发表于《文艺报》，2022 年 6 月 13 日

五四传统的另一面

徐 妍

概要说来,我阅读黄蓓佳的成长小说经历了由错位到同步再到返场这三个阶段。1980 年前后,在黄蓓佳集中创作儿童文学的时候,我是中学生,错过了江苏《少年文艺》等儿童文学刊物上所发表的黄蓓佳的儿童文学作品和黄蓓佳的第一本小说集《小船,小船》等。二十世纪八十年代,在我的大学阶段,我的阅读与黄蓓佳的文学创作处于同步阶段。在《收获》杂志 1983 年第 2 期,我读到了黄蓓佳的中篇小说《请与我同行》。多少年过去了,我仍然记得手抄《我希望》这首小诗和一段段精彩语句时内心的悸动。这篇小说中的理想主义和浪漫主义带给我的冲击力不亚于刘索拉的中篇小说《你别无选择》。此后,我曾像追剧一样去追读黄蓓佳的小说《雨巷同行》《午夜鸡尾酒》《新乱世佳人》等。但二十世纪九十年代中后期,我对黄蓓佳的文学作品的追读因个人生活的变化而中断了。直到二十一世纪第一个十年即将结束,我才因介入儿童文学研究而返场阅读黄蓓佳的成长小说。由于我始终认为儿童文学首先是文学,也始终认为优秀的儿童文学与所有优秀的文学一样,都具有思想性、审美性、历史性、社会性、哲学性等要素,因此当我在二十一世纪第一个十年开始阅读黄蓓佳的成长小说时,并未首先将黄蓓佳的成长小说当作一个特殊的文学类型,而是首先将其视为由思想性、审美性、历史性、社会性、哲学性等要素构成的文学作品。

我在阅读"黄蓓佳倾情小说系列"时,感到好奇的一个问题是:五十年的文学创作,对于一位作家来说,是一段很长的时光,但黄蓓佳的文学创作不是枯坐硬写,而是始终充盈着饱满的精气神和丰沛的创造精神。其中的原因是什么,应该怎样认知黄蓓佳文学创作的动力源?

面对这个问题,我会想到多个影响黄蓓佳文学创作的要素:生活、情感、记忆、偶然性、契机、出版人的邀约、读者的期许、自我的期许等等,一切皆有可能构成黄蓓佳成长小说创作乃至整个文学创作的持久动力源。但我以为,归根结底源自思想,即二十世纪八十年代,点燃黄蓓佳和她的同时代人文学创作之梦的五四传统。五四传统对于黄蓓佳和她的同时代人的文学创作来说,是作品的底色,是作品的骨骼,还是作品的思想源头。这让我想起近日黄蓓佳在一次访谈中所说的一段话:"我就是一个'抡镢头的人',在文学田地里不停息地挖呀挖,一个土坑接着一个土坑,不断地希望,又不断地失望,五十年里周而复始。"在我读来,这段话正是以一种自我辩难的方式表明黄蓓佳的文学创作动力源是希望,也是失望。而"希望"和"失望"不是心理学上的概念,而是思想史的概念,即中国现代思想家、文学家鲁迅在文学世界中所呈现的生命哲学的核心概念。

那么,思想对于黄蓓佳的成长小说创作来说,如何理解?思想在黄蓓佳的成长小说中,不是某种群体观念或某种自上而下所规定的主题,而是独属于她个人的深思的生活、真切的情感、重述的记忆、命定的偶然和契机,以及个人与理想的出版人的天作之合、对理想读者的期许和自我期许的回馈。简言之,思想对于黄蓓佳的成长小说而言,是五四传统的另一面,即五四传统中难以界定的非正面、非反面的多个侧面。更重要的是,思想对于黄蓓佳的成长小说创作来说,是以黄蓓佳的个人化的叙述方式来表现成长一族如何长大成"人",如何能够在成"人"的过程中"幸福地度日、合理地做人"。或者说,黄蓓佳是以成长小说的样式,对五四传统进行了个人化重述的路径的探索。

因此,我在阅读黄蓓佳成长小说——《我要做好孩子》《今天我是升旗手》《亲亲我的妈妈》《你是我的宝贝》《童眸》《野蜂飞舞》《奔跑的岱二牛》《太平洋,大西洋》《叫一声老师》等的过程中,与一个个带有五四传统的另一面的世界相遇:浪漫的世界、童真的世界、成长的世界、生趣的世界、情感的世界、故事的世界、思想的世界等等。而这些世界皆不约而同地源自五四传统的另一面：并非五四传统的大历史叙事，而是五四传统的日常化叙事。

仅以黄蓓佳的成长小说为例，《我要做好孩子》作为黄蓓佳"重返"儿童文学创作、获得多项荣誉的成长小说代表作，是以她小升初的女儿为创作原型的。据她自述，"二十来天就写完了这本书"，可谓源自生活。但贯穿于这部成长小说的原动力则是思想，因为书中的"好孩子"形象的塑造过程其实是通过日常化叙事对以往文学作品中的"好孩子"形象的重写过程。因此，本书中的"好孩子"偏离了以往文学作品中的、重大历史工程中的"好孩子成长"路线，背离了传统文学中规规矩矩的"好孩子"形象，但也因此令人深思：孩子的成长阶段应当如何度过。再如最新出版的《叫一声老师》中的王小瞳是一位"让学校和我的父母说不出我的好，也说不出我的不好"的"好孩子"，但这种看似不灵醒、其实很灵性的特点，符合成长阶段的"人"的特质。不只是儿童校园题材的成长小说易于进行个人化的日常叙事，历史题材《野蜂飞舞》《太平洋，大西洋》亦选取了个人化的日常叙事的角度。《野蜂飞舞》中想为抗战贡献自己的力量的少女"我"对范舒文信誓旦旦地保证一定要学会踩缝纫机的技术，而不是同类小说中常见的练习枪法或包扎伤兵的伤口。《太平洋，大西洋》中的两位少年身负的历史性创痛被一个日常化的个人承诺和期许所隐喻。现实也罢，历史也好，在黄蓓佳的成长小说中，都被叙写为日常生活的"个人精神史"。

然而，黄蓓佳的成长小说与五四传统的另一面的思想性未能引起足够的关注，人们虽然读到了黄蓓佳成长小说的浪漫，但疏忽了它们所呈现的现实感；读到了其中的生活趣味，但又疏忽了它们所包含的失望和痛感；读到了其中的情感和感动，但又疏忽了它们所寄予的思虑和质疑。如此将目光放置在黄蓓佳的成长小说的某一点、某一隅、某一面，都是可以的、合理的，但会错失小说整体的妙趣和妙味。

本文发表于《文艺报》，2022年6月13日

全人生视域下透明的童真与伟大的同情

李利芳

黄蓓佳是新时期以来为数不多的，在全人生视域内定位儿童文学书写，而且的的确确书写出真实而深刻的人生景观的作家，她形成了中国儿童文学书写的一种新传统，达到了"现实主义儿童文学"的艺术新高度。更重要的是，她个人的探索为开拓我国儿童文学中的价值观念提供了非常宝贵的经验。

在我国，成人专门为儿童写作只有一百多年的时间，儿童文学区别于成人文学，形成了一个相对独立特殊的文学领域。如何"为儿童"写作是一个非常复杂的观念认识问题。一百多年来，我国儿童文学的变迁形象深刻地演绎了这一问题的难度、广度与深度，这其中真正具有原创性及美学观念突破的作家作品并不是很多，黄蓓佳毫无疑问是具有标志价值的。

为儿童写作在本质上是一个如何看待童年的问题。这个写作立场最容易导致的一个问题是作家"以儿童为中心"后，就钻进"儿童性"的限制里出不来了。黄蓓佳区别于大多数儿童文学作家的鲜明标志是她没有被"儿童"的特殊性所束缚捆绑，她在健全的、全人生系统内自然地看待儿童与成人、儿童与世界的关系。她看见了一种关系的本质，并以文字照亮"透明的童真与伟大的同情"这一独立的精神形态，由此，她的创作具有无法复制的美学价值。

看黄蓓佳的儿童小说，我在被吸引与感动之余，整体感受是：童年在奔跑，但需要爱的照拂，除了爱与同情，成人与儿童的理想关系其实没有别的了。写童年就要写出童年的本质，这应该是儿童文学全部价值的由来与归宿。

童年与成年有本质区别，黄蓓佳认可这一点并写出了它的独立属性，写出了透明的童真。她写过城里的、乡下的、历史的、当下的各式各样的儿童，她尊重万千儿童的生命形态，写出了表象的真实与内在的真实、生命的真实。她作品中的每一个儿童都令人印象深刻，他们的故事都让人爱不释手。比如《亲亲我的妈妈》中的主人公弟弟就是如此，他的好朋友，那个咬手指头的张小晨同样让人难忘，还有弟弟的表姐可儿。每一个儿童都意味着一种人生，黄蓓佳忠于生活的态度让我们看到了真实的童年，这来自她真诚的同理心，她的文字映现出成人对儿童的伟大同情。

　　黄蓓佳直面童年的境况，她要去揭示童年中种种问题的根蒂，但一旦站在儿童的立场，便容易持有一种简单的批判逻辑，认为童年的问题本质上是由成人社会造成的。黄蓓佳摒弃了单向度的童年本位，她要实现儿童与成人彼此深度的致敬与认同，实现不同主体的双向深层对话，这是儿童文学中儿童与成人关系问题的症结。在黄蓓佳看来，儿童与成人虽共处于一个物质时空中，但客观上确实生活在两种思维与价值系统中，儿童文学的功能其实就是建立一座理解与同情的桥梁，将儿童与成人打通至一个全生命统一的状态中。成人积极去发现与认识儿童，儿童主动去体察与理解社会，这是双方相互努力的方向，缺一不可。黄蓓佳在文字中打开的成人世界，与孩子们在生活中经历的世界是一致的。她是一个对孩子不说谎、负责任的作家，这就是真正的儿童本位。

　　成人按照自己的观念去建构未来，需要警醒与反思的地方有很多，尤其是评价体系与评价标准的建构。儿童往往轻易被成人打入既定的概念框架中，比如《我要做好孩子》中的金铃、《今天我是升旗手》中的肖晓。如何真正从生命与生活出发，认可童年的价值，这是黄蓓佳力图解决的难点。在成人社会的观照中写出儿童主体性的成长规律，找准童年世界中那些最闪光与最动人的品质，发现成人世界中那些最困惑与最有担当的瞬间，在生命各阶段的碰撞中礼赞生命的美好，是黄蓓佳的儿童文学最具价值的贡献。

本文发表于《文艺报》，2022年6月13日

穿梭自如，畅意斑斓
——黄蓓佳综论

姚苏平

今天名家荟萃，研讨了黄蓓佳老师儿童文学创作的多方面成就。1978年，黄蓓佳在江苏《少年文艺》上发表《星空下》（初次发表时题目为《爸爸的求学经过》）等儿童短篇小说，从那时开始，黄蓓佳的儿童文学创作就彰显了江苏儿童文学的发展历程，代表了江苏儿童文学的"强富美高"。她的儿童文学作品是全球化语境下中国故事的重要组成部分，所以，非常有必要探讨黄蓓佳作品在文学史上的意义和地位。

黄蓓佳这一代人从文化废墟里站起来，通过经典文本塑造了最初的阅读史和精神史。在进入二十一世纪后，有的人的创作会凋零、会固化，或者面目全非。黄蓓佳携带着人文精神、历史情怀、艺术追求，与时代有互动，也有疏离，她不依赖于群体和社会潮流的力量，她的作品经得起读者的检验和时间的筛选。

黄老师的作品，包括她的《所有的》《家人们》等等，我在不同时期陆续读过，她的文字有魅力、有魔力，将深的情感化为好的语感，可谓有情有趣、有滋有味。五十年创作练就的炉火纯青，让她的创作有许多值得探讨的地方，我认为首先值得关注的是她的创作定力。

一、与时俱进又穿梭自如（定力）

长期以来，儿童文学都很难进入文学史的正统序列。这既有社会整体

"儿童观"不成熟、文明程度不足的原因，也有儿童文学自身的原因。想要真正推动儿童文学发展，不仅需要为儿童的成长创造更好的环境，更需要用好作品说话。放眼文坛，能够在成人、儿童两个创作领域自由驰骋、佳作不断的作家少之又少。黄蓓佳的创作使儿童文学获得了尊严和认可，可称之为"黄蓓佳现象"。成人和儿童不再处于两个截然不同的世界，而是彼此"互文"的，黄蓓佳用她的通达、坦荡、从容，让我们看到了两个世界的峰峦叠嶂又彼此绵延，我们也在黄蓓佳的作品中见自己、见天地、见众生。

黄蓓佳自由地游走于成人文学与儿童文学领域，对两者在写作上的差异性进行不断的探索，《艾晚的水仙球》《黑眼睛》可与她的成人文学作品《所有的》互文，《遥远的风铃》可与《目光一样透明》互文。她在驾驭成人文学、儿童文学时的游刃有余，展现了当代中国儿童文学创作的气象与格局。

随着阅历的增加和写作观念的成熟，黄蓓佳的近期创作越来越擅长从童年出发，在儿童所感知、熟悉的生活场景中，以历史性、家族化的方式探寻"时代的儿童，儿童的时代"。儿童的主体性是在历史和社会的变迁中生长出来的。儿童与成人的裂隙、童年与历史的相遇，构成了文本的张力，黄蓓佳运用日常生活的场景与细节来揭示百年中国的童年生态。

二、人物纷呈、主题多元（能力）

黄蓓佳是勇敢、自信、勤奋的人，她愿意不断地拓展自己的写作边界，在主题、人物、创作方式上多有创新。她的长篇小说里既有直指当代教育问题和社会现象的力作，如《我要做好孩子》《今天我是升旗手》《我飞了》《你是我的宝贝》《余宝的世界》《平安夜》《奔跑的岱二牛》；也有与她本人成长经历高度契合的怀旧型佳作，如《漂来的狗儿》《遥远的风铃》《艾晚的水仙球》《星星索》《黑眼睛》《童眸》《叫一声老师》；还有对民国时期儿童成长的怀想，如《草镯子》《白棉花》《野蜂飞舞》《太平洋，大西洋》等等。她关注、平视普通的孩子、残疾孩子、留守和流动儿童，从不为儿童单独设立微观小世界。她笔下的儿童来自热腾腾的家庭、社会和时代，故事的发生关涉到现实世界的各种变故，细节相互缠绕生长，透过儿童的目光展现文学想象力的辽阔。正如米兰·昆德拉所说，"小说家是一位发现者""发现是小说唯一的道德"。

三、开拓创新、鲜明的读者意识（活力）

黄蓓佳的成功不仅在于她在作品中营造的深远的叙事空间和她不懈的探索精神，还来自她敬畏童年的读者意识。在这个流行快阅读，崇尚"三分钟读完《史记》"的年代，当我们想快马加鞭，从页面上疾驰而过、征服文字的时候，黄蓓佳用她的"使意义具体化"的"及物的"叙事能力、节奏稳稳地抓住了阅读的笼头，让我们情不自禁地"陌上花开缓缓归"。图书的市场化确实会带来"为谁写""给谁看"的问题，黄蓓佳拥有相当的文化自信，坦荡地向读者提供"有滋味的阅读"。

不管我们从哪里出发，都可以通过儿童的成长历程来评判一个国家的文明程度，儿童是全人类所关注的议题。这个孩子可能在二十世纪七十年代的仁字巷，也可能在当代的南京长大，黄蓓佳用她独具魅力的儿童文学作品让我们看到了历史长河中不同地域的生命是如何成长的。她的作品会一直有情有趣、有滋有味地活着。

本文为姚苏平教授在"黄蓓佳儿童文学研讨会"上的发言，2022年5月

给孩子有深度、有质量、有品位的阅读
——黄蓓佳儿童文学作品研究

王 苗

黄蓓佳是写过一系列优秀成人作品的优秀作家，也是分量极重的儿童文学作家，她创作的《我要做好孩子》《今天我是升旗手》等儿童文学作品屡获大奖，深受小读者的喜爱。

黄蓓佳的儿童文学创作起点很高，作品中蕴含着深厚的人文关怀，体现了成熟的创作手法和耐人寻味的文学意境。业内对她的评价也是"用写作成人文学的心力和笔力写作儿童文学"。黄蓓佳的儿童文学具有非常鲜明的个性，温婉优美、韵味悠长、曲折动人，就好比拂过河边芦苇的一缕清风，又像是江南的小桥、流水、人家，能把读者带入一个非常美丽奇妙的文学世界。

你是我的宝贝——对孩子深沉的爱

与其说黄蓓佳是靠生动的故事、流畅的语言、优美的意境打动读者，不如说她的作品里充满了极其厚重的人文主义关怀和对孩子的刻骨铭心的爱。这些特质从字里行间汩汩流出，彻底地打动了我们。

例如散文集《阿姨你住过的地方》，主要收录了黄蓓佳的创作谈、随笔、对往事的回忆等，里面有很多黄蓓佳自述的为什么会走上文学创作的道路、为什么会从事儿童文学写作等内容。正如黄蓓佳在《为心灵点起一盏灯》中说的：

相对于在生活中备受摧残的成年人，孩子的心灵是纯真的，是洁净如一张白纸的。涂上红色，纸就红了；涂上黑色，纸便黑了。以后的成长岁月中，颜色还可以一层层地加涂上去，直到斑驳杂芜，但底色是改变不了的，它已经丝丝入扣地渗透进白纸的每一个缝隙和毛孔中，成为一个人永恒的存在。

这就是儿童文学的作用。这也是我为什么对儿童文学心存敬畏、不敢轻易下笔的原因。

但是我们又必须为孩子们写作。在任何一个时代和社会中，孩子总是第一位的，因为在他们身上，集中着光明、美好、进步、未来、希望等等一切动人的词汇。他们笑了，我们心里才能有阳光；他们成长了，我们的睡梦才香甜。用文学为他们的心灵点起一盏灯吧，照耀他们成长的道路，让他们在行程中不寂寞，不孤独，不浮躁，不忧伤。[1]

为儿童而创作是一件非常严肃高尚的事情，经不起半点马虎和凑合。黄蓓佳身体力行，把对孩子的爱倾注到作品中，以形形色色的孩子为主人公，讲述他们的生活学习、喜怒哀乐、亲情友情……

黄蓓佳的笔下有很多孩子，他们在性格、经历、能力等方面各不相同，但有一点是共通的，那就是他们都是黄蓓佳倾注了心血的结晶，黄蓓佳对他们都充满了爱。在这些孩子中，既有《今天我是升旗手》中敢作敢当的小男子汉肖晓、《我飞了》中善良坚强的单明明和杜小亚、《亲亲我的妈妈》中乖巧懂事的赵安迪、《遥远的风铃》中聪明伶俐的小芽等这些传统意义上无可挑剔的、各方面都比较优秀的"好孩子"，也有《我要做好孩子》中大大咧咧、小错误不断的金铃，《黑眼睛》中各方面都平凡、完全比不上哥哥姐姐的艾晚，《漂来的狗儿》中充满野性、虚荣执拗、为了梦想甚至有些不择手段的狗儿……黄蓓佳从不把孩子分成三六九等，从不按照一般的观点

---

[1] 黄蓓佳：《阿姨你住过的地方》，人民文学出版社，2011，第193页。

给他们贴上"好孩子""坏孩子"的标签。在她眼中，所有的孩子都是来到人间的天使，他们在各方面或许有差别，有的孩子会成绩好一些，有些孩子会成绩差一些，这都是非常自然的，丝毫不影响孩子们的纯洁可爱。

在《我要做好孩子》中，黄蓓佳非常犀利地提出了这样一个问题——究竟什么样的孩子才是"好孩子"？是那些从不调皮、从不违反规矩、从来都乖巧无比的孩子，还是金铃那样天真单纯、勤于思考、古灵精怪的孩子？答案自然是后者。孩子的可爱之处就在于他们单纯可爱的天性，如果这些都失去了，即使再"完美"，也不可爱了。在《黑眼睛》中，黄蓓佳继续探讨"好孩子""坏孩子"这一主题。艾晚各方面都平平常常，在家中是一个经常被忽视的隐形人，妈妈把全部的心思都花在了聪明美丽的艾早和天资聪颖的艾好身上，因为她觉得平平常常的艾晚是无论如何都指望不上的。谁知事与愿违，艾早叛逆的性格促使她走上了叛逆的道路；艾好除了成绩好简直没有任何能力，在学业上遇到挫折后精神失常。妈妈一直寄予厚望的两个天之骄子让她操碎了心，结果却是平平常常的艾晚像水仙球一样，从最初的丑陋平常到开出美丽的花朵，成为妈妈最大的安慰。

在黄蓓佳眼中，所有的孩子都是平等的、可爱的，哪怕是一些有缺陷的孩子。黄蓓佳以一个智力有缺陷的儿童为主人公，创作了一部非常感人的《你是我的宝贝》。《你是我的宝贝》中，贝贝智力低下，但他又是一个非常可爱的小精灵，他固执天真、热情善良、心灵就像水晶一样透明，虽然智力水平不高，但在其他方面非常有天赋，更显得单纯可爱。《你是我的宝贝》是儿童文学界少有的关注弱势儿童的优秀作品，里面塑造了贝贝奶奶、洪主任、福利院院长等一批有良知、有社会责任感的人，他们和贝贝一样，都是非常可爱的人。

我飞了——描写孩子的方方面面

黄蓓佳儿童文学作品的另一个重要特点是感情真挚，以情动人。与时下流行的一些探险、侦探、揭秘类的针对孩子好奇心理的儿童文学作品相比，黄蓓佳更关注孩子如何成长为一个身心健康的人，因此她更专注于写孩子的"情"——亲情、友情、师生情、成长中的喜怒哀乐……而不是曲折离奇的故事、光怪陆离的场景等等。孩子们的感情非常丰富，对外面世界的感知非常敏感，而且他们在成长过程中会遇到形形色色的事，会遇到各种各样的情。只有体悟了这一切，才能成长为一个身心健康的孩子。

《今天我是升旗手》《我要做好孩子》《我飞了》都可以算是校园题材，黄蓓佳用生花妙笔活灵活现地描绘了肖晓、金铃、单明明、杜小亚等孩子的学习、生活。《我飞了》中单明明和杜小亚之间的"生死之交"让人落泪，两个性格各异的孩子成了最好的朋友，互相帮助、互相鼓励，这份真挚的友谊甚至超越了生死。单明明在杜小亚因白血病去世后，一下子成熟了很多，敞开双臂去迎接美好的生活。《今天我是升旗手》中，肖晓是一个勇敢、坚强、有责任心的"班副"，在同学间非常有威信。班主任梅放老师非常看重这个不无缺点但是敢作敢当的小男子汉，对他有一种莫名的依赖。班里一有了事，梅放老师首先想到肖晓，她知道这个敢于承担的男孩子一定能帮她解决问题。师生间这种互相信任、互相依赖的默契非常宝贵。而在《我要做好孩子》中，金铃等几个同学间吵吵闹闹的情谊也让人会心一笑。

《亲亲我的妈妈》《你是我的宝贝》可以算是家庭题材。在《亲亲我的妈妈》中，黄蓓佳塑造了一个善良得让人落泪的孩子赵安迪和妈妈舒一眉间的母子情深。男孩赵安迪十岁的时候才在爸爸的葬礼上第一次见到了自己的亲生母亲舒一眉，他来到南京和舒一眉一起生活。在赵安迪的眼中，妈妈舒一眉是一个神秘冷漠的人。赵安迪以优秀妈妈为傲，想和妈妈建立一种亲密的关系，并为此做出了各种努力，但每次都被妈妈冷漠地拒绝了。赵安迪伤心之余，慢慢走进了妈妈的内心，发现她的内心痛苦封闭，承受着生活、工作、爱情诸多方面的压力。赵安迪经过努力，终于帮助妈妈走出了阴霾，重拾了对生活的信心。母子二人也从之前的貌合神离转变为后来的亲密无间。小说中，赵安迪的形象打动过无数人，他纯真善良，极度渴望母爱，但面对妈妈的冷漠，他没有自怨自艾，也没有怨恨妈妈，而是学会了体谅和理解，小小年纪就表现出了超出其年龄的成熟和懂事。在

《你是我的宝贝》中，贝贝奶奶等人对贝贝无微不至的爱更是让人唏嘘感慨。面对贝贝的智力障碍，奶奶没有怨天尤人，而是一直把贝贝当成正常的孩子，并致力于发现贝贝身上的优点。这种浓浓深情，是世上最宝贵的东西。"5个8岁"系列长篇小说中的《平安夜》，任小小和"宅男"爸爸虽然是父子，但更像是兄弟，八岁的任小小无微不至地照顾着生活能力很差的爸爸，两人相濡以沫的亲情让人潸然泪下。

《遥远的风铃》《漂来的狗儿》可以算是成长题材，黄蓓佳用细腻的笔触描写了孩子们在成长过程中隐秘的内心。孩子在成长过程中，尤其在青春期时，大多敏感、纤弱，充满奇思妙想，对外界世界的感知也非常敏锐。黄蓓佳在小说中准确地抓住了孩子们这一时期的特征，将其描写得非常灵动、透彻，触动了读者内心最柔软的琴弦，谱出一曲曲温馨、流畅、动人的乐曲。

《遥远的风铃》以一个聪明伶俐、纤细敏感的十四岁女孩子小芽为主人公，小芽对知识的渴求、对未来的希望、对爱情的朦朦胧胧的感觉是任何青春期的孩子都会遇到的。小芽对粗俗势利的父亲有一种莫名的厌恶，对高大帅气的知青贺天宇有一种忍不住的心动和臆想——一见到贺天宇，就不由自主地心慌、脸红；一见他跟其他女孩在一起，就有一种莫名的心痛……作品非常巧妙地描绘了青春期女孩子独特的心理。而《漂来的狗儿》的主人公是一个"心比天高，命比纸薄"的女孩子狗儿。狗儿一生下来就被抛弃了，丑陋孤独的豁嘴婶婶把她养大。狗儿是一个漂亮爱美的女孩子，平生最大的梦想就是能跳美丽的舞蹈，现实却是那样残酷，小伙伴们讨厌狗儿的虚荣、卖弄，也嫉妒她的美貌和天分，一直排挤狗儿。而狗儿有一种坚忍不拔的精神，为了实现自己跳舞的梦想，她采用了各种手段，甚至不惜嫁给一个残障的人……狗儿身上深刻地体现了人性的复杂，既有天真烂漫、追求梦想的一面，又有野性狂放、难以驯服的一面。狗儿这个人物，无疑也是黄蓓佳作品乃至儿童文学长廊中一个非常独特、生动的形象。

正如黄蓓佳在《飞翔的灵魂》中所述：

我的孩子们就这样一个个地离开了我,从金铃,到肖晓,到杜小亚和单明明……他们的姿态是这样的:手一松,就像鸟儿一样扑簌簌从我身边飞起来,眨眼间不见了踪影。我永远都不知道他们最终会飞到谁的家里,和哪一个爱读书的孩子结为好友。因此,这也是写作对我的诱惑。①

黄蓓佳精心创作的一个个真实可爱的孩子形象就像一个个天使一样,性格真实丰满,充满灵性,扑簌簌地飞到人间各处,给小读者们带来营养和欢乐。

遥远的风铃——过去岁月的影响

黄蓓佳作品一个突出的特点是语言优美、韵味悠长,文学性十足,能把读者带到一个美妙幽静的文学世界中,这与黄蓓佳深厚的文学底蕴和高超的写作技能是分不开的。黄蓓佳在写作过程中经常加入一些与情节无关紧要的"闲笔",看似与故事情节关系不大,却是营造意境和韵味的非常好的方法。如《遥远的风铃》《漂来的狗儿》用很重的分量来描写江心洲农场和教师大院人们的日常生活,他们的劳作、休闲、饮食等形成一个厚重的场域,有一种深刻的时代感和岁月的气息,为主干故事和主要人物提供了一个生存的土壤,所有的人物、所有的故事都不是无源之水、无本之木,而是活灵活现地存在于这个特定的时空内,显得非常真实和生动。这一切,都浸透着黄蓓佳的心血,是与她自己的经历分不开的。

黄蓓佳在《阿姨你住过的地方》中专门用"我的青苹果时代"一辑来记述自己过去的经历。对比她的作品,我们不难发现,她幼年的生活、青年时的插队等经历,在她作品中留下了难以磨灭的影子,就像一串遥远的风铃,微风拂过,发出一串串清脆动听的声音。

---

① 黄蓓佳:《阿姨你住过的地方》,人民文学出版社,2011,第216页。

《漂来的狗儿》描写了一群生活在县城教师大院的孩子,这与黄蓓佳自己幼年的经历是相符的。《遥远的风铃》描写了那些生活在江心洲农场上的人,农民、工人、知青……而江心洲农场正是当初黄蓓佳插队的地方。《遥远的风铃》中描写了江心洲农场美丽轻盈的芦花,这也是在黄蓓佳其他散文随笔作品中被屡次提及的。而"5个8岁"系列长篇小说(《草镯子》《白棉花》《星星索》《黑眼睛》《平安夜》)中五个不同年代的故事都发生在一个叫青阳的小县城,而这里正是黄蓓佳的故乡,是她生活和成长的地方。

另外,通过黄蓓佳小说中的一些情节也能看出黄蓓佳过去生活的痕迹。如《遥远的风铃》中一对教师结婚时火爆热闹的场面,以及上海导演叶飘零在音乐课上给大家播放捷克音乐家斯美塔那的交响乐《沃尔塔瓦河》,这些都直接来自黄蓓佳的亲身经历。再如《漂来的狗儿》中,"我"痴迷于书本,废寝忘食地读中外文学名著,把零花钱全都用在到外面的书摊上租书等情节,以及年少的"我"性格单纯,跟其他同龄的女孩子比起来显得傻乎乎的,没有一点女孩子的美丽等,都能在《阿姨你住过的地方》里"我的青苹果时代"一辑中找到对应的内容,它们都源于黄蓓佳的真实生活。

除此,黄蓓佳在人物塑造上也有意无意地受到了过去生活的影响。如黄蓓佳作品中经常有一个做教师的严厉的母亲,而父亲则温和善良,对孩子充满了溺爱。如《漂来的狗儿》、"5个8岁"系列中的《星星索》都是如此。与温柔风趣的爸爸比起来,妈妈显得非常严厉,对孩子的学业、交友等各方面都严加管教,非常有教师的威严,颇让人望而生畏。但其实妈妈只是"外冷内热""刀子嘴豆腐心",对所有的孩子都非常喜欢,是一个真正的教书育人的灵魂工作者。对比《阿姨你住过的地方》,我们很容易就能发现,黄蓓佳是以自己的母亲为原型来塑造这几位人物形象的。

黄蓓佳把自己生活的点滴信手拈来,当作文学素材,运用在自己的作品中,非常巧妙,也非常生动。这里面有着黄蓓佳对生活的理解和对过去的回味,经过岁月的发酵和沉淀,更显得韵味悠长、感人至深。正如她自己说的:"每一个家都是一串记忆,一本书,一大段或者一小段生命的旅程。岁月镌刻在门窗四壁，我们以为会长久地保存，其实很快就灰飞烟灭。记忆中残存下来的只是一些片段——天窗泻下来的一缕阳光，门外大树上黑色的知了，梅雨天早晨满屋子鼻涕虫的闪亮黏液，外婆躺在堂屋里摇扇子的时候肘下松松晃荡的皮肉……"① 过去的一切最终会以各种形式影响我们的现在。

"5个8岁"——一部民族史诗

不得不说，黄蓓佳最新力作"5个8岁"系列长篇小说标志着黄蓓佳的儿童文学创作达到了一个新的制高点，在儿童文学界也是少有的立意高远、视野广阔、力透纸背的作品，必将在儿童文学史上留下浓墨重彩的一笔。

《草镯子》《白棉花》《星星索》《黑眼睛》《平安夜》五个故事，用5个不同年代8岁孩子的经历，勾勒出了一部中华民族的史诗。黄蓓佳选取了1924、1944、1967、1982、2009这5个具有代表性的年份，描写了中国旧时代、抗日战争、"文革"、改革开放之初、新世纪5个时代，用5个8岁孩子的所见所思，勾勒了5个时代中人们的生活状态和社会大背景，可谓是以小见大、"小题大做"的典范，是对孩子们进行历史教育和爱国主义教育绝佳的、生动的、真实的教材。

黄蓓佳对历史怀着一种尊重和审视的态度，没有刻意掩藏丑恶，也没有故意夸大美好，而是通过和历史冷静、客观的平等对话，让现在的孩子对逝去的岁月有一个比较清楚、全面的认识。所以"5个8岁"系列虽然每本篇幅不长，文笔也很简洁，但其实凝聚着一种深厚的力量，一种比较复杂的情绪，不表面、不苍白，回到历史的场域，直面历史的真实面目。现在的孩子们读了，必定会受益匪浅。

"5个8岁"系列最鲜明的特点就是时代感非常强而且视角独特。作家从纷繁复杂的历史中抽取出最具代表性的画面，她对历史怀着一种脉脉的

---

① 黄蓓佳：《阿姨你住过的地方》，人民文学出版社，2011，第32页。

感情，用优美流畅的笔调，一点点荡开去，勾勒出了一幅幅极具特色的中国水墨画。如《草镯子》描写旧时代的罪恶是通过梅香和秀秀的友谊展开，以儒雅英俊的父亲抛妻弃子逃跑而结尾，一下子揭开了旧时代那表面温情脉脉，实际冷酷无情的虚伪的面纱，揭示了生活在那个时代的人们的痛苦和无奈。《白棉花》也是如此，故事发生在抗日战争时期，黄蓓佳并没有正面描写战场的残酷，而是巧妙地通过一个受伤的美国飞行员与中国南方一个小镇的居民结下深厚的友谊的故事来侧面描写抗日战争。《星星索》描写的是山雨欲来风满楼的"文革"，人心惶惶，天下大乱，但黄蓓佳在描写那个年代的混乱时，并没有完全抹杀仍存在的一份纯真与美好，如小米结识了善良可爱的猫眼叔叔，他告诉小米很多奇妙的事情，帮助小米推开了通向外面世界的一扇窗子。在那个冷酷的年代，人与人的感情仍旧是温暖和真诚的。《黑眼睛》描写改革开放之初，人们对神童艾好的极大关注，艾早的叛逆执拗等都带有那个年代的色彩。《平安夜》则以当下为背景，描写了一对奇怪的父子。任意作为一个80后宅男，足不出户，以代写博客为生，其实一点都不成熟，完全跟一个孩子一样；相反，八岁的任小小却少年老成，负责照顾老爸的日常起居。最后是一名少年犯让任意父子的思想都受到了洗礼，发生了蜕变。这对奇怪的兄弟一般的父子，他们的生活混乱而又不失温馨……

　　黄蓓佳透过5个8岁孩子的眼睛观察周围的世界，在孩子眼中，周围的一切或许是难以理解的、神秘的，但是他们处在那个特定的时空中，有着自己的感受和认知、喜乐和哀愁。这一切，都是那个特定的时代带给他们的，也是刻骨铭心的。而这，也才是真正的历史。

　　除此之外，黄蓓佳还致力于对孩子进行传统文化的教育和普及。她的《中国童话》，收入了她改写的中国传统神话故事，如猎人海力布、牛郎织女、蛇郎的故事等，这些故事是中华民族历代流传的，由外祖母讲给妈妈，再由妈妈讲给孩子……并将一代代流传下去。黄蓓佳从事这一工作，反映了她作为一个文学工作者在文化普及和传承上的高度责任感和主动的精神。

结　语

黄蓓佳的儿童文学作品是儿童文学界少有的文学成就非常高的典范，分量很重，读完以后，必定影响孩子的一生。正如黄蓓佳自己所说："儿童文学不仅要带给孩子乐趣，更要给孩子'有深度的阅读，有质量的阅读，有品位的阅读'，让孩子感知世界的丰富性、复杂性和无限的可能性。"也正因为如此，黄蓓佳被誉为"一生都能阅读的作家"。

本文创作于2011年5月，获中国编辑学会少年儿童读物专业委员会编辑工作研讨会优秀论文奖。

三　代表作品评论

《小船，小船》

黄蓓佳 著

江苏凤凰少年儿童出版社

时间的魔法师
——黄蓓佳《心声》叙述时间说略

何 平

优秀的小说家都是驾驭时间的高手，是时间的魔法师。普鲁斯特干脆用一部大书《追忆似水年华》来书写时间的记忆与遗忘。"逝者如斯夫"，在我们日常生活中无法逆转、无法变化的时间，到了小说家的手里，变得或舒缓或急促，或颠倒或顺行，或绵长或短暂。当日常生活落笔于纸上成为叙述文本的时候，时间就成为叙事中的魔法。所以有人说："时间是小说的一个重要组成部分。我认为时间同故事和人物具有同等重要的价值。凡是我能想到的真正懂得小说技巧的作家，很少有人不对时间因素加以戏剧性地利用的。"①

一定意义上，叙事作品中时间的奥秘和魅力是在文本时间与故事真实发生时间的对比中生成的。对于这两种不同的时间，托多罗夫在其《文学作品分析》中做了区分。他认为："时况问题之所以存在是因为有两种相互关联的时间概念：一个是被描写世界的时间性，另一个则是描写这个世界的语言的时间性。事件发生的时间顺序与语言叙述的时间顺序之间的差别是显而易见的。"②

---

① 伊丽莎白·鲍温：《小说家的技巧》，《世界文学》1979年第1期。
② 托多罗夫：《文学作品分析》，载张寅德编《叙述学研究》，中国社会科学出版社，1989。

叙述中的时间首先涉及的是时序问题。时序问题是事件发生的时间顺序与语言叙述的时间顺序之间的错位现象，从过去到现在和未来的有方向的线性时间被打破、重组。如果以故事讲述的"此时"（现在）为参照的话，已经发生的"过去"和没有发生的"未来"出现在"此时"的时间位置上，这就是一般所说的"追述"和"预述"。在中学语文教材选文中，预先呈现后来发生事情的"预述"的情况比较少，而"追述"的情况则大量出现。小说《心声》的"此时"（现在）——叙述者京京所聚焦并叙述的"一次公开教学课"，从整个小说的结构来看，其基本叙事序列的"可能性""向行为过渡""完成"被封闭在这个有着自己的开端和结果的线性时间中。和《我的叔叔于勒》中途插入的"旅行"的叙事序列不同，《心声》插入的叙事序列是"此时"（现在）时间的"过去"。因此，《心声》在截断基本叙事序列、分叉、开始一个新的叙事序列的同时，还改变了时间的方向。线性时间轴上的"过去"被挪移到"现在"。我们可以看这样的一段，看"过去"是怎样揳入"现在"的。"京京叹了一口气，走起神来。讲义从他的手指间滑落，飘在地上，他没有发觉，一动不动。他也有一个在乡下的爷爷。"小说下面的段落就离开正在进行中的"现在"，进入到"过去"。在讲完"过去"时间里的爷爷和京京的故事后，小说又重新从"过去"时间回到"现在"时间。"他从地上捡起讲义，又挑了一段往下念：'亲爱的爷爷，等老爷家里有挂着礼物的圣诞树的时候，替我摘下一颗金色的胡桃，收藏在我的丝匣子里头。问奥尔迦•伊格纳捷芙娜小姐要，就说是给万卡的。……'""这么说，这个叫'奥尔迦'的女孩子一定跟万卡挺要好了？京京以前也有个好朋友，叫妮儿，就住在爷爷家对门……"小说再次从"现在"滑向"过去"。《心声》的时间切换是"召唤"型的，在特定的心理状态下，"此时""眼前"之人事景物都可能唤起对往事的追忆。一定意义上，小说家时间上的魔法正是应和着人的心理本能。对比《我的叔叔于勒》，"一个白胡子穷老头儿向我们乞讨小钱，我的同伴若瑟夫•达佛朗司竟给他五法郎。我觉得很奇怪，他于是对我说：'这个穷汉使我回想起一桩故事，这故事，我一直记着不忘的，我这就讲给您听。事情是这样的……'"这样的追求是整体性追述；《心声》的追述是片段的、瞬间的，因而时间的转换带动起复杂的心理内容，在对往事的追述中体现的是一个孩子对"此时""现在"的反应。因此，我们应该看到这种时间的错置中所包含的对"现在"的反思，这样的情况同样出现在鲁迅的《故乡》《社戏》等小说中。

  时间是有方向的，时间也是有长度的。在叙事文本中，所谓详略得当，一定程度上也可以看成是小说家在时间调度上的艺术。在《心声》中可以用"到了上公开课那天"把和基本叙事序列无关的时间进行压缩、省略，当然也可以让公开课的某一个时间点停顿，"两颗晶亮的泪珠从京京眼睛里涌出来，'叭嗒'一声落在手里的讲义上，声音那么响，把他自己都吓了一跳"。这样的时间停顿就是我们常常说的场景和描写。叙述作品的时间还涉及频率。真实的世界里，人不可能同时踏入同一条河流；而在文学的世界里，一个故事却可以在同一个作品中被反复叙述，类似于抒情作品的复沓。在这方面，《心声》其实还可以通过调动时间频率的魔法，反复叙述乡下爷爷的故事，来使小说在重复中生成意味。

本文发表于《语文教学通讯》，2009年第11期

《我要做好孩子》

黄蓓佳 著

江苏凤凰少年儿童出版社

请读《我要做好孩子》

黄毓璜

童年遭逢过战争（彼时当爸妈的儿子），"文革"期间自己正当年轻（刚做了儿子的父亲），如今躬逢盛世却步入老境（已任孙子的爷爷），这点履历，使我近些年于感受"时不我与"、感受"少壮不努力"之余，常常生发出一种慨叹，以为人生大概免不了要遭遇被"耽误"这一"杀手"。

我这样说，并非指战争对一代人造成了"耽误"，以及"文革"一类的劫难"耽误"了一代人。我屡屡生发的一点忧思其实就指向现时正处于孩童少年的一代，以为他们没准也会遭逢"耽误"，而且这"杀手"，没准就是我们诲人不倦的老师和望子成龙的父母们。不仅仅是"独生子女"现象包含的危机，这危机更潜伏在我们如何看待并帮助孩子的成长这一问题之中。

在这样一种心理背景和社会思考之下，当我读到黄蓓佳新近创作出的这部《我要做好孩子》，就感到十分真切而异常亲切。我不是因为这部儿童文学作品直面了一种社会问题就有感而发，我是认为这部长篇可以提挈的内在意味，恰恰切中了一种重大的现实个案，切中了一个不该忽略却被普遍忽略的关涉孩子成长的重大命题。

小说里个性鲜明的小主人公金铃以及她的同学们，连同她的可敬的老师们和可爱的家长们是很有代表性的，他们共同构成了一种很强的现实感，一种现今孩子们生活境况和生存状态的真实缩影。

金铃是一个在她的自由天性中保有着聪颖、纯真、坦诚、善良等美好品质的女孩，一个对生命充满爱恋、对生活充满憧憬的小学六年级学生。小说的叙事层面是相当温情、相当宽厚的，而展现开的内在冲突却又是相当严峻、相当紧迫的。主人公跟以学校、家庭为中心的生存环境之间的矛盾纠葛和心理颉颃，表现在一方面被要求做"好孩子"的孩子想以自己的眼光、自己的尺度来张扬生命意志，拓展精神境界；另一方面，老师和家长们把考多少分、进什么学校设定为唯一的价值标准和追求目标，以此去对"好孩子"抑或"非好孩子"做出检验而不屑他顾。于是，"生我劬劳"的"哀哀父母"们忘我的"施爱"，殚精竭虑的师长们感人的期待，一起落实到铺天盖地的作业和没完没了的考试之中，一起转化为瞄准一个目标的、无视孩子作为完整生命个体的扭曲和压抑。

我向来认为人需要压力，包括孩子。人们大概也不会一味否定家长、老师们对孩子得高分、金榜题名这一希冀的正确性和良好性。问题仅仅在于：对孩子来说，这压力如果表现为不断施加的外部压迫，如果无法转化为"自加压力"的形态，就只能无可规避地造成许多喜剧式的错位以及悲剧性的事与愿违。

作品的一个剀切之处和显著特色，正在于把这种喜剧色彩和悲剧情味，充满机趣童趣、饱含思情思理地贯穿在金铃跟她的母亲卉紫之间"捉迷藏"式的周旋之中。这种"周旋"并非是在对等关系中展开的游戏，尽管母亲是受过良好教育、具备良好素质而又充满爱心的智识者，尽管孩子是好学多识、正直坦诚、人见人爱的孩子，但是因为那个"标准"的唯一性和"目标"的既定性，因为那个"要命的数学"和总是居中的考试排名，这周旋便总是径直地，抑或拐弯抹角地落入一个程式，落入一种使人容易想到"猫和鼠"或"侦探者与作案者"的关系情境之中。这使得孩子对学习无兴趣可言而进入某种"抵抗"状态，使得原本相安无事的家庭生活中，冷不丁就会出现"触目惊心"的一幕幕：我们是怎样地无视孩子首先是个活泼的生命个体这一事实？我们对孩子是怎样地漠视且不讲规则？我们面对孩子像面对机器似的不断下达指令，孩子被役使时动辄得咎，这中间的不动声色抑或声色俱厉构成了何种扭曲和伤害？而这被伤害了的首先不是别的，正是作为学习动力的自尊心和作为成功前提的自信心。

　　作者表现这种伤害时无疑是十分自觉、十分痛切的，作品借助两个形象使这种痛切的自觉表现走向艺术的直示：一是小主人公的父亲金亦鸣，他在孩子的教育上类似一个"旁观者"，实际上倒是一位"代言人"——他的言语和行为方式，不啻有意无意地提醒着我们先哲们关于"因材施教"、关于"顺其天性而育之"等诸多古训的内核和要义。另一个形象便是主人公偶然结识的退休的特级教师孙奶奶，她的突然出现使金铃的数学成绩迅速提升，这一情节也许显得有些理想化，但这似乎并不妨碍读者的接受——人们通常在接受艺术的真实时，也接受艺术的理想，何况这理想完全植根于一种真实——孙奶奶的了不起之处恰恰在于赢得了金铃对她的信任，同时恢复了金铃在学习上的自尊心和自信心。

　　如果说这两个形象相辅相成地点出了我们本不该无视的"盲区"的话，那么，小说中"最后一个儿童节"这一章，便从总体上展现了盲人骑瞎马的后果，从双重意义上昭示了作品的深层内蕴。在这一章中，一方面李林在班会上说出了想发明"一种很特殊的遥控器"来控制校长和教师的愿望，这使全班同学"目瞪口呆"，却又分明代表了绝大多数孩子的愿望，也许荒诞不经而不足为训，可它确实是受压抑、被扭曲得透不过气来的孩子们的一声呐喊、一种抗争。另一方面便是以杨小丽一个生理细节为象征的、借助她一阵号啕大哭散布开的一种氛围，一种孩子们在告别童年时的无奈叹息和淡淡哀伤。它把孩子们对童年的某种失落表现得空灵而沉郁，把成人应该做出的反省和忏悔推向了人性的高度和人生的悠远之处，也把作品对读者的启示和震撼引向情感的深处和情绪的底子里。

　　写到这里，我想到自己的一种情绪：当我有了孙子的时候，面对这幼小生命的天真有趣，我产生了一种奇特的愿望：我希望我的儿子重新"小"回去，好让我还他一个金色的童年，消解我对他年幼时蛮横的干涉和强行的"铸造"给他留下的创伤，救治这种强力的蛮横给其性格和能力带来的某些负面影响。当我意识到这种救赎无法实现的时候，我心中充满了痛楚；

当我看到作品中的"卉紫们"在不同程度地重复着我的路时，我的心里分外沉重。

我向来以为，优秀的儿童文学作品不但不存在"成人不宜"的事，而且一定会在成人那里赢得更为丰富的理性悟觉和艺术欣赏。黄蓓佳的这部小说虽然不无局限，比如由于更多地着眼"学习"中的孩子，表现方位比较集中于家庭和学校。除了点染的处置，没有把于今影响孩子更重大、更深广的"社会因素"有机地组织进画面结构和内在氛围。但由于作品对于孩子们生存困惑和尴尬处境的生动表现，对成人压抑孩子天性的真切揭示，让其成为一本适时的书，一部可以触动社会各界的启示录。

为此，我撰写这篇短文时，定下了"请读《我要做好孩子》"这个有广告嫌疑的题目，无非是一种执着心愿的流露。希望孩子、家长、老师们都来读一读这部作品，为了孩子能做个好孩子，也为了我们能做好家长、好老师。

黄蓓佳早先是以儿童文学作品蜚声的，一度跟儿童文学阔别，如今又"旧业重操"，这是很令人高兴的事。据我所知，不少很有成就的作家如今都在策动着这种"回归"，而且有几部作品即将问世。我以为这是一种信号，透露着现时少儿精神食粮十分匮乏的情况将得到改观的可能。因为当作家们经历过繁复的社会、杂沓的人生之后，这种"回归"必将是挟带新知、新质和新的体验、新的思考的一种"开始"。

本文发表于《小说评论》，1997年第6期

简析《我要做好孩子》德译本中的文化过滤现象

王 凤

从表面上看，翻译即为两种语言文本之间纯语言的转换。然而，细细推敲便不难发现，实际上，翻译所涉及的远不止是语言或者是技术层面的问题，它所涉及的是两种文化的交流，文学翻译即为文化互动。

"接受美学颠覆了以作家、作品为中心的传统文学理论，确立读者在文学交流活动中的主体地位，肯定了接受者在文学交流、对话中的主体性、选择性和创造性。文化过滤是接受者主体性、选择性和创造性的重要表现，并且贯穿于文学交流对话过程的始终。文学在穿越不同文化模子时，必然产生变异，其中文化过滤是产生变异的重要原因之一。"[①]

1. 文化过滤的定义

美国人类学家 E. T. 霍尔曾指出，人类的误解不仅仅是由语言造成的，还有无意识的因素，即文化差异，对不同文化的反应也会改变民族性。在跨文化交际中，由于文化的多样性而产生了文化过滤现象。

比较文学大家曹顺庆先生在其《比较文学学》一书中这样定义文化过滤：文化过滤是跨文化文学交流、对话中，由于接受主体不同的文化传统、社会历史背景、审美习惯等原因而造成接受者有意无意地对交流信息选择、

---

① 曹顺庆：《比较文学学》，四川大学出版社，2005，第270页。

变形、伪装、渗透、创新等作用,从而造成源交流信息在内容、形式上发生变异。文化过滤具有明确的方向性与功利性特征。一般来说,文化差异越大,文化过滤程度越高。它是一种文化对另一种文化发生影响时,接受主体的创造性接受而形成的对影响的反作用①。在文化交流中,大多数的文学影响都是经过文化过滤后产生的。在文学翻译的过程中,如果译入语国家的文化没有得到足够的重视,翻译文本就很难在译入语国家找到共鸣者。

因此,文化过滤发生于多元文化,作用于文化接受。它在跨文化流通中不可避免,接受者对外国文化的态度、接受者的主体性和创造性在文学翻译中对文化过滤产生了极大的影响。在翻译过程中,由于语言文化背景不同,译者会有意识或无意识地进行文化过滤。

2. 文化过滤的渊源

文化过滤在跨文化交际中频繁出现,主要表现为比较文学研究中的一种变异形式,是学者们进行研究的典型现象。在二十世纪六十年代后期,"接受美学"的出现凸显了接受者在文学活动中的主体性、选择性和创造性。它不仅确立了文学交流双方互为主体的关系(或曰"主体间性"),打破了比较文学研究中由来已久的欧洲中心主义倾向,深化了比较文学研究;而且促进了各自的发展和更新,有助于在文化多元共存的基础上,实现多种文化的互看、互识、互补、互利。文学交流活动中,接受者作为主体,可以积极主动地、有选择地、或创造性地吸纳有利于自身文化发展更新的文学因子,即外来文化必须经过本土文化的过滤。

叶维廉教授在《东西比较文学中"模子"的应用》一文中指出,"文化模子的歧义以及由此而起的文学模子的歧义"② 是比较文学研究者必须面

---

① 曹顺庆:《比较文学学》,四川大学出版社,2005,第273页。
② 叶维廉:《东西比较文学中"模子"的应用》,载温儒敏、李细尧编《寻求跨中西文化的共同文学规律:叶维廉比较文学论文选》,北京大学出版社,1987,第3页。

对的事情。导致文学产生变异的原因中，以文化过滤以及因它而起的文学误读最为突出。叶维廉先生从跨文化的角度指出了文学交流活动中文化过滤存在的必然性。他说："要寻求'共相'，我们必须放弃死守一个模子的固执。我们必须要从两个模子同时进行，而且必须寻根探固，必须从其本身的文化立场去看，然后加以比较和对比，始可得到两者的面貌。"①

3.《我要做好孩子》德译本中的文化过滤

3.1　原著简介

《我要做好孩子》是黄蓓佳创作的一部当代题材的小说。主人公金铃是一个刚过十一岁生日、读六年级、学习成绩中等的小学女生，是一个胖嘟嘟的、跟谁都搭得上话的、讨人喜欢的小姑娘。本书以金铃的学习、生活为线索，展示了当代中国社会特有的学校及家庭教育模式，因其能够引起很多中国读者的共鸣而成为畅销书。

这部小说语言简单通俗，选取的事例典型而贴近生活。全书总共二十六章，从各个方面描写了当今中国学生的生活学习状态，使西方读者能够全面了解中国九年义务教育体制和学生的精神面貌。小说最后选择了开放式的结尾，让孩子去冲刺，去自由飞翔，给人以想象的空间，也给了孩子无限的希望。

3.2　德译本中的文化过滤

《我要做好孩子》德译本的译者芭芭拉是德国人，在翻译中采用了一些翻译策略，对原著所承载的文化信息进行了必要的处理。译者在此过程中主要使用了文化过滤程度较高的"删减"和"意象替换"的翻译策略以及文化过滤程度相对较低的"意译"和"直译"的翻译手段。下面，笔者以列举的方式对这些文化过滤现象进行考察和分析。

---

①　叶维廉：《东西比较文学中"模子"的应用》，载温儒敏、李细尧编《寻求跨中西文化的共同文学规律：叶维廉比较文学论文选》，北京大学出版社，1987，第11页。

3.2.1 删减

删减是删除影响语篇连贯性或理解的文化缺省,这种翻译方法的最大弊端是阻碍文化交流,使读者无法了解本应该了解的文化信息①。删减是该译本采用得最多的翻译策略,原著中一共有二十六个章节,而德译本中只有十八章,足以见得译者进行了大量的删减,即产生了大量的文化过滤。

例1. 关于他们家的经济收入,情况是这样的:赵卉紫的杂志社因为效益不错,除了按月准时开工资外,或多或少还能发些奖金……金亦鸣常常能把一两张绿色汇款单交到赵卉紫的手上,一家人皆大欢喜。总的来说,这一家的经济情况是比上不足比下有余,跟金铃在学校的学习情况相仿。

原著作者黄蓓佳详细地介绍金铃家的经济状况,有助于读者理解后面的一些章节。但是,芭芭拉却将此处全部省略。在图书出版的二十世纪九十年代,对于中国人来说,打探别人的经济收入是非常正常的聊天话题,并无触犯别人隐私的意思;即使到二十一世纪的今天,经济收入等属于个人隐私的话题依然或多或少地会被谈及。但是,芭芭拉删除了这一部分,因为经济收入在德国属于极其隐私的话题,不适合在书里用这样一段文字来仔细介绍。

笔者在对芭芭拉进行电话采访的时候,也对文化过滤这个问题进行了讨论。芭芭拉指出,小说还有法文译本,该译本更薄,删除的更多。这些章节之所以被整章删除,是因为即使翻译成德文也只会给读者造成困扰,读者或是不能理解,或是不能接受。

由此可见,在对文学作品进行翻译时,删减是必要的,这是必要的文化过滤,这样会更有利于译入语国家读者的接受。但是笔者认为,在采取

---

① 郭建中:《文化与翻译》,中国对外翻译出版公司,2000,第251页。

必要的文化过滤的同时，有可能造成源语文化的损害，降低了文学作品文化传播的功效。

3.2.2 意象替换

不同的语言都打上了不同民族特有的文化烙印，相同的物象在不同的文化背景下有不同的文化内涵，而这种文化内涵在其他民族的文化背景下就可能发生淡化、变形、消隐和遗失。在这种情况下，译者一般采取意象替换的翻译策略进行文化补偿。即使这样，也避免不了在翻译过程中出现的文化过滤。

例2. 原著题目：我要做好孩子

德文译本题目：Seidenraupen fuer Jin Ling（金铃的蚕宝宝）

对于东西方不同文化背景下的两个国家的读者来说，"好孩子"的概念肯定有所差异，而且中德两国无论是在国家教育制度方面，还是在家庭教育理念方面，都有很大的差异。因此，如果简单地把原著题目按照字面意思翻译成德文，可能会造成意义上的理解偏差。译者芭芭拉是受出版社委托翻译该书的，因此，译著除了要有可读性、好理解之外，是否有市场也要列在翻译的考虑范畴之内。译者通过意象替换的方式将题目译成"Seidenraupen fuer Jin Ling（金铃的蚕宝宝）"，是与书中主线"我可以养蚕了"这一章紧密相连的。笔者认为，这样的改变既考虑到了译入语读者群体，也没有偏离本书的主题，比直译的效果要更吸引人。

例3. 外国语学校简直比北大清华剑桥牛津哈佛还要神气百倍。

Man hatte den Eindruck, dass sie hundertmal wichtiger war als saemtliche Eliteuniversitaeten in China, ja sogar wichtiger als die in England oder in den Vereinigten Staaten.

这里将"北大清华剑桥牛津哈佛"进行了意象替换，翻译为"Eliteuniversitaeten"（知名学府）。这种替换对于译入语国家读者来说，有其合理性，但同时也导致了源语中隐含的文化信息的缺失。因为，对于中国人来说，"北大清华剑桥牛津哈佛"不仅仅是优秀大学的名字，更是学业有成的标志，是多少学生和家长的梦想。这里替换之后就少了原著中一口气说出了那么多知名学府的气势，而此时的外语学校比这些都神气，那种气势是替换后的译文所无法传达的。

例4. 那时候的金铃真是人见人爱，抱到马路上看街景，南来北往的过路人都忍不住凑上来逗一逗，伸手摸摸她嫩豆腐般的脸蛋儿。

Alle fanden Jin Ling damals niedlich. Ging man mit ihr nach draussen, blieben alle stehen, scherzten mit ihr und kniffen ihr in die seidenweichen Wangen.

这个例子中，译者进行了比喻事物的意象替换。原作者使用的"嫩豆腐般的"被译者替换成了"丝绸般柔软的"。在中国，人们喜欢吃豆腐，可以说豆腐是中国的一项伟大发明。相传豆腐诞生于汉代，制作方法是将大豆磨碎、榨浆后，上锅灶煮沸，然后添加石膏，或用青盐点卤，使豆浆变成一种凝脂，这跟小孩儿的肌肤有几分形似——软软嫩嫩，令人情不自禁想去捏两下。因此，原著作者用"嫩豆腐"来形容小金铃的脸蛋儿，符合中国人的思维模式。但是，德国的传统食物中没有豆腐，豆腐在德国也就不会给读者带来软软嫩嫩的想象。如果此处生硬地将豆腐作为德文里的外来词翻译出来，会给该译本的读者在意象的理解上带来不便。因此，笔者认为，此处译者用"seidenweich"（丝绸般柔软）来替代"嫩豆腐"是非常符合翻译中意象替换这一原则的。

3.2.3 意译

例5. 她很精，先不动声色，等出了书房门后又悄悄返回去，躲在门外看。金亦鸣只当女儿走了，伸手再到抽屉里摸牛肉干时，金铃突然冲上前抓住了爸爸的手。人赃俱获。

Sie liess sich nicht anerkennen. Statt rauszugehen, blieb sie aber heimlich an der Tuer stehen und beobachtet ihren Vater. Jin Yiming glaubte, die Luft sei rein, und griff nach dem Rindfleisch. Da sprang Jin Ling wie eine Katze hinzu und hielt seine Hand fest. Verdutzt liess er alles fallen.

"不动声色"是个成语，意为"内心活动丝毫没有在语言和神情上流露出来。形容镇静、沉着"。此处译者选择了德文"sich nicht anerkennen lassen"进行翻译，虽然不是一字不差，但是完全表达出了小主人公金铃的处事风格。其次，译者没有按照字面意思翻译"金亦鸣只当女儿走了"，而是翻译成"Jin Yiming glaubte, die Luft sei rein"，笔者认为非常好。这种意译一方面更好地衬托出了金亦鸣不想让女儿知道自己在"偷吃"牛肉干的心理；另一方面考虑到了译入语读者的期待视野，更符合译入语读者的欣赏视角。另外，"人赃俱获"一词出自明朝凌濛初《初刻拍案惊奇》卷三十六："牛公取笔，请张生一一写出，按名捕捉，人赃俱获，没一个逃得脱的。"用来表示嫌犯与不正当取得的财物同时被捕获。原作者用"人赃俱获"来表明金亦鸣偷吃牛肉干被女儿捉个现行。而在德文里面没有相对应的成语翻译，译者选择了意译，这里的意译包含漏译。

例6. 我的爸爸在深圳"下海"几年后，也成了一个令妈妈别扭的"款爷"。

Mein Vater hat sich in der unabhaengigen Wirtschaftszone Shenzhen selbststaendig gemacht und ist nach einigen Jahren ein ‚Geldsack' geworden, was meiner Mutter unangenehm ist.

"下海"一词是中国刚刚改革开放时的用词，意思就是做生意，也含有风险的意思。改革开放之初，市场经济开始繁荣，一个新的自由空间正在出现。一些人，主要是政府机关人员、企事业单位工作人员等，放弃在传统体制内的工作，转而到这一新的空间里创业经商、谋求发展，这样的行为被称作"下海"。此处的翻译丢失了"下海"一词在中国的文化内涵，笔者认为，如果可以在书后加注释，会使译入语读者更深刻地了解中国的文化。另外，"款爷"一词最初是"有钱人"的一种尊贵的叫法，指财富丰厚、讲气派、花钱豪爽的人，但是后来常常被用作贬义，有财大气粗的意思。而原著中说爸爸成了令妈妈别扭的"款爷"，也就含有贬义。"Geldsack"在杜登德语词典上的解释为："（ugs. abwertend）jmd., der sehr reich, aber geizig ist."由此可见，"Geldsack"含有贬义。因此笔者认为，译者把"款爷"译成"Geldsack"，在这里，二者是对等关系，非常适合德文读者的欣赏口味。

3.2.4 直译

文学是不分国界的，因此，对于文学翻译来说，有很多时候可以直译，对文化信息不进行或者较小程度地进行处理。但是，由于不同的文化背景产生的心理联想等不同，有时候会需要文内或者书后注释，进行背景知识的添加，否则可能会导致源语读者所熟悉的知识对译入语读者造成理解上的障碍。这种翻译方法的优点在于能使读者迅速建立连贯性，阅读的惯性不会受到影响；缺点是原文的艺术表现方式在译文中有所变形，隐性的含蓄变成了显性的直白，甚至拖沓、冗长[1]。直译属于文化过滤的一种，是一种程度较低的文化过滤。

例7. 金铃理直气壮地说："他们不喜欢是他们不懂得美！杨贵妃胖不胖？蒙娜丽莎胖不胖？还有美神维纳斯，还有圣母玛利亚，还有我奶奶、我外婆……"

Jin Ling blieb selbst sicher:' Wenn sie mich nicht schoen finden, dann wissen sie nicht, was schoen ist! War die kaiserliche Konkubine

---

[1] 郭建中：《文化与翻译》，中国对外翻译出版公司，2000，第248页。

Yang Guifei dick oder nicht? Wie war es bei der Schoenheitsgoettin Venus, meine beiden Grossmuettern … '

译者通过直译加文内解释还有漏译的方式，对原著的文化信息进行了处理。对于中国读者来说，谁是杨贵妃无须解释，但是对于德文读者来说，这是一个陌生的概念，因此译者作了文内注释，即在杨贵妃前加了修饰成分"kaiserliche Konkubine"，使德国读者一目了然。但是，笔者认为，单纯的一个修饰成分并不足以表达出"杨贵妃"在此处的作用，如果能够给出书后注释，说明杨贵妃是中国古代四大美女之一，并指出她生活的唐朝时期以胖为美的话，该翻译则更为完美。此处金铃还一口气列举了蒙娜丽莎、圣母玛利亚，译者并没有一一举例，笔者认为，这种漏译也是以适合译入语读者为目标的。

4. 小结

《我要做好孩子》的译者芭芭拉是德国人，因此，该德文译本首先是从德国人的思维方式出发，以服务译入语读者为翻译目的。在翻译的过程中，通常情况下，译者会更多地追求简化和可以理解的效果。因而我们看到，在德文译本中，对于蕴含着太多中国特有的文化和常识的章节，译者采取了文化过滤程度较高的"删减"和"意象替换"等翻译策略。任何外来文学的影响都是在经过了文化过滤后产生的，文化过滤是传统文化、历史语境、接受者文化心理结构等因素共同作用的结果。因此，研究文化过滤对文学作品的影响，对不同民族间的文化交流起着至关重要的作用。但是，如果一个文学作品译本中文化过滤程度太高，则会降低文学翻译的传播作用。

本文发表于《长春大学学报》，2016年第3期

《今天我是升旗手》

黄蓓佳 著

江苏凤凰少年儿童出版社

努力塑造新世纪的好少年
——《今天我是升旗手》导演阐述

李忠信

每个人都有童年，童年是美好的。许多少儿题材的影视作品，以其独特的魅力和鲜明的时代气息，影响着一代又一代人健康成长，经久不衰。江苏电视台把我省著名女作家黄蓓佳的新作《今天我是升旗手》作为重点剧目立项，可谓慧眼独具！

下面就如何完成好这部戏谈几点设想。

时代呼唤少年英雄

去年春天，我在深圳拍摄《花季雨季》时，一位执教多年的老校长对我说，今天的教育缺乏少年英雄形象，孩子们受外来文化影响，满脑子都是青春偶像、动画明星，他们没有固定的崇拜形象，可谓偶像多元化。他呼吁荧屏上要多树立当代少年英雄的形象，以助力于一代人的健康成长。

是的，一个时代有一个时代的英雄形象。比如，银幕上有潘冬子、小兵张嘎、龙梅、玉蓉等等。学小英雄，做小英雄，曾是几代少年儿童的远大理想。今天，《今天我是升旗手》中的主人公肖晓给我们勾勒出一个新时代的少年英雄梦。肖晓品学兼优，争强好胜，崇拜英雄，心怀梦想，他梦寐以求的是当升旗手，把当一回校园升旗手视为最高荣誉，并为此不懈努力，几经周折，他终于梦想成真。从表面上看，这是一件很普通的小事，然而，这个故事发生在今天的都市校园里，我们从军人家庭出身的肖晓身上看到了当代少年儿童内心深处所蕴含着的那种强烈的国家意识，看到了爱国主义、英雄主义精神正在共和国新生代身上萌芽、开花、结果。从某种意义上讲，这是一部儿童心理剧，一曲弘扬少年英雄主义的赞歌，一篇倡导加强素质教育的好教材。

确立精品意识

精品的创作标准有三：(1) 思想性、观赏性和艺术性的统一；(2) 思想精深、艺术精湛、制作精良的统一；(3) 社会效益和经济效益的统一。要拍出上乘之作，首要的就是强化精品意识。要有信心、有魄力让作品在全国众多的同类题材中脱颖而出。

"强强合作"已成为今天电视剧运作的成功经验。方法之一就是优胜劣汰，组织精英力量。剧组成员应各有所长，我们应拥有好的剧本、好的制片、好的摄像、好的美工、好的演员阵容……只有实现这种"强强合作"，才能把精品战略落到实处。

剧本是关键中的关键。常言道："剧本剧本，一剧之本。"在正式接任务之前，我已对黄蓓佳的小说和刘旭东撰写的文学剧本反复研读；接任务后，我组织全剧组的主创人员一起座谈研讨，群策群力，召集各个部门，从各个角度谈剧作、谈风格、谈创新、谈体现，列出难点、重点，集思广益，联手攻关。有条件的话，我们将走向社会，进行更深入的研究，如与教育工作者座谈、共同研讨，听取第一线的意见，把剧本搞得更加扎实，更加精益求精。

能否准确地挑选演员是成功与否的又一关键。这是一部儿童剧，主要演员均是五、六年级的小学生，如何把这群十一二岁的孩子纳入我们的镜头中，演员的挑选和现场拍摄的组织工作十分艰难。这一工作要早抓早做，选演员要百里挑一，演员挑不准，绝不能草率开机。

拍摄是体现剧本塑造形象的关键，万万不可马虎。除了总体把握其风格样式外，关键要注意发掘当代少年儿童所特有的心理特征，他们纯洁如水，真实得透明，他们既有敢闯敢干的气概，又有着成长的烦恼。作为导演要充满童心、童趣，去展现孩子们真实的校园生活和纯真可爱的形象，总之，要拍出孩子味来。这里还要强调的是，全剧的几次升旗仪式，一定要下大力气拍好，要拍出一种神圣感、一种庄严感。这是理念的体现、主题的升华。

该剧还要有较强的幽默感，表演向轻喜剧靠拢，色调明丽、节奏轻快、音乐优美、画面好看耐看，只有这样才能使孩子们爱看，使更多的观众爱看。

本文发表于《当代电视》，2000年第S2期

《亲亲我的妈妈》

黄蓓佳 著

江苏凤凰少年儿童出版社

爱的传播者
——读黄蓓佳儿童小说新作《亲亲我的妈妈》

汤 锐

喜欢《亲亲我的妈妈》这本小说，并非偶然，尤其是在当前商业化氛围愈来愈浓的儿童文坛，在一些儿童文学作家及出版社身不由己被商业化大潮所裹挟，甚至有些人明确打出"商业化写作"招牌的情况下，我看到了这样一本小说，一本骨子里写得比较认真、比较严肃、比较纯正的儿童小说，我很难不被它打动。

喜欢这部小说的理由主要有两点：

第一，亲近儿童的题材和表现手法。《亲亲我的妈妈》比较真实地描写了当代都市少年儿童的生存现状，他们的生活环境——外部的和内部的，他们的生活条件——物质的和精神的，他们的生活困境——生理上的和心理上的，他们的喜怒哀乐，等等。不独《亲亲我的妈妈》，在江苏凤凰少年儿童出版社此次推出的"黄蓓佳倾情小说系列"中，在写作的题材上都有这样的特点，比如《我要做好孩子》《今天我是升旗手》《我飞了》等等，都是相当近距离地描写了当代都市的少年儿童在学校和家庭中的现实生活情态的。这种描写是认真的，甚至是细腻的，比如弟弟与妈妈之间那种由陌生到心心相印的过程，就写得非常细腻真实，令人感动。又比如弟弟的同学张小晨因为学习过于焦虑而患上了强迫症，竟把双手指甲啃咬成"血爪"的情节，等等，都是有真实的生活积累做后盾的，而不似时下一些"儿童小说"夸张地硬造出童话般"探险"之类的作品。所以说，黄蓓佳的小说打动读者的力量首先来自作品的真实和贴近孩子。在题材亲近儿童的同时，小说采取儿童视角的叙述方式和生动活泼、富有情趣的语言也是作品亲近儿童读者的一个重要方面。

第二，《亲亲我的妈妈》这部小说有较深的文学内涵和一定的文学高度。作者没有把自己降到与儿童读者同等水准的审美高度、精神高度，没有将满足孩子的好奇和市场的兴趣作为评判创作成功的唯一标准，没有把只讲一个好听好玩的故事当作唯一的追求，而是体现出了一个艺术家所应有的艺术敏感、思想深度和社会责任感。我认为这一点在当前尤为重要，尤其要提倡。这听起来有点滑稽，甚至有点悲哀，但是我们的确要呼吁和提倡儿童文学作家不要降低艺术高度而仅为市场写作！在当前电子媒体日益占领儿童的读书时间以及儿童读物越来越快餐化、娱乐化的当下，优秀的儿童文学作品在帮助儿童在电子媒体与书籍之间获得一定的均衡发展方面有着非常重要的作用。

《亲亲我的妈妈》所探讨的是非常严肃的主题，即现代社会中普遍存在的人性的困惑，其具体征候为程度不一的现代都市病。我们看到小说中大大小小的人物多多少少都有一些心理问题，包括弟弟班上的那位外号叫"白头翁"的老师，小说中唯一心理比较健康阳光的是五金店老板卫东平叔叔。作者用了小读者能够理解的处理和表达方式来表现这个主题，但是并不轻浮，并没有漫画化。作者让我们看到每一种心理问题背后隐藏着的个人无法抗衡的不合理的社会根源，同时又让我们看到，我们虽然不能够消除这些根源，但是存留在人类灵魂深处的爱是最好的调节、平衡和拯救的良方，无论这种爱是暂时被恨和狭隘所遮蔽，还是被沉重的生存竞争压力所抑制到麻木，但爱是永远不泯灭的。只要还有像弟弟、卫东平叔叔那样的传播者，爱的星星之火就会形成燎原之势，融化人们心中由于各种原因而结成的坚冰。这样的主题和独特的表达正是我们这个社会所需要的，是我们的小读者健康成长所需要的。

本文发表于《中国图书商报》，2007年4月17日

《你是我的宝贝》

黄蓓佳 著

江苏凤凰少年儿童出版社

有爱，人间就是天堂
——读黄蓓佳儿童小说《你是我的宝贝》

李学斌

在中国当代作家中，由儿童文学起步，然后转向成人文学，进而一飞冲天，成为写作名家的人很多，比如王安忆、铁凝、贾平凹、张抗抗、叶辛、陈丹燕等。这些作家离开儿童文学后，大都黄鹤一去不复返，不再涉足儿童文学创作。这对儿童文学而言，显然是一种损失和遗憾，但黄蓓佳是个例外。

遥想二十世纪八十年代，黄蓓佳就以《小船，小船》《遥远的地方有一片海》《芦花飘飞的时候》等儿童文学作品令世人瞩目。后来，正当人们期待她在儿童文学领域大展身手、再攀高峰的时候，她却纵身一跃，到成人文学中驰骋去了。十多年过去了，就在人们以为她已经与儿童文学彻底告别的时候，已经在成人文学中成果累累、功成名就的黄蓓佳，悄然间却以一部《我要做好孩子》宣布了对儿童文学的回归。自此，她自由出入于儿童文学与成人文学之间，几乎每年都有儿童文学新作问世，而她的"黄蓓佳倾情小说系列"也在几年之后面市，成为当下孩子童年阅读中不可或缺的精彩。

这里要谈及的《你是我的宝贝》就是"黄蓓佳倾情小说系列"最新推出的一本。

小说写了一个小名叫贝贝的十岁男孩的故事。贝贝生来患"唐氏综合征"，有轻度智力障碍，终生无法治愈。贝贝两岁时，爸爸在野外考察中不幸遇难，妈妈不堪生活重负，离家出走，一去不回。从此，贝贝和七十多岁的奶奶相依为命。奶奶虽然年迈体弱，但十分自尊好强，一心想把小孙子训练、培养成一个自尊、自爱、自立的人。在奶奶的悉心指导下，贝贝果然成长为一个淳朴、善良、礼貌、宽厚、热爱生活和大自然的孩子。

然而，好景不长。贝贝十岁那年，奶奶心脏病突发，遽然去世。贝贝彻底成了孤儿。困厄之际，贝贝牵动了许多街坊邻居的心。热心的居委会主任洪阿姨、侠义的80后水电工李大勇挺身相助。贝贝先是在福利院生活了一段时间，接着被好心的洪阿姨和李大勇接了回去。正当贝贝沐浴着关爱，心绪从"奶奶飞了"的困惑中渐渐平复的时候，舅舅和舅妈以及表哥小胖又先后闯入了他的生活。贝贝和大狗"妹妹"与他们一起生活的日子，发生了许多起"家庭风波"。自私、狭隘的舅妈处处对贝贝百般苛刻，而单纯、懵懂的贝贝则完全处于弱势。终于，在"小胖栽赃"和"生日礼物事件"之后，舅舅、舅妈受到了应有的惩罚，怀着小小私心的他们也在贝贝无瑕心灵的映照下渐渐悔悟了。与此同时，侠义真诚、古道热肠的80后小伙子李大勇也在关照贝贝的过程中找到了自己的真爱，感受到了自我的价值……由此，贝贝的生活重新透出明媚的阳光。

小说紧紧围绕贝贝的生活情状展开。贝贝的形象塑造，自始至终是作家着墨的重点。作品中，在这个轻度智障的男孩身上，黄蓓佳寄予了太多的理解、关怀。贝贝很不幸。生来智障已很悲哀，还接连遭遇父亲去世、母亲出走的磨难，本来还有慈祥的奶奶陪伴、呵护，但是，转瞬间，奶奶也离他而去……应该说，命运对这个十岁的孩子实在过于刻薄。

但是，贝贝又是幸运的。首先，他的轻度智障如同一道厚厚的帷幕，为他隔开了尘世的种种纷争和烦恼，让他一直生活在单纯和透明里。其次，他的身边汇聚了许多有爱心的人。先是慈祥仁爱的奶奶，后是看似吊儿郎当、游手好闲，实际上却古道热肠、勇于担当的小区水电工李大勇，还有精明能干、泼辣热忱的居委会主任洪阿姨……爱心洋溢的氛围，让笼罩在贝贝身上的悲剧色彩减弱了许多。

而贝贝自己，特殊的身份和境遇则使他成为不可替代的"小宝贝"。那种因懵懂而融化在爱、信任、宽容里的对现实的认知和理解,那种由单纯而排斥恨、嫉妒、狭隘和自私的目光与心灵,让他如同降生于人间的小小天使。他用发自内心的纯净、无瑕,涤荡着世俗对人心的浸染。这样的境遇里,他的存在也如同一面纯净的镜子,不断映射出人性里的真和善,透析出世相中的假和丑,映照出这个社会的斑驳和嘈杂。

小说中,细节的力量常常是撼动人心的。因为轻度智障,孤苦伶仃的贝贝不仅对自己悲苦的身世没有明确体认,而且对现实生活也表现出微薄的需求以及无来由的极度宽容:一顿吃四个小笼包,他就会眉开眼笑;表哥小胖对他欺侮栽赃,可是,事情刚过,他那么轻易就原谅了小胖……

同样,贝贝与大狗"妹妹"之间"情同手足"的依恋也让人唏嘘不已。贝贝的懵懂和执拗,大狗的率真与忠诚,都让我们见识了一个残疾孩子心灵世界的单纯和美好。

阅读中,我时常想,小说中或者现实里,假如没有奶奶,没有身边那些热心人、好心人的呵护、保护,贝贝这样的孩子会怎么样呢?答案可想而知。

正因如此,贝贝的故事也让我们深深意识到:所有孩子的成长,都离不开大人的引领和呵护。小说里,贝贝尽管智障,但是很可爱,在奶奶的悉心引导下,他的人格成长得很健全。他懂得"自己的事情自己做",知道"要节约用水",懂得整洁、讲卫生,懂得爱护小生命,懂得感恩……在小说里,一个轻度智障的孩子都能完成这样的人格建构,我不知道现实中那些耳聪目明的孩子以及他们的家长、老师看到这里,又将做何感想。孩子的成长过程,其实凸现的就是身边大人的精神境界和价值理念。从贝贝的身上,我们看到了教师出身、年迈体弱的奶奶高尚的人格情操与责任感。

其实换个角度,小说里,贝贝的不幸也无时无刻不考验着他身边的人。让人欣慰的是,尽管生活里不乏舅舅、舅妈那样狭隘、自私的人,但是在贝贝成长的路上,处处凸显的还是人性的善良和真诚。作者讴歌了这些生活里的美好元素和瞬间,在这个层面上,小说不无理想化。但是这种"理想化",恰恰是我们生活里最为需要的,也是普通人性中最为美好的。这是我们每个人应有的举动。从这个意义上说，作品是抚慰人心的，也是昭示方向的。

小说写实的意味很强。前半部分，甚至可以看作是类似报告文学的真实呈现。直到奶奶去世，那种属于小说的直抵人心的细节力量、情感力量才渐渐显露出来。

而且，因为小说的素材主要来源于现实采访，创作上有着丰富的形象基础和生活原型，因此，整个故事自始至终都弥散着浓郁的生活气息。无论作为小说整体的情节、氛围，还是构成故事血脉的细节、语言，都显得异常真实、生动，字里行间透露着来自生活底层的琐屑的温情。这样的叙写不仅让我们看到了当下城市中底层民众的生活情状，他们日常的精神和心理，更使我们洞悉到平素被喧嚣的生活所遮蔽的现实的另一面。而这一面也恰恰体现着当代人类文明在城市生活的巨大投影，寄寓着世俗人性中最为庸常、卑下和最为敏感、明亮的元素。

小说令人心动的还有作家融化在情节中的写作态度。在常人的意识里，一个孤苦伶仃的残疾孩子的生活肯定是暗淡无光的。那么，作家下笔时，自然而然会带上那种关注弱势群体的悲天悯人。但是黄蓓佳没有这么做，她采用的是平实而娓娓道来的笔调，叹赏，乃至欣慰地注视着、勾画着属于贝贝每一天的点点滴滴。

这种态度很重要。作家首先认可并坦然面对这种生活的不幸，认可这种不幸也是生活的一种常态。不仅作家自己，在她的调度下，小说中，贝贝身边的每个人，从贝贝自己、奶奶，到小区保安、居委会主任洪阿姨、水电工李大勇，都以一颗平常心来看待这种生活的不幸。没有愤世嫉俗，没有呼天抢地，没有怨天尤人；有的是轻松明亮、乐观舒展、天高云淡、鸟语花香，有的是浓浓的爱意和默默的承担。这就是作家对生活和现实的深刻理解和尊重，就是对残缺生命的悉心呵护和引领。

作品里，黄蓓佳不仅放进了属于作家的责任感和良知，还放进了一个母亲的仁爱和宽厚。这一点，从《你是我的宝贝》这样充满爱心和母性的题目就可以看得出来。这也是作者自《我要做好孩子》以来，在儿童文学写作中所一贯秉持并坚守的美学。

　　因为在作家看来，无论是"我要做好孩子"的自我期许，还是"亲亲我的妈妈"的责任承担，或者"你是我的宝贝"的爱心包容，都是儿童文学应有的题中之义，都是儿童文学对真、善、美等正面价值的求索，都是儿童文学博大、悠远、深沉的美学呈现。

　　关涉到这部小说，作者想要告诉我们的则是：只要有爱，人间就是天堂。因为那些智障的孩子、残疾的孩子，作为幼小的生命，在人格上和所有正常孩子是平等的，他们同样是我们的宝贝。读罢小说，作家的这一价值观念和精神关怀显得莹莹动人。

　　而一旦体悟到这一层，我们就有理由为儿童文学有这样的责任承担和价值导向而感到自豪，就有理由说，儿童文学就是孕育童年健康人格的文学，是涤荡和净化心灵的文学！

　　　　本文选自《沉潜的水滴：李学斌儿童文学论集》（2009版）

在贝贝的世界里观看自己
——评黄蓓佳的《你是我的宝贝》

刘秀娟

坚持是要有底气的。黄蓓佳便是。在呼啦啦汹涌而来的"可乐文学"中，黄蓓佳没来凑热闹，她安然于自己的观察与积累。黄蓓佳沉得住气，特别是近些年的长篇，一部部地写过来，不急不躁，不用像赶场子一样，生怕一慢了，就赶不上某一阵畅销的季风。在任何一种潮流中，都见不到她的身影。

我知道黄蓓佳，却不了解黄蓓佳，我们熟悉她的作品，熟悉得几乎失去了好奇心和新鲜感，以至于鲜少去想她作品的意义在哪里。比如《亲亲我的妈妈》，让人感觉到了这部作品有那么点特别的地方，一种和时下儿童小说不一样的气质。可这种气质到底是什么，到底给我们带来了什么样的审美体验，还未及细想，便被纷至沓来的潮水裹挟而去。我们走得太快，在真正的风景面前，失去了耐心。

读了黄蓓佳的最新小说《你是我的宝贝》，再看她之前的作品，就可以清晰地看到她可贵的艺术追求：首先，黄蓓佳对儿童一贯持尊重态度，这使得她的作品有一种庄严感，她从来不拿孩子取乐；其次，她笔下的儿童是富有力量的，他们平凡、弱小，却不平庸、脆弱，他们的力量不是来自肢体的强壮和智力的高超，而是源自心灵的纯净与道德的向善。

黄蓓佳作品中的儿童都有一种精气神。她不但写出了孩子本真的样子，更写出了希望孩子长成的样子，现实世界和理想世界妥善地结合在了一起。

几年前，连成人世界都逐渐放下英雄主义的重担时，《今天我是升旗手》中的肖晓却扛了起来。他不是一个概念化的小英雄，他那么平凡，没有什么过人之处，但他有英雄气质；他渴望神圣、崇高的事物，却用最低调的方式来对待自己的英雄行为；他像真正的英雄一样要求自己承担对他人的责任。眼下，到处是顽皮小子和泼辣小丫在漫天冲杀，黄蓓佳却写了弟弟（《亲亲我的妈妈》）和贝贝（《你是我的宝贝》）这两个有缺陷的孩子的故事。他俩不但有缺陷，而且都面临着巨大的生活难题。在这些艰难之中，弟弟和贝贝生命力勃发，歪歪扭扭地撞开压在身上的石头，他俩虽然不强壮，却也终于迎着阳光招展了。不但如此，弟弟的妈妈、贝贝的舅舅一家冷硬、灰暗的心里也逐渐有了一抹希望的绿意。

　　黄蓓佳写出了孩子的力量。如果说肖晓、金铃（《我要做好孩子》）还仅仅是儿童一种自我成长的内在力量，他们在完善、提升自我的同时，感染、感动、带动了周围的人；那么，到了弟弟和贝贝，这种力量就不仅仅是自我完善的力量，而是对成人的"拯救"，是帮助成人成长。按常人的眼光来看，弟弟和贝贝都是有点不幸的孩子，他们都是非常弱小的存在，但是他们内心的善良与坚持最终改变了自己的境遇。这显示了黄蓓佳对儿童从喜爱到尊重，甚至敬畏的一种改变。

　　看过《你是我的宝贝》，便不再怀疑黄蓓佳这番话的真诚："我写这样一本书，不是为了'关注弱势群体'。绝对不是。我没有任何资格站在某种位置上'关注'这些孩子。我对他们只有喜爱，像喜爱我自己的孩子一样。""一个智障的儿童，就是一块透明的玻璃，一面光亮的镜子，会把我们生活中种种的肮脏和丑陋照得原形毕露。"这是一种自省，更是一种敬畏，敬畏生命。我能够想象黄蓓佳在这些智障儿童身上感受到的震撼。她对智障儿童的关注，应该有一段时间了。在《今天我是升旗手》里，金玲的一篇作文内容就是参观儿童康复医院。我想，至少从那时起，这些孩子就进入了黄蓓佳的视野吧。《亲亲我的妈妈》中的妈妈也是轻度的抑郁症患者，而主人公弟弟似乎也是轻微的孤独症患者。黄蓓佳没有把贝贝，以及贝贝的患有各种疾病的同学当作怪异的人来对待，大量地描写他们生活中的不堪与局促。在她笔下，贝贝在生活中的力不从心转而成为一种童稚的笨拙、一种憨态可掬。黄蓓佳用一双温柔的、含着笑意的眼睛去观察贝贝的生活，所以作品才有明亮而温暖的调子，就像小说一开篇贝贝出现的那个金色黄昏，有绿树，有清水，有亲昵的大狗陪伴，有满怀善意的邻里。年轻的大勇、洪阿姨、大狗妹妹，他们都是贝贝的守护神，尤其是贝贝的奶奶，这位不幸的老人不悲叹，不愁苦，不怨恨，有一种尊严的美。

　　起码在我这里，黄蓓佳达到了她写作的目的。之前，我同情那些智障和残疾的孩子，但是我没有喜爱，甚至心怀恐惧，我从来不敢单独和他们同乘电梯，更不敢正视他们的眼睛，我总觉得这是大自然对人类最残酷的惩罚。这些孩子的世界是神秘的，对我们来说是一团黑暗，我们没有勇气来面对他们的世界，而对不了解的事物，通常会生出戒备之心。当我们用鲜花、天使、珍宝来形容对孩子的珍爱时，贝贝这样的智障儿童是不被包括在内的。他们代表的是不幸，是负担，是丑陋，甚至是恐惧。《你是我的宝贝》仿佛一缕阳光，照进这些孩子的世界。更准确地说，是这缕来自特殊世界的阳光，透过《你是我的宝贝》，照进了我们的世界。那么澄澈的人性之光，照见了我们这个世界被遮掩的那些人性的泥垢。没有任何反击能力、不懂掩饰的、透明的贝贝如同映照人性的镜子，人们对待他的态度，实际上是一种自我检验，你所有的行为都会不经过滤地反射出来，让你无地自容。所有这些人对贝贝的关心，不是施舍，也不仅仅是善良，而是一种自我寻找。因为有了贝贝，他们有了自省和自我救赎的机会。贝贝的善良无瑕映照出他们的局促与狭隘，他们像面对镜子一样，把自己的丑陋之处看得一清二楚。人的本性除了自私，还有向善，面对自己的丑陋，他们选择了改变。小说的结尾，是大家和贝贝一起去寻找消失已久的虎凤蝶，一个智障的孩子带领大家去寻找那份消失了的美丽。这是情节的需要，更是一种隐喻——大家去寻找的，是自己失落的善良、宽容、关爱，或者是信心……贝贝身边的人们，因为有了贝贝，他们的生命中留下了一份非同寻常的美丽。对我来说，则是内心恐惧的消失，让我有了亲近的愿望。

　　黄蓓佳实际上是带我进入到了另一个世界，一个就在我们周围、我们却相当陌生或者容易误解的世界。文学除了描摹世界，也促成世界，它展示了一种向往和祈愿，一种可能性。各种残疾的孩子，应该是一个庞大的群体，但在日常阅读范围之内，触及这个题材的作品似乎很少。黄蓓佳看到了，怀着对这些孩子由衷的爱，写出了一份特殊生命的美好。在表现对智障、精神疾病患者的理解、尊重、亲近的作品中，触动我的，一是迟子建的《疯人院里的小磨盘》，然后就是黄蓓佳的这部新作。黄蓓佳的小说一向快言快语，我想这部作品的写作不是这样的感觉，她的内心应该是小心地托举着一个希望，她的眼前总会浮起那些孩子透明的目光吧。这样的写作透进灵魂，带着灵魂的颤动。如果说以前的作品是快乐的写作，那么这次应该是深刻的写作；之前作品中的矛盾是孩子们应该如何成长的矛盾，而这里是我们应该怎样对待生命的矛盾，是人性的内在矛盾。

　　我还想谈谈黄蓓佳这部小说中的美感。她之所以能把这份爱传递给我们，不仅仅是因为她深刻的思想、博大的爱心，更是因为她在作品中呈现出一种动人的美感。《你是我的宝贝》是一个完整的艺术世界，一开篇，小说要表现的生活的色彩、气味、情状就弥漫在我的周围，我仿佛走进了那个世界，亲眼见到他们的活动，让我有一种惬意的、久违的满足感。这要感谢黄蓓佳的语言表现力和对于长篇文体良好的把握能力。

　　黄蓓佳的叙述很有耐心。我读曹文轩、黄蓓佳和三三的小说，会感觉到这种充盈着艺术元素的耐心，这份耐心所奉献的细节、感觉、情状是实在的，有信息量的，完全不同于啰唆、膨胀和无效的叙述。不是说要显出一个人的好，非要贬煞其他人来衬托，但是说实话，我觉得近些年的校园小说热闹是热闹，美善也美善，但总归感觉在"艺术性"上有所欠缺。很多作品没有文体意识，作为小说，没有描写，没有一个"似真"的世界；基本没有环境，即便有，也是符号化的；小说中的人物，是夸张的卡通化；情节上，作家以为写成系列故事便可以没有结构，导致读者享受不到文体节奏的韵律美。这些故事写得很急，急吼吼地直奔主题，严格地说，这是儿童故事，还不是小说。所以，尽管这些孩子也很可爱，这些故事也很可乐，感动人的力量却不大，总会让人觉着这是作者的一番好心，是理想化的、虚假的美满家庭。这些故事没有内在的矛盾，没有对生活的细致观察。或许可以用其他的形容词尽情褒扬这些作品，却唯独不能称之为"美"，连语言的美感都消失殆尽，几乎通篇都是人物对话，作者仿佛失去了转述和描写的能力。

而黄蓓佳的儿童小说会细致地描摹场景和细节，她特别重视每部小说的开头，这种描绘不仅仅是提供背景，更是颇费心机地交代故事。无论是《亲亲我的妈妈》还是《你是我的宝贝》，两部作品最抓人的场景都是在开篇：一个简单的葬礼，因为用弟弟这个特殊人物的眼睛在看，便不简单了，他对葬穴里的小爬虫的注目，贯注的是他自己的情绪；一个普通的黄昏，围绕着贝贝，各路人马跟着大狗妹妹和贝贝，有节奏地、适时地出场，像戏剧舞台，又像是一幅风情画，每个人都有自己的站位、体态和语言。好多小说已经没有这份画面感了，只有硕大的人物横亘在那里，单调得很。目前儿童文学存在诸多问题，解决的途径之一，我以为便是要回到写作的基本规律（但不是守成）。一部作品，无论是长篇，还是系列小说，总应该有一种形式的美，有自身的韵律，这些也是最本质的艺术的美。在《你是我的宝贝》里，围绕着贝贝而发生的故事起伏有致，有舒缓的小夜曲，有激烈的命运交响乐。该作在这些方面的优长，原本是不必大加赞扬的，因为在我看来，这实在是一个写作者最起码的艺术感觉。因为稀缺，反而成了不可不说的优点。

前些天，我看到广东作家李兰妮的《旷野无人——一个抑郁症患者的精神档案》。这也是一个美丽的生命，她在噩梦的些许平静时刻，为了自救，更是为了救人，克服家丑不可外扬的心理障碍，写下了自己的真实感受。心理学家田惠平博士介绍说，在德国，一个孤独症患者会有四个社工来照顾他们，按我们的思维方式，这似乎是社会的负担，因为我们不曾把这些患者看作是正常社会的一部分，是和我们有不同需要的生命，没有意识到应该尊重每个生命个体不同的需要。生命的降生，以什么样的方式降生，恰恰是自己所无法选择的。

贝贝的故事结束了，可是"贝贝们"的生活还在继续，我们要为他们营造一个怎样的生活环境？希望黄蓓佳的这部小说所呈现出的不仅仅是贝贝一个人的乐园，也能够成为所有智障儿童的真实处境。每一个生命都是珍贵的，我们所追求的一切，到底不过是对生命的尊重。

《艾晚的水仙球》

黄蓓佳 著

江苏凤凰少年儿童出版社

我们是这样长大的

赵 菱

《艾晚的水仙球》讲述的是关于成长的故事。"成长"是黄蓓佳的作品里多次出现的一个主题。毫无疑问，她也是书写这个主题最好的中国儿童文学作家之一。这一次，她关注的对象不再是当下的孩子，而是把视线投回到了二十世纪八十年代，在那样一段新旧交替的岁月里，三个孩子沿着不同的轨迹踏上了自己的成长旅程。

当我们长大后，我们很容易忘记自己是怎么长大的：那些磕磕碰碰的笨拙，那些四顾茫然的迷惘，那些不知所措的惊恐，那些自以为是的倔强，那些初次萌动的心跳，那些破茧成蝶的喜悦……在年少的时候，曾经那样强烈地摇撼过我们的身心，后来却随着岁月的流逝都被我们遗忘在了记忆的角落里。

在《艾晚的水仙球》里，黄蓓佳以平实、细腻、深情的笔触，让这一切又都复活了。也正因为如此，《艾晚的水仙球》具有了穿透时间的力量：对那些经历过成长、曾经是孩子的大人们来说，他们能在小说里看到自己的影子，唤醒那些已经沉睡的情感；对于那些正在成长的孩子们来说，他们也能在小说里看到自己的影子，激起内心深处的共鸣。这种穿透时间的力量，就是文学的力量。在《艾晚的水仙球》里，每一个孩子的成长都那么艰难、那么辛苦，不管他们是优异的，还是平凡的，这才是最真实的成长。

艾早，作为姐姐，个性最强，最特立独行。她并不把学习太当回事，却一直是尖子生。她本来可以考上一所好大学，却故意赌气考砸，只是为了向她喜欢的那个男人示威。她为自己的少年心气付出了代价，表面的乐观下，隐藏着深深的哀伤。

艾好，作为哥哥，属于罕见的天才少年。他拥有超群的才智，被大学提前录取。这同时也让他变得自闭，"天才"的称号给了他荣耀，却也变成了他的枷锁。

艾晚，作为妹妹，就像罗大佑的歌曲里所唱的那样："别忘了山谷里，寂寞的角落里，野百合也有春天。"在她的成长过程中，前面永远都有一个优秀的姐姐和一个天才的哥哥矗立在那里，她一直生活在他们的阴影之下，偶尔才能得到一些阳光。但就是这些细碎的阳光，艾晚都尽情地吸纳了，最后开出了属于自己的、像水仙花一样饱满而芳香的花朵。艾晚是一点一点"挤"出了自己的成长空间，默默绽放。

优异的艾早、天才的艾好、平凡的艾晚，都带着各自的创伤在成长，成长得如此不易，却仍努力成长着——这，不正是每一个经历过成长的人，最真实的心路历程吗？

小说的结尾，艾晚突然之间感觉到爸爸老了。"我的心里，不知怎么的有一点酸涩，有一点惊恐，还有一点胀胀的疼痛。""我想，这大概就是卞老师说过的，长大的滋味吧。"长大的标志是什么？不是十八岁的到来，不是身体的发育成熟，不是考上大学，而是终于明白，爸爸妈妈会变老，自己终有一天不得不离开他们的庇护，独自一个人在天空中飞行。这个悲伤的发现，才是长大的证明。

本文发表于《中国图书商报》，2011年2月22日

《余宝的世界》

黄蓓佳 著

江苏凤凰少年儿童出版社

天使街：现实苦难与苍凉童年

李学斌

黄蓓佳儿童小说新作《余宝的世界》写了这样一个故事：男孩余宝是农民工子弟小学五年级的学生，爸爸是货车司机，妈妈做保洁，姐姐在超市当收银员。余宝是学校里的优秀生，年年考第一。一天晚上，在陪爸爸出车返回途中，他目睹了一场惨烈车祸。作为目击证人，本应立刻报警，爸爸却选择了沉默并叮嘱余宝就当什么也没看见。因为爸爸认出，肇事车辆是公司老板的座驾。回家后，爸爸先是坐卧不宁，后来在老板找人顶罪后，开始心安理得起来。这件事好容易过去，可暑假中，接二连三又发生了很多事：最器重余宝的丁老师下岗去卖菜了；白云街小学因安全隐患被宣布停办；为了能看一场3D电影，余宝的死党孟小伟外出捕捉彩蝶，竟然在一场不期而遇的大雨里丧生；老家的二大爷来治病，爸爸四处筹钱，留下一笔巨款后神秘失踪……

故事的起因是一起交通肇事逃逸案件发生、侦破的过程。生活里，类似的车祸天天都在发生，人们早已司空见惯、听惯，很少有人会去追根溯源。黄蓓佳却以作家的敏锐触觉深入探究这一事件背后丰富的人性意味，并将视角延展到更为广阔的社会领域，由此撩开了以天使街为圆心的社会生活的帷幕，让我们看到了那些不为人所熟知的生活图景。

小说中，故事情节基本上都环绕着"天使街"展开。这里是城乡接合部，外来务工者聚集区——地势坑洼不平、道路尘土飞扬、街区房舍凌乱、学校破败简陋……天使街的一切，都与这个美丽的称谓相去甚远。可这里，恰恰就是小主人公余宝出生、成长的地方。《余宝的世界》里所有的故事，也都与这个特殊的街区环环相扣、息息相关。作家以第一人称的叙事视角讲述故事，余宝始终作为亲历者、目击者、见证者而存在。具体就是，让余宝以家庭为中心，通过自己的所见、所闻、所思、所感，不断亲临天使街生活的现场，让那些大大小小、形形色色的人与事在"我"的讲述中一点点生动起来、真实起来。

于是，小说中，随着"我"——孩子懵懂而又清晰的讲述口吻，读者看到了挣扎在城市边缘的底层人群的生活状态，看到了余宝、孟小伟、成泰、罗天宇这些农民工子弟们因缺少道德框范、价值引导，而四处蔓延、杂草丛生的童年。

这是一种异于常态的儿童生活现实，让人读之心酸，也为之感慨、感动。

和余宝一样，孟小伟、成泰、罗天宇也都是农民工子弟，相似的家庭背景和共同的生活经历让他们亲密无间、情同手足。生活在父母身边，没有精神焦虑和亲情饥渴，衣食无忧，生活无虞，与乡村那些留守孩子相比，他们无疑是幸运的。但是，身处城市环境，他们的童年却也时常荫翳弥漫。与那些养尊处优、生活优裕的城里孩子不同，他们多了自由、玩耍、游戏，却少了体验城市文明、现代科技浸润下的童年生活的许多机会。一方面，他们固然没有周末补课的无奈、郁闷，少了功课成绩的竞争烦恼，但另一方面，他们同样也缺少网上冲浪的愉悦、游历山水的畅快、丰富阅读的欣慰，甚至只能靠想象去体味3D电影声电光影带来的奇妙感受……作为城市童年生态的有机组成，按理说，这些都该是他们童年生活的一部分，但是，父母卑微的社会地位，家庭贫窘的经济处境，以及由乡村迁移过来的封闭、落后的生活观念，就如同一道高高的墙，无情地隔开了这些农民工孩子与城市文明、现代科技的联系，以至于那些在城市孩子看来极其普遍的童年生活体验，竟然成了"余宝、孟小伟、成泰、罗天宇们"心中可望而不可即的梦想、渴念。

小说中有这样的描述：余宝、孟小伟等几个孩子为了能够看一场3D电影，竟异想天开，想通过捕捉粉蝶、孵养菜青虫卖给菜贩来赚钱。最终，孟小伟在捕捉粉蝶时遭遇大雨，被坍塌的围墙掩埋。临终前，孟小伟将小瓶子里的粉蝶托付给余宝喂养，用这种方式延续自己那微薄而强烈的愿望……故事里，尽管余宝的行动最终被丁老师阻止，但是，孩子们是非不分、损人利己的计划与设想依然让人扼腕，而孟小伟因之丧生的遭遇更是叫人心痛。

于是，当余宝用爸爸给的钱请成泰、罗天宇看3D电影《闪电狗》的时候，作家这样写道："在漆黑的影院，在一片惊叫和大笑声里，我看到了盘坐在一道雪亮光柱上的孟小伟。他还像从前那样瘦小，穿蓝色的短裤和条纹背心……他没有看见我们，因为他正在全神贯注地盯着大银幕。他跟我们一样陶醉和开心，他盘着膝盖前仰后合的样子，跟他在学校里看一本笑话书的时候一模一样。"

在这里，作家以幻觉形式让孟小伟圆了梦，也由此写出了"我"对友情的理解、珍惜和尊重。这样的细节让人心生温暖，但也更凸显了孟小伟之死的悲剧色彩。小说中，余宝、孟小伟、成泰、罗天宇代表了一个儿童群体。孟小伟用生命守护的其实是这些城市边缘孩子一个单纯而又微薄的城市梦。这个梦想何其简单、何其朴实，却是他们朝朝暮暮的情感所系、心灵所想。他们追求自己单纯梦想过程中所表现出来的坚韧、执着，一如他们的父辈。这是孩子们向他们所在城市发出的微薄希求，也是他们内心的一丝暗哑呼喊。这样微弱的声音如同一道光束，照出了当下城市化过程中现代文明的盲区，也照出了隐藏在城市繁华景象背后的某种黯淡与荒凉。

故事末尾，三个孩子的生活都有了改观。而"我"在这个炎热的夏天之后，更是顿悟到了成长的某种要义。这是小说令人欣慰的主题蕴意。确实，对童年来说，艰难、困苦或许就是一种锻造，淬火后的生命，可以更加坚韧地生长。

除了几个孩子，《余宝的世界》也表现了宽广的生活面。故事里的"天使街"显然是一种城市底层生活的缩影。这其中，余宝一家人的生活情状、精神面貌又极富代表性。朴实、坚韧、善良、自尊，既趋利避害、明哲保身，又见义勇为、慷慨担当……在他们身上，农民式的朴实与狡黠、善良与怯懦和谐交织、水乳交融。对权势的敬畏、谋生的艰难，可以让一家人在应挺身而出时诺诺而退、装聋作哑。可是，当陌生人遭遇抢劫，当危难来临，当亲友濒临绝境的时候，无论母亲、父亲，还是孩子，都毫不犹豫地选择了挺身而出，让自己的爱心、勇气、善良、热忱迸射出光彩。此时，这一家人所代表的，蕴蓄在底层民众身上那种贫病相依、守望相助、不离不弃、慷慨善良的优异品性不禁汤汤而出，莹莹动人。

这就是底层弱势人群的生活，卑微而自尊，艰难而执着。生活的信念就如同黎明的灯火，沉敛、坚定，静静闪烁，以那一丝摇曳的微光驱散心里的黑暗，也让即将到来的晨曦更为静谧、温暖。

黄蓓佳在《余宝的世界》中塑造了一个敏感、细腻、自尊、善良、乐观、坚强的少年主人公"我"的形象。人物心理描写细腻、传神，细节刻画鲜活、生动，生活质感、人性闪光时时可见，体现了黄蓓佳作为小说家的深厚功力。所有这些，都为《余宝的世界》营造了一种迷离而清晰、黯然又明亮、忧悒却温暖的艺术氛围。

本文发表于《中华读书报》，2013年5月29日

城乡变迁中的漂泊童年

——以《山羊不吃天堂草》《余宝的世界》为例

何家欢

三十多年来的改革开放给中国带来了巨大的变化，无论是国家的经济总量还是人民的生活，都提升到一个相当高的程度。然而，在解决相对困窘的经济问题时，并不意味着人们在时代的伴生性成长中出现的精神性忧虑会得到很好的缓解。事实上，从一定程度上来说，不同状态的精神性忧虑依然在困扰着这个时代的人们，而且，相较于物质问题，解决精神性问题会有更大的难度，因为精神是飘忽不定而又无限存在的。这正如被无数次宣告死亡了的文学，它隐秘在人们的情感和潜意识中，也表达在或单纯，或复杂的语言中。我们通过儿童文学作品，发现了这个巨变时代隐藏的新特征：它是漂泊而又分裂的精神，是积极改变而又被动接受的人生。

一、进城：身份焦虑与成长阵痛

中国的经济改革是从农村开始的，但实现经济总量跨越式发展的还是城市。城市的现代化建设需要大量的普通劳动者，这为农民进入城市提供了机遇。然而，我国长期实行城乡二元结构的户籍制度，这为农民进城设置了制度障碍。很多农民工在城市生活中感受到的各种不平等，其原因也就在此。曹文轩的《山羊不吃天堂草》（1991）就是这样一部展现二十世纪八十年代末九十年代初，农村少年明子进城务工的小说。明子是一个在小豆村土生土长的乡村少年，为了赚钱帮家里偿还债务，十五岁的明子随着木匠师父三和尚和师兄黑罐踏上了进城务工之路。穷苦乡下人的出身使明子的自尊心变得格外敏感，伴之而来的是一种强烈的身份焦虑。对于刚进城的明子而言，五光十色的城市散放着无穷魅力，但是那种可望而不可即的诱惑又让他感到莫名的自卑和压抑。其中，最让他感受到切肤之痛的是城市对每个人身份角色的区分，以及人与人之间三六九等的差异。明子进城后和师父、师兄三人栖身在一个矮小的窝棚中，靠帮人做木工活维持生计。在这个三人小组中，明子常常要忍受师父三和尚的指使和盘剥，这让他感到委屈和愤怒，但他也敏锐地察觉到，在那些城市人眼中，他们三人并没有本质上的差别，他们都是在城市底层摸爬滚打的外来务工者。他清楚地认识到自己这伙人和城市人之间有着一条不可逾越的鸿沟，城市人是选择者，而他们是被选择者，这种关系注定了他们永远也无法拥有城市人那种高傲的神态，这便是城市对他们这群人的角色和身份的设定。明子意识到自己和城里人身份的差异，并将这种差异和自己在城市所遭受的待遇联系起来，更加清楚地认识到自己和城市之间有着永远无法消弭的隔膜。来自农村的"身份"成了明子的隐痛，为了维护他在这个城市中仅有的一点存在感和尊严感，他小心翼翼地呵护着自己和患有腿疾的城市女孩紫薇之间的友情，然而，紫薇的渐渐康复，以及城市男孩徐达的出现，让明子这仅存的美好也转化为低人一等的自卑。明子无力改变自己的身份，这也让他对城市产生了一种抵触和抗拒，并对回乡充满了渴望。

　　比之身份的苦楚，更令明子感到痛心的是城里人的金钱观念对他人格尊严的践踏。明子亲眼看到了师兄黑罐在利益的驱使下，一步步走向深渊的过程，他固执地坚守着自己的道德原则，试图通过对不劳而获的拒斥来维护自己做人的底线。然而，在金钱与道德的角逐中，明子内心的道德防线在不断溃退，在见证了一系列蝇营狗苟的事件后，他终于走上了为金钱所奴役的道路。与其说他心甘情愿地臣服于金钱的魔力，不如说他是在宣泄自己心中的"气"。自从进城后，明子的心中一直有一股气，这既是一种谋生的志气，也是一种对处境愤愤不平的怨气。这股气在明子心中渐渐滋生出一种和城市对抗的情绪,在自卑心理的作用下,明子走向了偏狭。它激发出了明子对金钱的前所未有的渴望,以及对城里人莫名的仇视。明子在欲望和仇恨的泥潭中挣扎、堕落,直到滑向犯罪的边缘。在最关键的时刻,一个埋藏在潜意识里的梦境将他从悬崖边上拉了回来,他想起了草滩上那些宁愿饿死也不肯吃天堂草的羊群,父亲的声音犹在耳畔:"不该自己吃的东西,自然就不能吃,也不肯吃……"① 明子猛然惊醒,终于抛下怨念,回归正途。

明子在灵与肉的抉择和挣扎中完成了自身的精神成长,实现了由少年到青年的蜕变。这个过程也是处在这个时代中的每个进城者所面临的"成长"阵痛。小说在第二十四章,借助明子的回忆与梦境讲述了山羊不吃天堂草的故事:明子的父亲为了改善贫穷的家境,借钱买了一百只山羊,在村子里的草被啃吃光了的情况下,这些山羊被送往草滩,最终却因不肯吃草滩上的天堂草而全部饿死。作者以《山羊不吃天堂草》作为小说题目,不只是以此影射明子进城后的心路历程,更是对整个二十世纪八十年代末九十年代初农民离乡进城致富这一重大历史趋势的隐喻。工业文明改变了乡村的面貌,也消解着乡村的家园属性,率先感应到城市文明召唤的农民将农村的各类资源抢占一空,而后来者则只能背井离乡,到城市去另觅谋生的土壤。城市化进程所造成的城乡差异,既是欲望萌生的缝隙,也是怨恨丛生的渊薮。明子进城后的痛苦、挣扎和陷落,所展现出的正是这一代农民对城市"怨羡交织"的情结。一方面,他们远离故土,又遭到城市的拒斥,却依然难以消解心中对积累经济资本的焦虑和渴求。另一方面,面对城市富足的物质生活,联想到贫穷的家乡和自己在城市的境遇,他们又深深地体会到人与人之间的不平等,并产生难以改变个人现状的无力感。对于这一代进城者而言,乡村已不再是可以寻求心灵庇护的家园,而城市却仍然是他者的城市。面对滚滚向前的现代文明和被改变的乡村,回头已经绝无可能,唯有破釜沉舟,他们才能在逆境低谷中

---

① 曹文轩:《根鸟·山羊不吃天堂草》,作家出版社,2003,第472页。

寻觅新的生机。这种怨羡交织的情结生成了明子心中的那股气,也生成了这一代进城者求变的动力。

二、在城：底层身份的代际传递

　　如今距离高加林、孙少平进城的时代已经过去了三十余年,在这三十多年中,踏着他们当年的脚印奔赴进城之路的人群有增无减。如果说曹文轩的《山羊不吃天堂草》表现了二十世纪九十年代初进城农民对故土家园依依不舍的精神诀别,那么二十年后的今天,这些曾经的城市闯入者是否已经融入城市之中？他们的家庭和子女又处于怎样的境遇？这依然值得今天的文学去关注和书写。

　　二十世纪九十年代以来,我国农村流动人口在不断扩大规模的同时,也在实现着"从流动趋向移民"的整体变迁。[1] 越来越多的农民工以家庭的形式进入到城市,大批学龄儿童跟随父母在城市生活,成为流动儿童。[2] 他们大多是在城市出生,或是在学龄前就进入到城市生活,相较于他们的父辈,他们的乡土记忆较少,对城市拥有更多的认同感和归属感。但是,他们在经济、户籍和生活方式上仍和真正的城市人有较大的差别,这使得他们在融入城市的过程中继续遭受着重重阻碍。进入二十一世纪后,由社会转型所造成的城市流动儿童问题和农村留守儿童问题已经引起政府和社会的广泛关注,而文学作为反映社会现实的一面镜子,也将作家们的创作视野引向了这个曾经被忽视的群体。

　　近年来,一些展现城市底层儿童生活的文学作品陆续涌现出来,黄蓓佳的《余宝的世界》(2012)是其中一部不可多得的佳作。小说以十一岁男孩余宝为聚焦者和叙述者,讲述了他在暑假中遭遇的一段令他终生

---

[1] 王春光:《新生代农民工城市融入进程及问题的社会学分析》,《青年探索》2010年第3期,第5~15页。
[2] 2000年全国第五次人口普查资料将流动儿童定义为"居住在本乡镇街道半年以上,户口在外乡镇街道"或者"在本乡镇街道居住不满半年,离开户口登记地半年以上"的18周岁以下的人口。

难忘的经历。不同于《山羊不吃天堂草》中对进城者内心冲撞的书写,《余宝的世界》进入到人物的生存层面,为读者铺展开一幅较为开阔的底层画卷。故事围绕着一个叫"天使街"的地方展开,这里是城乡接合部,也是外来务工者聚集区。现实中的天使街并没有它的名字那样美丽动人,肮脏不平的街道、陈旧破败的房舍,还有操着天南海北各色口音的打工者,构成了一派不为城市人所熟知的城市底层景观,也构成了余宝童年生活的全部底色。故事的起因是一起交通肇事逃逸案,长途货运归来的余宝和爸爸作为目击者目睹了这次车祸发生的经过。爸爸认出肇事车辆正是自己所在货运公司老板温总的座驾,为了保住工作,他没有报警,而是带着余宝驾车飞快地逃离现场。在爸爸的调查下,事情的真相渐渐明晰:那天夜里是温总的朋友驾驶温总的车外出,撞死了公路上的一个流浪汉,事后,温总找了同公司的一名司机去顶包。余宝的爸爸虽然对隐瞒真相深感不安,但他还是答应温总将永远保守这个秘密。而在这个时候,余宝的家里也是一波未平,一波又起。余宝的爸爸为余宝转学和亲属生病的事焦头烂额,最后在留下一笔巨款后突然神秘失踪。半个月后,爸爸再次出现,随着他的投案自首,这桩肇事逃逸案,以及其后所发生的失踪谜团终于水落石出。

  在曲折离奇的情节背后,掩映着的是挣扎在城市边缘的底层人群的苦辣辛酸。余宝的父母和大姐三人用微薄的收入支撑起这个五口之家的日常开销,任何一笔巨额支出对这个家庭来说都是一次沉重的打击。在大是大非面前,余宝和他的家人并非没有清醒的认知和判断,然而迫于对权势的畏惧和谋生的艰难,他们又不得不做出趋利避害、明哲保身的选择。他们的身上既有农民式的善良和质朴,也有弱势群体在长期的社会挤压中滋生出的懦弱和狡黠。余宝一家的生活处境和精神状态,正是城市底层千千万万外来务工者家庭的一个缩影。

  在贫穷的困境中,天使街上的童年也呈现出另外一副模样。和余宝一样,孟小伟、成泰和罗天宇都是农民工子弟,因为没有城市户口,他们在城里只能上师资差、各种硬件均不达标的民工子弟小学。对于城市,他们并没有明子进城时那种隔膜甚深的体验，但是经济的拮据依然让他们感受到来自金钱的焦虑。为了赚钱请朋友们看一场 3D 电影，孟小伟想要捕捉粉蝶，孵化菜青虫卖给菜贩，结果却在外出时遇到大雨，被坍塌的砖墙夺去了生命。我们无意去苛责一个十一岁男孩为实现梦想而付出的行动，但是，面对悲剧的发生，我们不由得追问：是什么促成了这样一个年轻生命的逝去？是贫穷，是道德失范，还是价值观的堕落？如果一定要从中揪出罪魁祸首，底层的贫穷和家庭教育的缺失应该是促使这一悲剧发生的直接原因。对于挣扎在贫困线上的底层家庭来说，生存仍然是亟待解决的首要问题，儿童的心灵成长往往被家长所忽视。贫穷加剧了儿童对物质需求的渴望，而缺少正确的价值观引导则导致他们在实现梦想的过程中误入歧途。

孟小伟的死犹如底层儿童对社会所发出的一场无声的控诉。然而，比底层童年的苦难更令人感到悲哀的是，在这个阶层固化的时代，进城者已经丧失了冲出底层的渴望和诉求。在高加林的身上，我们能够看到一种"不达目的不罢休的'狠劲'"[1]；在明子的身上，我们也能感受到一股怨羡纠结的不平之"气"；然而，在余宝和他的父母、家人，以及其他外来务工者身上，我们却只能读出他们对底层身份的认可和承受。小说中，余宝的妈妈言谈之中一再强调"我们这种身份的人"，正是对这种底层身份的确证。而当余朵问爸爸觉得这个社会是否公平时，爸爸的回答是："鸡吃鸡的米，鸭吃鸭的草，有什么不公平？"[2] 他们对于自己糟糕的处境并不加以质疑，反而以身份的差异性对其进行解释。可以看出，在天使街混乱、嘈杂的表象下，实际上暗含着一种稳定的深层秩序，每个人都安分地接受着这个城市分配给自己的位置和角色，借此获得一种居于底层的安稳。他们从未将贫穷的处境归咎于社会分配的不公，反而感恩于城市的施舍，让他们脱离了面朝黄土背朝天的农耕生活，而对于拮据的生活，他们自有一

---

[1] 孟繁华：《建构时期的中国城市文学》，《文艺报》2014 年 5 月 7 日。
[2] 黄蓓佳：《余宝的世界》，江苏凤凰少年儿童出版社，2012，第 42 页。

套"鹅吃草鸭吃谷,各人自享各人福"的底层人生哲学来应付。这种对底层身份的认可态度也经由父辈之手传递到余宝那一代人身上。小说中,余香、余朵、余宝三姐弟对于底层身份有着不同程度的认同表现,相较于余香的逆来顺受和余朵的怨声载道,余宝的沉默流露出一种与年龄不相符的成熟。作为家里唯一的男孩,他肩负着整个家族的希望——读书上大学,可是民办学校的教学状况让他清楚地认识到自己和大学、公务员之间遥不可及的距离。同时,他也在父亲的身上看到了自己未来的影子:"我爸爸就是我的镜面,从他的身上我能够看到二十年后的我自己。""我也许会像爸爸一样开卡车,呼呼啦啦奔波在南来北往的高速公路上,超载,罚款,为了付罚款更多地超载;也许连卡车都开不上,只能上建筑工地做小工,砌砖扛大料。"[1] 在余宝这一代人的身上,我们看到了底层身份和围绕这种身份所产生的人生观、价值观的代际传递。这种传递并非借助学校教育或是家庭教育,而是通过社会现实,以及大人们的言行举止直接映射在儿童的心灵上,对儿童的精神成长,特别是身份认同起着潜移默化的作用。余宝的早熟折射着城市底层的苦难现实和这类童年的凄凉处境。童年,本应是个充满幻想的年纪,然而,天使街上的孩子们却在城市底层的境遇中过早地完成了对自我身份的确认。糟糕的现实处境,无望的未来,让底层儿童消解了追逐梦想的渴望,也丧失了改变个人命运的动力。

三、漂泊者的身份与命运

无论是大量漂泊在各大城市的农村青少年,还是暂被固定在乡村的留守儿童,现在的儿童文学作品对他们的关注显然还是不多。相比之下,当下的儿童文学多服务于城市中的儿童,其内容也多以仙侠奇幻,或反映城市儿童家庭校园生活为主。出版社对这些题材的关注,固然考虑到购买力的因素,但儿童文学对底层儿童的关注度向来不高也是一个不争的事实。这一方面有作家体验的问题,另一方面也是因为底层生活者,

---

[1] 黄蓓佳:《余宝的世界》,江苏凤凰少年儿童出版社,2012,第37页。

无论是儿童，还是他们的父母，本来就是缺乏话语权的沉默的大多数。当然，他们的沉默，并不意味着他们对城市没有自己的认知，而是因为他们缺少表达的媒介和途径。

从《山羊不吃天堂草》到《余宝的世界》，我们看到的是进城务工者和农民工子女在城市生活中的不同遭遇。它们之间的共同处在于，无论时代怎样变化，来自社会底层和边缘群体的人，他们的生存压力和未来的人生走向，都将迥异于城市职工、中产阶级家庭的生活和工作预期。正常来讲，一个良性发展的社会应该是有利于各类人实现自身价值、人生梦想的社会。但在现实中，不同群体中的人，成长的道路显然有很大的差别。我们在这里关注城乡变迁中的儿童文学，其实也就等于对这种尚处于萌芽期的社会问题进行相应的反思，以此来推进"以文学为道义"的社会变革。城市流动儿童的出现是农村社会解体、城市急剧扩张时期的产物，他们跟随着不断更换工作地点的父母，为了生存而奔波在祖国的大地上。相对于拥有稳定生活和充足教育资源的城市儿童，流动儿童更像是城市的陌生人，伴随他们成长过程的，是在各种不同起跑线上的群体歧视，而这也正是黄蓓佳在《余宝的世界》中所关注的问题。

上海世界博览会的主题是"城市，让生活更美好"，然而，发展中的城市和进步中的生活并不会公平地对待城市里的每一个人。来自边远乡村的明子和来自城市底层的余宝，对城市生活的感受显然不同于中产阶级家庭出身的孩子。就《余宝的世界》中的人物来说，余宝在心目中所认同的自己，其实就是如其父亲一样的底层劳动者。余宝也许正如鲁迅《故乡》中的闰土，在既定的社会规则中，他们的成长只是指向一个模式化的结果，这才更可能是他们永远的命运。当然，"'现代性'有问题，但也有它不可阻挡的巨大魅力"[1]。虽然进城者在由乡入城的流动中遭遇到种种问题和困境，但现代化的洪流已经不允许他们再回到乡村，而对于从小就跟随父母进入到城市的儿童来说，乡村中也再没有他们可以容身的

---

[1] 孟繁华：《建构时期的中国城市文学》，《文艺报》2014年5月7日。

位置。无论是在生活体验上,还是在情感归属上,这些孩子都对乡村缺少足够的心理认同。融入城市,获得城市身份,才是他们的必然命运和人生方向。

本文发表于《当代作家评论》,2015年第2期

《童眸》

黄蓓佳 著

江苏凤凰少年儿童出版社

《童眸》：渡过童年人生的突变

刘绪源

《童眸》是黄蓓佳的精心之作。她调动了自己久藏于心的童年经验，并且，是那么充分、那么无保留地发掘它们。写作时一点不吝啬素材（按现时流行的写法，其中的每一章都可以拉成一本长篇），她要把好材料浓缩在十几万字中，写成一部对得起童年记忆的精品。她出道较早，至今已有四十多年创作经历，为儿童写作也有十几年了，现在看，所有这一切，都似乎是在为这本书做准备。在她之前，有萧红的《呼兰河传》，有林海音的《城南旧事》，还有曹文轩的《草房子》，都是调动了久藏于心的童年经验的精心之作，都取得了巨大的文学成就，并成为那几位作家最好的作品。而现在，我想，也许可以宽慰地、毫无保留地说：比起上述这些名作，《童眸》并不逊色，有些地方甚至还略有胜出。

本书的后记是一篇优美的长散文，作者以沧桑与愉悦间杂的语调，如数家珍地回味童年往事。她借用了奈保尔的一句话："游走在绝望生活之中的，是我的兴高采烈的长辈和伙伴们，是他们的嬉笑怒骂皆成趣味的家常琐事，让我的童年记忆五彩缤纷。"她又说，成年后，到过很多国家，结识过很多人，成功失败，宠辱冷暖，逐一品尝过来，能刻骨铭心、深夜想起心里发紧发疼的，真是没有。也就是说，真能在岁月和心灵中凝为珠宝的那种素材，还就是童年的记忆。这是为什么呢？生活永远在流逝，所不同的，就是看取生活的那双眼睛、那个视角，所以后记的题目就叫《那一双干净又明亮的眼睛》。其实，童年的眼睛不仅干净明亮，它们还是迷茫、困惑的，它们充满思考，也充满渴望和失望，它们在接近人生的一个关键点——"分裂时期"。从那时的眼中看取的人生，已成为生命中仅有的、能让人深夜扪心所思时发紧发疼的记忆，一个成熟作家终于决心将它们郑重地、精心地、如春蚕吐丝般写出来时，它当然可能在其全部创作生涯中居于一个特殊的位置。

读第一篇《灰兔》时，我虽然为孤僻无望的白毛那种大起大落的心境所感染，也为喜欢率意横行的马小五的那点善心而激动，但毕竟还有点旁观品评的乐趣；读到第二篇《大丫和二丫》时，我却一下陷落了，几乎是屏息凝神地追读文字，想知道这对不幸姐妹的结局；读第三篇《芝麻糖》，我为细妹和小五幼稚而艰难的创业经历所感动，也为他们的倔强反抗而振奋；《高门楼儿》中那乡下孩子的质朴、能干、傻气和一再倒霉，让人同情、发笑和愤怒，这篇虽仍属悲剧性结局，但最后他的出走给作品投下了一抹亮色。因为我从事过多年文学批评的工作，内心的积习一再提醒自己：这属于儿童文学吗？把生活写得如此复杂沉重，适合儿童读吗？对儿童来说，它们的意义在哪里……我无暇从情节中退出，我的情感已完全与这些人物的性格命运搅和在一起了。直到读至最后，出现了这么一句："朵儿小小的脑子里，藏着多少对于往昔的怀念，和对于未来的恐惧。"我的心仿佛在电光石火间被照亮，一下明白了作品全部的意义。

是的，这是我所熟悉的一个句式，它曾出现在茨威格短篇小说《家庭女教师》的结尾。小说写奥地利一个富裕家庭的两个十一二岁的小女孩，因看到了成人世界的惊人内幕，儿时的心灵被轰毁了。作者写道："一阵猛烈的恐惧震撼着她们。对这个陌生世界里可能发生的一切，她们感到害怕。她们今天已经心惊胆战地向这个世界投了最初的一瞥。她们现在已经踏入的人生，使她们望而生畏……"这意味着，她们已踏入"分裂时期"。按照别林斯基的说法，这是每一个正派孩子都会面临的突变。在这之前，大家把他当孩子，他也把自己当孩子，不管家庭环境多么不如人意，父母和大人们总会尽其可能地呵护他；可是到了青春期，他不愿再被当作孩子了，他的眼光越来越锐利，他看出了成人世界的种种虚假、不公、黑暗，他意识到过去所知道的世界并不真实，这使他恐惧，他也会因此爆发或反抗。黄蓓佳和茨威格，写的都是孩子所看到的令他们惊惧的真实世界。这对于成长中的少年人有着重大意义。在拙著《儿童文学的三大母题》中，我甚至提出："衡量'父爱型'作品现实性因素的最高标准，是看它是否有利于儿童更顺利地度过未来的'分裂时期'。"

现在，可以回答在阅读过程中不时打扰我的那些疑问了——

《童眸》是儿童文学吗？当然是。儿童文学包括从零岁到十六岁的读物，读者年龄越高的作品，与成人文学就越接近，它所表现的生活也越复杂，内涵会更丰富，气象也可以更大。本书就属于这样的作品。过去在评《城南旧事》和朱天文《小毕的故事》等作品时，我曾赞叹它们"能让小读者看到相对完整的人生"；现在，从这部《童眸》中，小读者们也能看到。

儿童能适应如此沉重复杂的生活写照吗？应该适应，必须适应，因为他们马上就要自己面对丰富复杂的人生了。在《童眸》中，他们能通过文学体验这样的人生，作者则提供了人生的真实。我尤其喜欢《芝麻糖》中对细妹的描写，这是一个"从小康坠入困顿"的家庭，被娇养却能干的细妹毅然退学，挑起了家庭重担，可是做小生意也没那么容易，有失落，有委屈，有偶尔的成功，也有突如其来的打击，有妈妈的忌讳，有难缠的亲情，也有社会的不公……细妹要独自面对这严酷的一切，但她终于还是走过来了。

"分裂时期"之前的孩子，习惯于用单纯的眼光看人，分清"好人"与"坏人"是孩子最急切的课题，但真实的人往往是灰色难辨的。《灰兔》中，马小五是常常欺压白毛的强者，白毛的墨镜就是他摔碎的；但看到白毛陷入人生的困境时，提出偷偷为白毛打工挣钱的也是他。最后他独自到上海买墨镜，终于把墨镜寄回了，自己却与学校生活永远告别。白毛是个弱者，但他一旦有了一点小"权"，做起欺压同学的事来也很顺当。在《芝麻糖》中，归来的马小五成熟了，也更复杂了，他仗义，有担当，不说空话，敢作敢为，但也有流气和霸气的一面。最复杂的还是《大丫和二丫》中的那个妹妹了，当初她差一点把姐姐推下河淹死，最后为救姐姐，自己却被淹死了，她对傻姐姐爱恨交织的复杂情感，让人难以承受，却又体现了人性的真实。作品让我们看到社会的复杂，看到人世的不公，生活有时就是不可理喻的，你却必须面对。小说中的四个故事都具有这一内涵，但第四篇《高门楼儿》中乡下孩子的遭遇最具说服力，闻庆来因天生斜视被剥夺了本来必胜的珠算比赛资格，又因邻班同学的诡计被剥夺赛跑的资格，这一而再，再而三的不公，导致了他与这个城市和学校的决裂——谁能说今后这样的打击不会出现在今天的小读者面前？从阅读中体验真实而沉重的人生，应该是孩子的必修课。

别林斯基——这位十九世纪最伟大的俄国批评家在《莎士比亚的剧本〈哈姆莱特〉》一文中说，一个人度过"分裂时期"可经由两种方式：一种是被动的，在现实人生的打击来临之后进入这一时期，如哈姆莱特；另一种是主动的，通过广泛而艰辛的阅读，通过积累人世的体验，逐步把握沉重的人生奥秘，他所举的例子是歌德笔下的浮士德。别林斯基又说，经历"分裂时期"之前的那些孩子大都是崇高的，但经过"分裂时期"后，则大都变成了庸庸碌碌的成人。通过内心斗争和自觉，摆脱不和谐的分裂而达到灵魂的和谐，仅仅是优秀的人的命运。让更多的孩子顺利通过他们的"分裂时期"，让他们在看到人生的复杂沉重之后，仍然优秀和崇高，应是儿童文学作家的一种天职。

由此我们就能理解，为什么由儿童的眼光看取的那些人生片段会是缤纷的，难忘的，一回忆起来就使内心发紧、发疼——历经人生之"分裂"依旧保持单纯和崇高，需要童年的眼与心的对应，这是童年的虚幻美丽的崇高与真实人生的艰难伟大的崇高之间的对应。

本文发表于《中华读书报》，2016年7月6日

洗尽铅华的童年烛照
——评黄蓓佳长篇儿童小说《童眸》

谈凤霞

读黄蓓佳的长篇新作《童眸》，感觉是在读当代版的《呼兰河传》，又觉得是在读中国版的《布鲁克林有棵树》，而这部《童眸》本身亦有其独特的童年光影与力量。在当代中国儿童文学界，难得有儿童小说能把童年的生活写得如此充满人间烟火气，不刻意渲染童年的诗意，不刻意夸张童年的游戏，也不刻意挖掘童年的哲思，抒情、象征、隐喻等那些能使小说变得优雅和高深的常用手法似乎都可以被搁置，而那真实的童年——繁衍着笑与泪、爱与恨的粗粝人生，就在那段尘世中的岁月里浮现和转身，无论是其悲喜间杂的面容还是孤独离去的背影，都会留在我们的心底，因为我们也随那双清澈的童眸而深深细细地"看见"。

这部小说是作者精心酝酿的关于童年记忆的成长诗篇。四首儿歌巧妙地连缀起四个故事：《灰兔》《大丫和二丫》《芝麻糖》《高门楼儿》。儿歌有着明快的节奏和欢乐的调子，荡漾的是孩提时代活泼的旋律，无拘无束也无忧无虑，像生命隧道起点的回声。而紧跟着蔓延开去的故事，却并非依此曲调一路欢歌，而是有着许多意想不到的沟坎和旋涡、击打和逆转。

《童眸》中的故事时间是二十世纪七十年代，地点有一个温厚的名称"仁字巷"，虽然这里的生活遍布艰辛，甚至不乏险恶，但还有仁义在绵延传递。它不仅体现为好婆、赵家妈妈等大人们在邻里之间相互帮助的厚道，更体现为孩子们在磨难中渐渐自觉的体谅和那稚嫩的肩膀上过早开始的担当。女孩朵儿是贯穿全书的叙事者,在前后四个故事中,朵儿从十岁长到十一岁,童真未泯,渐涉人世,在一次次困惑和震荡中睁大眼睛,细察和辨别人生。作者写童年,有意识地拉远了时空,常将成年后的感慨融入到朵儿的童年场景。视角和时空的转换将回忆荡开,让岁月的沧桑进入了童年的记忆,而朵儿也从"天真之歌"走向了"经验之歌"。所谓成长,就是经过苦难涤荡和伤痛考验的蜕变化蝶。

小说中所写的孩子们也都在经历不同程度和方式的成长,他们都曾是作者儿时朝夕相处的玩伴,因此作者对他们的个性和心思都知根知底。作者在后记中写道:"所有成年人的善良、勇敢、勤劳、厚道、热心热肠,他们身上都有。而那些成年人该有的自私、懦弱、冷血、刁钻刻薄、蛮不讲理、猥琐退缩,他们身上也有。"作者秉持诚实姿态,无意把孩子写得过于纯洁,因为"他们就是这个社会上活生生的人","人性的复杂,构成了我们这个世界的千姿百态,正因为如此,我们的人物才有温度,我们的文字也才值得反复啁摸和咀嚼"。在她笔下,不少孩子既是天使,也是魔鬼。他们的人生并不因为年龄幼小而单调浅薄,也有着深藏和纠缠着的爱恨情仇。读白毛、马小五、二丫、细妹、闻庆来的故事,不由唏嘘于作者所体察到的童心与人性的多面和幽曲。作者用体恤之笔去描摹孩子们各自遭遇的困厄,更用尊重之笔写出了他们各自对命运的抗争。

这些在困苦中成长起来的孩子都对自己的生活做出了相当认真的选择,他们身上都有着一种令人肃然起敬的品质:对不幸命运的不屈不从。在家庭变故后想要撑起一方天的细妹,顶住流言蜚语,固执地相信马小五的善意并和他一起背井离乡去打拼。从乡下过继到城里的斜视男孩闻庆来孤僻自卑,但因为珠算和长跑的优势而渐渐有了自信,却遭阴险狡猾的对手暗算而失去了原本可以改变人生的机会,又回到乡下,去过贫穷然而也许更适合他的生活。在四个故事中,二丫桀骜不驯的复杂个性尤其令人难忘。作者对这个十三岁小女孩形象的刻画之笔力,让我想起鲁迅对俄罗斯文学巨匠、写下杰作《罪与罚》的陀思妥耶夫斯基的评价。陀氏之伟大，在鲁迅看来，"他把小说中的男男女女，放在万般难受的境遇里，来试炼他们，不但剥去了表面的洁白，拷问出藏在底下的罪恶，而且还要拷问出藏在那罪恶之下的真正的洁白来"。作者也借朵儿的童眸，照出了二丫"罪恶之下的真正的洁白"。这个心灵手巧且心比天高的薄命女孩身陷命运的泥淖，她对于美好生活的种种憧憬、对于狐仙鬼怪的种种揣想以及试图改变困境的种种努力，尽管有自私自利的心机，有自不量力的傲气，但依然让朵儿对她心存亲近之意。朵儿经历了和二丫之间起起落落但始终不离不弃的友谊，她也因这份亲密而清楚地看见了二丫那结着硬壳、蒙着污垢的心灵深处掩藏着的那份根深蒂固的宽厚与温爱。是幼小而慈悲的朵儿，以她不肯退避的关怀之心在帮助我们"看见"。

朵儿的童眸见证了孩子芜杂的现实生活和内心世界，那个天地并不总是我们想象中的光亮澄澈，各种阴影也会铺天盖地笼罩其上，那暗处的悲伤也会汹涌成河。有谁去发现？有谁去体恤？有谁去疏导？小说中大人们的引领基本缺席，是孩子们自己在跌打滚爬中摸索着成长，甚至是带着血、吞着泪地成长，故事因此具有了迸发自生命原始处的力量。生活无论怎样灰暗，但总得继续向前，因此，作者在最后一个故事《高门楼儿》的结尾，以代替闻庆来过继到城里的小妹妹闻喜来那雀子一样蹦来跳去的身影、那欢天喜地的话语来收束："我喜欢，盼着呢……"这个豹尾真是神来之笔，它不单是《高门楼儿》的，也可看作是全篇四个故事的尾声，可谓"四两拨千斤"，将之前全部的伤痛都轻轻巧巧地包扎收拾，把那生生不息的朴素的希望还给孩子，还给在孩子面前将要铺展开的那长长的生活。毕竟，无论是对于小说还是生活，真正需要种到心里去的，还是爱与希望！

《童眸》真切地烛照了藏匿心底的伤与痛，映现了暖人心扉的温与爱以及逼人心眼的力与美。苦难的故事生长于这具有人间烟火气的土壤，因而不迷离、不虚幻、不飘忽，且因为有了这样的铺垫或晕染，而使节奏张弛得一如生活般自然起伏。这部小说了不起的还有其伸缩自如的语言，作者驾驭语言的功力在这部书中炉火纯青，无论描写还是叙述，都朴实凝练，即便洗尽铅华，也能将世间平平常常的一饭一尘、人物心底弯弯绕绕的一颦一笑，宛然地送至我们眼前，也送至我们心里。

本文发表于《中国图书评论》，2017年第1期

黄蓓佳《童眸》：折射人生体验的儿童小说

齐童巍

人生经历对于作家来说，是一种不可多得、不能随意挥霍、需要慢慢积累、终其一生都可享用的宝贵财富。黄蓓佳的《童眸》就是这样一部挖掘沉潜心底记忆、深切体察人类情感的精彩作品。

对黄蓓佳而言，书写自己所经历的这一段岁月，既是情感上难以忘却的挂念，又是沉甸甸的社会责任。在《童眸》后记中，黄蓓佳写道，相较于成年之后如同过眼云烟般的记忆，童年和少年时期那些兴高采烈的"长辈和伙伴们"，"嬉笑怒骂皆成趣味的家庭琐事，让我的童年记忆五彩缤纷"。童年和少年时期的记忆，之所以难以忘却，是因为那时候人们虽然贫穷但是真诚，生活虽然艰难，但是锻造了作家的精神世界，成为她成年后一切情感体验的精神来源。可以说，她与这段岁月是共生的，这些人生的体验也因为弥足珍贵而难以忘却。《童眸》中，作家的自我介入很深，充分调动了自己的人生体验和记忆，小说对生活、人生的体验与思考也由此显得更为深刻。作为儿童文学作家，将自己所真实经历、体验到的历史告诉今天和未来的儿童，记录民族的历史，这是一种社会责任感。

作家在广阔的社会、历史面貌中去表现儿童生活，直面人生中复杂的话题，比如《灰兔》《高门楼儿》中的后代问题、《大丫和二丫》的婚姻问题、《芝麻糖》中的意外死亡等。这些问题超出个人和家庭所能掌控的范围，成为一代代人绕不开又难以处理的真实人生困境。即使在经济、社会、医学高度发达的情况下，家庭中产生的这些生活、伦理等方面的问题，依旧会给人造成很大的困扰，更何况是"仁字巷"这种环境本就十分局促的地方。因此，这部儿童小说对儿童生活的表现就没有简单化、表层化，而有了更为丰富、真实的人生况味。

小说中的儿童角色，因为自己或他人的人生困境而有了新的人生体验。朵儿体会到了闻老爹父子行为方式与周围人的格格不入，体会到他们在过继过程中的手足无措；体会到了得了绝症的白毛，在对待周围人态度上的每一次细微变化；体会到了细妹在父亲突然去世后挣扎的内心；体会到了二丫反抗命运时的无力感。无论是朵儿还是小说中的这些人物，都有一个共同的特点，就是都没有在命运的挑战中被轻易地击倒。他们用积极进取的人生姿态面对这些挑战，让儿童读者看到，生活虽然艰辛，但仍然值得尽自己最大的努力。小说的儿童视角让儿童读者更能感同身受，让作品更能进入儿童读者的内心。

小说人物身上的这种积极的人生姿态，在黄蓓佳的创作中一直有所体现。在她的小说中，人与人之间原有的线条断了，有的人离开了此处，有的人离开了这个世界，生活似乎失去了动力，但是这时社会又会提供新的援手，新的后继者会出现，会带来新的希望，从而让人们获得解决问题的新契机。这就是黄蓓佳在儿童小说中常常表现的人生哲学。她的儿童小说总是试图找到人生困境的解决方式，总是会在人生的最低潮处留一线希望，给儿童读者以积极的信号。早期小说《小船，小船》是这样，《童眸》也是这样，给闻家父子留了一个体贴的"欢天喜地的小丫头"，让细妹和马小五一起走向远方谋求出路。

作为一部折射作家丰富人生体验的儿童小说，《童眸》是成功的，它既体现了作家积极进取的人生态度，表现了作家所体验到的民族历史生活，也让我们看到了作家建构中华美学精神当代性与民族性的努力。对于今天和未来的中国儿童读者来说，对于中国儿童文学来说，都十分重要。

本文发表于《中国出版》，2017 年第 22 期

《野蜂飞舞》

黄蓓佳 著

江苏凤凰少年儿童出版社

《野蜂飞舞》：为火焰般年轻的生命而歌

徐 鲁

"正月已经过去，空气中明显嗅到了早春的气味。野地里最先开放的是鲜黄色的迎春花，一簇簇，一条条，衬着大片枯干了一冬的土地，让人的心情都跟着鲜润和明亮起来。迎春花一开，野蜂来了，白色的小粉蝶也来了，连鸟雀都欢欣鼓舞，嘤嘤嗡嗡了一世界的热闹。"这是身处战乱年月里的少女黄橙子，走在放学路上，一边看着春天到来时野蜂飞舞的景色，一边想着自己喜欢的那首钢琴曲《野蜂飞舞》的一幕。

国破山河在。战争的梦魇里，依然生长和怒放着蓬勃美丽的希望之花。《野蜂飞舞》的故事虽然发生在战火纷飞、逃难避寇的离乱年月，但作家并没有过多铺排和渲染战争带来的恐怖、灾难和绝望，而是把少女黄橙子和她的家人、同学、朋友，在黑暗年代里未曾泯灭的对生活的珍爱与信念、对国家的拯救与奉献、对未来的希望与期待，作为整个小说的主线，书写了战乱中一代少年人直面艰难时世，乐观而坚定地走向新的一天、新的希望的成长经历。

作品讲述了黑暗年代的故事，却充满了温暖和光亮。小说里始终贯穿着那首春意盎然的名曲《野蜂飞舞》的旋律。它是在为那些火焰般年轻的生命而歌，也为了把被战争驱赶和踩躏的人们，从黑暗的梦魇中拯救出来。

美好的故事就是光明。这本小说给世界送来了希望和光明。故事里的每一个孩子，每一个朝气蓬勃的、如同榴花与火焰般美丽的生命，都是上天赐予我们的奇迹。我们会惊异地发现，越是在苦难、艰辛和黑暗的年代，在这些年轻的生命身上，越是具有一种非凡的、奇迹般的乐观向上和不可战胜的力量。这种力量，也正是中华民族数千年来虽饱受挫折，却不屈不挠、自强不息、不断浴火重生的伟大的民族精神。

黄蓓佳是一位富有家国情怀的作家，也是一位心怀慈悲与善爱、作品里流淌着宽阔和温润的母性的人道主义者和现实主义作家。她很少去写乌托邦式的幻想故事。她数十年来的儿童文学创作，几乎全部是在回应汉斯·安徒生的那句名言："上帝笔下最精彩的童话故事，就是每个人的真实生活。"

《野蜂飞舞》的故事背景是宏大而开阔的，是全世界反法西斯战争和全中国的抗日战争。作家在尊重祖国与民族历史的前提下，同时又顾及儿童文学的特点，选取了一个特殊的家庭作为一群少年主人公的成长环境，然后从小物件、小细节入手，层层生发开去，演绎出完整的故事和曲折的人物命运，并且透过精小的细节描述，反映出大时代的特征，乃至整个时代和社会的风貌。

战争全面爆发了，为了保全中华民族的一代血脉，给国家和民族保留下文化和教育的种子，让中华文化、中华文明得以传承和延续，国内的大学和中小学纷纷迁徙到内地躲避战乱。一批批战时大学、中学和小学的出现，也给处在危急关头的中国带来了新的希望。当时，中国的许多家庭甚至都自愿分散，宁愿忍受亲人离别之痛，也要让正处在求学年龄的学子们追随学校和老师，接续他们在艰辛的离乱和迁徙中的读书生涯。在战火燃烧的岁月，国家、学校、家庭联手守护这一方净土，坚毅而勤勉地把一代孩子从稚气幼童守护和培养成懂事少年，让他们在恶劣的环境里健康而端正地成长起来，这也是当时中国有识之士的一个共识。"少年强则国强"，只要孩子们、青年们还在，中国就不会亡！

故事里的主人公们就是这样一群生活在艰难时世里的孩子。正如故事里的爸爸——一位深明大义又深爱着孩子们的大学教授——挥动着烟斗，对孩子们讲的那样："中国还没有亡国，还在抵抗。……中国的希望在你们身上，没有天堂我们要建造一个天堂，你们尽管读书、上课，享受你们的童年，把知识本领学到手。记住，一旦抗战胜利，重建中国是要靠你们的。"

战争在剥夺和摧毁着这些如石榴花一样美丽的孩子们本应拥有的安宁、幸福与梦想，战争也在教育和锤炼着正在成长的孩子们。

例如，当哥哥克俊在战时医院里帮忙，亲眼见到了一批批从前线抬回来的伤兵，看到了医院里人间地狱一般的悲惨情景，每天回家都吃不下饭，还把自己关在房间哭了一场。这时候，"他赌咒发誓，长到十八岁就参军打仗去，不消灭日本鬼子决不踏进家门一步"。一个未来的青年英雄，就这样在血与火的现实面前迅速地成长着。

橙子的姐姐书雅，参加了一个战地服务团，一路跋涉到了贫困的陕南边境。回来后她以自己的亲眼所见和亲身经历告诉全家人，这一路走下来，才知道中国农民有多苦，中国的抗战有多艰难。她亲眼见到当地人家老老小小伙着一条棉裤过冬天，锅里揭开来只有清水煮野菜；医院的伤病员因为缺医少药而活活疼死……残酷的战争，唤醒了这位少女内心全部的激情和力量，最终她毅然选择投笔从戎，告别校园，跟着一位共产党员奔赴西北抗日前线。

就连平时总是无忧无虑、顽皮得像野孩子一样的小妹妹黄橙子，也在颠沛流离的生活中和年复一年的警报声里，深切感受到了亡国之痛，懂得了"国破山河在"的道理："躲警报的两年时光中，我们都已经长大，知道我们能够活着，有饭吃、有学上，是因为有无数的士兵在为我们付出，在用他们的血肉替我们筑起一道长城。"

陪伴着少女橙子在战乱中渐渐长大和成熟的，还有一位与她没有任何血缘关系的小哥哥沈天路。沈天路是橙子爸爸收养在家里的一位好朋友的遗孤，他小小年纪，却历尽生活的磨难，心地善良而聪颖，从苦难的生活中学到了生存的智慧。战乱的年代，恰如酷热的季节，仿佛只用了一半的时间，就让这个少年变得像成年人一样成熟。小说里写到天路为了让娘在冬天里暖和一些，凭着瘦小的身骨，悄悄出去给人做了二十多天小工，挣回了一点钱，终于给娘赎回那件因迫不得已而抵给马家婶婶的皮坎肩，这个情节读来令人眼睛湿润。沈天路也像亲哥哥一样呵护和关爱着一天天长大的黄橙子。少年之间懵懂的、单纯的爱与友谊之花，也在悄悄绽放。他期待她能把那曲《野蜂飞舞》弹奏好，鼓励她说，总有一天，小野蜂会在这排琴键上飞起来的。"总有一天……"橙子把他的话牢牢地记在了心上。

故事的结局是：国家危难之际，哥哥出征报国，姐姐北上延安，沈天路牺牲在对日空战中。橙子一直记得沈天路说过的话："橙子，等我回家，你给我弹个琴吧，就弹你说的那个，野蜂在飞……"

在战乱中成长起来的、拥有一代芳华的儿女，最终都为挽救垂危的祖国母亲而血洒疆场，让青春之花绽放在了血与火的原野上。只剩下故事的讲述者、少女黄橙子，她弹奏着天路哥哥生前最喜欢的乐曲《野蜂飞舞》，在对那个像夏天的石榴树一样青翠的男孩的怀念中，一直活到了今天的和平年月。

她是艰难时世的见证者，也是战争岁月里的幸存者。无论是大哥、大姐，还是天路哥哥，还有她的父母亲、陶伯伯……他们都是走过了她的生命的一些不同寻常的人。他们曾经伴她前行，有的是她的骨肉至亲，有的只是意外相逢。无奈他们总有离她而去的一天，去到另一个地方，去到另一个世界。而当历尽沧桑之后，回首童年，不仅是故事的讲述者，就连今天的读者，也会惊讶地发现，即便是战争年代里的童年回忆，只要我们心怀感恩，心存敬畏，那一切美与真的、爱与善的，其实都能够越过汗漫的生活道路中的许多波折而留存下来。就像主人公老年时所言："他们都死得其所，像烟花绽放在天空，优美而绚烂。我只有自豪。七十多年过去，我已经老成了这个样子，他们却永远年轻，年轻到笑声里带着露水。"

《野蜂飞舞》是一本优美的、诗意盎然的少年小说。"相伴短暂，离别漫长。整个天际，都是你飞过的自由。"作者写在小说故事之前的这两行献词，也奠定了整个小说诗意的基调。而故事情节叙述的间隙里，也充满了精确而精彩的、诗意的描写片段。比如，"很多年之后我还记得那天晚上的星空。那么多的星星，排山倒海一样，一声吆喝就会从天上哗啦啦地倾泻下来一样，那么的密，那么的庄严又热切。从榴园延伸出去的小路上，有一层薄薄的霜，灰白色，星空下时而泛出细碎的珍珠米一样的光。空气寒冽又清新……"这样的描写，也让今天的读者一再感受到，虽然残酷的战争曾经是小主人公们童年的一部分，但是孩子们并没有生活在阴影和绝望里，而是依然生活在光明和希望中，行走在爱与美的光彩里。

本文发表于《中华读书报》，2018 年 12 月 5 日

在平淡中发现崇高
——读黄蓓佳《野蜂飞舞》

王一典

《野蜂飞舞》是"黄蓓佳倾情小说系列"中最新的一部作品。小说以抗日战争时期的华西坝为背景，以金陵大学农学院院长黄裕华一家为中心，描写了孩子在战争中的成长。对于这样一段广为人知的历史，作者并未进行概念化的书写，而是另辟蹊径，选取战争大后方的生活场景，在日常的生活和普通少年的命运遭际中审视战争，窥见历史，同时也在寻求一种历史与现实对话的全新方式。

一

在中国现当代儿童文学史上，战争题材的儿童文学作品从未缺席。二十世纪三十年代至四十年代，中华大地硝烟弥漫。1933年，陈伯吹接连发表了两部以抗日救国为主题的中篇小说《华家的儿子》和《火线上的孩子们》，这是我国最早涉足抗战题材的儿童文学作品。随后，全国各地都开始出现直面抗日战争的儿童文学作品，如丁玲的《一颗未出膛的枪弹》、萧红的《孩子的讲演》、司马文森的《吹号手》、秦兆阳的《小英雄黑旦子》、苏苏的《小痢痢》、贺宜的《野小鬼》、董均伦的《小胖子》、苏冬的《儿童团的故事》、刘克的《太行山孩子们的故事》。这些作品中，华山的《鸡毛信》、峻青的《小侦察员》、管桦的《雨来没有死》把抗战题材儿童小说的创作推向了新的高度。这些作品诞生于那个战火纷飞、全民抗战的燃烧岁月，具有强烈的现场感。因此，在这些作品中，不可避免地涉及了关于战争的正面描写，也就不可能回避战争中某些血腥残酷的场面。对儿童文学这样一个服务于特殊读者群的文学类型，过度渲染战争的残酷显然是不适宜的。正因为如此，关于如何在儿童文学中书写战争成为摆在许多儿童文学作家面前的难题。新时期以来，文学号召作家书写个体的日常生活和精神世界，从而形成对二十世纪五六十年代集体主义文学的反拨。在儿童文学领域，作家们逐渐放弃了对历史题材、战争题材的书写，转而书写当下儿童的生活。这些作品或用幽默风趣甚至略带调侃的语言描绘儿童校园生活中的喜怒哀乐，如秦文君的《男生贾里》《女生贾梅》，杨红樱的"淘气包马小跳系列""杨红樱校园小说系列"；或用细腻的语言描写青春期少年，尤其是青春期少女的心理变化和情感萌动，如杨红樱的《女生日记》《男生日记》，陈丹燕的《上锁的抽屉》《女中学生之死》，殷健灵的《纸人》。一时间，战争题材在儿童文学领域鲜少被作家触及。新世纪以后，战争题材又一次逐渐进入儿童文学作家的创作视野。经过时间的沉淀和环境的变迁，这些作品的重点也从"孩子的战争"转向了"战争中的孩子"。殷健灵的《1937，少年夏之秋》以一个普通的孩子夏之秋的视角，描写了战争给孩子带来的生理和心理上的变化。一场突如其来的爆炸，让原本家境殷实、生活无忧的夏之秋成了孤儿。年纪尚幼的夏之秋被迫承担起了养家的重任，在寻找失散的妹妹的同时，品尝着人世间的辛酸痛苦。描写战争给孩子造成的巨大变故，指出战争让孩子失去了本该快乐的童年。这些作品往往采用悲伤沉重的调子，是这一时期战争题材的儿童文学的共同特点。从这个意义上讲，黄蓓佳的儿童文学作品在涉及战争题材时，往往有所突破。"5个8岁"系列长篇小说中的《白棉花》以1944年的青阳城为背景，讲述了八岁男孩克俭一家帮助落难的"飞虎队"飞行员杰克的故事。在作品中并没有太多悲伤的情绪，更多的是一个八岁儿童和美国飞行员、同龄伙伴、母亲和姐姐们之间的日常生活：下河捉鲇鱼，上树打银杏，野外挖药引……这些充满趣味的生活，才是一个儿童应该拥有的快乐童年。战争成了儿童生活的背景，却并没有彻底摧毁他们的生活。《野蜂飞舞》同样选取了充满乐趣的日常生活片段，描写了生活在大后方的孩子们的生活。在这样一个相对稳定的环境中，知识分子可以继续专注科研，教书育人；孩子们可以继续读书学习，嬉戏玩闹。诚然，我们应该铭记战争，但是我们究竟该用什么样的方式来书写这场离我们已有七十余年的战争，才能让当今孩子更容易接受和体会呢？或许，回避悲壮宏大的叙事，转向富有趣味的日常生活不失为一个好的选择。在这本书中，我们几乎可以找到孩子们在童年时喜爱的所有活动：爬树、摸鱼、参加圣诞晚会、参加运动会、逛书店……诸如此类的活动对现在的孩子们来说也毫不陌生。可如果仅仅是对日常生活简单肤浅的描摹，很容易使作品沦落为娱乐消遣的工具。黄蓓佳对日常生活的描写则注重对生活的广度和深度的开掘，这一点尤其体现在她对风景风物的描写上。无论在黄蓓佳的成人文学还是儿童文学中，风景风物的描写都是不可忽视的存在。有学者曾提到："风景描写在小说创作中并非一个'闲笔'的存在，也非旁枝逸出的枝蔓。它固然在长篇小说中起着一个调节情节节奏，让节奏有张有弛的作用，但更重要的是，这种'停伫'于风景描写的风格，更是体现了一个作家的美学趣味和文学修养，这样的'舒缓'表现的是一个作家的自信与成熟。"[1] 在《野蜂飞舞》中，风景风物描写主要有两个作用。首先，单纯地表现时序的推移。如在小说第一章开头："一九三八年的五月底，华西坝上麦子黄透、桑葚紫黑、石榴花红的季节。"[2] 这句话连用三个四字词语，选用麦子、桑葚、石榴等具有代表性的事物勾勒出五月的风貌。这段话中，作者还用了三个描绘色彩的词语，给人以强烈的视觉冲击，让人有了身临其境的感觉。其次，不仅仅是视觉上，作者还擅长调动多种感官进行描写。如这段对榴园附近景色的描写，同样是在第一章，也同样是对五月的描写，内容却丰富了许多：

---

[1] 丁帆：《在泥古与创新之间的风景描写——黄蓓佳近期长篇小说的局部嬗变》，《当代文坛》2012年第2期。
[2] 黄蓓佳：《野蜂飞舞》，江苏凤凰少年儿童出版社，2018，第7页。

  才五月,天已经有点热了,阳光明晃晃地耀眼睛,路上总不见行人,石缝里的杂草探头探脑钻出来,锯齿状的叶片擦着我的脚踝,痒丝丝的,总觉得是小虫子在腿上爬。墙角的碎砖乱瓦被太阳晒了大半天,散发出很浓的猫屎狗尿的酸腐味,熏得小素直皱眉头,一路上都拿食指和大拇指捏住鼻子,很嫌弃的模样。①

  在这一段中,作者调动了视觉、触觉和嗅觉多种感官,拟人化的手法更是把植物动物化了。其实,孩子对周边事物的感觉往往比大人来得更加敏锐。这样将主观感觉与客观景物融为一体的风景描写手法,不仅是对儿童主体的尊重,而且在历史的洪流中复活了个体鲜活的体验,为读者呈现出更加真实的战时生活场景。

  再次,风景描写往往与故事的整体基调相暗合,为小说营造了适宜的氛围:

  进入十二月,虽是南方,华西坝也现出了冬日的萧瑟。落叶乔木留下了满地金碧辉煌之后,几乎一夜之间变成了光裸的流浪汉,有气无力地摇晃着枝头仅剩的几片枯黄残叶。灌木掉光叶子则变成满地高举的秃笤帚,细瘦而丑陋。蟋蟀和金铃子们都不再歌唱,不知道它们有没有找到能够度过寒冬的温暖洞穴。早晨出门上学,天空是灰白色的,地面也是灰白色的,张嘴呵出一口热气,眼前就升起小小的一团白雾,要是迅速把手伸进这团雾中,掌心还能感到微微的暖意。②

  这一段是在书中第五章的开头,起到了奠定本章情感基调的作用。冬日的萧瑟伴随着的是战事的不利,一种悲伤的调子在书中蔓延开来,但在悲伤中也并不是全然没有希望。之后的"要是迅速把手伸进这团雾中,掌

---

① 黄蓓佳:《野蜂飞舞》,江苏凤凰少年儿童出版社,2018,第11页。
② 同上,第52页。

心还能感到微微的暖意"一句，作者通过一件孩子们在寒冬都会做的事情，表明在严寒中仍然可以感到温暖，预示着人们在这样一个困境中仍然没有放弃信念。这样一段描写与下文中华西坝的学生举办圣诞晚会的欢乐气氛相呼应，同时也印证了小说中黄裕华评价女儿书雅的作文时所说的："中国还没有亡国，还在抵抗。日本军部在战争开始时向天皇狂言三个月占领中国，目前过去多久了？一年零三个月了！他们占领中国了吗？我们华西坝上不是照样办学演戏开讲座吗？""中国的希望在你们身上，没有天堂我们要建造一个天堂，你们尽管读书、上课，享受你们的童年，把知识本领学到手。记住，一旦抗战胜利，重建中国是要靠你们的。"① 在这样一部以战争为题材的儿童小说中，作者想要传达给读者的仍是希望与未来。

与风景相关的风物风俗描写在一定意义上具有独立的文化意义。地域文化色彩是黄蓓佳作品中的一大特点。小说中的黄裕华一家是客居在华西坝的南京人，因此小说中有许多涉及南京的地方风俗：

记得那一年清明节，傍晚，我们围着娘的小煤炉，看她给我们烙杨柳摊饼吃……娘洗干净嫩叶，剁碎，拌点盐渍一下，挤去涩水，和了面粉稀稀地搅成面糊。娘还格外大方地往面糊里打进两个鸡蛋。而后，娘烧热铁锅，拿锅刷蘸上菜油在热锅里飞快地抹上一圈，端着面糊盆顺锅沿慢慢倒进去。不用锅铲，面糊自然地顺锅壁流淌，再把住锅耳转上两转，一张薄薄的、斗笠形状的摊饼已经成形。小火烘烤，完了再撒上少许葱花，香味四散。摊饼铲进盘子里，黄灿灿的，外焦内软，咬一口，"喀嚓"一声响，早春的滋味在口腔里满满地弥漫。②

这一段对"杨柳摊饼"做法的描写可谓详尽，但在这一章中，它却完全可以独立存在。这样一段风俗描写更多地体现了作家本人的审美情趣，

---

① 黄蓓佳：《野蜂飞舞》，江苏凤凰少年儿童出版社，2018，第53页。
② 同上，第69~70页。

同时也为富有温情的家庭生活添上有力的注脚。

抗战时期的大后方不似前线那样枪林弹雨,在一定意义上可以算得上是战争时期的"世外桃源"。但有的时候,华西坝仍旧不可避免地遭受到前方战争的影响,因而看似平静的生活也时常会被打破。书中第八章"警报,警报"是全书里唯一一次正面描写空袭场面的章节。在这一章的开头,作者仍旧不厌其烦地对华西坝的一景一物做了细致的描写。立夏之后,华西坝上的草木疯长,鸟儿啁啾。除此之外,还有孩子们每日上学路上的所见所闻和对雨季的盼望。这一切似乎都和章节的标题毫无联系,但之后作者笔锋一转,将话题引入华西坝的大轰炸。"结果在那个夏天,雨季没有盼来,先来了响彻大地的防空警报和大轰炸。"① 这一句话,让全章的基调由明亮转为暗淡。在一个平常的日子里,大轰炸突如其来。孩子们慌忙跑出教室,奔向树林里避难。在树林里,孩子们亲眼看见日本的飞机飞过学校的操场,看见了飞机上的太阳旗,看见了坐在机舱里扬扬得意的飞行员。但是对敌机轰炸华西坝的场面,作者也只用寥寥几百字带过。这种将战争场面放在日常生活中描写的方式,既符合儿童文学的属性,又尊重了历史和战争的真相。不定期的轰炸成了孩子们日常生活的一部分,孩子们在时不时的空袭中继续上课、玩耍,在战争阴影笼罩下的华西坝上继续生活着。正如书中写道:"我们学会了在空袭中从容不迫地生活和学习。"②

二

无论是在成人文学还是儿童文学中,黄蓓佳都对知识分子阶层保持着浓厚兴趣。在小说中,华西坝上聚集了燕京大学、金陵大学、金陵女子大学、齐鲁大学、华西大学五所大学。榴园更成了众多知识分子的集中地。知识分子在当时的中国是一个特殊的人群:相比于政府官员,他们大多身处各党派的政治斗争之外,很少表现出强烈的政治信仰;相比于底层的普

---

① 黄蓓佳:《野蜂飞舞》,江苏凤凰少年儿童出版社,2018,第80页。
② 同上,第85页。

通百姓，他们拥有更多的知识，对实时战况有着自己的独到见解。在知识分子家庭中成长起来的孩子，由于家庭的熏陶，往往也是个性十足，有理想、有抱负。小说聚焦金陵大学农学院院长黄裕华一家的六个子女，以点带面，折射出抗战时期整个中国知识分子的精神面貌。相互对照是黄蓓佳塑造人物性格的主要方法。黄家的六个孩子中，除去年幼的小素和小弟，剩下的四个孩子性格各异，选择的道路也截然不同。小说的叙述者，也就是黄家的第三个孩子黄橙子是一个不折不扣的假小子。在楔子中，就有一段对其外貌的生动描写："那时候，我干巴细瘦，胳膊长，腿长，麻秆儿一样四面戳着，再剪一头短发，伸个细筋筋的脖子，风一样地跑过来跑过去，活脱脱就是假小子的模样"①。黄蓓佳曾在访谈中说过："知识分子家庭里出一个这样的孩子十分正常，这种家庭出生的孩子往往会有黄橙子这样简单、爽直、大气、放得开收得住的孩子。这样的性格很容易讨人喜欢，因为她不具有攻击性，对别人从来就不知道设防，别人对她也就不设防，女孩子会拿她当闺密，男孩子会拿她当哥们。"② 就是这样一个大大咧咧的女孩子，在和沈天路的相处过程中一点点成长起来，也一点点表现出女孩子的一面。沈天路是这个家庭的外来者，从小在四川乡下长大的他带着一种自然淳朴的乡间气息。但是，无论是矮小的身材、浓重的乡音，还是由于环境造成的学习成绩落后，都使得他在面对黄家的几个兄弟姐妹时，不可避免地产生自卑的情绪。正是黄橙子这种不设防的个性，使得沈天路在她面前可以敞开心扉。黄橙子对沈天路的态度也是逐渐变化的。一开始黄橙子瞧不上这个其貌不扬的小伙子，更因为父亲对他的偏爱而心生嫉妒，后来才慢慢对他产生了依赖和崇拜。最后沈天路在空战中牺牲，黄橙子在缅怀中度过了一生。与沈天路的相处过程其实也是黄橙子自我成长的过程。因为哥哥克俊和姐姐书雅都很优秀，而妹妹小素和小弟年龄尚小，所以父

---

① 黄蓓佳：《野蜂飞舞》，江苏凤凰少年儿童出版社，2018，第5页。
② 黄蓓佳：《历史是一首波澜壮阔的诗》，https://mp.weixin.qq.com/s/3RbCX1Qf0e4s33eMNx0YCA。

母并不会过多关注黄橙子，可以说黄橙子是在一种"放养式"的环境中长大的。但遇到沈天路后，一向对什么都满不在乎的黄橙子开始在乎了，她在乎沈天路对她的评价，在乎沈天路的眼光。沈天路说她弹琴难听，她便下定决心刻苦练习；为了能和沈天路一起给"飞虎队"队员马克写信，她发愤学习英语；受到沈天路的影响，她在寄宿学校努力学习，成绩从中不溜考到了第二名，又考到了第一名。黄橙子的勤奋一开始只是为了在沈天路面前证明自己，不让他瞧不起自己，到后来这种赌气的心态渐渐褪去，变为自觉自愿地听从沈天路的教导和批评。从这个意义上来说，沈天路是黄橙子的引领者：不仅在生活上无微不至地照顾着她，更重要的是，沈天路让黄橙子发现了更好的自己。同时，黄橙子也让沈天路找回了自信，做回了自己。这样的朝夕相处，让他们之间形成了一种介乎兄妹和恋人之间的关系。他们之间的情感没有恋人间的那种你侬我侬，但又比兄妹之情多了一份关心和牵挂。

榴园中的教授大多曾留学于英美，再加上"抗战五大学"都是教会大学，这里自然成了东西文明的碰撞之地。黄蓓佳笔下的范舒文就是一个在中国出生、长大的美国孩子。与黄橙子的顽皮好动相比，范舒文是个文静矜持的姑娘。国籍不同、信仰不同、性格相异的两个孩子成了最好的朋友：一个上树偷桃，一个在树下大呼小叫，赞叹不已；两人一起参加童子军，一起义卖，一起分享学校趣事。甚至，为了能让黄橙子与沈天路相见，范舒文不惜故意摔伤，把前去慰问沈天路所在部队的机会拱手让出。抗日战争不仅是中国人的抗战，也是世界反法西斯战争的重要组成部分。在这场战争中，许多人都贡献了自己的力量。飞虎队员马克虽然不是小说的主角，但他对沈天路的影响巨大。他的牺牲促使沈天路放弃了实业救国的梦想，转而和马克一样成了飞虎队的飞行员；儒雅绅士的大哥克俊参加缅甸远征军，战死在异国他乡的土地上；勇敢无畏的大姐书雅北上延安，在战争胜利前的一个月英勇牺牲。每一个孩子都按照自己的想法选择了自己的道路，每一个人的道路既符合他们每个人的性格，又是那个时代环境所造成的。可以说，他们每一个人所选择的道路都代表着抗战中的一方力量。通过对小说中每个孩子结局的描述，作者从一个侧面深入反映了抗日战争的波澜壮阔，也向孩子们展示了真实丰富的抗战史实。

作为一部儿童小说，黄蓓佳同样塑造了很多成人知识分子的形象。

黄橙子的父亲黄裕华对几个孩子的影响不容小觑。作为曾留学于康奈尔大学的金陵大学农学院院长，黄裕华有着渊博的知识，对于科研工作更是兢兢业业。作为父亲，他为孩子们创造了一个自由民主的氛围。虽然他并不赞同年轻人全部奔赴战场，但当大哥克俊与沈天路都选择参军的时候，他也并没有出面阻止。而他自己，则把更多的精力花在选种和育种上面。这份默默的坚守，在那个时代反而更加难能可贵。榴园中的其他教授也都有着自己的操守和坚持。在小说的第七章"教授们"中，作者重点为我们刻画了两位高级知识分子的形象。语言学院的陶教授为研究凉山黑彝族的土司制度收集材料，却不幸地染上了当地的一种恶性疟疾，持续畏寒，高烧，最终离开了人世。物理学院的徐方训教授在报纸上看到国军因为装备落后而在战场上失利时，十分焦心。于是，他联合了坝上的几位物理学家和化工学家，成立"技术研究部"，专门研究武器弹药。在一次雷管实验中，实验室爆炸，徐教授手指受伤，被截去了右手的无名指和小拇指。这些知识分子在国难当头之时所表现出的高度责任感和大无畏的精神，正是中华民族的希望所在。

成人知识分子的形象在一定程度上与儿童形象形成了精神上的同构关系。孩子未必会选择与大人相同的道路，但是他们在精神上总是离不开大人的引导。正是这些知识分子在危难中的坚守，在潜移默化中影响了孩子。榴园在某种程度上也成了一个意象，一个文化的符号，代表着一种自由独立、明亮向上的追求。

三

不同于大多数采用第三人称进行叙述的战争题材的儿童文学，黄蓓佳在《野蜂飞舞》里用了第一人称的回忆视角。正如她在访谈中所说："我用的是一个老人的叙述口吻，而通篇的节奏却是明快而敞亮的，是老人在迟暮之年对童年往事的动情回望，是旧日情景再现，也是千万里追寻之后的生命绝唱。"① 因此，小说中存在着童年和成年两种视角。在书中，许多关于童年回忆的叙述中都穿插着现在的"我"的评述。现在的"我"对回忆的介入主要体现在两个方面：首先，成年的"我"对往事进行回忆的同时，又以现在的眼光对其进行评价，这其中往往渗透着"我"的人生感悟。比如，在谈到母亲对姐姐书雅的评价时，小说这样写道："我娘时常说，太出色的孩子都是替别人养的，笨一点、老实一点的才是自己的。我娘识字不多，讲到人情世故，她老人家绝对通透练达。"② 在这段话中，前一句是对童年时母亲的话的回忆，而后一句则是现在的"我"对母亲的评价。母亲那朴素而富有人生哲理的话语，童年时代的"我"是无论如何都不能领会其深意的。只有当"我"成年之后，经历了世间百态，也同样做了母亲甚至祖母之后，才能够领悟母亲的话，从而赞叹母亲的睿智和通达。再比如，在谈到姐姐书雅在十七岁拍的那张"明星照"时，作者非常细致地描绘了照片中姐姐的形象："我永远都记得我姐在照片上的样子：梳两条油光水亮的长辫，刘海是用火钳烫过的……那年姐姐整整十七岁，骄傲得像个公主，又快乐得像只喜鹊"。这一句开头的"永远都记得"点明了作者对十七岁时姐姐容貌的回忆，是童年的视角。之后作者笔锋一转，"她从来没想过生命是多么脆弱的东西，有时候就那么'咯嘣'一下子，星辰便落了地，从此尘归尘，土归土"③。这句话跳脱出回忆，用成年人的视角进行预述，不仅暗示了姐姐最后的命运，也从更深层次上探讨了生命的意义。小说叙述在过去、现在间的来回切换，使得文本故事超越一时一地的局限，获得了永恒的价值，从而带给读者长久的审美体验。正如谈凤霞教授所言："回溯性童年叙事把当下经验介入回忆的语境中，使得这种当下经验历史化，使回

---

① 黄蓓佳：《历史是一首波澜壮阔的诗》，https://mp.weixin.qq.com/s/3RbCX1Qf0e4s33eMNx0YCA。
② 黄蓓佳：《野蜂飞舞》，江苏凤凰少年儿童出版社，2018，第94~95页。
③ 同上，第162页。

忆的语境充满现在的意向和对话的动力,这种时空的频繁转换,造成了文本时间的立体感。童年书写者安排现在时间对过去时间的这种'远距离'审视,在此距离感中诞生了一种求'真'的、表达情感的、热烈的诗意。"①

现在对过去的介入还体现在人称的变化上。在小说的楔子中,作者的叙述视角在第一人称和第二人称之间来回切换。

> 你说我多大?九十岁?唉唉,我哪有那么老,告诉你,我今年八十八,小得很呢,离九十还有七百多天呢。七百多天啊,年轻人,一天当中从日出到日落再到日出就有十二个时辰,七百个日出日落,长不长?够我活的啦!②

在开头的第一段,作者用了第二人称"你",使得这段文字具有了"对话"的性质。叙述者设想自己的面前坐着一群孩子当她的听众,同时也邀请书本前的读者参与进来。而后,作者将叙述视角转为第一人称"我"。在文中的"我"时而代指童年时过去的"我",时而代指成年时现在的"我"。叙述者由现在"我"的近况自然引入对童年时"我"的生活的回忆,行文自然流畅,不留痕迹。然而,"我"也并不是一味沉湎于回忆而忘了叙述接受者和读者。在谈到抗战之前有个小麦良种叫"金大26号"时,作者又将人称转为了第二人称的"你"。"听说过没?哎呀我也糊涂了,你才多大呢,哪能听说过,你们年轻人,知道个袁隆平就算不错了。"这一人称的转换,将小说从回忆的伤感氛围中解脱出来,重新获得了与当下读者交流对话的姿态。将"金大26号"与"袁隆平"相联系,使得这个对现在的读者有些陌生的词汇更容易被他们理解和接受。

---

① 谈凤霞:《边缘的诗性追寻——中国现代童年书写现象研究》,人民出版社,2013,第232页。
② 黄蓓佳:《野蜂飞舞》,江苏凤凰少年儿童出版社,2018,第1页。

儿童文学区别于成人文学的最重要一点就是儿童文学的主要读者是儿童。因此，儿童作家在创作时必须具有"儿童本位"意识和读者意识。然而，许多儿童文学作家在书写历史甚至是战争题材的作品时，常常会丢失读者意识，在作品中掺入"成人的悲哀"。黄蓓佳的作品中则时时表现出这种读者意识，人称的变化体现出她在作品中试图与当下读者形成平等对话关系所做的努力。

小说的叙述语言也为这种对话的实现提供了可能。虽然作者采取了回忆的方式来书写故事，但小说在语言上并没有显现出过多怀旧的倾向。在对儿童日常生活的描写上，作者没有用晦涩难懂的词语，反而采用了许多富有时代气息的表达方式。比如，在写到"我"问爸爸为什么要骂人时，爸爸的解释是"情绪发泄"。在这段对话之后紧跟了一句"好奇葩的解释"[1]。显而易见，童年的"我"对爸爸的这番解释并不能完全领会，甚至心里还有一点点鄙夷。但是，"奇葩"这个词如今被活用为形容词，甚至蒙上了贬义色彩。因此，同样的想法和心情，童年时代的"我"绝不会这样表达。用一种现代的方式对往事进行言说，在无形中打破了历史与现实的阻隔，使历史以新的姿态面对现实。

这种新的姿态不仅体现在对新鲜词汇的运用上，也体现在小说整体的语言风格上。虽然是抗日战争这样严肃的题材，但小说的语言洋溢着浓浓的生活气息。但同时，在看似闲谈的语言背后，又饱含着情感的浓度和思想的厚度，从而使平淡的描述蕴含了深刻的内涵。比如书中的第十四章"飞越驼峰的书"中讲到姐姐看到爱情小说时的激动和兴奋，而年幼的"我"却对此感到好笑。姐姐气急败坏，说"我"是榆木脑袋，又替我发愁，担心"我"嫁不出去。紧接着，是"我"的一段内心独白：

直到这时，在她睁大眼睛，烟水朦胧地看向远处的时候，我才猛然想起那个住在美丽坝子上的程渝生。我已经好久没见过他了，这个

---

[1] 黄蓓佳：《野蜂飞舞》，江苏凤凰少年儿童出版社，2018，第36页。

暑假里，我姐甚至都没有提起过他的名字。

怎么回事呢？爱情真是美好的吗？还是说，它根本就是个谜？①

在面对"爱情"这样一个重大的话题时，一个八岁的孩子显然是无法彻底理解的。"我"只是如实地说出了姐姐的现状，并且从"我"当时的理解能力出发，提出了爱情是否美好的疑问。值得注意的是，作者在这里并没有像之前的某些片段那样让一个成年的"我"来对此发表一番感慨或者预先告知最后的结果，而是让问题终结在"我"的发问上。这种天真单纯的发问却往往道出了许多问题的真谛。我们似乎从这样的疑问中能找到属于自己的答案。正如杰拉尔·日奈特所言："叙事文所说的总是少于它所知道的，但是它使人知道的常常多于它所说的。"② 这种有意的克制和省略往往蕴含着更为强大的冲击力。

黄蓓佳曾说："历史是一首波澜壮阔的诗，用史诗的形式来写小说，容易感人，因为文字会调动读者心里的波澜壮阔，会激发出人心里的崇高、伟大、悲壮等等的情感。"③ 作者通过对颇具深度和人情的日常生活场景的描写，对大时代背景下坚守自我的知识分子及其子女形象的刻画和对看似平淡却蕴含浓厚情感和深刻哲思的语言的运用，在一个年近九十的老人的回忆里窥见了历史的血肉和深度，让一段尘封多年的往事在新的时代焕发出光彩。

本文发表于《当代作家评论》，2019 年第 4 期

---

① 黄蓓佳：《野蜂飞舞》，江苏凤凰少年儿童出版社，2018，第 150 页。
② 杰拉尔·日奈特：《论叙事话语——方法论》，杨志棠译，载张寅德编选《叙述学研究》，中国社会科学出版社，1989，第 250 页。
③ 黄蓓佳：《历史是一首波澜壮阔的诗》，https://mp.weixin.qq.com/s/3RbCX1Qf0e4s33eMNx0YCA。

《奔跑的岱二牛》

黄蓓佳 著

江苏凤凰少年儿童出版社

新农村，新儿童
——评黄蓓佳的《奔跑的岱二牛》

汪 政

可以想见，喜欢黄蓓佳作品的读者拿到她的这部儿童长篇小说新作《奔跑的岱二牛》时一定会感到惊讶。不管怎么说，从题材上讲，这部以农村儿童生活为题材的作品，在黄蓓佳的创作中还是不多见的。

少见的不只是黄蓓佳涉笔农村儿童题材，还在于她对目前农村题材儿童文学创作流行主题与风格的避让。稍微归纳思考一下，当前农村题材的儿童文学创作大致有两大类型：一是浪漫诗意型。这类作品大致呼应了流行文化中的乡愁。它们以乡土生活为回忆对象，对已经失去的农耕文明的旧式乡村生活进行打捞，尽可能挖掘其中的诗意，利用时间和空间进行不同程度的美化，营造出一幅田园牧歌式的浪漫风情画，对已经逝去的旧式乡村生活唱出追怀的挽歌。另一类型则是怜悯反思型。在城市现代化、乡村城镇化与农业人口大规模迁移、进城务工的大背景下，描写农村的空心化，叙述留守儿童的困境，表达对农村儿童身心成长的忧虑。这两类创作当然有其道理，但从第一种类型来说，中国农村的现代化进程是不可逆的，从第二种类型来说，现状也并非仅仅如此，而且简单地说，这两种类型的创作其内在的价值取向都值得商榷。于是，一个重要的问题凸显出来，即我们的儿童文学如何处理农村儿童生活题材？无论如何，其主流不能是这两种态度，不能流于如此简单化的想象和分类。

心平气和地讲，人们对当代中国农村的发展有目共睹，对当下农村儿童生活的丰富性并不全然陌生，因此关键还是在于我们如何处理反映当下的农村儿童生活的作品，是否有能力将新鲜的农村儿童生活审美化。路径依赖阻碍了农村题材的儿童文学的创新，说实话，不论是农耕文明乡村生活的自带诗意，还是打着公平的旗号为底层写作的政治正确，都只不过是驾轻就熟的套路而已。

而黄蓓佳不愿意走这样的捷径，她忠实于生活，在更广阔的视野中观察中国农村的变化与农村儿童的生活，并给出了另一种文学表达。在《奔跑的岱二牛》中，她以生活为依据，给我们讲述了一个富于喜感的当下农村儿童生活的故事。我们首先看到的是丰富而真实的新农村图画，这里有返乡创业的农民，有具有地方特色的乡村景观，有正在蓬勃发展的乡村旅游和农家乐，也有志愿到乡村从事教育工作的城市青年……新的理念正在深刻地改变着农村，改变着农村的生产与生活方式。农民们既没有沉湎在过去的诗情画意中，也没有怨天尤人，而是以积极的、乐观的态度迎接着新生活的到来。

就是在这样的背景下，小说的主人公岱二牛出现了，这是一个新农村的少年，勤劳、淳朴、善良，有着黄蓓佳以往作品中许多少年的影子，体现了黄蓓佳对人性和童心一贯的理解，只不过在新环境中以新的性格和故事表现出来了。小说的情节主线是到红草坝旅游的游客丢了一只新款苹果手机，恰巧被岱二牛捡到了。岱二牛一直想把手机归还给失主，他问询、报警、上网寻找失主，由此串起了一连串的人物和故事，家人、同学、老师、警察、游客、老板等，各色人物纷纷登场。千万不要以为这些人物与故事都是围绕手机展开的，寻找手机既是主线，又是一条叙事线索，不同的人物既与手机相关，又各有各的故事。比如父亲岱成材一门心思设计新的旅游项目，同学光头旺一家的乡村旅游生意，老师芮星宇的婚恋，乡村警察周金芽事无巨细的全科警务，小店主武六指的精明和无伤大雅的圆滑，还有一批又一批来到红草坝旅游的客人带来的戏剧性场景与无尽欢乐……

由此，我想到了一个问题，儿童文学固然要以儿童生活为主体，但什么是儿童生活？它的核心是什么？边界又在哪里？有孤立的、自满自足的儿童生活吗？显然，我们不能将儿童生活狭隘地理解为他们自身，把他们的生活空间理解为家庭和学校,何况家庭和学校也是社会的组成部分,更关键的是,我们要让孩子们知道生活是什么样的。儿童离不开社会,儿童成长的过程本身是逐渐社会化的过程,是不断走出其独立空间,走出家庭,走出学校,融入社会,与现实接轨的过程。所以,成人应该适度地引导儿童关注社会,关心现实,相应地,作家在儿童文学创作中也应该打破执念,在儿童与社会现实的有机联系中开辟有效的创作路径。只不过这样的创作是有限度的,儿童的视角、儿童的心智、儿童生活与学习的疆域以及儿童式的故事讲述方式与语言表达,是儿童文学拓宽现实题材创作应该恪守的叙事伦理与美学定律。在黄蓓佳的《奔跑的岱二牛》中,红草坝既是新农村的典型,更是"岱二牛们"生活和成长的环境。红草坝是"岱二牛们"眼中的红草坝,它是以孩子们的视角和认知为边界的。比如乡村旅游是这部小说重要的内容,这显然是一个大题材,但小说做了减法,做了限制。无论是光头旺家还是岱二牛家,儿童都是参与者。尤其是岱二牛家,这个农村家庭的生活正在转型,母亲邵丽妹经营着卤菜生意,父亲岱成材成天琢磨的却是山坡滑草项目,岱二牛就是他选定的体验者和试验者,正是在屡败屡战中,岱二牛从怀疑父亲变成了敬佩父亲。也许,他还不能从旅游经济的角度明白乡村旅游需要创新,产品需要升级换代这些道理,但他在懵懂中觉得红草坝要变。孩子们真切地感受到了大人们致富的梦想。

　　由此,我又想到了儿童文学中人物形象塑造的问题。儿童文学中的儿童无疑是作品形象的主体,在《奔跑的岱二牛》中,岱二牛塑造得相当成功。他看上去软弱、胆小,大人一声呵斥就足以让他瑟瑟发抖,越是事到临头越是犹豫不决、张皇失措。作品对他的"选择困难症"描写得极其生动,每到紧要关头,他都会情不自禁地用手指在裤缝两边"点兵点将",全凭运气来做选择。但是他诚实大方,不是自己的东西绝不占为己有,为了替不知名的失主保管丢失的手机,他不知道"得罪"了多少人。他善良,总是替别人着想,从不忍伤害别人。其实他是勇敢的,他不畏狡诈的手机店小老板;为了救小朋友,他在紧要关头毫不犹豫地跳进小河……在这个负担不轻的农村家庭,岱二牛是早熟的,他总是奔前忙后,像个大人似的可爱地操着他这个年纪不该操的心……正是这些看似矛盾的性格，写出了人物的丰富性，将一个乡村少年活灵活现地推到了读者面前。

除了岱二牛、光头旺等小朋友，《奔跑的岱二牛》中更多的是成人形象。优秀的儿童文学经典说明，成功的儿童文学作品总是能在儿童形象之外，给孩子带来许多令人难忘的成人形象。夸张一点说，儿童文学人物形象塑造的难题也许就在如何刻画出成功的成人形象。事实上，当下儿童文学作品中成人形象的儿童化、简单化、漫画化、道具化几乎成为通病和顽疾。理想的儿童文学作品的成人形象应该是真实的，应该是根据作品的需要展示其性格的某一侧面，应该点到为止，在儿童认可的范围内，对其形象进行适度的描写，如果这些理解是正确的话，黄蓓佳的儿童文学可以作为范本。在《奔跑的岱二牛》中，几乎没有一个成人形象是简单化的。岱成材写得多好啊，他做过推销员，有过辉煌的过去；他关心孩子的成长，读好书是他对孩子唯一的要求；他怕老婆；他喜欢喝一杯；为了自己的滑草板试验，他甚至动过岱二牛捡的手机的歪脑筋；他乐观、幽默，他走到哪儿，笑点就到哪儿。这个可爱的农民最突出的性格是有梦想、不服输，在别人眼里，滑草就是个笑谈，但正是这堂吉诃德式的试验生动地展现了一个农民对理想的追求。岱二牛就是在父亲的反复失败中认识父亲的："自己老爸这样的更是不多见啊，一个人不安于平凡，总想把日子折腾出动静来，也很有趣啊。"作品有一情节，岱成材、岱二牛父子俩讨论滑草试验，这确实是一个看不到成功却又花钱的事儿，岱二牛不由得劝父亲不如帮妈妈干活，为家里减轻点负担，"等我和哥哥学出来，有了工作，挣到钱，我们出钱支持你，那时候你想做什么都可以"。岱成材听罢，好久不说话，他在岱二牛面前泥地上的画上又"画了层层叠叠的大山，画了天空、太阳和一朵一朵飘浮的云，还画了一只挂在天空中的巨大的眼睛，眼睛瞪着朝上，看向更高的天空"，然后说："等你们工作挣钱了，你老爸我就老了，什么都做不成了。"这是怎样的梦想、无奈和情怀，难怪"二牛心里，像被什么东西敲了一下似的，咄咄地疼。他忽然有点想哭"。这样的成人形象是感人的，他在与儿童的互动中展示出了他的性格，显得真实可信。在孩子们的成长中，太需要这样的文学形象了。

芮先生也是作品着力刻画的一个形象，他木讷、天真，却自有判断和主张。芮先生来自上海的一个富裕家庭，但他放着庞大的公司不去执掌，却甘心到边远乡村做一名小学老师，用他的话说："人跟动物不一样，人有梦想，有好奇心，有征服世界的欲望。"这是他对《星际迷航》的观感，又何尝不是他的内心写照？正是这样的执着，使他得到了村民们的信任和孩子们的喜爱。他与孩子们虽为师生，而实似兄弟，当母亲来"逼婚"时，他竟与村民们一起与母亲捉起了迷藏，这是多么可爱啊。孩子们不需要了解成人那么多的事，他们只喜爱他们眼前的，大孩子一样木讷、羞涩而又见多识广的芮先生。总之，成人形象不应该是儿童文学作品中吆来喝去的道具，他们应该是独立的，是让孩子认识世界、陪伴孩子们成长的伙伴，他们就是孩子们的未来。

好的作品就是这样，在其自给自足的同时还给我们许多创作上的启示，儿童文学如何表现更广阔的现实生活，又如何塑造好成人形象并不失儿童文学的审美本质，这不是《奔跑的岱二牛》带给我们的思考吗？

本文发表于《民主》，2020年第5期

奔跑着成长

徐德霞

初看黄蓓佳的这本《奔跑的岱二牛》，我还以为写的是某个农村孩子擅长跑步的故事。等看完之后，才知道完全不是那么一回事。这么多年来，黄蓓佳一直是一个很有追求的作家，对自己的要求很高，产量不多也不少，但每一部都可圈可点，大奖拿到手软。那这部书到底是写什么的？为什么叫《奔跑的岱二牛》？"奔跑"二字代表什么？

看完这本书，细细品味，我觉得这个名字还是贴切的。文中确实没有多少笔墨写岱二牛奔跑，尽管他也很擅跑、爱跑，一走路就跑，鞋子坏得很快，但这不是本书的主要内容。这本书主要是写岱二牛捡了部手机，从而引发的一系列故事。黄蓓佳在后记里特意提到，在这本书里，这部手机是个道具和象征。我很同意她这种说法。对小主人公来说，如果说手机只是个象征，那么"奔跑"就只是一种状态——既是一种生活状态，也是一种精神状态。奔跑是一种快速成长，是一种昂扬的、意气风发的、朝气蓬勃的状态，岱二牛在奔跑着成长。

我认为这部作品有三大看点：

第一，故事很好看，构思很巧妙。岱二牛在草丛里捡到一部高档苹果手机，这件事在整部作品中的作用非常大，既是这部作品之所以成立的基础，同时又是主线，串起了整部作品。岱二牛捡到一部高档手机，在小小的旅游村里引起了很大轰动，村民和学校的老师、学生都听说了这件事，每个人的态度又大相径庭。二牛坚决要退还给失主，他爸想偷了卖钱，他哥偷走了想自己用。二牛想退还给人家又找不到失主。听了村民小武的话，他和同学光头旺进城去修手机，又让人家调了包，好不容易要回来，走到半路又丢了，然后又到派出所找回来。本来没信号的手机，突然有了动静，手机亮了，可是没有密码还是联系不上失主——最后到底怎么着了，我就不剧透了。

　　作者很会编故事，情节可谓一波三折，整部作品起起伏伏很好看，每个情节都是水到渠成，不生硬，不造作，作品的完成度很高。

　　另外，这部手机不但在故事结构中发挥了很大作用，同时还试出了红草坝上形形色色人的道德品行，就像一台X光机，透视人心。这本书让我一下子想起有部电影叫《百万英镑》，说的是有两个富豪打赌，一开始是无聊，想开个玩笑，然后选了一个穷光蛋，富豪故意丢了一张百万大钞让他捡到，从此这个穷光蛋过上了富豪的生活。关键是这张百万大钞没有人用得上，因为找不开零，但那些人不管，主动提供吃穿住行一切用度，一张百万大钞试出了世道人心。在这部电影里，那张百万大钞是个道具和象征，在这本书里，这部手机也具有这样神奇的功效。

　　第二个就是鲜活生动、谐谑活泼。我不知道黄蓓佳这么熟悉农村生活，也不知道她还这么幽默。她的写作功夫了得，对于场景、环境、人物的描写那真是老到，文笔真切、细腻、生动，一下子就能把读者带到场景中去。看完这本书，一闭眼，那个长满粉黛乱子草的红草坝仿佛就在眼前。作者通过这个故事，活画出一幅当下农村的真实生活图景。那可不是二十世纪的中国农村，也不是当下的北方农村，而是当下江南的农村。

　　第三，人物刻画栩栩如生，如在眼前。可以说凡是有名有姓的人物都写得很生动，哪怕是一个串场小人物，比如教数学的慕容老师，那写得真是活灵活现。

　　我最喜欢的是这么几个人物。小主人公岱二牛自然是第一个。这个孩子身上有很多优秀的品质，善良、质朴、宽厚、正直、听话、懂事等等赞美都可以加到这个孩子身上。可当你阅读的时候，一点儿也感觉不到这个孩子有多高大、多显眼，他就是一个普普通通的农村孩子，甚至还有点过于憨厚老实，特别是面对他爸爸的时候。岱二牛捡了这部手机，对于他本人来说，绝不是一件多么快乐惊喜的事，他总是心怀焦虑，千方百计地四处寻找失主。这部手机给他添了很多麻烦，改变了他的生活，给他的人生设置了一道道坎。他成功地闯过了一个又一个难关，经受住了考验，获得了奔跑式的成长。我还喜欢二牛的爸爸妈妈，这两口子简直是绝配。他妈妈是一个泼辣能干、脾气火暴、恨家不富、很强势的女人，靠做卤煮支撑着这个家。他爸爸则是一个具有浪漫情怀的人，总有各种各样的奇思妙想。作者用了大量笔墨写爸爸岱成材这个人物，一开篇就是让儿子帮他试验滑草板——坐上一块破板去滑草，把岱二牛都摔怕了。后来他又想给滑板装上轮子，结果又把大儿子铁牛摔得够呛。他还不死心，想在空中扯一根钢缆，为此偷了老婆一千块钱，被派出所所长一顿劝说后，终于作罢。后来听说有无人机，他又想到用无人机技术遥控滑板肯定不错，可惜那也只是他的浪漫想象罢了。作者对这个不务正业、心怀梦想的人也是很喜爱的。还有个人物是开小卖部的武六指，这个混混形象的不良商人被塑造得非常生动。他前一分钟还恨不得往酒里兑水，被人发现后，下一分钟就满口甜言蜜语，让你气不得、恼不得；还有那个学习好，在城里读书的岱铁牛，一家人把他供得像大少爷一样；还有逃婚的芮先生……每个人物都个性鲜明，生动有趣。

另外，为这本书增色添彩的是作者生动文笔中的谐谑气，颇有几分男性气质，大气，洒脱。我原以为只有东北人才那么好玩，那么风趣，原来温婉的南方人也挺幽默好玩。究竟怎么好玩，请读者慢慢细品吧。

本文发表于《出版人》，2020年第5期

《太平洋，大西洋》

黄蓓佳 著

江苏凤凰少年儿童出版社

黄蓓佳《太平洋，大西洋》：谱写友情的复调悲怆交响诗

丁 帆

九岁那年开始看文学作品，第一本书就是非虚构作品《高玉宝》，少不更事的我只惟妙惟肖地学会了公鸡叫。第二本书是上海工人作家胡万春的小说《骨肉》，也算是非虚构作品吧，却看得我稀里哗啦流下许多泪水，那是亲情的悲剧留在我幼小心灵中抹不去的印痕。再后来，我就开始告别"儿童读物"，直奔二十世纪六十年代出版的大部头成人读物去了。六十年来，我不喜欢儿童读物，偏见地认为其太幼稚、不深刻，直到黄蓓佳告诉我，《太平洋，大西洋》既是给儿童看的，又是给成人看的作品，我才带着试读的心理翻开了它。从早晨八点半一直看到下午一点，我手不释卷，一口气读完了这部仅有十多万字、十八个章节的交响诗般的长篇小说，其中有七个章节让我泪水模糊了双眼，不得不中断阅读。以我的偏见，但凡是让我动了真情的作品，一定是好的作品，尤其是有悲剧审美内容的作品，更能震撼灵魂。

如果说在弱肉强食的时代，悲剧会摧毁人与人之间的友情、爱情、亲情，那么，在这个消费时代里，人与人的交往基础是建立在交易平台上的，它滋生出的人性之假恶丑会从根本上动摇友情的延展。

多少年来，在我们的中小学人文教科书中，对友情和友谊的教育是欠缺的，倘若我们的文学也不能担当这个重任，那么我们的精神食粮肯定会出现"基因突变"的现象。好在我们的许多作家并没有放弃对人类最真挚、最真诚的友情进行讴歌。他们让真善美的优秀品质在我们这块土地上传承，让它在

少年儿童的心田里萌芽成长。

最近刚刚看完电视剧《新世界》，虽然剧中不乏江湖侠义通俗小说的影子，但是人物塑造和故事情节的设定一直是围绕"友情"而展开，让观众在人性的真善美与假恶丑角逐的悲剧对比中获得审美的教养。而《太平洋，大西洋》则是以一种"雅文学"的格调，像一首抒情诗那样诉说一个凄美动人的友谊故事，其技术层面上音乐化的处理，恰恰又与审美内容上的表达高度契合。所以，我以为这是作家谱写出的一曲穿越时空，回响于历史和现实之间，并具有"复调"意味的"悲怆交响诗"。

难怪巴赫金一直强调"复调小说"的意义，"复调"这种音乐手法一旦运用到作品叙事当中，就会增强小说的艺术感染力——"由两段或两段以上的同时进行、相关但又有区别的声部所组成，这些声部各自独立，但又和谐地统一为一个整体，彼此形成和声关系，以对位法为主要创作技法。"毫无疑问，《太平洋，大西洋》就是在这样的"复调"语境中诞生的一部关于音乐故事的音乐化小说。显然，黄蓓佳意识到了这种艺术效果会给作品的叙事带来的冲击力："这一场盲目、纠结、充满悬念、带着强烈使命感、以喜剧开场以悲剧结束的漫长寻觅，勾连了两个大洋之间的时间和空间，以复调的形式，在温暖泛黄的过往岁月和生动活泼的当代生活中穿梭往返，昨天和今天，历史和现在，太平洋和大西洋，从前的讲述和正在发生的寻找……我选择了这样一种时空交错的方式，把一段难忘的历史呈现给当代读者。"

这部作品既包含了贝多芬的《英雄》《命运》《田园》的内涵，同时也具有柴可夫斯基《悲怆交响曲》"经典的忧伤"和"灵魂的震颤"的艺术效果，那是对人类友情的最高礼赞。

《太平洋，大西洋》的"复调"对位法，倘若从最简单的小说叙事方法来阐释的话，那么中国式小说"话分两头，各表一枝"的"双线叙事"似乎也吻合，但"复调小说"的叙事并非那样简单，要像巴赫金所阐释的那样形成一个没有指挥的多声部艺术效果，不仅仅是形式上的对位，更重要的是内容上的高度默契。显然，《太平洋，大西洋》的"复调"对位起码存在于这样几个逻辑叙事环节之中。

首先,我们看到的是现实与历史的对位。"猎犬三人组"的当下故事的"快闪"叙事与"来自爱尔兰的邮件"的历史故事的"慢板"叙事构成了形式的对位,其内容的对位也一目了然。作品以荆棘鸟童声合唱团里"猎犬三人组"帮助身处异国他乡的老华侨寻找失散七十多年的少年朋友多来米来展开当代中国儿童的"快闪"生活故事,虽然作者将故事的外壳抹上了悬疑侦探的色彩,其实却是在展示当代少年儿童的友情内涵。与其对位的是由寻人而钩沉出来的七十多年前的历史故事,这个故事的人物年龄和对音乐的热爱恰恰与合唱团里的少年儿童相吻合。于是,一场超越历史、超越空间的对位(也基本呈"对称"的结构)叙事构成了起码是两个声部的演奏,直到两个声部合拢后,产生了类似"悲怆"的审美效果,让人沉浸在"灵魂的震颤"中。倘若要问两个声部谁主谁辅(就像所谓"双线结构"一定要分出一条主线、一条辅线那样),我只能回答:谁主谁辅在各人心中,是由不同的读者的审美取向所决定的,因为好的作品是开放性的。我本人更喜爱1945年至1948年间的那个泛黄了的历史长镜头下的童年叙事。

其次,平行交错的两种童年的对位、对称叙事,是"复调小说"在对应、对比中截取历史时段时,照应声调、旋律、节奏和色彩的机智处理。也许一般的作者和读者未必就能充分地体会到这样的结构方式所带来的艺术效果,但是黄蓓佳能够在主体意识中触摸到这样一个叙事结构的高度,这是难能可贵的。"打捞一段令人泪目的'音乐神童'的成长片段。轻盈时尚的现代元素,勾连了沉重悲悯的历史遗案,这样的结构设计,是为了让今天的孩子们在阅读这个故事时,有更好的代入感,也有一段更宽敞的历史入口,方便他们走进去时感觉道路平坦,无阻无碍。"这种和声的艺术张力是远远大于"单调小说"叙事的,而它唤醒的却是和声效果背后巨大的人物性格历史悲剧的审美内涵,这就是作者突破自我藩篱的觉醒,因为她决心冲破前一部《野蜂飞舞》形式束缚内容表达的桎梏。尽管《野蜂飞舞》已经好评如潮,作家还是要寻求创新。

无疑,小说的主角是音乐神童多来米,作者成功塑造了这个人物的典型性格。所谓的"典型环境中的典型性格",意思就是后天的环境对人物性格的塑造是大于人物先天存在着的自然性格,小说最动人心魄的人物亮相就是这个一出场就裹挟着神秘色彩的精灵似的儿童,那个食堂里难以捕捉的偷食"老鼠"原来是如此的诡谲:"一抬头,却见半空中有两颗夜明珠样的东西莹莹闪光,像一对猫眼睛,又像两粒磷火。""小男孩十岁上下,矮小、瘦弱,巴掌小脸,细长的眼睛,左脸颊上一颗通红通红的痣,哆哆嗦嗦站在人面前,蓬头垢面,衣着单薄,面露惊恐,馒头屑还沾在嘴角上,任校长怎么和颜悦色地问他话,硬是不开口,仿佛小哑巴。"

  他生活在那个战乱频仍的时代里,他的原生家庭遭到了巨大的变故,他生活在那个已经不是自己家的家里,成为这个大宅院里熟悉的陌生"闯入者",最终成为这个音乐学校里的"借读生""旁听者"。他的特殊性格多为那个时代的典型环境所造成——"多来米是这样一个人,他好像对身边的世界,对世界上所有的人和物,都是疏离的、隔绝的、遥远而置身其外的。"动荡的时代赋予他太多的苦难,他把苦难置于身外,少年老成,这是一种境界,但发生在一个十岁的儿童身上,却成为"这一个"典型性格了。

  于是,我有充分的理由相信在《太平洋,大西洋》这部作品中,故事在哪里,典型人物性格就在哪里;泪点在哪里,主角就在哪里。

  作为读者,我们都希望让故事和人物进入一个充满着"大团圆"的喜剧通道,阅读期待在召唤着作者。但是这次黄蓓佳下手忒狠,让小说进入了一个双重悲剧的和声效果中,忍泪完成了"复调小说"两个声部"悲怆"的绝响,在小说叙事合拢的结尾处留给了我们一曲无尽的挽歌:"这个结尾我犹豫了很久,我也想写得光亮一点轻松一点,来一个翘上天的尾巴,这一点不难。可是多来米把我拽住了,他不让我这么干,我无法面对他的悲伤的眼睛。"

  于是,我阅读时的七个泪点就落在了这部作品的七个章节:第一个泪点是之前被误认为哑巴的多来米吐出第一个字"哥"时,这个"义结金兰"的故事决定了小说叙述者与多来米一生不了的兄弟情缘。第二个泪点是多来米抱着那个修理好的废旧小号睡觉,而吉姆先生听到多来米吹出的第一个音符时就睁大了眼睛,"他大概完全没想到,这样一把残缺不全、拼凑而成的玩具般的乐器,居然也能被这个孩子吹出旋律,而且口型、指法、运气方式还八九不离十"。音乐让多来米的人格升华了。第三个泪点是多来米把自家荷花缸下面隐藏的一罐银洋挖出来支持学校办学,以报答校长自己掏钱给他买一把小号的情谊,这段表现了人物灵魂深处的真善美。第四个泪点是多来米拒绝与当了高官的父亲离开音乐学校,当他冰冷的身体又悄悄钻进兄弟温热的被窝里时,这种友情超越亲情的情节怎能不让人潸然泪下呢?第五个泪点是全校师生到南京向腐败的政府讨要教育经费时,在金大礼堂演出的一场交响乐。第六个泪点是岑校长和"我父亲"在"太平轮"沉没时,把生的希望留给了下一代,让人耳边响起了《泰坦尼克号》的主题曲《我心永恒》的旋律。最后一个泪点就是作者给我们奏响的这首"悲怆交响诗"的最强音——历经千辛万苦寻找到的多来米已然是一个与这个世界没有一丝情感联系的"老年痴呆症"患者,而"猎犬三人组"苦苦等来的却是来自爱尔兰老华侨的绝笔信。

感谢作者给了我们一个值得深思的结尾,犹如荆棘鸟那样:"它一生只唱一次歌,从离巢开始,便执着不停地寻找荆棘树,一旦如愿以偿,就把自己娇小的身体扎进最长、最尖的那根荆棘刺上,流着血泪放声歌唱。一曲终了,荆棘鸟气竭命殒,以身殉歌,用悲壮塑造了最美丽的永恒。"我们歌唱悲怆,因为它是永恒的人生旋律。

关于小说的浪漫叙事元素,我欣赏的不是作者所说的那种所谓的革命浪漫主义精神,而是由小说中不断插入的风景画般的描写所达到的"田园交响诗"一般的效果,这恰恰就是衬托贝多芬《英雄》和《命运》的《田园》。如果没有这种介入,整个小说的画面感就会因为缺少起伏回环的节奏感而缺乏张力,即便是一直处于亢奋激越的旋律中,也不能在更高层面抒写出它应有的美感来。这些童年生活的记忆构成的是充满着童趣的田园交响诗,尤其是在第九章中,那些如歌如诗般的风景画将实景描写与叙述者想象中的风景画融合在一起,浪漫童趣的田园乐章为最终"悲怆"的高潮做了反衬与烘托。

另外，传奇色彩是浪漫主义小说不可或缺的元素，除了悬疑侦探的叙事元素外，作品对山匪、湖匪的人物描写也是十分精到的，寥寥数笔就把土匪的反常行为描写得淋漓尽致，且成为读者始终不能解开的故事扣子。作者故意留下一个令人思考的闲笔，细想起来，那个瘦毛驴换大骡子的土匪留下的那笔巨财的来龙自可不必交代，而去脉也没有了下文，土匪没有回头索款的原因何在，成人也未必能够解惑，明白的读者只能会心一笑了。

一部好小说的阅读群体是超越年龄与国别的，《太平洋，大西洋》就是这样的好小说。当我们这些垂垂老者在即将走向人生终点时，我们能够在这部优秀的作品中看到我们童年的面貌，能够从故事叙述的缝隙中看到历史的陈迹旧貌，能够从充满童趣的风景画中窥见到往日的风采，能够闻到田园诗里的花香气息，能够聆听到潺潺流水一般流淌着的天籁之音和激越高亢的人生悲歌，这一切都是阅读回忆型作品带来的愉悦享受，我们沉浸在历史回旋的旋律之中。而如今生活在如花似锦年代里的儿童，他们可以在两种童年生活的对比中寻找到自己的生活位置，在历史的夹缝中，珍惜每一天得之不易的生活。我们不能强求今天的孩子也过那种苦难的生活，但是我们要让他们知道先辈们曾经的苦难，唯有此，生活才会在历史中升华，才不至于滑向无边的黑暗。

只有当"悲怆交响诗"响起来的时候，我们的童年才是完整的。

本文发表于《文艺报》，2021 年 4 月 23 日

《太平洋，大西洋》：山河岁月中的童年弦歌

李蒙蒙

《太平洋，大西洋》是黄蓓佳新近出版的儿童长篇小说，收于"黄蓓佳倾情小说系列"。跨过茫茫大洋，越过山河岁月，书名透露出作者书写气象宏大、意境开阔的作品的努力。

从1972年开始写作，在近半个世纪的伏案生涯里，黄蓓佳一直在挑战自己：题材、体裁上的不断尝试，风格、技法上的真诚探索，激越与克制的相互拉扯，儿童文学与成人文学并行不悖的交相映照。

对于一位命定的写作者，重复是乏味无趣的。《太平洋，大西洋》是黄蓓佳"养"在心里近十年、"蚌病成珠"打磨出的作品。当故事被她"捧出"时，我们仿佛能看到那个正从隐秘的内心夹层里小心翼翼拿出珍宝的身影，她的敬畏与爱意都被缝进了夹层的针脚里，细密又整齐。

要从故事本身说起。来自南京的荆棘鸟童声合唱团在都柏林参加国际童声合唱比赛，一位年迈的华侨老人全程观演，引起了合唱团中三个孩子的注意。在交谈中，孩子们得知他一直都在寻找七十多年前在南京下关码头分手后就音信杳无的童年朋友多来米，他想把保存了七十多年的小号嘴送给这个一直让他牵挂的朋友。孩子们接下小号嘴，回到南京，寻找多来米的下落。在老人发来的一封封邮件里，一段战乱频繁、民不聊生岁月里的国立幼童音乐学校的旧时光，再次浮现……

黄蓓佳的另一部儿童小说《野蜂飞舞》，是以一位老人回忆往昔的视

角,讲述了女孩黄橙子在抗战期间跟随父亲的学校西迁后的经历,带出了成都华西坝上"另一所西南联大"的历史故事,有学者将其称为"新历史儿童小说"。《太平洋,大西洋》虽然呈现的差不多是同一段历史时期,但是可以看到黄蓓佳在表现手法上做了更缜密精巧的安排。

昨天和今天、历史和现在、太平洋和大西洋、从前的讲述和正在发生的寻找,在双线复调、双重视角、时空交错的叙述里,《太平洋,大西洋》呈现出对立和谐的美学意蕴:全知视角里"猎犬三人组"的找寻与主观视角里老人回望的岁月,音乐神童多来米的少年辉光与苍茫人生的庸常岑寂……悲与喜、旧与新、宏大与微渺、壮阔与细碎这些对立的元素,被作者融化在一个饱满圆润的故事中。

黄蓓佳在创作谈中写道:"这样的结构设计,也是为了让今天的孩子们在阅读这个故事时,有更好的代入感,也有一段更宽敞的历史入口,方便他们走进去时感觉道路平坦,无阻无碍。"小说在叙述结构上的精巧设计,不仅仅缘于故事题材在时空上的交错,更是因为以儿童为本位的价值理念,贯穿于黄蓓佳的儿童文学创作之中。

"从太平洋到大西洋,这是我一生的路程,是我的宿命,是我站在世界尽头回首故乡的永恒张望。七十年,多漫长的时间啊,想起来简直像做梦。"老人信里的追忆,传递出故事的空间跨度、时间跨度。

故事里多来米一出场,即是一个"多余人"的形象。他在两三岁时被父母从国外带回来放到外公家,就再也没见过他的父母。多来米被小舅舅藏在了正房的夹壁里,昼伏夜出,直到老宅院被改为国立幼童音乐学校的校舍,他在半夜偷食时被发现,才被好心的校长收留。他在学校里抄谱子、听先生授课,但就是不讲话。在杂物间里无意间捡到的一把废弃的小号,成了他情感的一个出口……

国立幼童音乐学校的故事是有历史原型的。那是一个怎样的年代啊,"想必日色也苍黄,风声亦凄厉,人心稍不留神便会跌入万念俱灰的幽暗境地。这里却竟如世外桃源,无有历史,破旧留声机里流入孩子们耳朵里的音乐是巴赫的《G弦上的咏叹调》、海顿的《告别》、贝多芬的《命运》……"

吃不饱、穿不暖，这样的日子里，人与人之间的相互温暖、校长岑之光（岑寂之中带来光的人啊）对音乐教育的执着、音乐给孩子们的滋养……都给黯淡的日子刷上油彩，带来光亮。最难的日子里，学校没了经费，校长无奈之下带着学生从镇江丹阳步行到南京国民政府的教育部讨要经费，无果，只好借用金陵女子大学的礼堂演出来募集经费。

台下商贾、要员、文人、记者济济一堂，彩灯华服、笑语欢颜；台上小乐手们却一个个面黄肌瘦、衣单鞋破。可是，当岑校长上台，指挥棒猛然抬起的瞬间，"一道阳光射向舞台，掠过台上每一个乐手的脸庞。世界被照亮了。曼妙悠扬的小提琴，如泣如诉的大提琴，婉转圆润的长笛，嘹亮激越的小号，加上恰到好处的钢琴声的衬托，美妙的音乐在舞台上荡漾和澎湃，盘旋和穿透，抹去了王子和贫儿的区别，使得这个礼堂里的时光停滞，万物安详"。

故事的最后，"猎犬三人组"在一个养老院里找到了垂垂老矣的多来米，老年痴呆、无儿无女的多来米早已与世事断离。他一生孑然，离群索居，也没有从事与音乐相关的工作。人生归于庸常岑寂，可是那转瞬即逝的与音乐相伴的日子也曾闪闪发亮，悠长岁月里也曾有过璀璨星光。

这是照入人生里的光，同样也是黄蓓佳期待着照进儿童读者心里的光。

黄蓓佳选择了"弦歌"以寄意，有两层含义：一是字面上的"依琴瑟而咏歌"，既指代旧时国立幼童音乐学校的交响乐团，也指代"猎犬三人组"所在的荆棘鸟合唱团，它们都是少年生活与音乐的交织缠绕，都为少年的成长带来了光照与闪亮。二是"弦歌不辍"所传递的教化育人的精神，既有旧时岑之光校长在艰难时岁依然发愿要带来最好的国际音乐教育的坚持，也有当下温凌云老师对音乐的庄重敬畏，二者纵然隔了七十多年的岁月，谁又能说这不是一种"弦歌不辍"呢？

这是黄蓓佳在题材上的捡拾，也是潜化在她心底的情结，更是融入她生命里的美学追求。在小说中，黄蓓佳充分调动了她对于场景、画面的想象。"时至今日，我还记得那处宅院的样子。闭上眼睛，那些漂亮的雕花门窗，黛青色的方砖地面，院落里的水井和花坛，枇杷树，香橼树，开紫花的梧桐树，开金黄小花的桂花树，三个小孩都抱不过来的龙纹荷花缸，夏天的知了和纺织娘，冬天垂挂在屋檐的冰凌……一幅一幅，画儿一样，清晰到发光。"在黄蓓佳的小说里，对风景、风物的描写，对群像、个体的描画，音乐的通感，时代家国的背景色调都准确而清晰，让人觉得历史是如此真实可触。

"作家，或者说是儿童文学作家，是负有使命的人，要通过文学这样一种方式，把'从前'这个词语很具象地呈现出来，让孩子了解自己的家庭、家族、家乡，一直到族群和国家，丰富小孩子们对历史的感知，对人性的洞察，对田野文化、乡镇文化、城市文化多样性的认识。……如果我们不写，小孩子们就只能从历史书上读到那些朝代更迭的大事件，而不能精细入微地把自己代入历史，去体察祖辈们的生活情状，一饭一粥，一颦一笑，那些有声音、有温度、有呼吸的场景。"黄蓓佳如是说。

可以说，《太平洋，大西洋》是一部以儿童为本位、意蕴丰富、充满张力的儿童文学精品力作。这是黄蓓佳在儿童文学创作领域的一个新标志，也召唤着中国的"朱塞佩·托纳多雷"为它注入美妙的画面和音符。

本文发表于《中华读书报》，2021 年 5 月 5 日

黄蓓佳《太平洋，大西洋》：让音乐点亮未来

汪修荣

作为当代儿童文学作家，黄蓓佳曾创作过《今天我是升旗手》《我要做好孩子》等一系列现实题材的优秀儿童文学作品。从《野蜂飞舞》开始，黄蓓佳把视角伸向历史深处，从历史的维度反映抗战时期儿童生活，为读者带来了新鲜体验。这部《太平洋，大西洋》延续了《野蜂飞舞》的历史视角，可以看作是《野蜂飞舞》的续篇。作者以丹阳幼童音乐学校为舞台，描写学校的先生们在抗战复员后的特殊年代，为民族文化复兴和薪火相传所做的坚守与牺牲。他们的故事，让我们看到了一个民族在逆境中的崛起。音乐就像黑暗中的一缕亮光，带给人温暖、乐观和希望。

故事从南京荆棘鸟童声合唱团在爱尔兰首都都柏林一家图书馆大厅举行的一场"快闪"演出开始。一首《长城谣》引来了一位八十多岁的老华侨。小学生丰子悦让老华侨想起了七十多年前在南京下关分别的童年朋友多来米。旅居海外后，老华侨曾多次寻找多来米未果，他希望来自南京的小朋友在他有生之年能帮他找到童年伙伴。为了实现老华侨的心愿，回到南京后，林栋、丰子悦和甘小田成立了"猎犬三人组"，开始了寻找多来米的行动。老华侨的回忆和"猎犬三人组"的寻找，把过去与现在接续到一起。

小说以镇江丹阳国立幼童音乐学校为舞台展开故事情节。抗战复员后，国民党政府的腐败导致经济凋敝、民不聊生，教育受到极大破坏，幼童音

乐学校不仅缺少办学经费，连吃饭都成问题，师生们过着饥寒交迫的生活。即使在这种情况下，大家仍坚守音乐这块圣地，坚持教书育人，为国家发现、培养优秀的音乐人才，甚至一些外籍教师也在岑校长的精神感召下，选择了默默坚守。然而，在当时的环境下，一所幼童音乐学校不可能得到真正的关注。无奈的岑校长只好带领全体师生步行前往南京国民党政府抗议，希望能为学校生存找到一线生机，结果等来的却是绝望和解散。失望之余，岑校长等人最后乘太平轮前往台湾谋职，不幸葬身大海，只有老华侨一人幸免于难。音乐学校的结局是国民党统治的必然结果，因而太平轮沉没这个结局也就有了更多的象征色彩和寓意。小说通过广大师生在绝境中的奋争，表现了那一代人为培养音乐人才、弘扬音乐文化所做出的努力，成功塑造了多来米、岑校长、老华侨的父亲、老张这组集体群像。

小说在结构上也颇具匠心，作者精心设计了两明一暗三条线索。小说采用书信体的形式追忆过去，主线是老华侨童年时代与多来米的生活与友谊，以及音乐学校的生活。这条明线代表过去与历史。另一条明线是"猎犬三人组"寻找多来米的过程，代表了现在与未来。两条明线不断交替，过去与现在、历史与现实、南京与都柏林不断剪辑切换，时空穿插，故事时间和空间跨度大，使小说获得了宽广的时空维度。作者说："昨天和今天，历史和现在，太平洋和大西洋，从前的讲述和正在发生的寻找……我选择了这样一种时空交错的方式，把一段难忘的历史呈现给孩子们。"书信体的运用也让人感到亲切、自然、真实。

小说中一条隐伏的暗线是多来米父母为抗战胜利、民族解放与自由所做出的奉献与牺牲。他们海外留学归来，丢下两三岁的儿子多来米，抛家别子，隐姓埋名，投身抗战，从事地下情报工作，最后多来米的母亲为保护情报壮烈牺牲。多来米像小动物一样被人藏在夹壁中才得以幸存。因为孤独、恐惧，多来米只能半夜偷偷出来觅食，被老华侨的父亲偶然发现，才回归正常生活。多来米矮小瘦弱，甚至连名字都没人知道，校长于是给他取名多来米，这个绰号从此成了他正式的名字。三条线索互相交织，既丰富了小说的形式感，又使小说内容更为丰盈，更有深度与内涵。

多来米是作者着力塑造的儿童形象。小说通过多来米的命运，表现了特定环境下人性的善良与美好，闪现出人性的光辉和人性之美，这是这部小说最为感人的地方。无论是老华侨与多来米的无私友情，还是岑校长、厨师老张、老华侨的父亲和林先生等人对多来米的爱，都是发自内心的，闪耀着人性的光辉，体现着人性的诗意与温暖。一向胆小、孤独、自我封闭，甚至伪装成哑巴的多来米，最后在温情友爱的打动下，终于开口说话。在最饥饿的日子里，多来米主动让人从荷花缸底下挖出一罐家人偷偷埋下的银洋，解了学校的燃眉之急。真正能让多来米快乐的只有小号，小号与多来米几乎融为一体，只有与小号相伴时，他才感到快乐与安慰。他沉浸在音乐世界中，他用小号与这个世界对话交流，音乐成了他唯一的寄托、慰藉与希望，也照亮着他的未来。

音乐在这部小说中始终是一条主线，把过去与现在，把形形色色的人联结到一起。音乐在这部小说里已经不是单纯的音乐，而是一个巨大的象征。幼童音乐学校和音乐在很大程度上代表着民族文化，而文化恰恰是一个民族的血脉与希望，是一个民族生生不息的灵魂。即使在那种忍饥挨饿的处境下，从岑校长到林先生，从多来米到张师傅等人，都在坚守着音乐，坚守着这个圣地，他们的默默坚守与牺牲，让我们看到了文化的力量和民族的希望。

本文发表于中国作家网，2021年6月28日

悲壮谱写的时代史诗
——读黄蓓佳《太平洋，大西洋》

黄紫萱　田振华

《太平洋，大西洋》以儿童的视角进行叙事，讲述了跨越两个时代的令人感动的故事。作家笔触细腻，给儿童带来笑声与泪水的同时，探讨了关于儿童成长与人生追求的深刻主题。本文主要从三个方面展开解读。

一、双线并行，串起两个时代人的信仰

故事的起点是两个时代音乐人的相遇。南京的荆棘鸟童声合唱团来到爱尔兰参加儿童合唱比赛，故事的三个小主人公甘小田、林栋、丰子悦因此偶遇了另一半故事的叙述者——华侨老爷爷。这位历经沧桑的老爷爷或许是被合唱团孩子们对音乐的诚挚所打动，又或许是被丰子悦脸上的痣勾起了回忆，老爷爷将一个珍藏了七十多年的故事娓娓道来，两个时空的故事便由此开始交叉。

小说的标题《太平洋，大西洋》富有新意，让读者有一探究竟的冲动。"太平洋""大西洋"实际上暗中呼应书中两条线索，也与书中两个时空一一对应。"太平洋"指的是一群热爱音乐、朝气蓬勃的孩子；"大西洋"指的是思念家乡与故友的垂垂老矣的华侨老爷爷。华侨老爷爷将自己一生中最重要的珍藏托付给这三个即将回国的孩子，请他们将铜管小号嘴交给他童年的朋友多来米。小说的结构自此以双线形式展开，一条线索是抗战结束后国立幼童音乐学校在丹阳艰难的办学历程，以及音乐神童多来米和众

多孩子在流离颠沛的时代学习音乐的成长故事；另一条线索则是猎犬三人组寻找多来米以及他们在荆棘鸟童声合唱团不断成长的故事。两条线索由华侨老爷爷从大洋彼岸发来的、写满对过往回忆的一封封邮件串起。

不同于一般意义上的双线并行，作家将两条线索放在地点、背景都截然不同的两个时代，仿佛复调的乐曲，两个声部相互应和，串起两个时代人的信仰，一步步把故事推向高潮。黄蓓佳在接受采访时提过这种叙述方式："这一场盲目、纠结、充满悬念、带着强烈使命感、以喜剧开场以悲伤结束的漫长寻觅，勾连了两个大洋之间的时间和空间，以复调的形式，在温暖泛黄的过往岁月和生动活泼的当代生活中穿梭往返，昨天和今天，历史和现在，太平洋和大西洋，从前的讲述和正在发生的寻找……我选择了这样一种时空交错的方式，把一段难忘的历史呈现给当代读者。"①

复调小说是一种独特的叙事方式，苏联文艺理论家巴赫金在《陀思妥耶夫斯基诗学诸问题》一书中对"复调""对位"小说理论做了深入研究。钱中文在《"复调小说"及其理论问题——巴赫金的叙述理论之一》一文中解释了巴赫金所言的复调小说"对位法"并把它们分为两种情况：一种情况是"小说是有意运用不同的调子来写的，它通过音乐中的'中间部分'的过渡办法，完成了从一个调子向另一个调子的转变，不过唱的是一个题目，这是一种情况"；另一种情况是"'复调'在结构上表现为情节发展的平行性"。② 小说《太平洋，大西洋》就是将当下孩子们的叙事时空与二十世纪四十年代历史叙事的时空相"对位"，两者的主角都是与音乐相关的孩子们，他们年龄相仿，都与同学有着非比寻常的友谊，也都对音乐充满热爱。甘小田、林栋、丰子悦，他们三位珍惜每一次排练机会，因为不知什么时候就会因为变声而退出童声合唱团；而多来米在他的小屋里，一遍又一遍用一只二手铜管小号吹着《降 b 大调进行曲》。我们难以区分哪一条为

---

① 张竞艳：《黄蓓佳：在心里"养"一篇小说》，《出版人》2021 年第 5 期。
② 钱中文：《"复调小说"及其理论问题——巴赫金的叙述理论之一》，《文艺理论研究》1983 年第 4 期。

主线，哪一条又为辅线，而是觉得两者密不可分，相得益彰，这是因为这两个声部始终被同一主题所统领。同时，在表现孩童们对音乐的热爱与对承诺的坚守时，小说让两组不同时代、不同空间的孩子们相互映衬，让故事有历史底蕴的同时还富有现代悬疑色彩，这也让小说脱离"单调"叙事，变得更加丰富多彩，主题意蕴更加丰满。不管时代怎样变迁，信仰却依旧如一，在一代代孩童心中始终珍贵、坚定。

很多读者将《太平洋，大西洋》看作是黄蓓佳另一部儿童小说《野蜂飞舞》的续集，黄蓓佳自己也曾说："两本书在历史背景的设置上，有某种传续，读这个故事的人，你可以先读一读《野蜂飞舞》，你可以把《太平洋，大西洋》看作是《野蜂飞舞》的续篇，或者什么。总之，大时代是差不多的，大背景也是差不多的，不同的是故事，是人物。"① 但两本书的叙事方式是截然不同的。《野蜂飞舞》很纯粹地讲了一个过去的故事，作家采用回溯性叙事方式，叙述时在过去和现在间来回切换，加强了文本时间的立体感，属于一个迟暮之年的老人对童年往事的倾情回望。而《太平洋，大西洋》则是"复调""对位"叙事，双线并行，在现代故事部分打造侦探悬疑小说的外壳，用"猎犬三人组"的探寻，打捞起另一个发生在二十世纪四十年代的"音乐神童"的成长故事和幼童音乐学校在艰苦年代苦苦坚守的故事，内涵上比《野蜂飞舞》丰富很多。

《太平洋，大西洋》的两条线索就像乐曲的两个声部，各自独立却又交相辉映，它们共同映衬着一个主题，丰富了小说的中心意蕴，即：歌颂对音乐艺术美的极致追求，讴歌少年友谊的温暖美好，赞叹老师与少年们在那个困苦年代中的家国之爱和彼此团结、守望相助的真情，表现孩童时代承诺的重量与永生难忘的情谊……

首先是音乐之美。多来米抱着废弃小号在小屋中不停地练习，用这把残缺不全的小号吹出了令音乐老师吉姆先生震惊的旋律，这是二十世纪四

---

① 黄彦文：《黄蓓佳：我把孩子当上帝一样尊敬》，《扬子晚报》2021年5月6日。

十年代孩童们对音乐的执着追求；不舍得离开荆棘鸟童声合唱团而珍惜每一次训练机会直到最终与自己和解，是现代的孩子们对音乐的热爱与珍惜。岑校长带着全校师生从镇江步行到南京募集经费，是二十世纪知识分子对音乐教育的执着；温老师严厉却又生气勃勃，将带领孩子用真情去歌唱这世界上的一切美好作为使命，是这一代人对音乐仿佛荆棘鸟流血高歌般的不懈追求。其次是友谊之美。多来米在做"哑巴"这么久之后对"我"喊出的那声"哥"，以及拒绝高官父亲带走他的请求而选择留下来，是二十世纪孩子们的深厚情谊；"猎犬三人组"互相帮助、互开玩笑，是现代的孩童们珍贵的少年友谊。再次是家国之爱。岑校长在当时南京教育部拨款极其有限的情况下，为了提高本国的音乐水平，一直坚持办学，谱写了那个年代知识分子的家国大爱；温老师带领学生们走出国门，参加国际合唱比赛，展示中国音乐的魅力，是当代爱国精神的体现。

值得一提的是，作品从不同层面呈现了不同人物之间守望相助的温情。不管是岑校长、老张、林先生对学生的爱护，还是岑校长拜托吉姆给多来米买的二手小号，抑或是多来米在艰苦日子里从荷花缸下挖出的、全数交给岑校长来维持师生基本生活的银洋，无不体现出那个饥寒交迫的年代中人们的坚守和互助；而现代的孩子们，也在人们的帮助下四处打听多来米的消息，并得到了神秘阿姨的帮助。作品还呈现了承诺的重量：无论是华侨老爷爷跨越大洋前对多来米的承诺，还是"猎犬三人组"信守对华侨老爷爷的承诺——小小年纪的孩子们跨越重重困难，坚持找到多来米，都体现了他们身上一诺千金的可贵品质……

复调音乐厚重的声响前后叠置，一个个音符勾勒出两代人的精神风貌。音乐、家国、友谊、承诺，这一个个质朴的追求，串联起两个时代的信仰，也让这部落满时代灰尘的、以悲剧结尾的小说充满了光亮，成为各自时代中熠熠生辉的精神明灯。

二、人物群像，展现宏大历史图景

小说《太平洋，大西洋》以史诗般的叙事描绘了抗战结束后至解放战争期间幼童音乐学校的艰难办学历史，塑造了一个个感人至深的人物形象。

小说极具突破性的一点便是展现了宏大的历史图景。它叙述的故事不只停留于现在，还追溯到过去。"回忆并不意味着对现实的逃离，而是现代人承受生命之重的一种勇气。"① 华侨老爷爷对童年的回忆，是他在大洋彼岸慰藉绵绵乡情的重要方式。时代是艰苦的，但为了许多音乐前辈的梦想——战争结束后能为国家组成一支全建制大型交响乐队——岑校长在条件万分艰难的情况下开办了幼童音乐学校。然而国家百废待兴，音乐教育成为一种奢望，正如小说中所说："在国家百废待兴时，音乐这东西不比钢铁化工，是最边缘最当不得饭吃的，有它更好，无它也行。"② 幼童音乐学校创办于抗战时期的重庆，战后搬至南京，可当学校在南京下关的一座炸没了房顶的破庙里落脚后，苦苦等待了两个月，却怎么也等不来教育部门的安置通知与经费。对于创办幼童音乐学校之艰辛，黄蓓佳并没有采用过多悲怆的笔触，而是以华侨老爷爷阅尽沧桑的口吻，以一种嬉笑玩闹的语气描绘出时代的艰辛和办学的不易，节奏是欢快明朗的，细节的刻画是率真的和充满童趣的。音乐学校被迫在镇江落脚，作者的环境描写却是欢快的，"荷花缸""夏天的知了""冬天的冰凌"以及孩子们互相开着玩笑说着漏雨的屋子。事实上，孩子们两个人挤一张小床，吃不饱，穿不暖，乐器稀少，经费不够，条件十分艰苦。作者以乐写悲，将那个时代的艰苦表达得更为淋漓尽致，让我们在欢笑中更深层次地体验到独属于那个时代的历史之痛，感受到更加刻骨铭心的悲伤，从而展现了宏大的历史图景。

时代是翻滚不息的洪流，每个人都是其中的一粒沙，被裹挟着奔波四方。而文学则致力于描绘不同的时代和生活境遇，呈现各个时空背景下个体的不同存在方式与生命状态，表达更为深刻的历史时代文化叙事与主题。因此，将时代性与人物形象塑造化为一体，用时代大背景烘托人物形象，

---

① 徐妍：《坚守记忆并承担责任——读曹文轩小说》，《文学评论》2000 年第 4 期。
② 黄蓓佳：《太平洋，大西洋》，江苏凤凰少年儿童出版社，2021，第 34 页。

用人物形象展现宏大的历史图景，是小说在塑造人物形象时常常采用的重要方法。黄蓓佳在采访中说过："儿童也是完整意义上的人，而且是社会的人，一切的喜怒哀乐脱离不了社会性，把社会背景写出来了，丰富性就出来了，人物才能从时代底色中突显，呼之欲出。准确而诚恳地描写人物，这是对文学的尊重，也是对儿童的尊重。"[①] 在《太平洋，大西洋》中，她就成功塑造了大时代背景下的诸多人物形象。

第一类是孩子们的形象。不管是"猎犬三人组"，还是那段历史中的多来米，都是经历种种挫折而不断成长变化的少年形象。以小说的一个少年主人公多来米为例，他的经历赋予了他最初的固执、疏离、不愿与人交流的性格。时代给予多来米巨大的苦难，他出身于一个汉奸家庭，抗战胜利后，他的家人死的死，散的散。初次登场时，他瘦小羸弱、内心封闭、与世隔绝。纵然之后他经历了很多美好并一步步成长，但他在漫长的人生中，心里始终对外界有一根刺，这冥冥之中也暗示了他的悲剧结局。而作者塑造人物更成功的一点是将人物在这个特殊时代中的成长过程表现得淋漓尽致。岑校长接收多来米并同意他去听课，老张努力想给瘦弱的多来米补点营养，"我"和"我"的父亲对多来米深切关照，让多来米在爱与温暖中不断成长，曾经的累累伤痕在一点点淡化。多来米终于喊出了那个"哥"字，终于放下隔阂，把"我们"当作亲人。他无比强烈而执着地爱上了音乐，他的人生也因而更加丰富。

第二类是成年人的形象。《太平洋，大西洋》着重刻画了岑校长和温老师这两个不同时代的成年人物形象。以岑校长为例，他用自己的脊梁扛下所有的压力与期待，不管学校办学多么艰苦，他仍然倾尽全力改善学生们的生活和学习环境，教学生们以和平文明的方式去抗争，因为他身上背负着音乐前辈们的期望。在他的带领下，暗淡的日子有了些微的光亮。师生们一路跋山涉水，在严寒中走了八九十公里，饿着肚子，挺过感冒发烧，忍着冻疮溃烂，

---

① 徐芳:《只写作成人文学的作家，绝对体验不到这样美妙的幸福》，https://www.jfdaily.com/staticsg/res/html/web/newsDetail.html?id=117550。

坚持步行到了南京进行文明抗争。岑校长带领孩子们一路走来，迎来贫瘠土地上的花开，这便是成人对儿童的重大影响。除了岑校长，小说还刻画了一组知识分子的群像：管乐班严格但爱才的林老师；因学校经费不足无法继续被聘请，却在离开之后主动回来看孩子们并赠送分别礼物的外教吉姆先生；为荆棘鸟童声合唱团呕心沥血的温凌云老师……他们不仅给孩子们描摹出音乐艺术之美，还带给孩子们一种自我坚持、砥砺前行的信念。

　　由此可以看出，《太平洋，大西洋》以两个时代的孩子和大人们的形象丰富了小说的主旨意蕴。虽然是儿童文学，但小说中不只塑造了多来米等儿童形象，还充分地描绘了宏大历史背景下知识分子的生存面貌。黄蓓佳在接受采访时说道："我个人认为，一部好的'成长'小说，应该同时反映出两个世界：纯真的儿童世界和复杂的成人世界。如何把这样两个世界用符合儿童审美的方式表现出来，这是对我们的创作水平的一个检验。在一个人从童年到少年的成长过程中，'成长'小说是阅读中的一个承上启下的重要环节。"① 确实如此，如果没有这群知识分子在战乱年代中对教育的苦苦坚守和对孩子们的深深关爱，孩子们是很难在社会如此动荡、生活如此艰辛的时期仍执着于对音乐的追求并相守相望的。

　　儿童与成人在精神性格上有某种延续性，这种延续性构成了中华民族和中国知识分子独特的精神基因，成为感染我们的、在苦难岁月中永不磨灭的人性光辉。孩子们在幼童音乐学校深受老师们的精神感染，在幼童音乐学校被迫解散后，尽管每个孩子有着不同的选择和结局，但他们拥有相同的追求：希望中国的音乐舞台上永远群星璀璨。市面上有很多只描绘儿童生活而忽略成人生活的儿童小说，也有很多不那么突出成人对儿童影响的小说，但笔者认为，能够把成人世界的繁复以及成年人对儿童成长的影响描绘出来的小说才是一篇优秀的儿童小说。正如一位评论者所说，儿童的生存空间环境就是成人的生存空间环境，成人的一举一动、性格精神对

---

① 徐芳：《只写作成人文学的作家，绝对体验不到这样美妙的幸福》，https://www.jfdaily.com/staticsg/res/html/web/newsDetail.html?id=117550。

下一代有着至关重要的影响。① 儿童与成人是互相影响的,中华儿女踏着前辈们走过的路,披荆斩棘,身上也烙印着上一代人的精神风骨。成人文学是书写成人对人生、社会和时代的看法;儿童文学虽然与成人文学不同,但儿童文学可以不仅仅局限于儿童的视角,它可以对成人形象进行塑造刻画,只不过这种刻画更清澈、透明、轻盈,更有一种纯洁的美。

除了人物形象的塑造之外,作者将众多人物汇聚到同一场面之中,让他们交互、碰撞,从而进行人物群像的刻画,这是小说极具震撼力的一个重要因素。约翰·多恩在诗歌《丧钟为谁而鸣》中说:"没有人是自成一体、与世隔绝的孤岛,每一个人都是广袤大陆的一部分。"《太平洋,大西洋》让人极为感动的地方便在于它所描绘的人物群像,是他们书写了一个时代的史诗。小说中最能表现人物群像的地方是师生们一起在金陵女子大学礼堂进行募集经费演出的时候。台下华服靓丽、笑语欢颜,台上师生面黄肌瘦,但当音乐响起时,一切便变得安详:"美妙的音乐在舞台上荡漾和澎湃,盘旋和穿透,抹去了王子和贫儿的区别,使得这个礼堂里的时光停滞,万物安详。"② 小说的精妙之处在于人物精神的传承。两个时代交相呼应,两代人在不同生活境遇中都为了祖国的美好而砥砺奋斗,从而使小说的镜头拉长,穿过变幻的风云,增强了历史的纵深感与文化的空间感。七十多年前幼童音乐学校的孩子们在黑暗岁月中艰辛成长,七十多年后荆棘鸟童声合唱团的孩子们用真情去歌唱;七十多年前岑校长投入全部精力,只为让孩子们受到更好的音乐教育,七十多年后温老师一丝不苟地指挥乐团,并带领孩子们进入音乐的殿堂……

一位研究者在评论黄蓓佳的儿童小说时曾说:"当作家以颇具创造性的眼光将创作视野投向跨越一个世纪的童年生活时,她也以最具说服力的方

---

① 谭旭东:《超越于童年生命的书写——评黄蓓佳儿童小说新作》,《当代作家评论》2011年第2期。
② 黄蓓佳:《太平洋,大西洋》,江苏凤凰少年儿童出版社,2021,第198~199页。

式,诠释了她对于儿童小说这样一个体裁所应当具有的历史承担与文化使命的深切体认。"① 这位研究者对当代长篇儿童小说的几种写作路径也作了考察,并将它们分为三类:第一种是对儿童校园生活的原生态描写,第二种是对幻想世界的表现,第三种是对童年回忆的书写。他还指出了黄蓓佳儿童小说的史诗化写作相对于当下儿童文学娱乐化写作的独特意义。的确,儿童文学在二十一世纪越来越繁荣,但同时,儿童文学中的宏大历史叙事也越来越少,贴近日常生活的儿童经验叙事越来越多,儿童文学越来越有市场化、娱乐化倾向,却缺少了历史情怀与文学性、艺术性。黄蓓佳坚守着自己的初心,承担着历史文化使命与现代关怀责任,正如她在接受采访时说:"历史是一首波澜壮阔的诗,用史诗的形式来写小说,容易感染人,感动人,因为文字会调动读者心里的波澜壮阔,会激发出人心里的崇高、伟大、悲壮等情感。"②

黄蓓佳的《太平洋,大西洋》将童年叙事放在波澜壮阔的历史与时代大背景下,将那段艰苦岁月里永不磨灭的人性光辉与整个大时代的情怀精神更加浓烈地渲染出来,让读者们沉浸在那段悠久时光的重重雾气中,深受感染和感动。他们会深深敬佩那个时代里的家国之爱、音乐之美、情谊之真,他们的精神会在无形中被激励与鼓舞。跨越时代的大背景使读者们更深刻地体会到不同年代的少年们追逐音乐梦想的艰辛,感受友谊在生活中的熠熠生辉。时代不是隔阂,它见证了知识分子们与少年们热血信仰的传承。通过小说,孩子们不仅会铭记信仰、友谊、奋斗的可贵,更会知道要珍惜当下来之不易的幸福。

三、儿童本位,奏响时代的悲歌与希望

是否具有读者意识是对作家创作的重要考量。儿童文学与成人文学的

---

① 谭旭东:《超越于童年生命的书写——评黄蓓佳儿童小说新作》,《当代作家评论》2011年第2期。
② 徐芳:《只写作成人文学的作家,绝对体验不到这样美妙的幸福》,https://www.jfdaily.com/staticsg/res/html/web/newsDetail.html?id=117550。

根本不同在于儿童文学的读者主要是儿童，因而作家要在写作中加强与儿童的交流。黄蓓佳在儿童文学创作时一直非常注重儿童本位的价值观念，在《太平洋，大西洋》中也是如此。小说从儿童的立场出发，充分描摹儿童的成长经历，为读者们传递着积极的价值观与人生态度。

首先，小说运用了以小见大的创作手法。故事发生的背景是抗战结束后的解放战争时期，那时，国家百废待兴，经费严重不足。小说讲述了幼童音乐学校在废墟中的艰难办学史和孩子们的苦难成长史。毋庸置疑，抗战结束后国家的重建、复兴属于宏大的历史叙事，但作者选择了以一个孩子为叙事视角，展现了一个音乐神童在生活极其困难、学习条件极度艰苦的情况下的成长历程，从而表现了幼童音乐学校所经历的风风雨雨，更表现了在那个风雨飘摇的时代，知识分子们在教育与人才培养上的坚守。那个时代太过晦暗，作者选择以描绘孩子们与老师们的互动为主，以讲述社会时代背景为辅，让儿童读者更有代入感。

其次，小说叙事的整体情感基调是欢愉的。小说以一位华侨老爷爷的口吻叙述故事。老人在叙事视角上具有特殊性，他们的童年与当下间隔时间太长，脑海中记忆最深的不是黑暗，而是黑暗中的那抹亮光，因而小说对幼童音乐学校孩子们富有趣味的日常生活进行了细致描写。例如小说中写到的幼童音乐学校校园的美好，学校在校址遴选时面临着无处办学的艰难困境，几经周折，终于找到落脚点时，作家用温馨的笔触进行景物描写，渲染了一种欢愉美好的气氛。除此之外，小说整个叙事的情感基调都是愉快的。例如同学们开玩笑吐槽这座房子的漏雨和霉味；厨师老张在食物极其短缺时，千方百计地来解决大家的饮食问题；"我"父亲修理乐器时的趣事……让我们读来忍俊不禁。但在短暂的欢愉之后，一股浓浓的悲凉和酸楚又会涌上心头。小说既表现了那个年代创办艺术学校的艰辛不易，又能引发儿童阅读的兴趣。

最后，小说的主旨是展现生活的美好与光亮。《太平洋，大西洋》没有传达对生活的不满与怨怼，没有塑造任何放弃追求美好的孩子形象，传达出的是生活的美好与光亮，是孩子们的坚持与勇气。虽然小说结局是悲剧性的,但作者通过第二条线索,描绘了当代孩子们的幸福生活,呈现了温老师带领的荆棘鸟合唱团的不断成长,刻画了"猎犬三人组"的深厚友谊以及对诺言的坚守。此外,读者们阅读完小说后仍会被温暖包围,因为他们看到了那个年代的坚守与执着。不管是岑校长四处奔走拉捐赠,还是学校面向五湖四海招生,抑或是为了申请办学经费,师生们在冬天从丹阳步行到南京……都会让现在的孩子们深刻感受到当下生活的无限美好,更加珍惜来之不易的幸福,他们因此更深刻铭记这段历史,传承这种精神。

  但是这样一部儿童小说,却以悲剧结尾。笔者也曾困惑,这对孩童而言是不是太过悲怆与沉重?每一个人都为幼童音乐学校付出了毕生心血,但在故事的尾声,一切都潦草谢幕,留下满目沧桑:经费短缺、乐器不足、聘不起外籍教师,幼童音乐学校最终关闭。老师们虽怀揣音乐教育梦想,最终还是各奔东西,自谋生路,有的甚至没有机会从事与音乐有关的工作。小说里还有更多的悲剧:老张为了给孩子们多找些食材而落水淹死;吉姆先生因车祸而死;岑校长虽找到台湾音乐学校的教职,却在前往的途中遭遇海难,把生的希望留给了下一代。从此,"一段历史,跟随'太平轮'的沉没而成为过去"[1]。

  除了这些令人感伤的故事,还有多来米一生的悲剧。"峣峣者易缺,皎皎者易污",多来米的性格,很难被社会所包容。最后他不愿再与高官父亲联系,茕茕孑立,孤苦伶仃,因为在抗美援朝战争中受伤,再也无法从事吹奏乐器的工作。音乐神童的光环曾经璀璨耀眼,而今终归于平淡无奇。这是华侨老爷爷一直等待的音讯,亦是他无论如何也不会想到的结局。"猎犬三人组"不忍心告诉他事实的真相。可是,孩子们编造的"美好"结局,即多来米考上音乐学院,当上小号手,华侨老爷爷却还是没有看到,因为他没有等到最后一封邮件便已离开人世。那个小号嘴,跨过了大西洋到太平洋的遥遥路程,却抚慰不了华侨老爷爷站在世界尽头回首故乡的永恒思念:他的好兄弟多来米已经痴呆,甚至记不起那个号嘴与小号。梦想被现

---

[1] 黄蓓佳:《太平洋,大西洋》,江苏凤凰少年儿童出版社,2021,第228页。

实一点点抹平，这或许就是生活。

虽然结尾的悲剧令人感伤，但悲剧本身也具有巨大魅力。"悲剧将人生的有价值的东西毁灭给人看，喜剧将那无价值的撕破给人看。"① 悲剧在某种程度上能给人带来更大的感染与震撼，带给人直面生活的力量与勇气。对于担心孩子们能否消化这段沉重的历史的担忧，黄蓓佳回应道："我不担心小孩子们能不能读懂。文学是要让他们仰头去看的，是应该超越他们的生活和认知，让他们在阅读中有所获得，在他们的心灵中照进一束光的。不超越生活和认知的文学，读完之后哈哈一乐，什么也没有剩下，那好吗？"② 不言而喻，文学不应当仅作为一种娱乐的工具，也应该是带读者见证生活、认识生活、思考生活并且迎接生活的精神导师。儿童小说不一定都需要圆满的结局，悲剧有时候或许更能带给孩子灵魂上的触动。力量不来源于遗忘，而是汇聚于铭记。

悲剧的魅力还不止于此。悲剧的结局亦能增加故事的真实性，让人们更加深刻地体会个人之于时代的渺小，个人奋斗的不易，增强故事的纵深感与历史的厚重感。书中的每一个孩子或许都没有完美的结局，但每一个孩子都有自己的道路，或许这与他们的性格有关，也与时代大环境有关。他们每个人所选择的道路，都是他们在那个战乱频发的年代里，以小我投入时代洪流，努力奔腾向前的真实写照。《太平洋，大西洋》通过这样的悲剧结局，更加真实地表现出解放战争时期教育事业，特别是艺术教育事业发展的举步维艰，给当下的孩子们呈现出一个感性、丰富而又真实的历史，让他们努力奋斗，以守护现在幸福的生活。

暗淡并不代表没有光明，二十世纪的孩子们与老师们心中的灯火始终长明，因为那曾经在幼童音乐学校度过的时光会永远熠熠生辉，成为照耀并温暖余生的精神明灯。因此，这部小说让读者从悲剧性的结尾里看到了

---

① 鲁迅：《再论雷峰塔的倒掉》，载《坟》，人民文学出版社，1980，第 187 页。
② 施向辉：《黄蓓佳新作〈太平洋，大西洋〉：照亮孩子生活的一束光》，《现代快报》2021 年 7 月 11 日。

希望与光明。

正如小说中所写，在那个战乱年代，芸芸百姓能够活下来已经十分艰难，而一群知识分子却带领幼童音乐学校走了那么远，甚至培养了一些音乐人才。那些在战乱年代对音乐教育的坚守，那些在艰苦岁月中携手奋进的勇气，体现了无法磨灭的人性光辉。这无疑给当下的孩子以更大的希望与勇气。不遗忘黑暗，才能不走向黑暗。

岁月不居，时节如流。山河不再动荡，风雨不再飘摇，老一辈人的奋斗精神却一脉相承。童声合唱团的名字"荆棘鸟"，来源于一个美丽而悲怆的传说：荆棘鸟一生只唱一次歌，从离开巢开始，便执着不停地寻找荆棘树。当它如愿以偿时，就把自己娇小的身体扎进一株最长、最尖的荆棘上，流着血泪放声歌唱。一曲终了，荆棘鸟气竭命殒，以身殉歌——以一种惨烈的悲壮塑造了永恒的美丽，给人们留下一段悲怆的绝唱。小说中当下的孩子们是幸福的，他们懂得珍惜来之不易的幸福。荆棘鸟童声合唱团的梦想便是用生命去歌唱世界上的一切美好。他们一遍遍地排练，继承并发扬着一丝不苟、为梦想拼尽全力的精神。由此看来，《太平洋，大西洋》的结局并不是完全的悲怆，而是用悲壮塑造最美丽的永恒。有时候小说的结局是悲是喜没有那么重要，它所歌颂的积极向上的精神才是更为深入人心的。

本文发表于《中国当代文学研究》，2022年第3期

《叫一声老师》

黄蓓佳 著

江苏凤凰少年儿童出版社

《叫一声老师》：一部"活的儿童教育学"

成尚荣

著名评论家、理论家刘绪源先生有一个观点："一部真正优秀的儿童文学，同时也应是一部优秀的成人文学。"我非常认同。回忆我读过的优秀的儿童小说、诗歌、戏剧，从来没有一部作品是两者分离的，更不可能是对立的。文学性与教育性应当融合为一体。

最近，我读了著名作家黄蓓佳的儿童小说新作《叫一声老师》。这部作品给了我很深的感触，让我的思路也愈加清晰起来，我的心里冒出一个声音：《叫一声老师》是一部"活的儿童学"，抑或是一部"活的儿童教育学"。此话没有什么刻意拔高之意，当然也没有任何一丝吹捧之心——尽管我与黄蓓佳的父亲是老同事，而且是省教科所前后任所长。这部小说深深地触动了我的心灵，让我触摸到生命中那些有趣的灵魂，我不禁深深地感动，甚至泛起一阵阵情感的涟漪。

小说名字凝聚了"活的儿童学""活的教育学"的灵魂。《叫一声老师》是学生对老师的一声呼唤——既是在做学生时的一声呼唤，也是学生长大成人后对过去那些老师的呼唤。这一声呼唤充满深情的回忆——所谓记忆，首先是相信，然后才是记得。作者相信老校长，相信爱笑的慕老师、带着鱼叉的万老师、排练对口词的爱老师、让数学不太好的同学当课代表的钱老师，还有在教师大院里生活的各位老师。相信什么呢？相信老师发自肺腑的、朴素的爱，相信他们对学生没有任何理由的信任，相信他们对学生未来的可能性的开发,相信他们对专业、对学问的"择善固执",相信他们真诚的关心和无私的帮助……总之,孩子相信老师的一切。而相信,是教育的理念,也是教育的方式,更是教育的力量,这种力量来自内心深处,来自那颗童心——真正的初心、赤子之心。有了这样的童心,作品中跳跃着的那一个个有趣的灵魂,怎能不是"儿童学",不是"儿童教育学"呢?

这样的相信和记得一直延续到学生成年以后,在他们记忆的底片里闪闪发光,在生命的深处闪闪发亮,感动着他们,影响着他们,默默地指导着他们。黄蓓佳就有这样的童年,"叫一声老师"的声音里也有她的一声。这也告诉我们,每一个优秀的儿童文学作家都应该重温童年,在创作中再过一遍童年的生活,否则笔下流淌不出那些来自心灵深处的话语。黄蓓佳就是这样优秀的作家。正因如此,她的作品能够影响读者一辈子,让读者能有所收获——情感、能力、方式、智慧、价值观,当然还有学科知识,这样的作品才能被誉为"活的儿童学""活的教育学"。

"叫一声老师",是学生在呼唤。其实,老师应当回应,"叫一声孩子"。"叫一声老师"与"叫一声孩子"是对应的,是呼应的,都是生命的呼唤、心灵的对话。这种对话重构了师生关系。师生关系是教育的诸多关系中最基本的关系,师生关系揭示了教育的本质和规律,让教育有情感的强度、理性的力量、思想的张力、生活的美好,让教育走向学生的生命深处,走向理想的境界。《叫一声老师》中所有的对话都具有教育学"对话"的性质、特点和意义。对话是有意义的流动,是互动中的合作、生成与体验。我甚至认为对话写得好,是"活的儿童教育学"的关键。

与教育理论范畴的"儿童学""儿童教育学"不同,黄蓓佳的这部作品是以文学的方式来编织与呈现的,有人物,有故事,有心理描写,有丰富的情境,有十分有趣的细节……这些都让儿童沉浸其中,受到浸润,受到陶冶,以身体之,以心悟之,而不是教条的话语,更不是口号。黄蓓佳在小说中描写的生活情境是那么真实,那么自然,那么生活化。她的"儿童学""儿童教育学"是审美的,将"有意义"镶嵌在"有意思"之中,因而不显山露水,不张扬,不喊叫,做到了"润物细无声"。但是,这些描述并不平庸，更不肤浅。是浅语，却深刻；是轻语，却有分量；是稚语，却有哲理；有时是戏语，却令人有所顿悟。就这样，这部作品的文学性与教育性互相渗透，让教育性隐藏起来，却不时冲击着读者的心灵。我不禁为它叫好！

突然想到，有人问：那个年代的老师，在今天还算是好老师吗？今天的好老师还能像那个年代的老师一般好吗？我的回答是：作品中那个年代的老师在今天仍然是好老师；今天的老师们要从那个年代的老师们身上继承一些东西，让教育在新的时代有新的特点。所以，好老师是在不变与变中永存的。

本文发表于《出版人》，2022年第6期

叫一声老师，情深意长

周益民

今年是著名儿童文学作家黄蓓佳从事创作的第五十年，在这具有纪念意义的时刻，她捧出了长篇新作——成长小说《叫一声老师》，着实给热爱她的大小读者一个惊喜。之所以说"大小读者"，一是长期以来，黄蓓佳同时耕作于成人文学与儿童文学，均取得丰硕成果；二是自黄蓓佳1972年步入文坛起，她当年的小读者们早已为人父母，甚至有了孙辈，他们读过的优秀作品继而推荐给自己的孩子，这是真正的亲子共读、全家共读；其三是黄蓓佳的作品题材广泛，内容宏阔，带有深刻的人生况味，如《野蜂飞舞》等，虽为儿童文学，却也拥有更长年纪的读者。

在《叫一声老师》中，作家塑造了二十世纪六十年代苏北某县城的一组教师群像：爱笑的慕老师，热衷叉鱼的万老师，走路都带着音乐节奏的爱老师，痴迷费马大定理的钱老师，还有"我"的妈妈、老校长……五个篇章既相对独立，又互有关联。作家说："我的这本小说里，有我父母的影子，有我童年的那些老师的影子，感谢他们，在我幼小和羸弱的生命里，留下了那么多浓墨重彩的记忆。"可以说，这部小说焕发着半纪实的光彩，也因此更有真实真切之感。

小说着力塑造了一组个性鲜明的教师形象。在黄蓓佳的早期儿童小说中，教师形象并不少见，尤其是获得美誉的短篇儿童小说《小船，小船》(1980)，其中的两位年轻女老师的形象体现着那个年代特有的质朴与清新。

《叫一声老师》流淌着作家对老师一如既往的深情，作为长篇，对人物的描写自然更为立体与多面。在展示老师们各怀绝技的教学艺术的同时，作品更凸显每位老师的个性，留在读者脑海中的，是一个个有趣的灵魂，再不是宣传画中那些刻板雷同的教师形象。

小说借由"我"（女孩王小瞳）的视角展开叙述，作为孩子的"我"懵懂幼稚，观人察事是典型的"儿童视角"，生发诸多趣事或尴尬，让人忍俊不禁。有时，小说会切换到"我"的"成人视角"，或交代后续之事，或审视反思当年。两个视角的自然互动，强化了作品的时间维度，童稚之趣与人生阅历的对比，带给读者深深的慨叹。

黄蓓佳擅长在作品中呈现时代、环境与人物的关系，常常将背景置于辽阔的时代风云之中，将人物的命运沉浮与时代潮流紧密联系。在《叫一声老师》中，我们时时能感受到那个年代独有的气息。文化的断层，物质的匮乏，信息的闭塞，势必影响着人物的行为方式和生活方式，以及人与人之间的交往。然而，人性的力量是相通的，善良、真挚、质朴、勤俭的品质，穿越时间，永远流芳。

本文发表于《爱悦读·云分享——强国荐书》专栏，2022年10月11日

声声慢情切切，桃李春风一杯酒
——黄蓓佳《叫一声老师》读札

王振羽

《叫一声老师》是黄蓓佳最新出版的长篇小说。她在这部小说的后记中坦言，创作这部作品的初衷是因为父母先后辞世，虽然二老都是高寿，但还是让她情难自已。深切回望父母的一生，思及"生命中那些有趣的灵魂"，她文思泉涌，形诸笔端，一气呵成，用此书来致敬父辈的平凡伟大，彰显普通教师的卓绝坚韧，感念栽桃植李的崇高，追怀岁月的峥嵘伤逝。此书细细读来，令人感慨万千。

《叫一声老师》通过慕、万、爱、钱等老师与小瞳父母的言传身教，勾勒出特定年代基层教师燃灯传薪的夺目风采。

书中的主人公、线索人物王小瞳个子高，害羞，总是下意识地缩腰驼背；她不谙世事，心直口快，被高年级同学揭发说了"反动"的话；她在班级打扫卫生，因擦玻璃而受伤……诸如这样的事情，爱笑、不好看、有两颗显眼龅牙的班主任慕老师都处理得得体而从容、智慧而果断，让小瞳感念不已、没齿难忘。

万枝林是爱叉鱼的地理老师，家里有三胞胎儿子，他是小瞳的邻居，他的爱人是学校的医生。就是这位地理老师，他非比寻常的地理知识，他潇洒处世的态度，都深深地影响了小瞳。小瞳回忆起万老师叉鱼的过程，描述中充满了诗意。就是这位万老师，教学生们绘地图、填地图、背《九九歌》。令人唏嘘的是，他最终因为剖鱼受伤而被病毒感染，重病辞世。

教音乐的爱老师如出水芙蓉，清新脱俗，令人难忘。爱老师带着三个孩子，丈夫不在身边，她又不擅长做家务，但她优美的歌声、养眼的衣着品位都对王小瞳起到了审美启蒙的作用。爱老师带领小瞳参加一个"演出"，实际上是一场选拔艺术人才的关键考试，整个过程令王小瞳在多年后仍记忆犹新，历历在目。

钱老师是一位数学老师，小瞳是他的课代表，就是这样一位几乎不食人间烟火的老师，却醉心于数学研究，一直在探究费马大定理。他的最终结局令人扼腕、伤感。这个故事让我想起教我初中数学的杨老师。据说她的丈夫不会教书，在学校里当门卫，负责敲钟。高考制度恢复以后，他却考上了中科院数学所的研究生，后来成为华南理工大学的教授、博导。

《叫一声老师》在浓墨重彩地致敬父辈的恩养培育的同时，也写出了年轻一代的艰辛跋涉、葳蕤成长。年轻一代在父母或伟岸，或卑微，或顽强，或坚韧的精神感召与影响之下，经历了自己的别样人生。万斗是小瞳班上的班长，是万枝林三胞胎儿子中的老大。他早熟、沉稳、练达，对他的父亲因为叉鱼而落水深感羞辱、愤恨。他因为陀螺一事，与小瞳、小旭姐弟发生了冲突，差点儿酿成"流血事件"。此后，万斗考上大学，读了哲学系，他的两个弟弟则分别考入工学院、财经大学。爱老师的三个孩子，两个女儿分别考入复旦、师范大学，聪明卓异、天赋超常的宝贝儿子子承母业，在国外读了音乐学院，后来在欧洲的一家爱乐乐团当了一名指挥。

作者在小说中说："很多很多年之后，我妈妈去世后，我还能想起她当年说的话。每天每天，我读书的时候，工作的时候，做家务带孩子的时候，都会不由自主地想一想，我这么努力、这么勤奋，我的妈妈她满意吗？"这句来自教师子女的质朴无华的心声，令人动容。

年轻一代中除了教师子女，还有一些特别的学生。比如梅子黄、孙招娣、李国庆、赵军辉等，虽然戏份不多，但也都栩栩如生，跃然纸上。黄蓓佳还特别提到了小瞳母亲的学生——那位尿床的李同学，还有母亲倾注了巨大心血的沙小鸣。这样的学生虽然特别，在现实生活中却也不乏其人啊。

《叫一声老师》沿袭了黄蓓佳一贯的诚恳和善意，在众生喧哗的狂流之中，感谢人生路上提点和鼓励自己的老师。这是对中国优秀传统的一种弘扬，是对久违的朴素情感的召唤与提醒。愿《叫一声老师》能成为对太阳底下最光荣的职业的一种抚慰。

合上这本书，我在心中默默祝福：我的先生们，无论你们在哪里，祈愿你们一切都好。

本文发表于《中华读书报》，2022 年 5 月 11 日

迸射人性的光芒
——读黄蓓佳《叫一声老师》

赵冬俊

"老师"是一个永恒的文学话题。一直以来,歌颂老师"为人师表"光辉形象的小说、诗歌、散文不计其数。但正如卢梭在《爱弥儿》中提醒的一样:"做老师的人经常在那里假装一副师长的尊严样子,企图让学生把他看作一个十全十美的完人。这个做法的效果适得其反……要打动别人的心,自己的行为就必须合乎人情!所有这些完人是既不能感动别人也不能说服别人的。"

从这个角度看,作家黄蓓佳在长篇小说新作《叫一声老师》中,展现了与卢梭不谋而合的想法。这部作品以独特的儿童视角、率真的叙事口吻,讲述了一群平凡老师的不凡故事。书中的老师个个身怀绝技,"合乎人情",给人耳目一新之感。

这是一部具有自传性质的小说。作者在后记中自述:"我的父母都是老师""书中小城的生活环境是真的,我读书的那个学校是存在的,温馨可爱、书香氤氲的教师大院曾经也有"。这份得天独厚的成长经历,让小说拥有了一种无与伦比的亲和力。

主人公小瞳出生于教师家庭,成长在教师大院,她的生命里出现过众多个性鲜明、经历独特的老师。慕老师"长得不好看",但她对待学生极有耐性,坚决地跟小瞳的驼背恶习较劲。当不谙世事的小瞳糊里糊涂地说了"反动"的话被人揭发,是慕老师用智慧化解了危机。万老师是县里最会上地理课的老师,他还有个独门绝技——叉鱼。无论什么鱼,只要入了万老师的眼,就再无逃逸的可能。爱老师纯真美丽,随意一个转身都能"把我看得迷住了"。她用歌声、服饰给孩子们美的启蒙,可她不擅长家务,居然向小学生请教如何炸肉丸。钱老师在教学之余,沉迷于费马大定理,导致走火入魔,最终黯然回乡。小瞳的母亲爱学生胜过爱子女。为治好学生尿床的毛病,她掏钱买药熬药,学生却不领情,当着她的面摔碎了药瓶。

在黄蓓佳笔下,老师不再是"高大全"的、具有理想人格的完美存在。相反,每个人都有自己的缺陷和局限。然而,"万物皆有裂痕,那是光照进来的地方",人物的裂缝处,迸射出的是人性的光芒。体育课上,小瞳塌肩缩背,慕老师不管体育老师的瞪目而视,硬要对小瞳进行"越界"提醒,这是她对学生近乎执拗的爱。万老师在叉鱼时落水,面对校长的责骂,他毫不在意,这份淡定是性格使然,更是源于生活的锤炼。钱老师初来乍到就任命成绩平平的小瞳为数学课代表,因为只有小瞳在忙乱中帮他捡起教具,这个决定看似武断,却为全班孩子树立起一个无关成绩的标杆。爱老师让小瞳掌勺炸肉丸,自己虔诚地守在旁边,当肉圆做成,爱老师抱着小瞳的脑袋狠狠亲了一口,这种孩子气的举动让读者久久难忘。

在小说里,小瞳是叙事者,也是亲历者、见证者;是故事人物,也是叙事人物。黄蓓佳常常跳出故事时间,借用成年后的小瞳对故事做评论。于是,整个作品都充溢着一种听人倾诉衷肠、推心置腹的现场感,亦有一种斗转星移的时空交错感。比如,"几十年之后,我自己当了母亲,辅导女儿的功课时""很可惜,活到今天,我都已经老了,也没有像爱老师期望的那样,有一天在舞台上发光出彩",黄蓓佳用这些感慨,突出了老师对小瞳的影响,让读者沉浸在感动中。

作为一名老师,这部小说最打动我的地方还在于它的细节。作者对校园生活、家庭生活的种种细节信手拈来,让人能迅速进入作品,沉浸其中。比如她描写教数学的老先生,"总是把作业本上的红钩钩画得有小拇指那么长,把红叉叉打得像指甲盖那么小",这个细节轻盈地表现了老先生的师者仁心。她写爱老师劝架,"人没到,她百灵鸟一样好听的声音先到:'我看看，是哪个班级的小朋友，打架打得这么开心啊？'"只一句话，爱老师的魅力和智慧就彰显无遗。黄蓓佳以她敏锐的感受力，捕捉到一个个生活的小片段，让人物血肉丰满，活灵活现。

　　老师是孩子最初的启蒙者，他们在孩子们洁白的世界里写下最为重要的一撇一捺，他们的言行常常影响孩子的一生。阅读《叫一声老师》，如逢故友，那些似曾相识的人物唤醒了我对老师的回忆。或许，在这本书的召唤下，每位读者都能写出属于自己的《叫一声老师》。

　　《叫一声老师》，教我如何不想他（她），愿那些从生命裂缝处迸射出的人性光芒能持久地温暖每个人。

本文发表于《中国新闻出版广电报》，2022 年 4 月 22 日

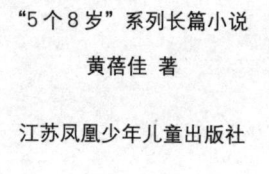

"5个8岁"系列长篇小说

黄蓓佳 著

江苏凤凰少年儿童出版社

穿越历史的童年叙事
——评黄蓓佳"5个8岁"系列长篇小说

赵 霞 方卫平

黄蓓佳的儿童小说新作"5个8岁"系列长篇小说包含了这样一份写作的"野心",即以小说的形式,借助五个特定年份的故事,记录和再现了一个世纪以来中国孩子的某种社会际遇和历史命运。二十世纪以来变幻的历史风云为小说的童年叙事提供了独一无二的背景,在这个背景上,作家把主要笔墨收聚于五个普通家庭的世俗生活和日常遭际之中,并将最为浓重的笔墨给予了这些家庭里的孩子们。透过童年生活的帘幕,历史的硬度被消解了,一种更贴近坊间普通人的命运、贴近童年生命感觉的历史体验,在文字中慢慢沉积下来。与此同时,在小说精致、大气的历史叙写中,我们也握住了一条纤细而又明亮、柔弱而又充满韧性的童年命运的蛛线。

一

故事起始于二十世纪二十年代,一座名唤青阳的小城中,八岁女孩梅香的经历启动了这一小说系列的叙事链条。在这部名为《草镯子》的小说中,作家向我们出示了"5个8岁"系列的几个重要的特征:统一的故事地点,统一的儿童主人公的年龄。当然,使这一系列的五部小说成为一个整体的最重要的元素,是贯穿于小说间的这条历史的线索——题为《草镯子》《白棉花》《星星索》《黑眼睛》《平安夜》的五部作品,其叙事分别集中于二十世纪二十年代、四十年代、六十年代、八十年代和新世纪初一个特定的历史年份，它们各自提供了关于那个时代儿童生活和历史形态的一份样本。这样，当五部作品前后衔接在一起时，它们便构成了对于近一个世纪以来童年变迁和历史轮替的某种生动的展示。

这是一种与历史有关的特征，但它又并不仅仅关乎历史，因为在小说中，作家要展示的不只是历史的内容，也是一种历史书写的新的姿态。与一般历史相比，文学呈现的"是活的、片段式的历史，也是更多地接受了个体能动性的历史"①，它使文学的叙事常常能够进入到那不可复原的原生态历史的细部，从而揭开线性历史叙述永远难以详尽的历史的枝蔓。应该说，在当代儿童小说六十余年的发展历程中，历史作为一种重要的题材元素，从未在儿童小说的叙事列表中缺席。从二十世纪五十年代刘真的《我和小荣》(1955)、徐光耀的《小兵张嘎》(1959)等作品到五十年代袁静的《红色少年夺粮记》(1962)、七十年代李心田的《闪闪的红星》(1972)等，一直到八十年代及以后的《乱世少年》(萧育轩，1983)、"赤色小子"系列（张品成，二十世纪九十年代）等，历史和特定历史下的童年形态，一直是小说艺术表现的重要对象之一。八十年代以来，历史题材儿童小说的艺术探索显示了一个重要的叙事变化，即从英雄叙事到生活常态叙事的有意识的转换。例如，黄蓓佳本人在八十年代初创作的《阿兔》等一部分带有"伤痕"意识的中短篇小说，曾试图将儿童主人公的历史体验还原到"文革"时期现实生活的复杂环境中，探讨儿童个体历史命运的深层原因。然而，在回到生活的同时，这些小说对于历史的理解并未能摆脱宏大历史图式的框定。《阿兔》等作品中的历史语境并不是个性化的，它对应的依旧是历史大叙事中的一个碎落的镜片，它所反射的还是笼罩在个体之上的那个具有普遍性的历史的影像。

从这个意义上说，黄蓓佳的这一系列长篇新作是对当代儿童小说传统的历史叙事模式的一个富于新意的突破，也是对黄蓓佳儿童小说写作的一次充满意义的自我突围，因为在这个系列的作品中，她尝试了完全朝向散

---

① 南帆：《文学性、文化先锋与日常生活》，《当代作家批评》2010年第2期。

落在历史边缘的普通童年个体及其日常经验的历史讲述。

在疾速转动的历史大机器的轮齿间,一个个步履踉跄的普通孩子的命运与体验,常常显得格外细小和微不足道。这是一些容易被主流话语轻易忘却的普通个体的历史经验,也是一些在历史记忆和文学书写的河流中长久被湮没、被掩埋的话语内容。毫无疑问,那些像梅香一样的普通小女孩对于历史上波澜不惊的1924年的深切体验和记忆,永远不可能进入肃穆庄严的历史叙述,那些像小米、艾晚一样的普通孩子记忆中充溢着柴米油盐味儿的1967年和1982年,也难以进入宏大历史的言说范围。甚至,因为经验者不过是一些未更事的年幼的孩子,它们也很少被纳入文学叙事的普遍场域。但作为一些独特的生命存在,孩子们的体验又构成了历史叙述的另外一个同样重要的维度。黄蓓佳在她的这部作品中致力于呈现的,正是这样一种真正属于童年的对于历史时间、事件和生活的特殊体验,是历史以最具体的形态降落在一个孩子的生活中之后,所生发出的那些看上去毫不起眼的微小的叙事。

所以,发生在二十世纪二十年代前后的种种历史的"大叙事"从来没有在八岁女孩梅香的世界里投下过分明的影像。甚至对于梅香生活于其中的整个青阳城的人来说,它也只是些缥缈如烟云般隐现在远处的风景。在梅香小小的视野里,世界不过是由孝顺聪敏的父亲、贤惠多病的母亲、勤快唠叨的余妈、古板守旧的"太"以及刻薄俗气的裁缝娘子、善良肯吃苦的秀秀等形象交织而成的一小片天地。生活中不时出现的小小惊喜足以让她全心全意地快乐起来,而那些她还难以理解的忧愁、悲伤和不幸,则是以一种轻淡模糊而又消散不去的浮云般的形状,莫名地盘旋在她的生活里。她朦胧地听见大人们说"时代不一样了",她仿佛明白,又实在不解,因为"城里的小学校都开始招收女学生了",秀秀却仍是裁缝家里的童养媳;"民国了""婚姻兴自由了",爹却不得不接受娶二房的不自由;还有爹带着栀子花般的芸姨出走后,大街上那一片"白花花的薄霜"……梅香小小的心灵怎么能够明白她所看到的这一切呢?她更不能用自己的言语传达她所感受到的这一切。作者是尊重故事里这个八岁的小女孩的,她写了梅香身边发生的种种，也写了梅香眼里见到的种种，却极少以全知叙述的暴力干涉她的思想。恰恰相反，很多时候，作者甚至有意冻结叙述者的情感温度，而通过对一些场景的白描式平铺，任由那样一种纷乱、惊愕和瞬间的茫然情绪在文本中飘散开来。于是我们看到，一个小女孩在童年的天真和欢乐中慢慢转过身来，与她所身属其中而又不能理解的那个复杂的年代面对面了——那变幻不定的世相在她的眼眸里投下了一片无措的神色。

这就是属于一个寻常女孩的1924年，一种在现实生活中因其普通、琐碎、缺乏与主流话语的联系而难以进入一般历史叙事的生活样本，但恰恰是它，为我们呈现了历史在无数像青阳一样的普通小城中，在梅香、秀秀这样一些普通孩子的命运里留下的足迹。它也是保罗·利科所说的"复数的人类历史"① 的其中一个表征。它在一定程度上还原了历史的特殊性与复杂性，也打开了历史经验中另一些丰富的层面。

正是在这里，我们看到了整个小说系列历史表现的独特之处：当普遍的历史作用在一个真实、普通而又个性丰满的孩子身上时，它因此而获得的特殊的历史内容是与这个孩子完整的生命体验彼此融合、不可剥离的。于是，那些凝固在史录文字里的质地坚硬的历史，忽然变得婉转、亲切和柔软起来，它曾经产生过的那些深切真诚的痛与快乐，仿佛还在以同样的力度，叩拍着我们的心扉。

二

当历史的呈现与儿童个体的感受、体验、情绪、意志等不可分离地交合在一起时，童年的形态和形象理所当然地成为小说历史叙述的中心。

用小说的方式书写近百年间的童年形态，以文学的形式呈现一个世纪的童年变迁，是这个系列最引人注目的特征。在对于特定时期童年形象的塑造打磨和组合排列中，作者完成了两个向度上的童年形态的书写。在历

---

① 保罗·利科：《历史与真理》，姜志辉译，上海译文出版社，2004，第61页。

史的横轴上，她以五部小说分别呈现了五个不同历史时期童年的多元面貌。这种呈现有时采用对比的手法，比如二十世纪二十年代，被许可进入新式学堂的梅香与曾经和梅香一起说笑过、游戏过，最后为了逃避"婆婆"的责罚而跳井自尽的童养媳秀秀，构成了对那个新旧文化交杂的年代里两种形态迥异的女性童年的描画；有时采用平行的并列，比如生活在四十年代的克俭和六十年代的小米与他们的同龄人以及兄弟姐妹的童年之间，形成了无冲突的并置；有时将这两种手法糅合在一起，比如在《黑眼睛》中，作家有意将八十年代初三个个性全然不同的孩子安置在同一个家庭里，漂亮泼辣、敢作敢为的大姐艾早，智力超常、生活不能自理的哥哥艾好，以及平凡普通却善良懂事的小妹艾晚，在最大限度上构成了对于那个年代三种典型童年状态的叙写。不同童年的并列、交汇使小说所描绘的童年地图不再是单一的、均质的、平滑的，而是丰富的、多元的、凹凸不平的，尽可能地诠释着现实童年的复杂性和多样性。

与此同时，在历史的纵轴上，小说艺术地呈现了近一个世纪以来童年面貌的一种历史性的变迁。女孩梅香是二十世纪二十年代刚从"小脚"的缠裹中解放出来的、对陌生世界还充满怯意的女性的一个代表。在那个"吃四海楼的灌汤包"还只是属于"男人的权利"的年代，身为"大小姐"的梅香在生活中的行为和能力是有限度的，她的身份资格尤其被"太"的一句"儿子才是派用场的"牢牢限制着。因此，当生活的不幸降临时，她的与秀秀一样的弱者身份被突出地呈现了出来。而到了二十世纪中后期，这种文弱的少女形象一方面在艾晚这样的女孩身上留有些许影子，另一方面又先后为四十年代伶牙俐齿、俏皮果敢的革命少女绮玉和思玉，八十年代泼辣时髦、强势能干的下海少女艾早，以及新世纪初古怪刁钻、有些小大人模样的少女赫拉拉所取代。形象的转换在某种程度上象征了一个世纪以来女性的蜕变。同样，从二十世纪四十年代到二十一世纪初，小说中一个愈来愈充满自主能力和行动能力的男孩的形象，也逐渐走上普通生活的台面。透过这些富有变化的童年样貌，我们所看到的是近一百年间，童年作为一个意象在中国现当代历史上留下的一部分连贯的足迹。

不过，所有这些童年形象所分得的话语份额并不是完全相同的。小说中，历史的聚光灯集中打在了五个八岁孩子的身上。

在这里，小说显示了它的另一个新的具有叙事突破性的姿态。在描画和塑造这些儿童形象的过程中，作家态度鲜明地避开了在当代儿童小说中一度常见的小英雄模式。五部作品中，作为主角的男孩女孩无一不是些再普通不过的孩子，他们有着孩童天真的稚气，也有着属于孩子的各种弱点；他们很少参与什么轰轰烈烈的大事，倒是分摊了普通生活的一地鸡毛。生活在二十世纪六十年代中期的男孩小米既不优秀也不特别，在现实生活的流波中，他无力改变任何事物，于是便坦然地选择了随遇而安。他与家里人一起承担母亲被批斗、父亲被关牛棚的恐慌和不快，但转过身去，溜溜转的铁环、盘旋的鸽子、书摊上的小人书又很快引发了他对生活的无限热情。更典型的是生活在二十世纪八十年代初期的女孩艾晚。这个成绩不上不下、个性内向怯懦的女孩无论在家里还是在学校，都是"最多余，最不受重视的人"，犹如一个被人忽略的灰色的影子，就行动能力来说，她甚至不像是一部小说的主角。从出生开始，她就生活在漂亮姐姐艾早和神童哥哥艾好的阴影下，这使她善良、懂事的性格中带有某种自卑的乖巧。一直到小说结尾，艾晚也没有做出哪怕一件足以让她光彩一次的特别的事情，她的平凡和普通不是小说刻意为之的铺垫，而是一种常态。这样一个形象与传统的儿童小说主角的距离是显而易见的，而恰恰是这一形象，在小说中被给予了充分的价值肯定。

或许，最为清楚地透露出上述童年价值取向的，是《白棉花》中的八岁男孩克俭。可以说，这部作品的情节因与二十世纪四十年代抗战语境的直接衔接而留有传统战争题材儿童小说的某些痕迹，这为克俭的性格发展提供了一个极为诱人的"英雄"模式。然而，作家却有意放弃了这样的便利。与美国飞行员的意外相遇并未将克俭带入到抗战的宏大叙事中，在两个姐姐先后投奔抗战队伍后，这个心地单纯的普通男孩却始终也没有走进少年"英雄"的队列中，他还是原先那个天真、机灵又有些胆小的男孩，怕过岗哨，怕蛇。作者似乎认定，只有从宏大的主流话语体系中脱身，进入到最普通、最平常的童年生活事件和语境中,才能解除笼罩在童年形象上的传统叙事光圈,恢复个体儿童的真实的、"肉身"的孩童身份。这一选择鲜明地体现了作家的立场,即将儿童小说的表现对象重新放回到朴素、平凡的童年生命中,放回到儿童的日常世界中。

作家用这样一种方式,来传达对历史题材儿童小说中一种新的童年观和童年美学的追求。在挣脱了"主角/英雄"模式的桎梏后,长久被英雄主义的主流话语所缠绕的儿童形象重新拥有了自由的呼吸。随之而来的是,一种新的童年形象的价值取向和童年美学在平常、真实得有些随意和细碎的普通生活中逐渐成形和显现。这些童年生命之所以被肯定,被书写,不是因为他们与其他人相比多么优秀,而是因为他们真正像一些普通的孩子那样,在自己的世界里领受来自日常生活的各种琐屑的快乐和烦扰。同时,面对生活,他们也拥有一份童稚的认真和真诚,正是这样一份认真和真诚,使他们毫无疑问地成为自己生活的主角。

从这个意义上说,他们也是自己的"英雄"。

三

就在作者将这个小说系列的表现对象转向日常生活经验和普通童年形象的同时,我们注意到,一种来自语言层面的特殊的叙事策略也在悄悄地形成和发生作用。

它首先表现为一种类似于传统国画构图的散点式的叙事手法。除了《白棉花》外,该系列的其余四部小说都缺乏一个由中心事件串联起来的矛盾与冲突的起承转合,这与讲究故事构架紧密性的传统儿童小说的情节逻辑形成了突出的对比。事实上,即便在《白棉花》中,尽管拯救飞行员的悬念和起伏为这部小说提供了一个明确的情节焦点,但它的许多有如日常生活摹写般的章节也是零散的,甚至是有些离心的。而在小说系列的后三部作品中,大部分故事情节几乎是以一种纷至沓来的生活琐事的形式呈现的。这么一来,通过削弱儿童小说的戏剧感,而更注重在时间和事件的自然推移中表现一个孩子真实的生活印象和他对世界的认知过程,童年形象所背衬着的日常生活的底色就被加强了；与此同时，这种童年所包含着的关于现实儿童与现实生活的讯息，也得到了文学化的突显。这在很大程度上契合了作家在历史表现与角色塑造上的意图。如果说在史蒂文森的《金银岛》中，在蒙哥玛丽的《绿山墙的安妮》中，成为儿童主角（hero）就意味着成为全部故事的英雄（hero），那么对于生活在二十世纪六十年代的男孩小米、八十年代的女孩艾晚，以及2000年后的任小小等孩子而言，生活显然是以一种超出他们的控制和言说能力的节奏快速行进着的。他们是生活的观看者和参与者，却远不在它的中心，这也是现实生活中许多儿童所处的真实境地的写照。把童年放置在这样一个真实的生活旋涡里，我们更清楚地看到了历史在普通孩子的生命中卷起的无数没有多少理由可言的泡沫，也看到了"儿童"这个词所包含的实实在在的困厄、勇气和温情。

  实事求是地说，阅读这样的作品，多少让我们有些怀念那在传统小说创作中得到高度褒扬的密不透风的叙事风格，在那里，往往有一个精致细密的故事构架，它将在层层推进中为我们打开一个绝不同于平凡生活的、令人心旌摇荡的世界，并最终把故事的主人公推上光芒四射的顶点。这是一种难以抗拒的，与庸俗的日常生活暂别的诱惑。而放弃这样一种经典的叙事方式，正是这个系列小说所选用的话语策略之一。通过消解这种严丝合缝、紧锣密鼓的叙事模式，小说也消解了通常与这一模式相连的超出日常生活的表现内容与角色形象等等。在小说如水般的流体叙述语态中，我们告别传说，走进了历史的、童年的平常生活。

  与此相呼应的是小说中主要从童年视角出发的、带着日常闲谈的絮叨味儿的叙述语言。像小说所致力于表现的日常生活一样，这种叙述是自由的、流畅的、家常的，它常常只是对生活中某一现象或细节的轮廓性描述。然而在不经意的讲述中，它又往往包含着收敛的、绷紧的、充满张力的情感内容，从而使上述描述变得深可玩味。它使小说所表现的历史内容和童年感觉在淳朴中多了一份令人琢磨的深意，从而使平淡的日常生活与清浅的童年目光具有了另一种深厚的内涵和独特的韵味。

  比如由男孩小米讲述的那段发生在1967年前后的生活变故。在这部以儿童主人公的第一人称叙述视角讲述的小说中，叙述语言始终保持着一个普通孩子的思维感觉。它是叙说性的，而不是反思性的。很多时候，一些特定的历史和生活景象是以一个八岁孩子难以解释清楚的外在图景被单纯地观察和描述出来的。小米见过当老师的妈妈在批斗会上被罚跪，见过写作的爸爸被游街和关牛棚，见过整洁的程老师变成了撕大字报的疯子，见过许多不相识的人从巷子里走出来，"个个灰头土脸，不是戴着高帽，就是挂着木牌，低眉垂眼地走着，沉默得像一群石头"。他用平静的话语讲述这一切，这种平静不是故意的伪装，而是一个八岁孩子的思维能够容纳却不能理解的日常生活之外的宏大事件的自然结果。奇妙的是，有时候，恰恰是透过这双儿童的眼睛，历史事件从它宏大的话语背景和原初的生活关联中被抽离了出来，重新填入到儿童自己的生活理解之中，并由此获得了另一种新的含义。

比如有一次，在小米和他偶然结识的猫眼叔叔面前，一支游街的队伍经过。当猫眼叔叔好心地"把身子侧过来，有意无意地挡住我的视线"时，这个八岁的孩子这样叙述道：

他以为我会害怕。其实我爸爸被涂上黑手游街时，我在队伍后面跟随了很久。不夸张地说，我对这一切已经习以为常。①

故事里的小米与爸爸有着很深的感情，他对周围的一切人也始终抱有朴素的善意，因此，这段叙述并不像它的句子本身看上去那样冷漠。这种有意制造的成熟感其实来自一个不完全通晓世事的孩子的稚气。在句中颇为冷静的"跟随了很久"的动作和"习以为常"的自我表白里，弥漫在许多同类题材小说中的与"游街"这一特定历史意象相连的羞耻感完全消弭不见了，取而代之的是一个孩子对于普通生活情景的平常感受。由于这样一种意义的突然失落和滑坡，话语甚至被披上了一层幽默的面纱，而它所叙述的场景则像一幅被去除了背景

---

① 黄蓓佳：《星星索》，江苏人民出版社，2010，第93页。

的贴画，变成了小米生活中一个并不带有真实的生命贬损含义的现象——历史就在面前，但历史同时又被童年的目光悬置了。于是，我们的注意力回落到了那虽在历史的重负下却仍然被坚持着的属于"人"的普通生活中。

这是小说站在童年和日常生活的小视点上，向着压抑下来的大现实发出的一记有力的反击。它让我们不由自主地想起那同样与普通人和儿童过从甚密的一部分民间故事的传统，在那里，从最简陋的生活里燃起的希望的焰火，照亮了人的生命的全部意义。

结　语

黄蓓佳在她的"5个8岁"系列长篇小说中尝试了一次朝向童年经验与进入历史细节的写作：她以五个孩子的童年串起一个世纪的历史，不同时期的儿童个体及其命运，在各自的时代背景上获得了生动的演绎，而透过这些孩子的眼睛，历史也向我们展露出它的另一些复杂、细微的日常生活和社会文化内容。小说从历史的角度观照童年，从童年的视角阐释历史，既贴近儿童生命的真实感觉，又把文字的根须伸入广阔的历史时空中，从而实现了其作为儿童小说与童年文献的双重意义。

本文发表于《当代作家评论》，2011年第2期

超越于童年生命的书写
——评黄蓓佳儿童小说新作

谭旭东

二十一世纪，儿童小说创作进入一个新的发展时期，一大批儿童小说作家不断刷新着各大书城及网络书店的童书排行榜，使得儿童小说出版成为少儿出版文化产业的一大亮点。在二十世纪八十年代之初就进入儿童视野并取得骄人成就的儿童小说作家，在推动童书出版中扮演着重要的角色。北京的曹文轩、张之路，上海的秦文君，黑龙江的常新港，江苏的黄蓓佳，还有从云南转到上海的沈石溪，以及更年轻一代的儿童小说作家杨红樱、祁智、彭学军、常星儿、彭懿、伍美珍、郁雨君、薛涛、曾小春、翌平等等，不断以新作引领着或传统或时尚的阅读风潮，让儿童小说阅读成为当下少儿成长生活中的一大审美体验。在这些颇具市场影响力也深得专业人士好评的作家中，黄蓓佳是非常优秀的一位，她一直坚持艺术创作之路，给年轻的儿童文学作家树立了好的榜样。

小说界的人应该都知道，黄蓓佳在文学创作上属于早慧型，她十七岁就开始发表作品，最早的儿童小说代表作是《小船，小船》，该作品充满了江南水乡的气息，如铁凝的《哦，香雪》一样给人以清新明丽的感受。但黄蓓佳又不是那种儿童文学圈子里完全依靠才气写作的女作家，她1977年以优异成绩考入北京大学中文系，科班的文学教育使她在天赋之外，又增添了学院的底蕴。她自由地徜徉在儿童小说与成人小说两个领域，陆续捧出了儿童小说《唱给妈妈的歌》《芦花飘飞的时候》《遥远的地方有一片海》

《我要做好孩子》《今天我是升旗手》《你是我的宝贝》，中短篇小说集《在水边》《这一瞬间如此辉煌》《给你奏一支梦幻曲》《玫瑰房间》《藤之舞》《忧伤的五月》，散文集《窗口风景》《生命激荡的印痕》，长篇小说《何处归程》《午夜鸡尾酒》《夜夜狂欢》《世纪恋情》《派克式左轮》《新乱世佳人》《婚姻流程》《目光一样透明》等。这些令人有些眼花缭乱的书名足以证明黄蓓佳是真正的具有自觉创造力的作家。进入二十一世纪以来，黄蓓佳可以说进入了艺术创造的佳境，她在儿童小说创作上用足了力，给儿童读者奉献了诸多优秀的儿童小说力作。如"5个8岁"系列长篇小说（以下简称"5个8岁"），包括《草镯子》《白棉花》《星星索》《黑眼睛》《平安夜》，是她在儿童小说艺术探索上的一个成功范例，值得小说界和儿童文学界研究。

一

站在当代儿童文学的坐标里来审视长篇儿童小说创作，曹文轩的《草房子》无疑是艺术开拓性之作，它书写的是作家的童年经验，内在的结构却是诗性的。在文化观念方面，作家也突破了过去儿童文学单纯地对童心世界的讴歌与肯定，而更多的是展现童心世界的自在性与自足性，且作家通过儿童的视角表现了特定时代乡村的政治结构和社会的复杂性，把触角伸到更深的生活层面。因此，可以说，是曹文轩首先以长篇创作颠覆了传统的"童心至上"的创作理念，把对成年人世界的剖析也列为儿童文学创作的要义之一。黄蓓佳的"5个8岁"与《草房子》有着一定的艺术相似性，即在成年人世界的复杂性和对儿童的发现方面，她与曹文轩一样有着自觉的表达。可能这与他们在文化熏陶和学院教育方面有着相似的经验有关吧。但"5个8岁"在长篇儿童小说的艺术化方面有着更多尝试与收获，可以说，这个系列是当代长篇儿童小说的一个高峰。它至少在四个方面体现了其他长篇儿童小说所难以表现的内在张力：一是小说的结构非常精巧。黄蓓佳把儿童小说的叙述空间放置到一个一百年的时间跨度上，这就使叙述变得更加立体，更加具有历史纵深感。梅香、克俭、小米、艾晚和任小小这五个八岁的孩子分别是《草镯子》《白棉花》《星星索》《黑眼睛》《平安夜》这五部长篇中的主角，他们分别身处1924年、1944年、1967年、1982年和2009年，也代表着五种不同的视角，透析出不同年代童年生命的状态以及他们身处的社会环境。可以说，这五个孩子眼里的世界既具有个体经验的独特性，也有群体经验的相似性。同时，五个孩子的切身体验及心灵世界又有着同构性，因为他们都是孩子，哪怕他们来自不同的家庭，在不同的小社会里成长，他们也是童心世界的代言人。这里，黄蓓佳的叙述技巧类似于诗歌的"散点透视式"的意象建构，仿佛她不是一位小说家，而是一位诗人，要用意象化的方式来折射时代与社会的丰富与复杂。正因此，这五个长篇既有独立性，也有连贯性，它们分开来读是五部长篇，是五个孩子眼里的童年，但合在一起，就是一百年间儿童生活的变迁，是中国儿童一百年的命运史和生命轨迹，也是一百年中国社会的变迁史。二是作品呈现出叙述的节制美。创作长篇，最怕的是语言、情感的泛滥，这就需要叙述上的节制。但语言上的节制、情感上的节制，还有叙述上的节制，都很有难度，在长篇儿童小说创作中如何把握好形象的言行，调整好叙述的视角，以及在表现人物的性格及其心理时如何恰到好处，这些都是需要创造力来实现的。如《草镯子》里，作家以八岁女孩梅香的视角讲述着她所看到的一切。这里面，有对梅香一家人生活的描述，记录了隔壁裁缝一家的生活，还展现了呆二小这样的赤贫劳苦人的生活与命运，以及梅香父亲在家庭之外的情感经历。可以说，小说涉及面很广，从小城里的富裕家庭，到底层手工劳动者及赤贫者等的生活状况，都有不同程度的表现。但故事始终是以梅香的家庭生活为圆心来展开的，在对父亲的婚外情及社会内在结构的表现方面也是讲究点面结合，恰如其分的。《白棉花》是以八岁男孩克俭的视角来讲述抗战时期一个美国飞行员驾驶飞机被日军击落后在中国的遭遇。在叙述国共两党军队对待美国飞行员的态度和言行方面，以及对薛医生精心治疗受重伤的美国飞行员的情节处理得非常好。三是作家对故事场景进行了意象化处理。系列中的每一部作品都以青阳这个江南小城为背景，由一座小城在不同时代的人事变动来反映整个社会的运行，这是一种意象浓缩化与象征性的手法。四是作家在人物形象塑造上非常用力。

她不但塑造了一系列令人难忘的儿童形象，也塑造了一组令人印象深刻的成年人形象。如《草镯子》里的"太"、余妈、芸姨和娘，还有裁缝娘子等女性形象，都给人以深深的震撼。"太"是主人公梅香的祖母，她虽然年老体弱，却是小城中富户家庭里绝对的权威，她代表一种传统的、封建的家族力量。余妈是一位保姆，芸姨是梅香父亲在外包养的情人，裁缝娘子虽然很苛刻，可以收童养媳，但她们都是下层人，她们都不能主宰自己的命运，每个人都受着一种无形的社会力量的控制。在《白棉花》里，国民党军人沈沉，还有克俭的娘和乡医薛先生，也都各有特点，散发出一种人性的光辉。

二

对童年的发现和对童心世界的敬畏也是"5个8岁"的一个特点。黄蓓佳是一位很具有艺术自觉性的作家，也是一位很善于发现童年的作家。其实就题材而言，她完全可以把这五部长篇根据各自题材的独特性来重新架构，如把《草镯子》写成一部军阀混战时代的童养媳的悲剧，把《白棉花》写成一部抗日战争小说，把《星星索》写成一部"文革"题材小说，把《黑眼睛》写成一部改革开放题材小说，把《平安夜》写成一部新世纪的时尚都市少年小说。这样分开来写，是比较符合一般小说的写作规律的，也能够充分发挥作家的自由度。黄蓓佳却把这五部作品紧密结合起来，把它们连缀成一个系列，显然是给自己设置难度，提出挑战，不过她自信有这个能力，有这个艺术素养，有把握大题材的水平，也有对童年生命的艺术化表现的技巧。看得出来，黄蓓佳创作的一个重要目标，就是要突出地表现儿童的生命意识，把童年的生命状态给予足够的描摹，因此，在这五部长篇里，我们处处可以找到她对童心世界的精心打量和惊喜发现。

黄蓓佳对童心世界的发现和对儿童的敬畏表现在三个方面：一是表现儿童的天性。如《草镯子》中有一段："女孩子们见了虫子总是要大惊小怪地叫，梅香却不然，她能够守着虫子一蹲老半天，看它们如何吐唾沫，如何拉屎，如何把食物搬进墙缝里。有时候她心疼它们搬运得太辛苦，就拿根草棍,帮着它们把食物往前赶。可惜虫子们总是不领情,一见草棍伸过去,就慌慌张张地逃,以为梅香是杀手。"这一段就表现了梅香的儿童天性——亲近大自然,与小鸟小虫游戏,是儿童主客不分的泛灵思维,也是儿童好奇心和游戏心理的体现。梅香是一位富家女孩子,但在儿童心理方面与秀秀一样,因此她们能够成为好朋友。二是给苦难的儿童以爱、同情和悲悯。在《草镯子》里有三个儿童:秀秀、梅香和福儿。秀秀是裁缝家的小男孩福儿的童养媳,十二岁就来到了裁缝家,受尽了刻薄的裁缝娘子的虐待,最后投井自杀。她是一位底层儿童,她的苦难既有身体的,又有精神的,她的苦难是时代的苦难,也是那一代底层儿童不可逃脱的命运。作家通过描述她的苦难,表达了对苦难儿童的同情与悲悯。三是发现儿童的智慧,表现他们生命的力量。在《平安夜》里,任小小是一个可爱可敬的男孩,他父亲是一位80后网络写手,网名叫"宅男"。父亲虽然是重点大学中文系毕业,本来可以找到很好的工作,但他喜爱自由,就是不去找正式工作,天天趴在电脑前帮一些影视明星打理博客,挣点钱维持生活。小小的爷爷是位局长,对儿子缺乏信心。小小的母亲桑雨婷是一位时尚女郎,喜爱过优裕的生活,但小小的父亲不可能满足她的物质欲望,于是他们就离了婚。小小跟着父亲一起生活,他学会了照顾自己,也照顾父亲,养成了独立思考和独立生活的习惯,并不像一般的儿童生活小说中那些离异家庭的孩子那样性格脆弱、心理病态。当父亲受到邀请,要担任少管所的文学课指导教师时,小小的外婆和爷爷都不看好父亲,只有小小鼓励父亲,帮父亲树立信心。这是儿童的力量,体现了儿童对成年人的引导与支持。在《星星索》里,作家也赋予主人公艾晚以成长的智慧。艾晚出生于青阳小城里的工人家庭,爸爸是供销社的采购员,妈妈在教育局工作。姐姐艾早学习很不错,爸爸妈妈对她抱有很大希望;哥哥艾好也是学习尖子,是妈妈最骄傲的孩子;艾晚似乎什么都平平常常,爸爸妈妈对她没有过多的要求,也不太关注,家庭里爱的阳光似乎很少照耀到她。但就这样,艾晚依靠着自己的感悟和智慧,自在自足地成长,承受着来自家庭和生活的压力。对童年的发现与对儿童成长智慧的刻画表明了黄蓓佳是一位具有人文情怀的作家，她的创作高度与她对童心世界的关爱是分不开的。

三

黄蓓佳的"5个8岁"也有明显的史诗化写作的特点。但从当代儿童小说创作的整体来考察，长篇儿童小说大体有这几种写作路径：一是对儿童校园生活的原生态描写。这类小说主要关注的是当下儿童的生活，讲述快乐的校园班级故事，其主人公通常是一个小学中高年级的男生或女生，叙述主要采用二元模式，把学生与教师对立起来，或把儿童与家长对立起来，语调是调侃式的热幽默。如杨红樱的《男生日记》《女生日记》《漂亮老师和坏小子》就是这一类的原生态校园班级故事。这类小说的叙述属于幽默故事型，符合儿童即时消遣性阅读，但欠缺历史感和文化意味，作家的视野还主要停留在当下儿童生活层面。二是幻想世界的表现，通常是在校园生活小说的基础上，加上幻想小说的元素，如在小学生身上发生了一个奇异的现象，主人公可能因为受到某种外在力量的影响而意外地进入魔法世界，因而发生一系列奇怪的故事。目前，杨鹏、李志伟、萧袤等相当一批年轻作家都在写这种类型化小说，并被出版社包装成时尚童书。三是童年回忆式的书写。如李凤杰的中篇小说《针眼里逃出的生命》、彭学军的长篇小说《腰门》等，这是绝大部分儿童小说作家采取的写作方式。童年可以说是文学的基本母题，对童年的回忆和想象，一直是儿童文学作家主要的创作姿态。这三种儿童小说都有佳作，以上提及的作家就都获得过艺术和市场的双赢。但这三种书写也很容易出现一个问题，那就是缺乏比较深度的文化性的叙述，更多只是把童年经验表现出来，这也是儿童文学作家的看家本领，但个体童年经验的呈现还不足以支撑起儿童小说艺术的高塔。儿童小说若想拥有真正的文学性和艺术高度，亟待一种历史感的深度叙述，亟待一种把个体的历史与群体的历史有机结合的"准宏大叙事"。

众所周知，当代小说在相当长的一段时期都推崇"宏大叙事"，追求小说叙述的生活广度和历史深度，但到了二十世纪九十年代后，这种叙事逐渐为许多小说家所抛弃，"宏大叙事"被"日常生活叙事"所取代。今天看来,"日常生活叙述"虽然拉近了文学与当下的距离,使文学还原为老百姓的休闲消费品,却也使文学失去了精英的立场,丢失了本应具有的文化引导性和精神提升力。二十一世纪以来儿童小说的日常生活化倾向,也是与市场娱乐消费心理暗合的,但日常生活化写作虽然增加了儿童文学的亲和力,却丢失了儿童文学的文化高度。在这种情形下,黄蓓佳的儿童小说史诗化写作路径的选择,既是对市场化的挑战,也是对儿童文学娱乐化的一种抵制。在"5个8岁"里,她一是着力于民间文化和地域文化的书写,如《草镯子》里,就有多处展现了传统文化。比如对南方小城风俗人情的书写,梅香为父亲磨墨,父亲对梅香说,写字之前磨墨,是个仪式,磨墨的过程也是让自己静心敛气的过程,心静了,要写的字成竹在胸,写出来自然就会好看。小说里,还多次通过秀秀之口,念着传统童谣等。这些都是当下儿童小说所缺失的文化成分。二是着力于对时代性命题的思考,如《黑眼睛》里就有对二十世纪八十年代改革开放给社会带来变化的思考,尤其是恢复高考以后,青少年的成长状态,还有城乡差异的拉大等现象,这些都直接影响着一代人的生活与命运。三是着力于对儿童小说中社会内蕴的表达。儿童小说如何表现丰富的社会内涵,这是过去很长时间里,儿童文学作家较少思考的问题。在"童心论"和"儿童本位论"等创作理念的观照和指导下,儿童文学作家一直把成年人的世界拒斥于儿童世界之外,"写儿童"与"反映儿童的生活"变成了金规玉律。但儿童的生活环境其实就是成年人的文化环境,成年人世界的复杂性时刻影响着儿童的成长,儿童文学也应该反映社会变革的影响,也应该展示时代与童年的关系。

看得出来,"5个8岁"里有对历史的回望,但不是对作家个体童年经验的简单摹写。黄蓓佳期待一种比较具有历史感的儿童小说写作,她不愿意仅把儿童生活的呈现当作小说创作的第一要义,她追求一种更为开阔的艺术思维,把儿童放置于一个历史文化的场境中,从个体的历史中抽象出群体的经验,来表现他们的生活,表达他们的思想,尤其是把他们在不同时代、不同生活境遇中的存在方式和生命状态呈现出来。这样一来,儿童小说创作就有了更深的历史感,有了更为深厚的文化空间。

四

　　当然,"5个8岁"里也有一种理想主义的情怀,那就是黄蓓佳力图使儿童小说超越对童年生命的书写,而成为童年与时代、儿童与社会、个体与历史的对话。前已提及,长期以来,儿童文学一直在"儿童本位论"和"童心论"两种理念上直线运行,缺乏一种对世界整体性,尤其是成年人世界复杂性的表达,因此儿童小说变成了设定给孩子的幽默语言游戏,童话变成了小猫小狗会说话之类的简单的情节铺陈。其实,从世界经典的儿童文学来审视,儿童小说也好,童话也好,都有着对世界整体性和成年人世界复杂性的表现。作家在呈现童心世界,呼唤儿童生命意识和发现儿童成长智慧的同时,也会给儿童小说更宽阔的艺术观照和文化审视,也会赋予儿童小说更多的人文关怀和价值渗透。

　　以马克·吐温的长篇儿童小说《汤姆·索亚历险记》为例,它是以作家的童年经验和童年的时代背景来书写的,但它的内涵不仅仅是"顽皮儿童的冒险",还包含着丰富的社会生活。它用儿童视角诠释了冒险与成长、罪恶与爱、欺诈与互助、成人世界与儿童世界等不同内涵,从儿童的经验和体验出发来表现成人世界,尤其是成人世界的问题。有人说,《汤姆·索亚历险记》是一部老少皆宜的佳作,也正是因为它同时反映了两个世界:纯真的"儿童世界"和复杂的"成人世界"。去年我读了法国女作家安妮-罗尔·邦杜的小说《杀手的眼泪》,它是一部非常著名的儿童小说,多次获奖并广受读者喜爱。乍看这小说的题目,读者想象不到它是一部儿童小说。《杀手的眼泪》,这题目让人觉得它一定是属于侦探破案之类的小说,至少给人一点凶狠的感觉。认真品读后,就会发现它根本不是那种通俗的侦破小说,而是一部充满着人性张力的成长小说,有着一般儿童小说难以企及的、丰富的生活内涵和艺术高度。因此,儿童文学不能只写儿童世界,如何把成年人世界以符合儿童审美的方式表现出来,是真正检验儿童文学作家的艺术水平的。事实上,儿童的成长环境有三个:自然环境、人文环境和儿童的内在世界。儿童成长需要的自然环境是绿色的自然生态,儿童天生就喜欢亲近大自然，不仅因为大自然是人类的根，还因为儿童的原始思维决定了他们喜爱与大自然的花鸟虫鱼对话交流，且绿色的世界本来就与儿童的幻想世界息息相关，也能激发儿童更多的好奇心和求知欲。儿童成长的人文环境是亲情、友情，没有亲情的呵护，缺乏友谊的阳光，儿童的心灵也会变得枯燥无味，儿童美好健康的人格也难以养成。成长还需要内在的力量，儿童有成长的智慧，有追求完善的能力。成年人要相信孩子这一点，相信他们能够依赖自我而找到自信，获得提高。但我们也知道，自然环境需要成人来提供和保护，人文环境是成人营造的，需要成人的自爱自律与创造，自我的力量需要成人去发现与激发。

"5个8岁"在儿童成长的人文环境的观照方面是很成功的。作家也意识到了成人文化环境是制约或决定童年生命质量的关键，一个美好的、温情的、宽容的、健康的成人社会将扶助儿童，指引儿童；而一个缺乏爱与同情，缺乏理解与和谐的成人社会将阻碍儿童的成长，甚至会扼杀幼小的生命。因此，当读到《草镯子》里秀秀投井自杀时，我们不但为一个贫苦女孩的生命消逝而悲痛，也为那个残酷的社会而愤怒。当我们通过小米的眼睛，在《星星索》里看到父亲、猫眼叔叔、曹叔叔和潘姐姐等成人在那个动荡荒诞的时代夹着尾巴做人，灵魂痛苦挣扎的时候，就会发现一个符合儿童成长需要的理想的成人社会是多么珍贵。当我们看到《平安夜》里，作家把任小小的父亲刻画成一位富有童心、热爱生活、坚持个性、坚守自己的人生信条，不愿意像普通人那样生活的"新新人类"时，就会发现儿童成长最美好的人文环境就是能够实现儿童与成年人对话的世界，哪怕这个世界并不富裕，并不奢华。

五

黄蓓佳的"5个8岁"给当前的儿童小说写作诸多启示。第一，如何超越日常生活化写作。现在很多儿童小说，里面只有两三个儿童形象，几乎没有一个丰满、成熟的成年人形象，而且所谓的主角也是平面化的，缺乏内心世界的深度展露，更没有儿童性格独特性的表现，只是对一些很表面的事件进行描写。但在黄蓓佳的儿童小说里，不但有多位个性化的儿童形象，还有富有内涵的成年人形象，她的每一部儿童小说里，都有一个鲜活生动的人物组群，都有一个摆脱了学校、家庭两点一线的交叉性叙述空间。第二，如何超越儿童本位主义的观念，把儿童生命意识的张扬和儿童生命形态的复杂性有机结合起来，使儿童小说，乃至儿童文学创作成为一种真正意义上的文学探索。第三，如何把儿童小说放置到一个比较高的文化高度，让作家承担更多的使命和道义，这是儿童文学走向大气，走向纯净的前提条件之一。

儿童文学在整个文学界处于一个尴尬的位置。一方面，整个文学界不够重视儿童文学，尤其是视长篇小说为正宗的文学界更不可能把儿童小说当作了不起的文本。在文学理论批评界，人们不但不关注儿童文学，还会不时给儿童文学泼一些冷水，甚至否定儿童文学的文化价值与时代意义。另一方面，儿童文学界有着被整个文学界接纳和重视的强烈期待，作家们希望自己成为文学主流中的一员，也期待理论批评家给予足够的肯定和支持。要克服社会对儿童文学的偏见与误读，解决儿童文学的文化困境非一日之功。我以为儿童文学作家不必抱怨，不必去刻意讨好主流文学界，也不必追求"纯文学"的名分，关键是要认真写作。无论如何，儿童文学要想在文学界被重视，最终靠的还是艺术创作和读者的接受，即作家要拿出像样的作品，读者才可能接受，整个文学界才可能重视它。

黄蓓佳在写作"5个8岁"系列时，当然不是为了整个文学界的重视才去写的，而只是为了写好小说，只是希望把儿童小说写得更有艺术分量，更有生活张力，更有人性深度，这些她也做到了。相信有着强烈的主体性的她，一定会创作出更多更好的长篇儿童小说。等待她的，不仅是整个文学界的重视，还有读者的惊喜和敬重的目光！

本文发表于《当代作家评论》，2011年第2期

《中国童话》

黄蓓佳 著

江苏凤凰少年儿童出版社

重写中国童话

徐　艳

信手翻阅黄蓓佳的《中国童话》，时光好像在倒转，在那些优美动人的童话故事中，包含着五彩缤纷的童年记忆，充满了生如夏花般的绚烂。

触发黄蓓佳创作灵感的是伊塔洛·卡尔维诺的《意大利童话》。伊塔洛·卡尔维诺是意大利的一位先锋作家，他搜集了意大利各地区的民间故事两百篇，经过挑选和整理，许多优秀的民间故事得以完善、保存。黄蓓佳想模仿伊塔洛·卡尔维诺式的"重写"童话，"那些童年时代铭刻在心的、纯真的、美好的、忧伤的、感人至深的故事，那些在各民族中世代流传下来的属于文学精华的东西，真的就要这么消失了吗？我没有丝毫救世主的意识，只是为此惋惜……我希望用我的笔让孩子们了解我们民族文化中美好的一个部分，值得让他们记住的一些东西。起码也要让孩子们知道，在我们过去的历史中存在过这些动人的神话"。

黄蓓佳本来打算用现代的思想和观念将传统童话重新打造，但是开始写作之后，觉得不能这么做，原汁原味的童话更有利于保存和传播民族文化的精华，它们是这个社会日益失去的宝贵财富。很多自以为先锋前卫的作家、学者，颠覆解构了太多太多的东西，无形中磨灭了传统文化中的一些美好的部分。黄蓓佳借这些美丽忧伤的童话故事，怀念往昔那份纯净美好的人情、人性，以此抨击现代社会人的心灵病态，传达对当前某些物欲横流、灵魂扭曲现象的不满和遗憾。

民间童话大多由民间创造，故事情节往往过于简单，无法满足读者对故事本身的阅读渴望。这些缺陷为黄蓓佳提供了发挥想象和创作功力的广阔空间。她为牛郎织女、猎人海力布、含羞草、欢喜河娃等许多广为流传的民间故事增添了细腻的情节和微妙的人物心理活动。经过她的一支妙笔，这些原本简单、朴素的故事焕发出了绚丽夺目的色彩。

重写中国童话，黄蓓佳追求的是一种华丽浓重的风格，力图使自己笔下的童话世界洋溢着神奇和魔幻的色彩。"想给孩子们的，就是一次华美的阅读的享受。用饱和和浓烈的文字，引领他们走进民族的历史，走进人类在童真稚拙的年代里想象出来的天地，同时也领略到中国的汉字之美。"

周国平说过："好的童话作家一定是极有真性情的人，因而在俗世又是极孤独的人，他们之所以要给孩子们讲故事不是为了劝喻，而是为了寻求在成人世界中不易得到的共鸣和理解。"《中国童话》中的成人童话故事占了大多数的篇幅，笔者以为，正是我们习惯说那些教化色彩浓厚的故事，才会令孩子们十分反感并拒绝童话。成人童话故事也并非少儿不宜，因为又有谁能抵挡得住令人刻骨铭心的王子公主的童话故事呢？小美人鱼的眼泪早已镌刻在无数人的阅读记忆中，历历重温，也依然能软化我们坚硬的心。这一个个美丽的故事，让孩子们对成长充满了好奇和渴盼。中国的童话也应朝着人性化而非劝喻、教化的方向发展，只有这样才会真正赢得孩子们的喜爱。一个民族的童话如果发展到孩子不爱看而被父母逼着读的地步，不仅是童话的悲哀，更是民族的悲哀。

可以说，重写中国童话是一种独具慧眼的创作，有着独特的价值——有利于民族文化的再生。民间故事是民族文化的精髓之一，"重写"能使它们焕发出无限的艺术魅力，有利于我们民族文化的再生和传播。我对黄蓓佳重写的中国童话满心期待，希望有一天它能漂洋过海，在世界各地开花，在所有儿童的心里拥有自己的一个小小角落。

本文发表于《出版广角》，2005 年第 4 期

中国童话美绘书系

黄蓓佳 文

李丹、袁亚欢等 图

江苏凤凰少年儿童出版社

把最美丽的童话给最美丽的童年
——黄蓓佳老师印象

朱永新

认识黄蓓佳很久了。

二十世纪八十年代末九十年代初，我们曾经一起在江苏省政协的青联界别组。那个时候，我知道她是一位优秀的作家，但由于对作家的崇敬，我只是远远地眺望。

二十一世纪初，我们一起当选为民进江苏省委副主委。这个时候，我才知道她还是大名鼎鼎的儿童文学作家，是《我要做好孩子》《今天我是升旗手》等深受孩子们喜欢的作品的作者；也知道她的作品几乎荣获了包括中宣部精神文明建设"五个一工程"奖、中国出版政府奖、中华优秀出版物奖、全国优秀儿童文学奖、宋庆龄儿童文学奖、全国优秀少儿图书奖、冰心图书奖等在内的各大奖项。但由于专业领域的不同，我也只是近近地打量。

真正走近黄蓓佳，是读了江苏凤凰少年儿童出版社寄来的由黄蓓佳写作，一批优秀画家配图的"中国童话美绘书系"十册，并由此读了她的一些成人小说。

在中国作家中，黄蓓佳是难得的"双栖动物"。有评论家说，她一直联系着两个世界，一个是童真的世界，一个是成人的世界；一个是童话的世界，一个是现实的世界，并且巧妙地借助两个世界间的视点转换，来追问人性的问题和伦理的问题。正因为始终有着童年世界的情结，她对历史变迁和世道人心的表现就充满了生命的痛感，对生命与美的消逝与毁灭，对成长的困境，都充满了伤感。

其实，我更愿意把黄蓓佳看成是儿童文学作家，就像我更愿意把泰戈尔看成是儿童诗人一样。黄蓓佳曾经说过："儿童文学的魅力在于它的纯美。每写完一本儿童文学，心里就像被洗过了一样，那么干净，那么透明，跟写成人文学是两种完全不同的享受。成人文学中，我会淋漓尽致地表达我对社会、对人生的看法，生活当中够不到的东西，或者想了不敢去做的，我可以用文学来完成。"即使她写成人小说，其实也是站在儿童的视角来看成人的世界的。所以，她的作品总是那么唯美。那些真正有大爱情怀的人，那些真正有童心的人，才可能写出真正让孩子喜欢的作品。

前几年听说黄蓓佳要改写中国童话的时候，我很开心。因为我知道这是一件功德无量的事情。多年前意大利的著名作家伊塔洛·卡尔维诺也做过类似的事情。他努力搜寻了意大利各地区的民间故事二百篇，通过重新书写，使那些优秀故事得以保存。我认为，这不仅是一项文学的工作，更是一项文化的寻根与固根的事业。无疑，黄蓓佳想做中国的卡尔维诺，她肩扛的是一份守望民族精神家园的沉甸甸的责任。

走近才会尊敬。当我读完经过黄蓓佳改写的《牛郎织女》《泸沽湖的儿女》《橘子里的仙女》《欢喜河娃》《小渔夫和公主》《碧玉蝈蝈》《美丽的壮锦》等故事时，我再一次感受到她的那份责任与情怀，对她的敬意也油然而生。这些故事中的大部分我们孩提时就听过、读过，但现在已经和我们的孩子渐行渐远了。正如她自己曾经追问的那样："那些童年时代铭刻在心的，纯真的、美好的、忧伤的、感人至深的故事，那些在各民族中世代流传下来的属于文学精华的东西，真的就要这么消失了吗？我没有丝毫救世主的意识，只是为此惋惜。……我希望用我的笔让孩子们了解我们民族文化中美好的一个部分，值得让他们记住的一些东西。起码也要让孩子们知道，在我们过去的历史中存在过这些动人的神话。"经过黄蓓佳改编以后的故事，不仅保留了中国传统文化的基本价值和故事原型，同时增加了大量的细节描写，语言的流畅优美也让故事更具有文学性。我相信，这样的改写，是可以实现黄蓓佳最初的预期，即给孩子们一次华美的阅读享受，用饱和与浓烈的文字，引领他们走进民族的历史，走进人类在童真稚拙的年代里想象出来的天地，同时也领略到中国的汉文字之美。

这次的美绘本，不仅是对《中国童话》的一次简单的配图，也是一定意义上的再次创造。一方面，是黄蓓佳用了大量的时间和精力丰富了原作，另一方面，是基于原作，尽可能用绘画的语言来描述故事。美绘本虽然不是真正意义上的图画书，但多少有了一些图画书的元素与功能。

我曾经说过，在儿童的眼里，图画就是一种语言，而世界就是一幅图画。儿童正是通过这一张张图画慢慢认识这个色彩斑斓的世界的，也就是说，儿童是把世界作为图画来认知的。儿童就是这个图画世界的国王。儿童也是通过图画，通过绘本而进入图书的世界的。图画书不仅帮助儿童建立了自己的图画世界与绘本的图画世界的联系，也帮助他们建立了与文字的联系，建立了与另外一个浩瀚的知识海洋的联系。儿童由读图进而读书，由绘画进而写作，一切是如此自然天成。儿童通过图画、绘本建立起自己与外部世界的联系。绘本给儿童一个他无法直接触摸、感知的世界，一个充满神奇的人物、动物的世界，一个真善美战胜假丑恶的世界，在儿童幼小的心灵中播下了一颗颗善良的种子。这些种子，日后只要有阳光雨露，迟早会生根、发芽、开花、结果。

同时，儿童通过图画、绘本建立起自己与父母的亲密关系。因为绘本是需要父母讲述的，讲述的过程，就是建立关系的过程。孩子依偎在父母的怀里，静静地聆听那些美丽的故事，是儿童一生最美丽的时刻。记得松居直先生讲过，儿童为什么不喜欢听电视里的人讲故事？因为电视里的人不会像妈妈一样把孩子搂在怀里。所以，好父母一定是懂得与孩子相伴的父母，一定是善于与孩子一起成长的父母。

把最美丽的好东西给最美丽的童年。对孩子们来说，童话无疑是世界上最美好的东西。所以，我要代表孩子们感谢黄蓓佳和为这套美绘本配图的画家，感谢江苏凤凰少年儿童出版社做了这样一件功德无量的好事。我也希望有更多的父母与孩子一起来看这套"中国童话美绘书系"，最好是父母读给孩子听。有童话陪伴的孩子是幸福的。

本文发表于《新教师》，2017年第7期

《天边的桃林》

黄蓓佳 文

王祖民 图

江苏凤凰少年儿童出版社

儿童心灵的美好画卷

周益民

《天边的桃林》这个作品的诞生本身就有故事。文本完成于三十多年前，是"旧"的，绘画则是"新"的。打开书，丝毫不觉违和，"新""旧"结合得如此妥帖、密切。

拖拉机、农科所、劳改农场，这些名词静静地散发着年代的气息，如今鲜少被提及了。然而，小说所展示的美好感情却穿越时间，依旧感染着我们。那三个孩子的形象，依旧让我们关注并喜爱。从这个角度看，"旧"完全可以转化为"新"。

本书的文字作者黄蓓佳曾经说："唯有那些写人与人之间的感情，写得真挚、深切、纯洁、隽永的，他们会一遍两遍地看，看完了还会在心里久久盘旋、回味、思索，再也忘不掉。"（黄蓓佳《我寻找一支桨》）《天边的桃林》正是这样一个写得"真挚、深切、纯洁、隽永"的作品。

小说写了晨晨跟着爸爸来到乡村，结识了小熊。在小熊的带领下，他俩钻进了桃林。晨晨不小心撞落了一只大桃子，由此又结识了看桃爷爷的哑巴孙女桃叶。桃叶非常喜欢听晨晨唱歌，可是，一场大病让晨晨的嗓子变哑了，他没法唱歌给桃叶听了。晨晨带着遗憾和期望跟随爸爸回省城去了。

作家笔下的三个孩子各具特色，差异很大。晨晨来自城市，小熊和桃叶是乡村孩子。晨晨和小熊是健康孩子，桃叶身有残疾。这种差异并未成为他们交往的鸿沟，相反，三个小伙伴建立了真挚、深切的友谊。这有赖于作家发掘出了孩子的共同特点：纯真、善良，渴望友情。这些才是人与人沟通的基础，完全可以超越外在的差异。

桃叶无疑给我们留下了深刻的印象。她无法讲话，不能通过语言表达心中所想，于是，作家着力通过她的行动和神情展示其丰富的内心。可以说，桃叶就是这场友谊的发起者。邂逅进入桃林的晨晨和小熊，面对他们手中的大桃子，肩负看护桃林职责的桃叶并未怀疑，而是给予他们充分的信任，并且送给他们两个大桃子。三个小伙伴的交往由此开始。

评论家金燕玉女士发现，黄蓓佳"尤其善于把握病残儿童的感情特征""写出了病残儿童特殊、复杂的感情，他们异于一般儿童，在感情上更为强烈和敏感"（金燕玉《她在探索什么？——谈黄蓓佳的儿童小说创作》）。确实，从早期的短篇《小船，小船》到后来的长篇《你是我的宝贝》《亲亲我的妈妈》等，我们都能感受到作家对这类儿童的深切眷注。与许多同类人物形象有别的是，黄蓓佳笔下的桃叶除了有让人怜惜的一面外，其善良、热情、聪慧、开朗更让人疼爱。她内心的丰富程度不输给任何一个健康的孩子。她真诚体贴，渴望友谊，渴望与他人、与外部世界交流。笑容就是她的语言，表露着她的心声。作品里先后八次写到桃叶的笑：

小姑娘微微笑着，摇着头，什么也不说。

小姑娘点点头，脸上还带着笑。

小姑娘抿嘴笑起来。

小姑娘欢喜地笑了。

桃叶甜甜地笑了，做了个什么手势，可惜晨晨不懂。

桃叶在旁边只是笑。

桃叶抬起头来，望了他半天，忽然微微一笑。

桃叶眼睛亮了，嘴角也翘了起来。

同样，作品还多次描写了桃叶的眼神，含蓄又充分地表现出小女孩的美好、纯真。

小说展开的背景是那一大片灿若云霞的桃林。两个男孩被"云霞"吸引，走进桃林。孩子的真挚情感与美好环境交相辉映。失声回城的晨晨盼望着"再爬上高高的岗亭，看一看天边那片粉红色的云霞"，云霞已经成为美好记忆的象征，成为纯真友谊的寄托。

王祖民先生是当代优秀插画家。他绘制的画与小说的风格十分吻合，水彩营造的情境清新舒展，层次感强，很好地表现出南方乡村的特点。

画家十分注重运用色彩表现情绪，余韵十足。封面、封底的大块粉红色（桃花）让人惊艳，包括开篇几页绚丽春日的画面，无不传递出作品温暖、真挚的情感基调。到了风雨侵袭时，画面又给人深深的压迫和忧虑感。图画不是一味将页面填满，而擅长以留白引发读者回味。最后，晨晨坐在拖拉机上回城的画面中，枯黄、稀疏的树叶不正是他彼时心绪的写照吗？

本文发表于《天边的桃林》一书，江苏凤凰少年儿童出版社，2020年4月

四 国内外访谈与报道

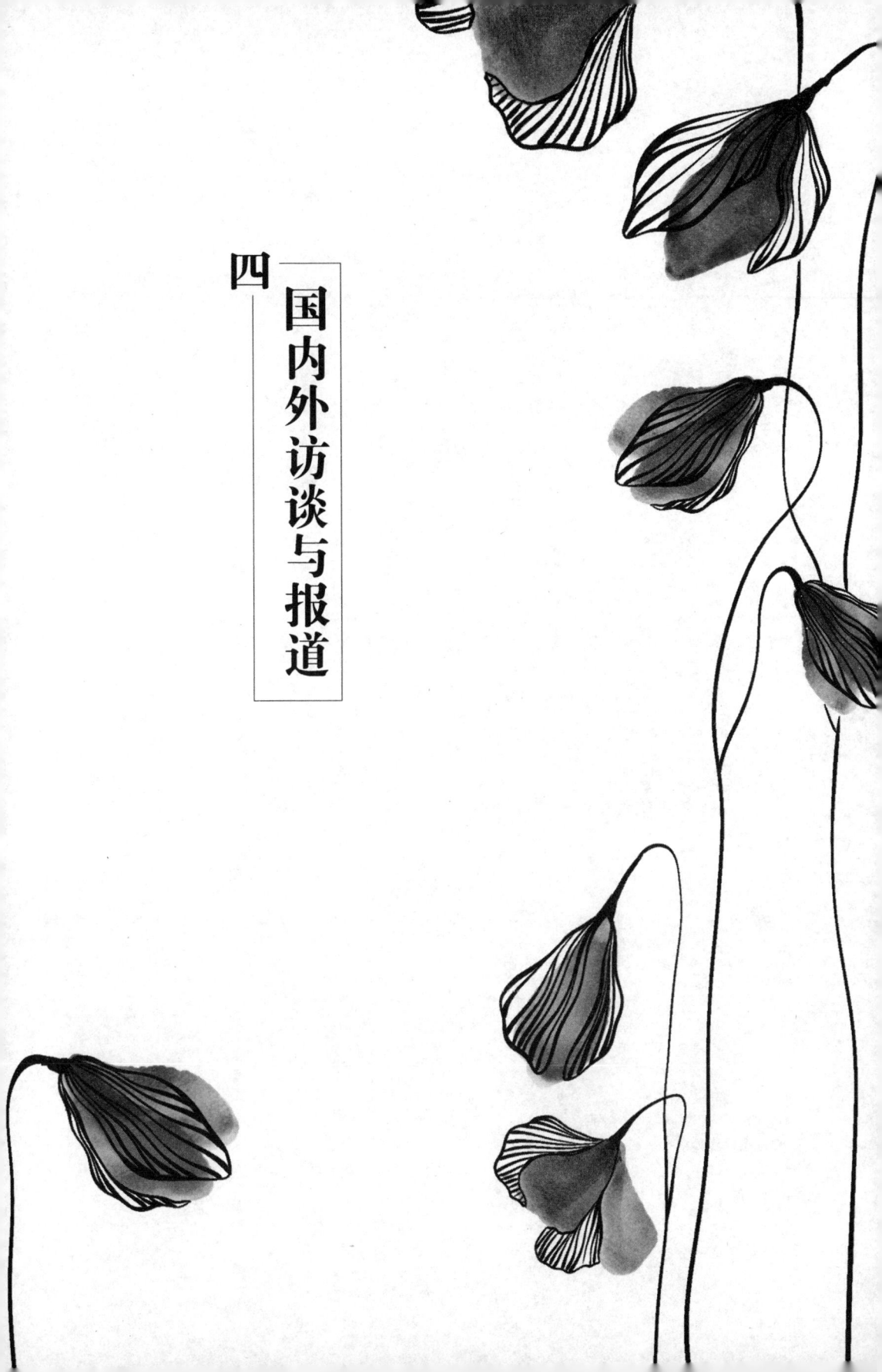

黄蓓佳：成人文学让我释放，儿童文学让我纯净

黄蓓佳　陈　香

认识黄蓓佳已有数年，或是远远望着她发言，或是大家围坐一桌吃饭，却不曾有过深交。我总以为，这样一位形象精致、优雅的女作家，内心也一定是被包裹得细密严实的。

而在这一次的采访中，黄蓓佳的坦诚、直率和一种发乎天性的纯真，让我愕然。

"我不太会说话，不太会总结自己。"采访一开始，黄蓓佳就这么和我说，我似乎都能感觉到她想表达的微微歉意。事实也确是如此，她并不是一个会充分地、淋漓尽致地展现自己的人，她有点慢热，但是越到后来，我们的谈话越愉悦。她似乎天生就应该是做作家的人，对于生活的细致的体验和感受让人惊讶。

她太诚实。"我完全不是带着一个文学的梦想走上创作道路的。那时完全是为了一个饭碗的问题，为了给自己找条出路。"

甚至这种诚实有时会让人伤感。"我现在五十多岁了，但我发现我好像是从五十多岁开始才真正懂得了写作。"

但无论如何，我体会到了一位真正的作家的快乐。"我在写每一本书的时候，就替我的主人公生活了一遍。""我生活当中够不到的东西，或者想了不敢去做的，我可以用文学来完成。""一句话可以这么写，又可以那么写；一个故事，可以这么讲，又可以那么讲，就像玩魔方一样。"

诚如黄蓓佳所言，每一个生命都值得仔细审视，都有属于自己的秘密和梦想。在无数个漫漫长夜，在无数个难以辨认的恐惧中，故事给我们慰藉，给我们陪伴，给我们勇气和希望。

作为一位同时游走于成人文学和儿童文学的作家，关于文学的意义，关于生活真相，她似乎获得了一种更广阔的视角。

和智障儿童一起上课，一起吃饭

陈　香：为什么会在《你是我的宝贝》这部新作品中，选择表现智障儿童的生活这个看起来比较边缘的题材？

黄蓓佳：我想有两个方面的原因。我在国外旅行，或者是参加一些活动的时候，我看到很多残疾的孩子完全没有心理包袱，跟正常人一样享受生活。比如我们在国外开读书报告会，经常看到残疾人摇着轮椅，或者家里的大人搀着他，来听文学朗读。而在中国，这样的公开场合很难看到一个残疾的孩子参加。他们自己大概也比较自卑，或者我们对这样的人群实际上还是比较排斥的。我写这本书，就有这样一个愿望，首先从我们的孩子这一代，就应该有爱心，认识到社会上不但有自己很熟悉的健全的这些同学，也有很多不幸的人。另外，我想通过这个题材挑战自己。我觉得，写一部作品总用自己驾轻就熟的路子，其实没有什么意思，写一部和写十部没有什么大的差别，多一部少一部而已。

陈　香：刚才您也提到，写这样一个题材是对作家的一个挑战。可能很多人都会问：作家是否能够真正地走进这些智障孩子的心灵世界呢？毕竟那是一个让人感觉很陌生的世界。

黄蓓佳：如果是小说，肯定是作家的想象。但创作者肯定不是毫无根据地瞎想，而是要来源于生活。我曾经长期待在一所智障学校，和这些孩子接触，和他们一起上课，一起吃饭，也跟他们交谈。我想让我想象的，与我看到、接受到的尽量吻合，我想弄明白他们是怎么成长的。

其实，并不像我们所想象的那样，这些残疾的孩子生活在一个阴暗的、痛不欲生的环境里。他们不知道自己的缺陷，所以他们不知道自己和别的孩子有什么不一样，我从他们脸上看到的全是快乐，世界的丑恶对他们来说似乎是不存在的。

陈　香：在您的书里边，这样的孩子是天使，他反而拯救了那些心地丑恶的正常人。

黄蓓佳：我就是想表达这个主题。因为他们单纯、简单，再复杂的人在他们面前都会变得透明起来。

陈　香：通过这本书的写作，您想向孩子甚至成人们传达些什么呢？

黄蓓佳：我要表达的就是爱。一旦"善良"变成绝对，"恶"也分崩离析，因为它无处藏身，这是我的理想。人在一个透明得像水晶一样的灵魂面前，哪怕是短暂的、瞬间的，但我相信也会得到心灵的救赎。

用成人文学的视角看儿童文学

陈　香：您是一位成人文学作家，但您同时也创作儿童文学，在您看来，儿童文学创作和成人文学创作有什么不一样的地方？或者，会不会其实它们应该是一样的，但是人们把它们截然分开了？

黄蓓佳：首先，我觉得优秀的儿童文学应该是成人和儿童能共同阅读的，而且，越是优秀的儿童文学，越是应该拥有它的成人读者，因为人生的每个时段来阅读这些儿童文学，都会有不同的感受。如果一部儿童文学，只是孩子喜欢，成年人去翻读，觉得根本看不下去，我不认为它是优秀的。

但是，不是说儿童文学和成人文学完全没区别，也不是每一位成人文学作家都能写儿童文学，儿童文学并非像很多作家想象的那么简单，它和成人文学确实有不一样的地方：比如视角；比如要表现真善美的东西；儿童文学还应该有更多想象，有相对夸张的情节和人物，这会让孩子们很喜欢。如果完全照着成人小说中的写法来写儿童文学，孩子就会觉得沉闷，读不下去。

陈　香：那么，站在一个成人文学作家的角度来看儿童文学，您觉得目前的国内儿童文学创作有什么不足吗？

黄蓓佳：我觉得少了生活的丰富和人性的丰富。我们现在很多关于儿童文学的概念或者认识就是，儿童文学就是很简单的，快乐的，或者人物都是单线条的，好人就是好人，坏人就是坏人，一个可笑的人就是可笑的人。如果用成人文学的写法来写儿童文学，就不是这么写的。一个人会立体起来，因为很多事情并非非黑即白，有很多中间的灰色地带。尤其在《亲亲我的妈妈》这本书里边，我认为我表达得更清楚，因为这本书里写的都是有点儿病态的人物。在我们这个压力特别大的社会里，人很容易出现心理上的问题，我觉得这很正常，问题是人要通过怎样的努力来拯救自己。这更像是成人文学的主题，但我想把它放在儿童文学里来讨论。

陈　香：那么在您看来，理想的儿童文学应该是怎样的，它应该给孩子们带来什么呢？

黄蓓佳：它应该为孩子们掀起这个世界的一角，让孩子感知到世界的丰富性、复杂性和无限的可能性。

陈　香：但是现在社会上有一种舆论，认为孩子们接受不了太多东西，应该首先让他们快乐阅读，从而爱上阅读。

黄蓓佳：儿童也有很多的层次。有的孩子的阅读水平或者语文水平差一些，就适合读一些比较快乐或者简单的文字，从这里出发，慢慢去引导他。但是也应该考虑到，还有很多孩子的心灵世界是非常丰富复杂的，其复杂程度远远超出了我们的想象。比如有些孩子看我的书，最喜欢的居然是书里那些非常灰色、非常失败的人物，他们能够理解这种复杂性。所以，不要低估孩子们的判断能力、阅读认知能力。我觉得，作家的思想能走多远，孩子就能跟多远；作家的文字能走多远，他们也能够跟着走多远。

陈　香：现在，不管是成人文学，还是儿童文学，似乎都出现了这样一种状况：一些读者（孩子们）非常喜欢的、销量非常大的图书，在评论圈并不受好评；部分在评论圈获得很高评价的文学作品，在市场方面的反响却很平淡。您如何看待这个现象？

黄蓓佳：这是非常正常的一个现象。我今天看体育比赛的时候还在想，看一场比赛多么快乐，什么都不用想，仅仅坐在那看就行了，跟着笑就行了，但是如果我不看体育比赛，坐下来写一本小说，多么痛苦啊。人有这样的天性和本能，他希望有简单一点的东西、浅显一点的东西，而我们的市场会去迁就、去适应人的这种本能，为求得最大的市场效应。这是人的自然选择，不应该责怪，但可以引导，可以调动读者的阅读兴趣，让他们知道，这个世界上除了有简单的快乐，还有深刻的美好。

陈　香：现在，不管是成人还是孩子，都在问文学之用。文学的价值究竟在哪里？

黄蓓佳：我想，文学能让孩子找到生活中的温暖，学会思考。读了一本好小说，心里的那种感受，难以用语言描述。如果孩子为某个故事着迷，其实是很有可能把故事里的感觉变成自己现实生活的想象，乃至去实践的。

即使是成人，也能从文学当中得到温暖，然后心怀梦想。我们的能力有限，不可能每一个梦想都去实现，但是，从文学作品中，可以去看别人的爱情、别人的经历、别人的生活，就像在书中生活了一遍。我在写每一本书的时候，就替我的主人公生活了一遍。体验了各种各样的生活，人生会多么丰富啊。

为一个朴素的功利的目的走上创作道路

陈　香：当年您是怎样走上写作道路的，您觉得写作给您带来了什么？

黄蓓佳：我从小生活在一个小县城，小时候从来没有过文学或者作家的梦想，总觉得这一切离自己是非常遥远的。所以，我完全不是带着一个文学的梦想走上创作道路的，那时完全是为了一个饭碗的问题，为了给自己找一条出路。1974年左右吧，我在农村插队。在那样艰苦的环境里，我做梦都想找到一份工作。我没有什么了不得的家庭背景，父母都是当老师的，一切都得靠自己的努力。我就开始在写作上努力，但那时无论如何都没有想到，我努力的最终结果是可以当上作家。当时我只想调到县里的报社、广播站、文化馆做一个通讯员。为着一个很朴素、很功利的目的，我走上了创作的道路。

当时和我同时起步的，坚持下来的人不多，而我慢慢地走进去了，从一个比较被动的角色，到把文学当作自己的生命。

陈　香：您在创作起步的时候，曾经创作过儿童文学，但是不久又完全离开了儿童文学，后来又以一本《我要做好孩子》复归，为什么会有这样的写作阶段的变化？

黄蓓佳：我是在"文革"当中开始走上写作之路的，一开始的时候是写成人文学，1973年的时候，我在杂志上发表作品。起步时，我对文学并没有太多的了解，所读过的、所见识过的作品也非常有限。后来，我考到了北大。改革开放后的政治气氛、外国文学开禁后的文学氛围在我面前打开了新的世界。可以想象，一个从小在县城长大，后来又下乡插队的女孩，在这样一个世界中，对自己前几年的创作会完全持否定和怀疑的态度。我一下就觉得很惶然，不知道该怎么写了。于是我就想改变一下，来写一写儿童文学。另一个原因是江苏《少年文艺》顾宪谟老师对我的夸奖。二十来岁的时候，别人一夸奖，我心里就很飘飘然，就有一种愿望，不想辜负别人对我的喜爱和夸奖。

所以，那段时间，我一边反思，一边学习读书，同时为自己寻找道路。我借助儿童文学把自己从前创作的套路转变了过来。后来，我从北大毕业了，顾宪谟老师也退休了，我觉得自己在生活和文学方面有了一点积累，所以又回到了成人文学。写作会有惯性，习惯了某种体裁，就会沿着它走下去。所以，十五年的时间，我一直没有碰儿童文学，也不参加儿童文学的活动。

后来，在抚育我女儿的过程中，作为一位母亲，我有了很多的感受，而且想把这种感受和经历尽量表达一下，于是我写了《我要做好孩子》。写出来之后，很多孩子喜欢，我就一发不可收拾了。我觉得，可能所有的女性作家这一生当中都会写一两本儿童文学。

陈　香：您现在写作的状态怎么样？

黄蓓佳：我写作的时间比较固定，就像上下班一样。年龄越来越大以后，我写作的时间就越来越短。有时候，写到三四千字就觉得不能写了，因为文字会顺流而下，我必须有意识地收敛自己。我从十七岁开始发表作品，写了三十多年的小说，现在五十多岁了，但我发现我好像是从五十多岁开始才真正懂得了写作。

以前我的写作完全是出于一种本能,并没有太多的思考,我对人性、对这个世界的认识程度没有那么深刻,完全是因为一种热情、浪漫,或者是对文字的那种感觉,想到什么就写什么。而现在,我写一本书会想很长时间,我要反复比较各种各样的角度、各种各样的人物关系、各种各样的开头,最后才选定一个最合适的。

陈 香：应该说,您的作品是比较丰富的。儿童文学作家程玮曾经说过,写作会把一个人写空,所以她停笔停了十六年。那么,对您来说,有没有把自己写空的感觉？您写作的灵感从哪里来呢？

黄蓓佳：现在很多出版社不停地打电话过来,说你给我们写一个什么系列,就好像我随手就能变出一套一套书来。我就说,这是不可能的事情,我写儿童文学,一般是两三年才能写一部,写完以后,我就感觉被掏空了,而且很累。以我三十多年的创作经验来说,相同类型的题材拼拼凑凑再写一本出来,当然不是什么难事,是完全可以做到的,但是那样我就会失去写作的热望,那种很新鲜的、很急切的表达愿望,写出来的东西就不会有质量。所以,停顿非常必要,阅读也非常必要,作家自己要看大量的书,以此来补充自己,充实生活。我的灵感很多都是从阅读当中来的。

陈 香：您还会坚持写下去吗？还会写儿童文学吗？

黄蓓佳：会的,现在我已经真正地进入了觉得写作是一件快乐的事的境界。构思的过程是痛苦的,但写作是快乐的。打开电脑,我开始琢磨这些文字,把它们变来变去,一句话可以这么写,又可以那么写；一个故事,可以这么讲,又可以那么讲,就像玩魔方一样。现在我没有年轻时候那种急于成名的迫切,完全进入了一种自由自在的境地。

儿童文学我也会坚持写下去,儿童文学的魅力在于它的纯美。每写完一本儿童文学,我的心里就像被洗过了一样,那么干净,那么透明,跟写成人文学是两种完全不同的享受。写成人文学时,我可以淋漓尽致地表达我对社会、对人生的看法,我生活当中够不到的东西,或者想了却不敢去做的,我可以用文学来完成。

奥运期间，我刚刚开始写一部成人长篇，写的是二十世纪五十年代到现在，在中国社会里，人性的一种变异，一个家庭的分崩离析——那个家庭走过艰难的岁月，却在今天分崩离析。我自己期待它能比前面所有的作品都更深刻一些，更丰富一些。

本文发表于《中华读书报》，2008 年 8 月 20 日

黄蓓佳访谈：40岁后，我对回忆铭心刻骨

黄蓓佳　舒晋瑜

合上《家人们》时，我很想借用黄蓓佳小说结尾的一句话来表达我阅读后的心情："该找个什么样的安静的地方，来细细地消化这么巨大的喜悦呢？"

她在不动声色的叙述中，完成了情感纠葛在物质富饶时代的碰撞。隐痛、迷茫、幸福……她冷静的笔端，流淌着人生的悲凉与无奈，在尽显婚姻的困惑和裂变之后，却有一束穿越迷雾的光芒，给我们带来温暖的慰藉。《所有的》中艾早勇敢、反叛，艾晚屈从、谨慎；《家人们》中罗想农压抑、窘迫，罗卫星却恣意、悠闲。借着书中的一个个人物，黄蓓佳表达了自己的两面抑或多面："生活就是一个投降的过程，一个鄙视自己、说服自己、把自己从顶端降到零点的过程，因为你如果不想被现实杀戮，就只能乖乖举手。"

但读完她的儿童小说《艾晚的水仙球》后，又是一种别样的阅读感受：纯净清澈，恍若泉水潺潺、浸润心扉。黄蓓佳此前的长篇小说《所有的》及《没有名字的身体》是将少年成长世界中的懵懂、羞涩以及尴尬或无奈真实地再现，让你的世界变得童真且丝丝缕缕都充满年少的烦恼与欢愉。

"写作是一种源远流长的东西，是从生命中抽出来的一根细细的丝，总也抽不尽，甚至不抽也会自动地游出来。如果不将它及时地捺到纸上成为文字，它就要耍赖一样纠缠住我们，裹住我们的手脚，勒住我们的脖子，

卡在我们的咽喉处，总之让你不能呼吸、不能说话、不能行动。"黄蓓佳说。她的生命，正因这写作，因这"折磨"人的"烦恼"而日益丰盈。

黄蓓佳，这位在文坛上活跃了四十年的作家，如何走上文坛，如何在成人世界里探讨人性的善与残酷，又为何如此执着于儿童文学的创作？

没有童年时候的阅读，就不会有后来对文学的浓厚兴趣。也许黄蓓佳会和周围的同龄人一样安安稳稳地当上街道工人，平凡地度过一生。所以她一直认为，阅读对儿童非常重要，它让小孩子知道"小世界"之外的广阔与丰富，这些都是她成长的动力，也是她文学创作的动力。

舒晋瑜：您最初的文学滋养来自哪里？

黄蓓佳：一是来自阅读，虽然那个时候书特别少，得到书的机会少，可读的书也少，但是阅读是很有效率的。二十世纪六十年代没有儿童文学的概念，因为父母是中学老师，我读小学的时候就把中学的教科书通通读了，手上能够找到的书，包括历史、地理甚至卫生知识，我都读。那个时候我非常渴望阅读，实在找不到书，就从废品摊上找小纸片反复读，没事的时候到街上去看大字报，反正看到字就很开心。二是来自外婆的影响，小时候我听外婆讲童话故事和地方戏曲长大，受益很多。

舒晋瑜：您是从什么时候开始写作的？

黄蓓佳：高中毕业后去插队，我去的是本地农场，在长江下游一个江心小岛上当农业工人，很艰苦，但是比起边远的地方来说还算幸运。插队的时候我开始写东西，目的非常单纯，就是希望通过编写戏曲歌词等调到广播站或通讯报道组，把自己从农村"拯救"出来。

舒晋瑜："文革"后恢复高考，您是在什么情况下考上北大的？当时的文学氛围对您的创作是否有很大影响？

黄蓓佳：因为家庭出身不好，少年时代在学校里特别抬不起头，我总是"夹着尾巴做人"，很自卑。我特别盼望考试，因为考试能得到好成绩，老师和同学会对我另眼看待，我能赢得他们的尊重。1977年恢复高考，那时我每天在农场劳动，没有复习资料，也没有时间，考什么题目、有多大难度，心里完全没底，谈不上有多少准备。我当时特别想读复旦大学新闻系和北京大学中文系，但那个时候大学招生很讲究政治审查，报新闻系的话，我怕我在政治审查上过不了关，报北大中文系，我又缺乏自信，因此填的最高志愿是南京师范大学中文系。幸好那是恢复高考后的第一年招生，北京大学有优先选择权，录取了全国各地高考成绩好的学生，所以我们班好几个没报北大的同学也都被录取到北大中文系了，我是其中之一。

其实在录取通知书寄来之前，我已经知道自己大概能考上大学，但没想到是北大。事情是这样的：那一年我父亲作为一个资深语文老师，担任了他那个城市的高考语文阅卷组的组长。我在插队的地方参加考试，每次考完后，我凭印象把卷子回忆出来，在奔赴下一场考试的路上给父亲寄出去。我当时处于特别兴奋当中，脑袋像高速复印机，回忆出来的答题内容基本一字不差。一周后父亲来信，告诉我考大学基本没问题。他估出来的分数和我的实际成绩只差两三分。我的高考作文《苦战》后来发表在好几家报刊上，其中的《山西青年》杂志给我寄来了我生平第一笔稿费。之前在"文革"中发表小说散文，是没有稿费可拿的。稿费七块钱，我买了一本新华字典，一个漂亮的文具盒。

舒晋瑜：听说您当时在北大读书，江苏《少年文艺》的编辑不断地约稿，成为您写作的动力。那时候编辑和作者接触颇多，甚至介入创作，和现在大不一样吧？

黄蓓佳：从前编辑修改作品，改得密密麻麻，甚至重新写一遍，当然未必都是好事，但是说明那时的编辑有奉献精神，无私地奉献自己的时间和精力，无偿地为作者做嫁衣。现在也有一些编辑像朋友、像亲人，只是在这方面不如以前，至多是改改错别字。

那时的人和人之间相处也非常纯朴，江苏《少年文艺》的老编辑顾宪谟，非常喜欢我的儿童文学作品。我在北大读书期间，他大概每个星期都给我写信鼓励我，从写作到生活上处处都非常关心我。他在南京工作，我在北京读书，我老家在小县城，每年寒假回家，我要在南京转车，车票不好买，他还会帮我买票，买不到就帮我找招待所住一晚。1981年我的第一本小说集出版了,我拿到八百多元的稿费,这在当时是一笔巨款,他写信交代我,不要乱花,告诉我要存着,结婚生孩子用得上,像父亲一样。我那时非常感动。

很难用成人文学作家或儿童文学作家来界定黄蓓佳,也许这样的概括本身就不够科学。她忽而捧出童趣盎然的《中国童话》,忽而又拿出大气厚重的《家人们》。有人说她的作品锐利,像刀或针般有刺痛感,也有人说她的作品温润平和;有人说她的小说表现了一种"居无定所"的"漂泊",也有人则说她表现出了灵魂的坚守……从中学生、知识青年到大学生以及社会上各个层面的知识分子,黄蓓佳的小说淋漓尽致地展示着知识分子群体的发展轨迹和心路历程。

舒晋瑜:在北大,您肯定参加了北京大学的文学社团吧?那个时候的文学社,您印象中有哪些活动,给了您怎样的影响?

黄蓓佳:北大有"五四文学社",刊物有《未名湖》。我们定期组织活动,很活跃,大家经常把自己写的小说、诗歌、散文拿到文学社朗读、传阅、批评,请一些在文坛上开始崭露头角的人到校做讲座。我是学生会文化部负责人,曾经热衷于在学校里组织文艺活动,举办舞会,排演话剧。我们的合唱团也很活跃。但那段时间我总觉得自己写出来的作品突破不了"革命文学"的束缚,毕竟我的少年时代是听样板戏、看浩然的作品长大的嘛。所以那两年我心里很焦虑,有点不知道路往哪儿走的感觉。

舒晋瑜:写作四十年,回过头来看,您走过了怎样的历程?

黄蓓佳:去北大之前是懵懂的阶段,有点稀里糊涂,创作上的准备完全不够,不懂得如何写作,完全依赖模仿。我当时还模仿过浩然。他是用北方语言创作,我是南方人,写小说居然也跟着他用"俺"。父亲看到我写这个字觉得很奇怪,还笑话过我。那种情况下我居然也发表了七八篇小说,在省里小有名气。可能我青涩的文字也有让人动心的地方吧。

1978年初,我进入北京大学,改革开放同时开始,新时代来临。在北大,我接触到大量古今中外的优秀作品,对过去的创作有了彻底反思和否定，但又不知道新的文学道路该怎么走，很彷徨。也多次下河试水，但老是走不通。我在"五四文学社"活动期间也写过好些散文、小说，完成后自己否定，同学也认为不怎么样。于是我开始转向儿童文学，一下子找到了感觉。那时候全国性刊物很少，读者数量又极大，作品发表后传播量很广泛，编辑欣赏，读者也喜欢，所以我现在有大量读者是四十多岁的人，他们碰到我总是说，小时候就读我的书，是读我的作品长大的。

从1980年开始，通过写儿童文学，我重新找回了感觉。于是我一半时间写儿童文学，一半时间写成人文学。我一开始起步写的就是成人文学，我最喜欢的还是写成人文学，总觉得写儿童文学不足以表达人生的感慨，毕竟是给孩子看的，受很多局限。

舒晋瑜：您的成人文学关注知识分子比较多，后来是如何转向儿童文学的呢？

黄蓓佳：我在二十世纪八十年代回到成人文学，写了大量表现青年知识分子的惆怅、迷惘、失意的作品，现在想起来，很有些为赋新词强说愁的味道，是青春期的反映。但是那些作品得到了很多同龄大学生和知识分子的呼应，尤其是年轻人比较喜欢我的小说，因为作品和他们的思想同步，比较浪漫、华美、小资。但这些作品也有致命的缺陷，那就是太自我，太狭窄，在空中飘着。直到八十年代末，我的整个思想有了很大的转变。作品一下子从缥缈浪漫的风格变得相对现实，有一些悲凉感。在九十年代初，我所有的中篇、短篇都是死亡的结局。我自己的家庭生活和事业都比较顺利，为什么作品中屡屡出现死亡结局？我想这是社会观、人生观不自觉的反映。

1996年，女儿小升初考试，竞争非常激烈，有半年时间，我陪伴孩子应付考试，对教育状况和孩子成长的环境有很多感慨，也经常和同事聊孩子，他们都知道我写过儿童文学，怂恿我不如再写一部。我很快写了长篇小说《我要做好孩子》。也是无心插柳，我原本只是想写写自己的感受，没想到《我要做好孩子》一下子走红，当年就得了很多大奖，家长、小孩、老师也都喜欢这部作品。十五年过去了，这部作品仍然被各地列为学校阅读课的必读书目，发行数量早已超过百万。作家写作需要读者的回应，如果没有回应，也许我写完这一本，又回到成人文学的领域去了。可是就因为读者喜欢，加上出版社接二连三地约稿，重新勾起了我的儿童文学瘾，此后我这些年的创作态势，基本是成人文学长篇和儿童文学长篇交叉着写。

舒晋瑜：在儿童文学或成人文学创作中间，您的心态有怎样的变化？在两种心态中，您自己获得了什么？

黄蓓佳：这是两种截然不同的快乐。儿童文学是简单和纯粹的，写作时我好像重新变回了孩子，回到孩子们中间，能嗅到孩子身上的汗味，感觉非常美妙；写成人文学则是痛快淋漓，完全释放自己，无所顾忌地表达。儿童文学是写给孩子看的，方方面面都要考虑孩子的接受程度，我能给他们什么，都要思考，写起来不比成人文学轻巧或简单。很多人认为儿童文学很小儿科，实际上儿童文学需要作家花的心思更多，因为真正让孩子喜欢不容易，他们有自己的阅读口味和审美情趣。

我是一个标准的"宅女"，平常不喜欢参加群体的活动，稍微有一点自闭。像我这样的人，写作最大限度地满足了我的需要，作品中，有无数种面孔、无数种人生，每写一篇作品，我便跟着主人公经历了一遍他的生活。我觉得孤独是作家写作最好的状态。

舒晋瑜：儿童文学的创作尤其需要不断从孩子们中间获取新的信息，和孩子保持密切联系是创作的必需吧？作家中比如杨红樱当过老师，郑渊洁和J.K.罗琳则是从自己孩子身上得到创作的灵感。您说自己是比较"宅"的作家，那您是怎么解决这个问题的？

黄蓓佳：《我要做好孩子》《今天我是升旗手》都和孩子关系密切，我从女儿身上观察到很多。后来我的作品回到我的童年，孩子们也非常喜欢。过去和现在，虽然时代不同，生活环境不同，但是我们的所想、所爱和所恨基本都一样，因为人类的灵魂没有太大改变。而且我觉得，孩子们对我写自己童年的作品更有探究的兴趣，因为他们也想知道父辈的童年。

舒晋瑜：您认为什么是优秀的儿童文学作品？

黄蓓佳：优秀的儿童文学作品应该是大人和孩子都读得津津有味的作

品。如果一本书只是小孩子喜欢，大人读不下去，我不认为是优秀的，它可能过于轻浅喧闹，而缺失了文字背后的有力量的东西。

"儿童文学的魅力在于它的纯美。每写完一本儿童文学，心里就像被洗过了一样，那么干净，那么透明，跟写成人文学是两种完全不同的享受。成人文学中，我会淋漓尽致地表达我对社会、对人生的看法，我生活当中够不到的东西，或者想了却不敢去做的，我可以用文学来完成。"黄蓓佳说，儿童文学是冰山上的一角，下面要有庞大的冰座撑着，作品才有分量。

舒晋瑜：中国的儿童文学看上去很热闹，但是感觉与国外的儿童文学相比有差距。您认为这差距在哪里？

黄蓓佳：我读过的儿童文学不多，没有资格做这个比较。就我自己的感觉而言，优秀的外国儿童文学作品注重启发孩子对社会的认知度。他们对各个年龄段的阅读，分级分得非常清楚。

舒晋瑜：想象力在所有文学作品中都很重要，但我觉得在儿童文学里尤其重要。可中国的儿童文学，恰恰在这方面很欠缺。您觉得呢？

黄蓓佳：这跟民族的文化传统和性格有关，跟所受教育和生存环境，甚至宗教，都有关系。我们的肉身沉重，想象力当然飞不起来。还有，很多国家有魔幻传统，比如英国。中国也有古代神话，但是民族性格是偏务实的。这当然也与儿童文学作家自身的修养，以及对社会、对人生方方面面的认知度有很大关系。虽然写的是轻浅的儿童文学，但写作背后还是要有很大的文化储备。作品中呈现出来的只是冰山上的一角，下面要有庞大的冰座支撑着，这样的作品才有分量。

舒晋瑜：《中国童话》是受意大利作家卡尔维诺的影响与启发吗？虽然全书只有十篇，但对本土儿童文学经典的重新发现与重新书写，其意义要远远大于这十篇童话。

黄蓓佳：很多有知识的父母崇尚外国的儿童文学，给孩子读外国的童话，比如格林童话、安徒生童话，读中国童话较少，我觉得这是缺陷。作为中国人，无论生活在哪里，对本民族的文化传承还是要有所了解。我小时候听过的故事非常有价值,我希望把这些故事原汁原味地告诉孩子们。写这本《中国童话》之前,我做了很多案头工作,打捞、收集了各个民族口头流传的故事。一篇篇看过来,这些故事中有很多相似和重复的东西,因为是口述文学,文字也比较简单和粗疏,有的甚至没有人物形象,没有场景描写。这些故事我们小时候曾经读得津津有味,但是现在孩子的阅读审美比我们那时候高得多,简朴的民间文学吸引不了他们的眼球。所以我在写作过程中,把原来的故事重新分类组合,调动了很多文学的手段,编写出故事性更丰富、人物更丰满、文字更华美,同时又尽可能原汁原味的童话作品。

舒晋瑜:在具体创作的过程中,您是怎样的心态?您希望达到怎样的目标?

黄蓓佳:这事看着容易,做起来还是费了工夫,比我写一部长篇小说还费事,我中间甚至都后悔当初动这个念头。我不能确信这件事是不是有意义,是不是值得。把粗糙的口头传说打造成精致的文学作品,要丰富很多细节,我在人物对话、文字描写上下了很大工夫,希望既能够体现民族童话之美,又能体现中国的文字之美,给孩子双重的阅读享受。我自认为尽到了我的努力。过去我写作品基本都是一稿,而《中国童话》里的作品我每稿都磨了几遍。2004年我完成了这本《中国童话》,是文字版,发行得不错,小孩子很喜欢。去年,江苏凤凰少年儿童出版社为弘扬民族文化,把这本书拆分成十本,形成一个系列,申请了国家"十二五"重点出版规划项目。同时,邀请南京艺术学院插画系师生们为这本书配上了大量具有鲜明民族特色的图画,做成一套精彩的美绘书,再次出版。小孩子对图画有天生的亲近感,幼儿阅读都是从读图开始,图画能帮助小孩子建立和外部世界的联系,尤其我写的是各个民族的故事,借助插图,能详细地表现出不同民族的古老的生活细节,有一种情景再现的意思。

舒晋瑜:无论创作哪一类题材,您的作品中都保持着优雅、洁净。您为什么会有这样的审美取向?

黄蓓佳:可能我自己就是一个比较唯美的人,但也两说,这种精神上的洁癖与现在的文学口味并不吻合——有时候表现恶的文学作品更有力量，我偏偏不善于表现人性之恶，下不了手。我没有办法改变自己。我写的时候，常常会不自觉地把恶的一面淘汰掉。在某种程度上，这可能会影响作品的深刻程度。

舒晋瑜：童年的经历对作家的影响很大，从《没有名字的身体》到《所有的》，再到《家人们》，虽然前两者私密的东西多一些，人生的感慨多一些，但后者对社会、对历史的关注更多一些，格局更大一些——您好像不遗余力地发掘着来自故乡的人和事，能谈谈故乡对您的影响吗？

黄蓓佳：年轻的时候，眼睛总是往前看，我在四十岁之前写故乡的作品非常少，总在写自己生活的大城市，写城市知识分子；四十岁以后我开始怀旧，从前的回忆变得铭心刻骨。我不是有意识地写故乡，而是到了年龄，目光就自然而然往回看了。人的一生，印象最深的还是童年。文学作品要有岁月的沉淀。写当代的作品，有时效性和针对性，但是文学品质不一定最好。只有经过时间考验的东西才是站得住的。到了人生的某个阶段，回望历史，更有岁月绵长的味道，像茶一样越醇越香。写作要有个思考的过程，这个思考需要岁月来延展。

舒晋瑜：谈谈《家人们》吧，这部作品借罗、乔两家的悲欢离合、阴差阳错来折射家国变化，展示了中国式婚姻的困惑和裂变。您怎么看待婚姻？这部作品的出版对您有怎样的意义？

黄蓓佳：《家人们》其实是一部社会小说。但是这部小说因为容量巨大，内容中免不了展示爱情和婚姻。婚姻这东西，猛一看是个人的，其实折射的是社会的现象。中国人更特殊，首先是社会的人，其次才是个体的人。谈到婚姻，这东西太复杂了，没有套路、没有模式，也没有经验可谈。我个人觉得，在婚姻问题上需要智慧，需要双方经营。首先不能要求完美，完美主义者在婚姻中往往碰得头破血流。要允许对方犯错误，给对方留有充分空间，多从对方的角度考虑。

《家人们》不是写婚姻的美好，我不喜欢太甜的东西，可能过了那个审美阶段。每个人都有社会性，两个人代表的是这个时代、这个社会，是更广大的世界。婚姻受到社会的影响、时代的影响更多，有时候是非常无奈的。我认为婚姻中有很多残酷的东西，把这种残酷写出来会让作品更有力量。我写了残酷和无奈，但是写不了恶，恶和残酷还是两码事。

舒晋瑜：您作品中的景物描写让我印象深刻。很多作家不注重或者很少在意景物描写，这是为什么？您的作品中为何有那么多景物描写？

黄蓓佳：一方面，中国的城市化进程太快，很多原始的、纯朴的自然景物少了；另一方面，快节奏的生活使人们的感受越来越粗陋麻木，不能静下心来感受自然景观。我在写这部作品时，有意识地对自己提出这样的要求。我觉得有分量的长篇，必须有一定的体量。在这么大的体量中，生活的细节、周围的环境、人文景物等等都必须得到充分的再现。这是我对自己的告诫。

舒晋瑜：作品出版后，您会关注外界的评论吗？您现在正在创作什么作品？

黄蓓佳：我最大的享受就是坐在家里写作，我的全部快乐都在写作的过程中。我不大关心成书后的效果，也不大关心评论如何，得奖与否。我是比较内向也比较矜持的人，不太善于跟外界打交道。当然，如果得奖，如果好评如潮，如果读者厚爱，我会更加开心。

我不喜欢重复自己，那不是技术活儿，没有意思。我希望每一部新作品都跟前一部不一样。目前我刚写完一部"重口味"的儿童文学《余宝的世界》，在题材上跟以前完全不一样，思想深度也超出儿童文学的范畴。我写了失败的人生，写了谋杀和死亡，写了社会边缘地带的生活，这是以往儿童文学尚未涉足过的话题。我想试试儿童文学在关注社会现实方面能往前走多远，读者能接受到什么程度。这次写作有风险，但是我准备承受。

本文发表于《中华读书报》，2012年8月22日

黄蓓佳《童眸》：刻骨铭心的追思和温柔的批判

黄蓓佳　王　杨

王　杨：说起童年，人们多会觉得应该是欢乐温馨、无忧无虑的，而您在《童眸》中写到的孩子们，生活在一个物质相对贫瘠的时代，童年生活伴随着歧视、不平等、疾病，甚至背负着家庭的重担或直面死亡。您为什么写这样一群孩子和他们的童年？

黄蓓佳：《童眸》和我以前的书有些不太相同的地方，可能是亮色相对来说少了一些，更多的是一种童年的沉郁色彩，灰色调比较浓。这其实也是我的一种尝试。我尝试写出各种人性的恶、各种人性的善、各种人性中闪光的地方，它们都在小小的仁字巷得到彰显。我希望通过这部小说尝试在儿童文学里表现人性，看看在写人性的深度、人性的厚度时能写到一种什么程度。

我这部小说不仅仅是为孩子写的，也是为孩子的父母写的，我只是用了孩子的视角来表达我对这个世界的爱恋、悲伤、铭心刻骨的追思和温柔的批判。

王　杨：《童眸》这部小说中有您自己童年的影子吗？

黄蓓佳：《童眸》这本书，你说它是小说可以，说它是记事散文或回忆录都可以。这之间的区别，无非是我对自己的记忆做了加工，遵循了一部分事实，又想象和编撰了另一部分。

书中仁字巷的原型是"八字巷"，它分为"横八字巷"和"竖八字巷"。

其中，竖八字巷是主巷，比较长，也相对宽敞一些；横八字巷是支巷，长度只有五十米左右，窄到只能两人并行。我外婆的家就在横八字巷里，从出生到离开家读大学，我的童年、少年和青年，最起码有五分之一的时光是在这条巷子里度过的。我最初的小说习作，很多都是在这条巷子里写出来的；第一次发表作品，也是在巷子里收到样书；考上北大，也是从这条巷子里收拾行囊出发的……可以说，小说中朵儿的家，其实也是我童年时住过的家。那时候的日子虽然清贫寒酸，但我们过得活色生香，一丝不苟。

巷子里还住着我的四叔公，他弥留之际，我和小伙伴去给他守夜，那种阴森的记忆让我刻骨铭心；邻居有一个姐姐会踩缝纫机，做各种合体的衣服，令我羡慕不已；另一个邻居女孩有羊痫风，十多岁的她体胖、肤白、凤眼、红唇，一双玉手十指尖尖；还有一位斜眼的退休的私塾先生，他算是这个世界上头一个欣赏我的人……这些人都以不同的面貌出现在《童眸》中。童年经历对一个人的影响，真是盘根错节、难以摆脱。

王　杨：最近一段时间，文坛涌现出一批以不同形式写童年的作品，也有一些关于作家应如何书写童年的讨论，您怎样看待童年对作家写作的影响，作家为什么会反复书写童年？

黄蓓佳：每个人都有自己的出发点和目的地，所有人的出发点都是自己的童年。童年是长在血肉中的，跟我们的骨骼筋脉绞缠在一起的一种存在，所以它无法被遗忘，更无法被割舍。童年的经历会投射到人的一生之中，我们成年之后所做的一切努力，都是在完成对童年的一个承诺。儿童文学作家所写的是怎样建立起童年准则和梦想的这一部分，成人文学作家所写的是如何完成童年承诺的那个部分。我在《童眸》中写的四个故事都根植于我的童年生活，具有很强的生命力。

人是有记忆的动物。历史学家或社会学家，有责任倾向于集体记忆，文学家们侧重的却是个人记忆。用珍贵的文字保存下这些记忆，是文学的使命，更是我们这一代中国作家的责任。我在《童眸》中记录下的，就是关于我童年和少年的记忆。那个年代留在我脑海中的，真没有多少让人兴奋的记忆，可成年后，当我读过很多书、走过很多路、结识过很多人之后，能够让我刻骨铭心的,深夜想起来心里发紧发疼的,还是童年时长辈和伙伴们之间那些家常琐事。

王　杨:白毛因为生病而非常胆怯,但得知自己患了绝症快要死了,又从压抑中反弹出令人讨厌的"恶";心比天高的二丫恨患羊痫风的姐姐大丫拖累了自己,曾想溺死她,但在姐姐受婆家欺负时又独自去讨说法,最后为救姐姐而死;马小五是混世魔王,但讲义气、救人于危难;朵儿心地善良却性格软弱……是否可以说,您笔下没有纯粹的好孩子、坏孩子,他们都是"不简单""不单纯"的孩子?

黄蓓佳:《童眸》中的这些孩子都曾经是我的邻居和伙伴,所有成年人的善良、勇敢、勤劳、热心肠,他们身上都有;而所有成年人的自私、懦弱、冷血、刁钻刻薄、猥琐退缩,他们身上也有。很多大人有的小心思,其实孩子也都有的,只是孩子没有表现出来,或者说因为年龄小,他自己都无从察觉。我无意把孩子写得过于纯洁,他们就是这个社会上活生生的人,就在我们身边。

我希望自己对儿童的人性刻画不是单线条、简单和平面的,而是带有社会性、丰富性和复杂性。小孩子的思维喜欢问"这个人是好人还是坏人",一分两半,沟壑分明。可是现实世界不是这样的,一个人人唾骂的坏蛋可能是个孝子,一个吊儿郎当的流浪汉也许会把兄弟情义看得比天都高。同一个人可能既是天使,又是魔鬼。正是人性的复杂,才构成了社会的千姿百态;也正因为人性的复杂,文学作品中的人物才有温度,作品才能被反复阅读、咂摸和咀嚼。

王　杨:现在的时代与您笔下的孩子生活的年代相比,已经有了翻天覆地的变化,您不担心小读者会无法接受如此沉重的生活写照吗?

黄蓓佳:不担心。人的天性中确实有很多恶的东西,我觉得应该让孩子知道。我们常见的教育理念是这样的,从小给孩子一个刻意净化的环境,养在温室或者象牙塔里,不让他过早接触到社会的污秽。我觉得完全不需要这样,要让孩子在自然的环境里去生长,要相信孩子的判断力和自我塑造能力。

我们小的时候，家长从没有把我们和社会隔绝起来，娇生惯养，我们完全是在社会上摔打出来的。我们在教小孩子读书的时候，也不能不负责任地敷衍说这个人是好人，那个人是坏人。这样孩子将来走向社会，面对纷纭的人生时，会显得迷茫而胆怯，会无所适从，举步维艰。

王　杨：在您看来，优秀的儿童文学作品应该具备哪些品质？

黄蓓佳：简单说，首先必须写出有趣的情节，这是引领孩子走进阅读的先决条件。其次要写出丰富的人性，铺开尽可能宽广的生活层面，调动一切精彩生动的细节。最后，作家本人要有对这个世界的爱意，有令人着迷的想象力，以及不无幽默感的文字能力。满足了这一切，才能最大限度地满足儿童的阅读欲望，也才能引诱一个成年读者有耐心坐下来，跟孩子一起津津有味地读。

优秀的儿童文学应该是成人和儿童都能够共同阅读的，而且，越是优秀的儿童文学，越是应该拥有它的成人读者，人生的每个时段来阅读这些儿童文学，都会有不同感受。如果一部儿童文学，只是孩子喜欢，成年人觉得根本看不下去，我不认为它是优秀的。

本文发表于《文艺报》，2016 年 8 月 15 日

黄蓓佳：写出隐秘曲折的成长之痛

黄蓓佳　梁　燕

尊重文学，尊重儿童

梁　燕：黄老师，您好！《童眸》出版以来，获得过一系列荣誉：第四届中国出版政府奖图书奖、2016年度"中国好书"、首届京东文学奖、陈伯吹国际儿童文学奖……对一本书来说，可谓硕果累累。祝贺《童眸》，祝贺您！抛开这些荣誉，在您个人的儿童文学写作中，《童眸》具有怎样特别的意义？

黄蓓佳：简单地说，这本书是我对儿童文学中能够承载的人性深度的一种试探，看看作家的笔能够往里面走多少，儿童读者又能在多大程度上接受。儿童也是完整意义上的人，而且是社会中的人，一切的喜怒哀乐脱离不了社会性，把社会背景写出来了，丰富性就出来了，人物才能从时代底色中突显，呼之欲出。准确而诚恳地描写人物，这是对文学的尊重，也是对儿童的尊重。

梁　燕：尊重儿童，在社会化大背景下书写童年和成长，是黄老师儿童文学作品一贯的风貌，《童眸》的成功更加验证了儿童对于深度阅读的渴望。《童眸》让我想起您的《漂来的狗儿》，同样都是大规模调动自己的童年生活经验，它们的气息是相通的，童年的味道是一致的。狗儿身上所承载的复杂的人性也非常典型生动。时隔多年，是什么样的情况让您再一次深情回眸童年？

黄蓓佳：人总是在往前走，作家的作品也要往前走。《漂来的狗儿》中狗儿这个人物的设置，其实已经在一般儿童人物设置的经验之外，开始带上了一点孤独和冷峻的色彩。这个人物由于出生和家庭成长环境，内心世界是极为丰富的，探究她的内心世界应该是一件很有意思的事，可惜十几年前我只是浅尝辄止。如今上了年纪，我更加珍惜所剩不多的写作生命，也更珍惜那些宝贵的童年记忆，写就要写到深处，写出阳光也写出阴影，写出酣畅淋漓的成长呐喊，也写出隐秘曲折的成长之痛。

梁　燕："写到深处，写出阳光也写出阴影，写出酣畅淋漓的成长呐喊，也写出隐秘曲折的成长之痛"，真好，这可能是一位有责任感的儿童文学作家的理想境界。《童眸》的写作，显示出一位成熟作家的高超的写作技艺——从容驾驭故事的能力、精准拿捏情感的能力、不动声色塑造人物的能力，为读者呈现了那样一种复杂、丰富、动人的成长。它出版之后广受赞誉也是理所应当。

就我个人的阅读体会来说，较之《漂来的狗儿》一书，《童眸》由第一人称转到第三人称后，叙述更加节制，更加不动声色，人物的塑造在浓缩的篇幅里更加跌宕起伏、鲜明生动。不过，我个人也很喜欢《漂来的狗儿》，《漂来的狗儿》里有更多的"我"，更多的"真"，更多悠闲的叙写。《漂来的狗儿》中从"我"的眼里看到的人和事，虽然有回望的视线交织，但是，平和、自然，参与感更强，因而，《漂来的狗儿》中的这个"我"生动鲜活。《童眸》的朵儿则更加完美，在人物的设置上，她作为观察者的意义更大，参与故事的程度较之《漂来的狗儿》中的"我"少一些，也因此，她的形象比"我"模糊了一些。从"我"到"朵儿"，从第一人称到第三人称，您是出于怎样的考量？

黄蓓佳：谢谢你喜欢《漂来的狗儿》，这也是我自己很喜欢的一本书，虽然它是我的儿童小说中获奖最少的一本书。《漂来的狗儿》用的是第一人称，参与感自然更强，"我"是完全化在作品中的，泥水交融的那种状态。这是用第一人称写作的好处：它会在不知不觉中"诱敌深入"，把读者带进"坑里"。而《童眸》的结构不一样，它有点像糖葫芦，朵儿就是穿起山楂果的那根棍子，她从人物中间扎进去，但她自己不是山楂果，她要游走于故事之外，保持独立性，否则这串糖葫芦会是软乎乎一团，结构含混不清，内核无法坚硬。其实刚动笔的时候，我也尝试过用第一人称写，觉得更亲切、更家常，容易让读者进入那个时代氛围。写了两页纸，放弃了。我不要那种亲切和家常，我希望这本书的文字跟读者留出距离感或说是陌生感，不是让读者自己游走在那个时代的小巷子里，而是隔着长长的岁月，去回望、思索、感慨。

写出独一无二的"这一个"

梁　燕：综观您的儿童文学创作，从开始的短篇《小船，小船》到后来的一系列长篇，都显示着您"天生的写作者"的气质。您为儿童文学塑造了一大批生动鲜活的、有代表性的主人公。记得我阅读《小船，小船》的时候，感觉很惊讶，在当时的语境下，这部作品写出了浓浓的真情，塑造了生动、开朗、活泼、敢作敢为的小刘老师和与她性格截然相反的姐姐"刘老师"。在《小船，小船》里，您已经显示出您非凡的刻画人物的功力。此后您的长篇作品中，似乎每一个孩子，不论是充满正义和英雄气概的肖晓，简单、耿直、重情重义的单明明，心眼儿多、敢冲敢闯的狗儿，有轻微孤独症症状的弟弟，聪明、懂事、柔弱的白血病少年杜小亚，还有《童眸》中的大丫头、二丫头、闻庆来、马小五……以及孩子们周围的那些大人：开出租的单立国、电台主持舒一眉、贪便宜的筱桂花、爱算计的舅妈、追求自由的李大勇，还有一大群慈祥、智慧、可爱的奶奶和外婆……每一个都栩栩如生，立体生动。他们都"竭尽所能把自己的日子过出了动静，弄出了一章又一章卑微而动人的诗篇"。对于人物塑造，您如何做到写出独一无二的"这一个"来呢？能否简单给儿童文学作家包括小读者们透露一点秘籍？

黄蓓佳：写作跟拍电影一样，一部电影只塑造一个主要人物，那是类型片，属于大众电影的一类；把每一个次要人物都拍出彩头，让他们都有独特个性和气味，这才是艺术。我写小说特别注意写次要人物，哪怕只出场一两回，露个面，说几句话，我都不会把这个人物轻易放过去。人物群像生动了，小说整体才能生动起来，耐嚼，筋道，讲究，无论翻开哪一页，都能够让人饶有兴致地读进去。小说又是语言的艺术，塑造人物靠的是语言。语言这东西很奇怪，不是一朝一夕可以练成的，除了语感的天赋，还得靠多年的经验积累，像手艺活儿一样，要下功夫研究。一句话要怎么说？词语之间怎么搭配才鲜活完美？色彩、气味、读出口时的韵律和节奏……每一样都要琢磨。现在很多年轻作者一年能写出几本书，哪里能顾得上精细？人物自然是脸谱化的、雷同的。

梁　燕：这真不是靠"秘籍"就可以达成的。记得严歌苓曾说过，作家要靠百分之五十的天赋，百分之三十的勤奋，还有百分之二十的职业训练。这个和黄老师的意思差不多。最近重温您的作品，常常让我感觉到文字背后的作者是如此深爱着孩子，关注着他们的成长，并对此津津乐道，慷慨激昂地为孩子们说话，一针见血地指出问题。我想，很多时候，是这样一种英雄气概、侠士精神，构筑了您的儿童文学作品的豪迈气质和深厚根基。对于儿童文学，您曾经在接受《中华读书报》的采访时说，"它应该为孩子掀起这个世界的一角，让孩子感知到世界的丰富性、复杂性和无限的可能性"。这样的理想，在儿童文学的表述中，您觉得最大的难度是什么？

黄蓓佳：难度不在于选择题材，在于如何写好一个题材。写什么不重要，怎样写才重要。最不能做的是跟风，追热点，有投机心理。写作需要沉淀，从生命和时光的深处去打捞东西，哪怕一部当代题材的作品，也要想深想透再动笔。还有就是，作者自身的素质很重要，价值观很重要。我最见不得那些缺乏人性之光或是价值观混乱的作品，写到底层就成了城乡二元对立，城里孩子都世故，乡下儿童都淳朴；或者英雄的后代都英雄，混蛋的儿子都混蛋。简单，粗暴，猛一看光亮耀眼，深究起来违背人性，不堪一击。作品的深度，反映出来的是作者自身的深度，你读了多少书，你做过什么样的思考，你有什么样的智慧，透过作品，一眼能够洞穿。瞒得了外行，瞒不了内行。

被各种各样的写实题材吸引

梁　燕：在我的阅读印象里，黄老师擅长写实的刻画，想象类的作品相对少一些，我能记起来的就是《我飞了》。您对于写实和幻想的选择，是基于什么样的考虑呢？

黄蓓佳：我从小就对科幻作品有兴趣，多少年来一直发愿要写一本科幻小说，却一直未能动笔。我总被各种各样的写实题材吸引，不写出来就五爪挠心。我觉得科幻类作品没有时限性，可以在得闲时慢慢写。没想到当代科技发展这么快，从原子时代一下子到了量子时代，而我个人的衰老步伐同样快捷，十年前还能读一些"烧脑"的谈论物理现象、数学逻辑的书，现在的脑力只够读科学家的传记了。所以，我一辈子都没有写过幻想类的书。《我飞了》里面写了一个小天使，那不算幻想小说，最多带点魔幻色彩而已。人得有自知之明，我写不了这个。

梁　燕：虽然您的幻想类作品整体上比较少，但是，您却有大厚本的《中国童话》。重写这些民间故事，对您的小说创作有什么影响？

黄蓓佳：《中国童话》只能说是我的全部创作过程中的一个插曲，我的责编曾经要求我续写下去，我做不到，再写下去肯定会陷入对自己的重复，尤其是对情节和语言的重复，而我特别厌恶重复自己。说句实话，这本书写得很累，选故事累，选用一种带诗歌韵律的语言更累。我希望将这些童话故事写得优美绚丽，可我本身不擅长华丽的语言，这就有点戴着镣铐跳舞的意思，某种程度上来说超出了我的能力范围。所以这样的事情只能尝试一次，不能一而再，再而三。

走近生活，走近今天的孩子

梁　燕：在做这个访谈前，我翻看了您的朋友圈。一路看下来，一路感叹：这真是一位关注点非常广泛的作家。美食美景、柴米油盐、政治、人生、古往今来、海内海外……生活的方方面面都被您饶有兴味地记录、转发过来。我能感觉到观察这些时您的好奇。作为作家，尤其是有许多成人文学著作的作家,您的"微信生活"是怎样的?您如何通过微信来收集素材、记录生活?

黄蓓佳:微信现在是我生活中一个很重要的组成部分,它是一个窗口,我从这个窗口观察世界动向,了解人类进步。因为在我这个年纪,目力大减,除老花之外,还有散光、眼底阴影,长时间读书非常吃力。而微信上的文章相对短小,手机屏幕也亮,少费眼力,读书写作眼睛酸胀时,读朋友圈和公众号里的文章要轻松许多。读到自认为精彩的,还喜欢转发给大家分享,算是我"好为人师"吧。不少家人和朋友愿意追着我转发的文章看,他们相信我的挑选眼光。他们一鼓励,我就更来劲。人老了也像个孩子是不是?

梁　燕:您的童年、您女儿的成长以及现在您外孙女的日常,都在您"朋友圈"的照片、文字里有许多呈现和表达。在《我要做好孩子》的后记中,您写道:"我知道我是努力的,我把孩子当上帝一样尊敬,从来都没有低估他们的智慧和能力。我努力追赶孩子们前进的步伐,像夸父追日一样辛苦。这样,孩子们进步了,我的作品也就进步了。"我想请问您是如何走近今天的孩子的?

黄蓓佳:走近不容易,毕竟我现在没有那么方便。女儿小的时候,我就生活在孩子当中,现在,我总不能拿个笔记本跑到校园里一本正经去采访。而且我最反对的就是通过采访获得写作素材,那样最容易写成浅表性的、即时性的东西。所以,我会避开不熟悉的,写我熟悉的。我这几年写得多的就是我的童年生活,或者是比我的童年更为久远的生活。这些老故事年轻人写不了,而孩子们希望读到,也有必要让他们读到。当代题材就留给年轻人来写。大家各自做自己擅长的事,彼此都尽力去做到最好。当然,也不排除我在参与了孙辈的成长生活以后,有了想法和冲动,回过头来又写当代故事。

本文发表于《儿童文学选刊》,2018 年第 7 期

黄蓓佳谈文学：困境、绝地求生和人性之光

黄蓓佳　陈　香

整个 2018 年，因为工作的原因，我看过的儿童文学图书多以百计，而最让我惊艳的，是这一本《野蜂飞舞》。至今，我还能清晰地记起读完全书后恣肆的泪水在脸颊上流淌的感受，我心疼那些年轻生命的逝去，更为我们这个国家、这个民族，越是在苦难与艰辛之中，越能迸发出的非凡的、奇迹般的力量而哽咽。

在我的印象中，作家黄蓓佳一直是温婉的、文雅的，可是她平静表面下波澜壮阔的内心与呼啸而至的力量，在这部作品中，让我又一次深深地感受到。深情与温暖，辽阔与悲壮，是的，这曲有关家国情怀的生命绝唱确实呈现出了这样斑驳的美感，呈现出了一种史诗的气质。

"相伴短暂，离别漫长。整个天际，都是你飞过的自由。""很多年之后我还记得那天晚上的星空。那么多的星星，排山倒海一样，一声吆喝就会从天上哗啦啦地倾泻下来一样，那么的密，那么的庄严又热切……"类似的、流淌着盎然诗意和充沛情感的行文，在文中比比皆是，无比动人。我猜测作家在写作过程中一定投入了如风暴般难以抑制的情绪，果然，采访证明了我的猜测。这部作品耗尽了作家的心力，她的体力、情感都承受不住这样的大喜悦、大痛苦，需要靠药物来助眠。谨借此文，向用生命来写作的作家表示敬意。

命中注定的，看到《风过华西坝》

陈　香：是什么样的机缘，触发您写下《野蜂飞舞》？站在八十年前"五校西迁"的遗址——成都华西坝上，您一瞬间的感受是什么？

黄蓓佳：作家在写一部大的作品之前，通常要把这个念头养在心里，养一两年，待它发芽膨胀，破茧而出，然后坐下来慢慢地从茧子里抽丝。但是我写《野蜂飞舞》的念头养得有点太久了，三十年前就有这样的打算，不过那时候我还没有开始写儿童长篇小说，我想写的是一群知识分子在抗战后方的坚守和传承。后来种种原因导致这本书一直没有动笔，但写这本书的念头一直没断。

时间进入到五六年前，有一天我应邀去给江苏凤凰出版传媒集团当评委，评出他们集团的年度十大好书。进得选书室，满屋的书香，满眼的绚烂，各家出版社上报的优秀书籍铺陈了长长短短七八张书案，阳光照在那些或庄严或谐趣的封面上，珍宝一样熠熠生辉。

错乱放置的几百本图书中，几乎是命中注定的，我一眼看见了其中的一本《风过华西坝》。评选结束，我讨要了这本煌煌几百页的纪实文学，带回家中研读。两天后读完一遍。接着我又从头翻弄一遍。我发现我中蛊了，我被抗战期间华西坝上的"另一所西南联大"迷住了，三十年前的那个念头又开始在我心里伸腰萌动了。

想象一下当年不愿做亡国奴的先生教授们，如何带着羸弱的妻子和年幼的孩子，带着他们心爱的书、仪器、实验要用的种子和动物，还有大批追随光明的学生们，搭车，坐船，步行，跨越千山万水，从沦陷区赶往大西南，而后在华西坝上安营扎寨，而后弦歌不辍，教学相长，让民族的精神、民族的文脉得以绵延不断。再想象一下当年那些热血沸腾的年轻学子们，如何在战火中安放自己的一张课桌，读书，做学问，讨论时局，学会思辨，直至用自己的身躯迎向日寇的子弹。还有那些跟随父母跌跌撞撞一路西迁的孩子们呢？他们在远离故乡的地方长大，耳濡目染父兄们的慷慨悲壮，又终日浸润在书香墨气之中，他们会如何长大，又应该如何长大？

五年时间中，断断续续的，我的脑子里始终放不下这个诱人的题材。真要坐下来动笔，却又感觉缺失一点什么，还达不到十足的气定神闲。一直到前年春天，我去四川做校园读书活动，终于有机会亲临成都华西坝，去感受八十年前那片宁静又沸腾的热土。

抗战五大学——燕京大学、金陵大学、金陵女子大学、齐鲁大学、华西大学，其中的四所已经随着抗战胜利迁回内地，留守下来的只剩今天的华西医学院。漫步在草木葳蕤、清幽雅致的校园，浓浓的民国风扑面而来，每幢旧日教学楼的铭牌清楚简洁地记录了八十年前的短暂历史。沿着宽大的、咯吱作响的木质楼梯拾级而上，耳朵里似乎听到了当年纷沓的脚步声、青春透亮的笑声，还有师生之间夹杂了英文的会心对话，心中怵然惊悸，不由自主地闪身至一边，让那些幻觉中的、脚步匆匆的人儿先行过去。

然后我就看到了校园里三三两两坐在长椅上读书和背诵的学生们，他们十八九岁、二十啷当，眉眼疏朗，浅笑盈盈，多么年轻又多么好看！在他们当中，有没有抗战五大学师生的后代？他们知不知道脚下的土地上曾经发生过什么？祖祖辈辈的青春热血，是不是依然在他们的身体中流淌？

就在那一瞬间，念头破茧而出了，我明白自己要写什么了。坐在华西医学院校园长椅上的那一刻，我顿感天地澄明，我迫不及待地要飞回南京，坐下来开笔。

掂量来，掂量去，选择了这个叙事角度

陈　香：拥有了创作和表达的冲动后，您如何为《野蜂飞舞》寻找一个故事的内核？您打算用怎样的角度，怎样的人物关系来设置故事？怎样的开头、情节推进和结尾？您为什么会想到这个书名？

黄蓓佳：这是一本以抗战为背景的小说。抗战爆发，为了给中华民族留下读书的种子，为了让我们的文化、文明得以传承和延续，国内的一流大学纷纷西迁，四川和云南就成了这些师生们的落脚之处。国土可以暂时沦陷，军民可以为国牺牲，学校不能不上课，教师不能不教学，这是当年中国文化精英们的普遍共识。在这样的大背景之下，女孩黄橙子一家跟随当教授的父亲来到成都华西坝，住进了一个相对封闭的教师大院——榴园。随后，父亲又将他的老同学的遗孤沈天路接到家里，六个孩子在榴园破旧拥挤的小楼度过了自己不同寻常的童年。

榴园就是一个圆心，一切的故事围绕这个圆心发生，又从中心点延伸出无数的射线，覆盖了抗战时期大后方人民日常却又是非同寻常的生活。榴园又是一个小世界，这个世界里每天都在上演着那个时代的知识分子家庭的歌哭欢笑、爱恨情仇，也上演着一幕又一幕教授们忠于职守又精忠报国的喜剧和悲剧。苦难和艰辛、战争和疾病都没有摧毁他们的意志，彼此间相依为命的经历反而让那段岁月变得珍贵而绚烂。历经沧桑的土地上，顽强地开出了一朵又一朵的生命之花、友谊之花、爱情之花。

相伴短暂，离别漫长。小说的最后，大哥参加中国远征军，牺牲在缅甸战场；大姐北上抗日，却没能活到胜利的那一天；沈天路终于成为自己最敬仰的飞虎队的一员，最终驾驶着心爱的飞机与敌机同归于尽；女孩黄橙子弹奏着沈天路生前最喜欢的乐曲《野蜂飞舞》，在对心爱的男孩的缅怀中活到近九十岁的高龄，成为我们这个故事的耐心的讲述者。

说真话，如此宏大而沉重的题材，要写成一本让今天的孩子们能够看懂和接受的小说，委实是有难度的。这个难度不仅仅因为岁月久远，还因为我对这个题材抱有野心，既想写出历史的宽度和深度，又想写出一本能够赚到孩子眼泪的书。掂量来掂量去，我决定选用一个亲历历史的老人的叙述口吻，让作品呈现纪实的感觉，方便小读者的情绪进入。通篇的节奏必须是明快而敞亮的，是老人在迟暮之年对童年往事的动情回望，是旧日的情景再现，也是千万里追寻之后的生命绝唱。如此，进入写作后，从小说的楔子开始，我一直在克制、克制，不断地提醒自己：文笔和故事要有趣，要率真，要日常，要欢乐。可是写到尾声，我还是抑制不住心中的悲伤，以至泪眼模糊，无法正常打字。我心疼我笔下那些年轻的生命，年轻的灵魂，他们是一颗又一颗划过天际的流星，如此耀眼又如此短促。他们留下来的那一张张干净的笑脸，历经漫长时光，依旧迷人鲜亮。

至于书名，因为小说的背景发生在四川华西坝，起先我顺理成章地给这本书起了个名字叫《坝上的孩子》，倒也朴实贴切，可我又觉得读者容易误会成这是一本写乡村留守儿童的书，就把书中描写的钢琴曲的名字《野蜂飞舞》抓过来做了书名。一读到这四个字，我眼前就出现华西坝上万木葱茏、蜂飞蝶舞的场景，那种俗世的富足欢乐跟接下来要写到的残酷战争恰成对比，更让人有一种美好被撕碎的痛感。

文学就是要写出人的困境

陈　香：抗战题材的儿童小说书写始终是一个沉重而艰难的命题，虽然题材有可能为作品带来史诗般的张力，更是作家民族责任感的体现，但我们知道，战争与童年之间存在着诸多天然的对立，这正是战争题材儿童小说写作的难度所在。那么，在历史叙事、战争叙事和儿童文学写作伦理之间，您是如何考量的？

黄蓓佳：这些大学在中国抗战史中是一个独特的存在，在我的目光所及处，全世界似乎还没有第二个国家发生过像我们国家这样为了保存民族的文脉、民族的精英、珍贵的人才而大规模地迁移学校，好给国家能够高质量地延续生命留下希望。在满目疮痍、困顿不堪的战争年代，那一大批从国外留学归来的大学者、大教授们，陡然间从高空落到了泥坑，他们会如何适应这个变化？他们的素养、情操，知识分子的处事方式、报国的理想甚至是梦想，如何延续和坚守？这是我非常感兴趣的问题。文学作品就是要写出人的困境、人在绝境之中的那种绝地求生的力量、在艰苦困顿中迸发出来的人性之光。这是非常迷人的文学题材，有很大的探索空间可供我们腾挪其间。即便是儿童文学，这也是一片可供开垦的处女地。

当然，因为年代久远、情况复杂，因为历史总是被迷雾层层包裹，要开疆辟土相当不容易，可是我喜欢这样的挑战。越难啃的馒头才越能满足我们的咀嚼欲望。

在这样一本书中，最难处理的就是儿童文学如何描写战争这个课题。对于成人文学，可供选择的方法与借鉴的经验有许多，但对儿童文学来说，解决方案实在不充裕。因为面对儿童，我不可能放任自己的笔，给他们展示那些残酷的情节和残忍的画面。反过来，我们又不能回避历史的真实，回避战争的属性，因为让孩子们知道战争的反人类性质，也是人类社会的教育任务之一。面临这样的写作难题，我能选择的做法就是控制。必须找到一种恰到好处的叙事方法，以达到量上的控制和内容上的避让。比如书中三个年轻生命的牺牲，我都没有正面描写，而是通过事后追述来完成。即使是三个人中我用力最多的沈天路，其牺牲的过程也就写了一百多字。但是，恰恰是这样简单的追述，在前面的铺垫已经足够，张力达到最大之后，骤然收尾反而使平静的文字变得暗流奔涌，更有力量，更令人唏嘘不已、回味无穷。

还有，《野蜂飞舞》不是一部"横切面式"的小说，它有纵深度，从头至尾贯穿了八年全面抗战的时光，所以书中的人物有成长变化，从童年到少年到青年，这当中不可避免地要写到少年人青春的萌动。像大姐和程渝生、沈天路和黄橙子之间，都有这样爱情萌动的时刻。这种或重或轻的情感，要不要写，怎样写，费了我不少心思。如果书中人物是普通人家的孩子，我可能就选择避让了。但《野蜂飞舞》不一样，榴园是抗战后方一个特殊的存在，榴园的孩子都生活在特别民主的家庭，从小接受现代教育，深受现代阅读的滋养，所以情感的萌动自然而然也是必不可少的，躲避它反而会不真实。即便如此，我还是尽量将这样的情感控制在似是而非的不确定状态，或者用偶然与意外将它们不经意地中断，或者将情感的双方处理成不对等的状态，使其无法发展。值得庆幸的是，如此处理之后，小说不但规避了儿童文学中的一大难题，也使作品的整体变得轻盈而有趣。

顺着性格往下捋人物

陈　香：谈到宏大主题的书写，或者富于现实主义精神的写作，因为其坚持对时代生活的密切关注，对人的生存境遇的密切关注，对民族灵魂的密切关注，坚持直指人心的文学追求，而具有强烈的震撼力和感染力。然而，宏大叙事往往与日常生活有着距离感，尤其是对儿童文学文本而言，作家需要寻找一个以小见大的切口，在真实的大背景下，将宏大叙事转化为曲折动人的故事和鲜明丰满的人物形象。显然,《野蜂飞舞》寻找的正是宏大叙事中的儿童文学路径。那么,如何让宏大主题的文学书写具有更为丰富、细腻、真实的艺术可能,《野蜂飞舞》在故事选择、结构、情节、人物塑造、语言等方面,做了怎样的艺术探寻?

黄蓓佳:榴园作为我的小说场景,它在抗战后方是特别之中的特别,因为榴园里的住户们大多是留洋回来的大学者,他们个个身怀绝技,每个人都有鲜明的形象和个性,不人云亦云,也不随波逐流,却又满怀知识分子的热血和报国之心。在榴园这个小世界里,充满了文明、文化、理想、自由的气息和明亮向上的氛围,有别于世俗,有那么点孤寂、清高、不屑于平凡人生的意思。在榴园长大的这些孩子,终日熏陶在那样的氛围里,自然就有了跟普通家庭孩子不一样的地方,所以他们也特别独立,特别有主见,特别自由,特别优秀,才会发生我作品中写到的那些故事。同样,作品中那些人物最后的命运,也才特别感人,特别可信。如果换成抗战中普通老百姓的家庭,我的小说就完全不会这么写了,那会是完全不一样的人物故事和命运。

每个作家在设置人物性格时,都要绞尽脑汁做一个通盘考虑,因为性格决定命运,性格设置出来了,才能顺着往下将人物故事,一条一条地、顺理成章地通向命运的终点。当然,人物性格一定要在故事中途出现大的反转,精彩就在这种反转之中。所以我写下《野蜂飞舞》这个标题之后,接着写下来的就是这句话:"相伴短暂,离别漫长。整个天际,都是你飞过的自由。"这句话暗示了我这部小说中主要人物的命运,是点题之笔,我特别希望读者们能够关注到。

六个孩子中,沈天路是男主人公,当然是我花费了很多力气去写的,我对他寄予了最多的怜爱和温情。但大哥克俊才是我偏爱的角色,他从内到外都极其优秀,不是那种尖锐的、张牙舞爪的优秀,是恰到好处的、很绅士风格的温暖,比较中庸,比较含蓄,善解人意,自带兄长风度。他有理想,有热情,有健壮的体魄,但是又足够冷静、清醒,关键时刻绝不会含糊。总之一句话,他是这个家庭中最让人觉得靠得住的一个孩子。写他的牺牲，我只用了一句话："八月初，我哥在密城前线牺牲。"因为写到这一段的时候，我心疼得笔都阻塞了，我觉得我没有办法展开文字，多一句话的描写都是多一份残酷，我自己的情绪受不了。

　　大姐书雅，家中的长女，照理说应该是最能干、最懂事的，可是她上面有一个更懂事的哥哥，又因为她特别聪明漂亮，事事处处都是拔尖儿的，她就自己宠自己，宠成了一股勇敢无畏的劲儿。她放大了自己心中的理想主义，哪里危险偏要往哪里去。在那个时代，从大后方千难万险去投奔延安的年轻人，很多都是书雅那样的个性。很多人满怀热情地投奔革命，反复磨砺，一点一点地适应，把自己打磨成革命所需要的石子，日后成为革命的中坚力量。可惜书雅没有走完她一生的历程，英勇牺牲在抗战胜利前的那一个月。这个结局也是符合她一往无前的性格的。

　　书中的主人公是黄橙子，她上有哥哥姐姐，下有弟弟妹妹，父母的目光无论如何也不会太多地落到她的身上，因此她的成长环境更加宽松，可以不受拘束自由生长，自说自话地就长成了一副"野小子"的模样，但是她的内心深处又藏了一个不曾长大的小女孩儿。正因为如此，当她和沈天路的心灵碰撞之后，才会觉得彼此契合，能够擦出火花。以她为主人公，用她的视角来统领整部小说，是因为当年她的年纪不大又不小，略知人事，又懵懂幼稚，一切都看在眼睛里，却未必知其所以然，小说因此便呈现出一种半透明的毛茸茸的质感，比较符合儿童阅读的心理。

　　因为黄橙子是书中最重要的人物，全书几十个人物中，我第一个要想的就是她的名字。主人公的名字往往会决定整本书的明暗调子、文字风格以及命运走向等等。那一天也是灵感突现，脑子里莫名就冒出来"橙子"这两个字，我立刻在心里认可了它，觉得它既随意，又轻松自然，而且明亮、透明、可爱、芳香。由橙子而想到给这家人按上一个"黄"姓，这样一来，黄橙子，特点更突出，更加上口好记。取完名字后我还挣扎了好久，怕读者发现跟我的姓氏重合，误会书中有我自己家族的影子。可是我琢磨了一两个小时，反反复复在心里盘桓，还是决定不放弃这个"黄"姓。"黄"和"橙子"，多么适配啊，再没有更好的选择了。

果然书出版之后还是有误会,有人问黄橙子身上有没有我的影子,这本书有没有一点家族历史的意思。我在这里郑重声明:一点也没有。我很希望这个优秀的家庭跟我有关,可惜我高攀不上。

书中的另一个主角沈天路,他有着跟黄橙子不同的成长历程。他的父母追随革命,在苏区牺牲,他出生之后就被送往四川老家,辗转在几个亲戚家生活,受尽人世间的白眼和颠沛。所以当他被黄橙子父亲接到榴园之后,这个发育不良而又乡音浓重的孩子是自卑的、胆怯的、警惕的,也是跟这个家庭的孩子们游离的、格格不入的。之所以让他一直管橙子的父亲叫"叔"而不叫"爸",是因为我觉得这样的一种外来者的姿态比较舒服,既有对这个家庭的认同,又保持着不多不少的小孩子的个人尊严,对塑造沈天路的形象有利。

全家人当中,第一时间接纳他的是橙子的母亲。母亲是普通的家庭妇女,识字不多,有小家小户女人的亲和力。沈天路本能地意识到母亲是这个家庭里跟他的相似度最高的人,是他能够平视的长辈,故而他很快就管橙子母亲叫"娘",娘对他也最为怜爱。而对橙子的父亲,他一直叫"叔"的那个男人,他则始终保持着景仰、爱戴、心悦诚服,以及不多不少的距离。

黄家的这些兄弟姐妹中,沈天路对大哥最敬重,对大姐是"惹不起躲得起",唯独对黄橙子不一般。他们在性格和灵魂方面高度契合,两人都是那种带乡土气息的、质朴平凡的、低姿态的人。他们两个从开始的怒目相对到后来的亲密无间,是人物个性发展的必然结果。在这个家里,黄橙子只有在沈天路面前才可以放开天性、为所欲为,沈天路也只有面对黄橙子时才能够充分地敞开心灵。他们彼此接纳,相互靠拢,形成介乎兄妹和恋人之间的一种特别自然和舒适的关系。

写到兴奋处,要吃安眠药

陈　香:"相伴短暂,离别漫长。整个天际,都是你飞过的自由。""很多年之后我还记得那天晚上的星空。那么多的星星,排山倒海一样,一声吆喝就会从天上哗啦啦地倾泻下来一样，那么的密，那么的庄严又热切……"类似的、流淌着盎然诗意和充沛情感的行文，在文中比比皆是，无比动人。您在写作这样一部作品的时候，是处于一种什么样的写作状态？这种写作状态如何保持呢？

黄蓓佳：《野蜂飞舞》写了两三个月，改了三四个月。写的时候我全身心投入，精神充盈、丰沛、亢奋，晚上躺在床上还会想，想到兴奋处，睡不着，要吃安眠药。有时候想到好情节、好对话，怕一觉睡醒忘了，还得爬起来记在床边的本子上。改的时候我就从容许多，慢慢琢磨，徜徉在自己作品营造的氛围中，很享受，好像陷在梦境里一样，改到最后都舍不得出来。

说真话，写这样的作品是比较辛苦的，不说自己情感上的投入（消耗气血），就说为了力求细节的真实，给读者故事中的人物犹在眼前的感受，我不知道翻阅过多少资料，大到二战的全部进程、中国抗战的每一次重大战役的时间地点，小到当年四川地区的米价油价、药品的供应、交通工具，包括枪支和战斗机的型号，我都是查资料查出来的。感谢现在手机上强大的搜索功能，给我的写作提供了无穷无尽的帮助，要是放在二十年前，我写这部小说，恐怕桌子上的文献材料要堆成小山了。

细节的真实才会带来整体作品的真实，读者阅读的时候才会有身临其境的感受。一部作品是马虎对付、胡编乱造，还是投入心血、费时费力，一读就会知道，因为阅读的体验完全不同。

但是这样的写作状态可遇不可求，也不能经常重复，体力、情感都承受不住这样的大喜悦、大痛苦。作家如果节奏太快地燃烧自己，反会欲速而不达。所以我现在手中在写的小说就是另一种风格，追求极致的简单，语言、人物、故事、对话，完全白描，"零度"感情投入。

作品的深度，反映的是作者的深度

陈　香：数十年来的文学创作，您很少写乌托邦式的幻想故事，往往都是聚焦时代和社会风貌，您的作品里流淌着宽阔和温润的人道主义。那么，作为一位声名卓著的成人文学作家，您是因为什么原因开始了儿童文学写作？您在儿童文学写作中寄寓了怎样的期待和情感？

黄蓓佳：二十年前有感于女儿的教育问题和成长的烦恼，我写了一本《我要做好孩子》，没有料到就此与儿童文学结缘，再也没能离开。原因很多：出版社种种手段的催促，孩子们对我的作品的喜爱，写童书时的全身心的快乐，成人文学市场的萎缩和成年人对文学阅读热情的消退……

必须说，成人文学的写作经历给了我一个比较高的台阶，跟一些纯粹的童书作家相比，可能我关注的社会面更加宽广，也更在意作品中对人性的深度挖掘。

中国的社会差距太大，莺歌燕舞和水深火热并存。城市里的孩子挣扎在课业和辅导班之中，不会想到咫尺之遥的地方还有同龄人为生存而烦恼。纵观中国当下的儿童写作，娱乐化、低龄化、简单化的东西太多，对提升儿童的心智成长没有太多帮助。快乐的文学当然需要，适当的凝重尖锐也不应当回避，否则孩子将来走上社会，猛然间从童话走进现实，那种心理冲击力太大，会出各种问题。回想我小时候，七八岁的时候，因为没有儿童文学可读，一步就跨进了长篇小说和外国经典文学阅读，一样读得津津有味。儿童的可塑性极强，可以说，你给他什么，他就会接受什么。暂时读不太懂也没有关系，似懂非懂反而更加印象深刻。因为他要努力去懂，要踮起脚尖去够，这个努力的过程、踮脚的过程，就是他自己思考和适应的过程，会促使他长大、成熟。

本文发表于《中华读书报》，2019年7月3日

黄蓓佳：我对这个世界永远好奇

黄蓓佳　刘　雅

　　打开黄蓓佳的微信朋友圈，"用蓬勃的生命力击败岁月的无情，同龄朋友共勉"映入眼帘，这句话底下，是年过六旬的苏联钢琴家尼古拉耶娃演奏柴可夫斯基《第一钢琴协奏曲》的视频。如果不是这条信息提醒，很多读者应该跟我一样，猜不出黄蓓佳的真实年龄。从近几年出版的儿童文学长篇小说《童眸》《野蜂飞舞》《奔跑的岱二牛》《太平洋，大西洋》，到最新推出的《叫一声老师》……几乎一年一部的创作速度，她旺盛的创作势头不输于年轻的新锐作家，难怪作家毕飞宇曾用"永不停歇的写作者"来形容黄蓓佳。

　　文坛耕耘五十载，黄蓓佳谦虚地说："我就是一个'抡镢头的人'……在文学田地里不停息地挖呀挖，一个土坑接着一个土坑，不断地希望，又不断地失望，五十年里周而复始。"事实是，这位勤勉的作家几乎拿下了国内所有重要的儿童文学奖项，版权输出海外十多个国家；她笔下的成人文学作品同样享誉文坛。从 1972 年发表处女作《补考》，到 1977 年进入北京大学中文系，其间受到江苏《少年文艺》编辑的邀约，发表了数篇儿童文学作品，毕业前，她出版了第一本小说集《小船，小船》。毕业后，她将精力更多地投入成人文学创作中，陆续发表了几百万字的长篇、中篇、短篇小说，散文，甚至剧本。

　　直到 1996 年黄蓓佳的女儿"小升初"，半年时间中，她一路陪伴孩子经历了残酷的"升学大战",对教育问题和儿童成长话题有了诸多感慨。长篇小说《我要做好孩子》应运而生,用她的话说,这是一次"纯自然的写作,写作的过程异常轻松,并没有费太多思量,谁知道书出来后成了'爆款'"。虽然自己对"走红"这件事"一脑门子蒙",但她因此有了随后二十年儿童文学和成人文学的交替创作,而一门心思创作儿童文学,则是在退休后、近七八年的事情。

正是因为黄蓓佳有较长时间的跨龄创作经历,因此她的儿童文学作品兼具儿童世界的纯真和成人世界的复杂,正如她所说:"好的儿童文学适用所有年龄段的读者。"面对时代的飞速发展,黄蓓佳是如何永葆一颗童心的?她的新作《叫一声老师》写的是自己的成长故事吗?她是如何定义好的儿童文学和作家的?近日,中国作家网记者刘雅专访了黄蓓佳。

作家写一辈子作品,统统跟童年有关

刘　雅:今年是您从事文学创作的第五十个年头,您的儿童长篇小说新作《叫一声老师》在这个时间节点上出版,有何特殊意义?书中的女孩小瞳出生在教师家庭,成长在教师大院,这与您的成长经历相似,这本书是否与《童眸》一样,也带有您自己的童年印记?您觉得童年对于一个作家意味着什么?

黄蓓佳:创作五十年和我的新长篇出版之间并无关联。坦白地说,我不是个对自己的各种生命节点很在意的人,也不喜欢刻意地去做什么事。文学创作如何算计到了哪年该写什么书?那就不是文学创作,是宣传。

我的父母都是老师,一辈子都在教育岗位上。父母去世后,我一直想着要为他们写点什么。我已经写了那么多的作品,那么多的人、事情、生活,我也该写写我的父母。但是提笔之后,就发现我的父母似乎一生平淡,几乎全部的时间就是围着学生打转,没有传奇,没有悲惨遭遇,更不惊天动地,如此流水账式的记录未必有人要看。那么我想,不如就来写本小说吧,写写我童年时代那些有趣的老师们,用这本小说,纪念我的父母。

书中小城的生活环境是真的,我读书的那个学校是存在的,温馨可爱、

书香氤氲的教师大院曾经也有，后来拆除了。每次提笔描写记忆中的过往，心里总有无尽的感伤，这是人生走向迟暮的毛病：念旧、伤怀、慨叹，痛恨过的一切都成了美好。

童年生活对一个作家的重要性，很多人说过了，他们肯定比我说得都好，所以我不必赘言。简单来说，作家写一辈子作品，最好的内容跟童年有关，最痛彻心扉、最铭心刻骨、最幸福的、最快乐的、最能压垮自己的，统统跟童年有关。这样的关系，也许直接，也许间接，也许隐秘到不自知，但要摆脱童年绝无可能。

具体到我的这本《叫一声老师》，跟我之前的那本《童眸》相比，虽然同样是写童年，但基础色彩大不相同。《童眸》斑驳杂芜，难以用一句话描述清楚。《叫一声老师》相对单纯，色调明亮，故事轻松，人物有趣。写这本书的时候，美好的情愫在我心里是占据上风的。

刘　雅：作为当今文坛为数不多的跨龄写作的作家，在您心中，儿童文学和成人文学分别占据什么样的地位？创作两种文学时，您在心态上有什么变化？

黄蓓佳：我最初的写作，第一篇小说，写的是一个高中生的故事。那时候还在"文革"之中，完全没有文体概念，能发表纯属误打误撞。之后的几年，跌跌爬爬，二十啷当的年龄，偏喜欢写一些读起来苍老的作品。

1977年进入北大，我接受到系统的文学教育，把自己过去几年的文学尝试全部否定了，一时又找不准新的道路，试着写了一篇儿童文学，投到江苏的《少年文艺》，受到编辑赞赏，当年还得了一个省级文学奖项。如此一来，激起了我对儿童文学的兴趣，之后的几年，我一手儿童文学，一手成人文学，写得不亦乐乎。

大学毕业，进入社会，为人妻为人母，慢慢地磨去了童稚之心，我有十五年之久不再碰儿童文学。

1996年，我的孩子小学毕业升入初中，这一年中关于考试升学、教育标准等种种问题，我有很多心得，与同事们讨论，大家皆有同感，大家鼓励我"写本书出来"，我于是写了一本《我要做好孩子》。这是纯自然的写作，写的过程异常轻松，并没有费太多思量。谁知道书出来后成了"爆款"，几乎得到了儿童文学作品能够获得的所有大奖，被改编为电影、电视剧、舞台剧，被翻译成英法德俄十多种文字在国外发行，至今国内销量已达五百万册。说真话，我自己都对这本书的走红一脑门子蒙。我之后的很多作品，无论成人的还是儿童的，无论品位还是深度，都比这部小说要好上很多，却往往是波澜不惊，销量和热度远逊于它，真让我不知道是哭好还是笑好。

感觉这世间的事情，真是有太多不确定性，非自己可以掌控。

书既走红，出版社自然不会饶过我的，小读者们的热情也让我无以回报，只能循惯性接着再写。有整整二十年时间，我基本上是儿童文学和成人文学交替写作，一年此，一年彼，公平对待。最近七八年，退休之后，我慢慢地跟成人文学断了纠缠，全身心地扑在儿童文学上，基本上一年一部长篇，十来万字，轻松不累，自我感觉老了还能再有点进步，挺好。

无论写儿童文学还是成人文学，我都喜欢，也都有心得。儿童文学的魅力在于它的纯美。每写完一本儿童文学，心里就像被洗过了一样，那么干净，那么透明，跟写成人文学是两种完全不同的享受。在成人文学中，我会淋漓尽致地表达我对社会、对人生的看法，生活当中无法实现的，或者想了不敢去做的，我可以用文学来完成。儿童文学却是简单和纯粹的，写作时我好像重新变回了孩子，回到孩子们当中，能嗅到孩子身上的汗味，感觉非常美妙。

在很多作家身上，这两种创作是会产生冲突的，一个深刻的成人文学作家，未必能写出有趣味的儿童文学。具体到我自己，我是个率真轻浅的人，所以在我身上，这样的冲突奇妙地融合了，我可以做到两种写作状态互不干扰，也还都能写到差不离的水准。也许是我的身体中同时居住着一个成年人和一个孩子吧，这事有点意思。

孩子在进步，我也在进步

刘　雅：评论家丁帆曾高度评价您的《太平洋，大西洋》，称这部作品改变了他对儿童文学的偏见。面对长期以来儿童文学不被一些评论家重视的局面，您有何感想？

黄蓓佳：作为一个儿童文学作家，我只能说，我们应该从自身来找原因。我们写出来的作品，如果能如《木偶奇偶记》《柳林风声》《杀死一只知更鸟》《布鲁克林有棵树》《夏洛的网》等优秀的作品那么好，儿童文学能被评论界屏蔽吗？中国今天的现状，读书的人大多是孩子，儿童文学需求量大，销售得好，导致出版的门槛越来越低。很多基本语言关都没有过的作家，抓到一个有热度的题材，简单做个采访，急就章般弄出个报告文学式的东西，就能出书，还能得奖。长此以往，表面上看，儿童文学很有热度，实际是圈子里自己的热闹，得不到评论家的尊重。就我个人阅读国内一些作品的感受，儿童文学比之成人文学，确实是有差距的，作家的世界观、价值观、文学素养、基本功、阅读量都存在相当的差距。年轻的儿童文学作家不能满足于作品能被出版，能上榜单、得奖项，这些是文学之外的东西，是被各种力量、各种需要所左右的。文学作品的好坏在于读者的评判、同行的认可、评论家出自内心的肯定，还有就是，十年八年之后，作品在市场上是否还有销量，还有没有人提起。总之，作家对自己要保持清醒。认识自己，才能不断进步。

刘　雅：您一直认为，一部好的儿童文学作品，不仅是给孩子看的，也是给成人看的。如果给一部优秀的儿童文学作品下定义，您觉得应该是什么？

黄蓓佳：定义就是这句话：好的儿童文学适用于所有年龄段的读者。孩子从中看到成长，看到希望，看到未来；成年人看到从前，看到过往，看到曾经经历的、五味杂陈的另一个自己。

儿童文学是写给孩子看的，写作过程中需要考虑的因素比成人文学更多，比如目标读者的接受程度，他们想看什么，我能给他们什么，我需要规避什么，都要思考，写起来不比成人文学轻巧或简单。很多人认为儿童文学小儿科，他们是没有实践过，写一本就知道容易与否了。让孩子喜欢一本书可能比较容易，但让他们喜欢一个作家的所有作品是不容易的，因为孩子对一切都出于直觉，他们有自己的阅读口味和审美情趣。

刘　雅：作为一名 80 后，我从小就是看您的作品长大的。我如今也有了孩子，而您仍然在笔耕不辍。您是如何几十年如一日葆有一颗纯真童心的？每一代孩子都有自己的性格特点，您是否害怕有一天自己会落伍？

黄蓓佳：我对这个世界永远好奇，喜欢并且愿意拥抱人类所有的发明创造。因为眼睛老花，我现在阅读纸质书籍比较困难，所以改为手机阅读。又因为我的孩子比较独立，不需要我为第三代操劳，我的日常时间相当充裕。我每天至少有五六个小时花在手机阅读上，读时事、史料钩沉、科技发明、社会新闻、人世间的快乐和苦难。起码在我还有能力阅读的时候，用不着担心自己会落伍，会跟社会脱钩。孩子在进步，我也在进步，我为跟上他们的脚步而努力。

写作，归根到底是一种寻找

刘　雅：您的上一部作品《太平洋，大西洋》的创作灵感来源于您在微信上看到的一则新闻，经过多年酝酿，您将其写成长篇儿童小说。请问这部作品的创作过程是怎样的？您是否还有更多这样的灵感正在内心发酵？

黄蓓佳：《太平洋，大西洋》是去年出版的书，写了七八十年前一所幼童音乐学校的故事。关于这个学校，确有其事。好几年前，几乎是在我的手机刚刚开通微信功能不久，我就在手机里读到过一篇相关的研究文章（如此看来，碎片化的阅读有其不可替代的功能）。文章是作为民国史料发表出来的，很短，千余字的篇幅。我读完的第一时间，感觉有用，立刻点击"收藏"。

之后好多年，这段史料一直在我心里养着，我时不时地会想起来，时不时地会在心里憧憬一下，如果写成小说，会是什么模样。

我曾经说过，我喜欢时不时地在心里"养"一篇小说：将一个突然而至的念头沉在心里，五年、十年……直至蚌病成珠。作家写作要靠灵感，而灵感又往往是靠不住的东西。瞬间激动了你的事情，如果过了一段漫长的时间，你还是念念不忘，那才值得去打理和把玩，值得你花心血和时间，让它脱颖而出、闪闪发光。

幼童音乐学校的故事，我喜欢，也惦念，但是好几年中一直寻找不到入口。我要如何处理这个题材，才能写出新意，写得让孩子们一读就不能放手？

踟蹰当中，我先写完了一部沉重的《野蜂飞舞》，又写完了一部轻盈的《奔跑的岱二牛》。在这两本之前，甚至还有一本《童眸》完成在先。

音乐学校的故事似乎难产了。可参考的资料太少。还有，关于音乐，我不是内行，潜意识里也有敬畏之感，怕亵渎了那个时代里可敬的先生和可爱的孩子们，不敢贸贸然下手。

直至去年，两件似乎是完全不相干的事，助我找到了故事的切入点。

第一件，我的一个亲戚是一位特别优秀的中学音乐老师，很多年里她一直致力于"童声合唱"这项事业，带着她的那帮合唱队员们参加国内国外各种比赛，获奖多多。在我的这个小说题材陷入黑暗时，我得到了她的合唱团在荷兰又获金奖的消息。蓦然间，迷雾散开，我看到了眼前的光亮。

第二件，在一切基本就绪，独独差一点悬疑要素的时候，当我苦思冥想要如何把小说中的诸多情节天衣无缝地编织到一起的时候，我读到了老编辑张昌华先生的一篇小文章，讲述他如何登报帮老友寻找故人的趣事。当然，登报这个行为在今天已经是过去时了，现代通信技术让"寻人"这件事有了更多的表现手段，然而小说情节的联想和触发不就是这么来的吗？

合适的时间、合适的故事原型和人物原型，一切都开始融合，发酵，成形。昨天和今天，历史和现在，太平洋和大西洋，从前的讲述和正在发生的寻找……我选择了这样一种时空交错的方式，把一段难忘的历史呈现给孩子们。

我的很多写作灵感都是这样由阅读而来。阅读触发了我心里的某一个敏感点，好像突然找到了小说里的一根线，把多年思考积累的素材穿成一串，提溜出水，在我眼前闪闪发光。今年我手头正在写的是一部教育题材小说。教育就是由一棵树摇动另一棵树，由一朵云推动另一朵云，由一个灵魂唤醒另一个灵魂。这部小说的启动开关也是我无意间在《人物》杂志上读到的一篇文章，讲述了一场无疾而终的教改实验。别人的文章点醒了我，激发了我的写作热情，于是我坐下来，再找更多的相关文章来读，用这种方法让自己一点点地沉浸到小说的世界之中。

当然，阅读只是契机，思考是自己的，故事和人物也是自己的。由新闻或者史料引发而写的长篇小说，从构思到完成，中间有长长的、艰难的路要走。

刘　雅：《我要做好孩子》是您在女儿小升初考试后用一个月时间创作出来的，您那时作为一个"职场妈妈"，如何平衡写作和家庭，使之相得益彰？您的写作和生活是怎样的关系？

黄蓓佳：作家跟别的职业女性不一样，没有上下班之分，除了睡觉，哪怕是走路烧饭开车，脑子里都有各种念头盘旋，因此在全心全意过日子这件事情上绝无可能做到。想做好作家，基本上不可能同时做一个好母亲。当年我先生在国外学习、工作，家里只有我们母女生活，我对女儿的照顾绝对属于粗疏简陋型，做一顿饭能吃上好几天，街头饭店里买两个肉包子当晚饭更是常事。好在女儿心大，在生活上要求不高，性格也算独立。她十六岁出国留学，读完研究生，成家立业，对我从无依赖。她结婚的时候，我甚至都没抽时间替她操办一场婚礼。我今天能写出这么多作品，写作生命能持续五十个年头，一定程度上拜女儿所赐。她是我生命中第一个要感谢的人。

刘　雅：很多作家都有自己的"创作范围"，而您不愿意重复自己，一直在不断挑战自我。您认为，"不断创新"是否是评判一个作家好坏的标准？除此之外还有哪些标准？

黄蓓佳：我在一篇文章里说过，如果要用一个形象来说明自己在文学写作中的现状，那我就是一个"抡镢头的人"。我像一个农夫，在文学田地里不停息地挖呀挖，一个土坑接着一个土坑，不断地希望，又不断地失望，五十年里周而复始。

我写了几百万字的成人文学作品，长篇、中篇、短篇小说，散文，甚至剧本。我也写了几百万字的儿童小说。我东刨一下，西挖一下，自己也不清楚自己想挖出点什么。我表面上沉默安静，不喜欢当众发言，也不喜欢到处参加文学活动，内心里其实挺活跃，想法多多，愿意尝试新鲜事物，而且"喜新厌旧"，尝试过了就不再重复。我想我这些年的写作，归根到底是一种寻找，寻找故乡和童年，寻找理想的、最好的世界，寻找心里秘藏的珍宝。

是的，我已经写作五十年了。五十年里挖出来的那些土坑，如同我写出来的一部部作品，高低排列，参差裸露，曝晒在阳光之下，在读者的面前，暗自羞惭它们的粗粝和浅陋。

我算是个好作家吗？未必是。不过我肯定能算一个勤奋的作家，一直在慢慢地往前走的作家。我对得起自己的一生，这就可以了。

本文发表于中国作家网，2022年4月12日

人物：中国儿童文学作家黄蓓佳

报道：赵采熙　翻译：陈　悦

"中国是一个儿童人口达到4亿的国家。儿童文学市场非常庞大，儿童的读书热情也相当高涨。"

5月14日，以中国当代社会为背景，讲述现实故事的中国著名儿童文学作家黄蓓佳女士来到韩国首尔会议中心，在刚刚开幕的首尔国际图书展的中国馆，与韩国读者们见面交流。

黄蓓佳1982年毕业于北京大学，现任江苏省作家协会副主席，她在中国是一位拥有百万读者的畅销书作家。

拥有三十年文学写作经验，却在十年前转入儿童文学的赛道。谈起其中的原因时，她说："婚后有了女儿，就自然而然地对儿童故事产生了兴趣。"

她的作品反映了"独生子女政策下，由于中国父母们'望子成龙、望女成凤'的心情过于迫切，孩子们不得不面对较为激烈的竞争"。为了抚慰这些孩子，她便想写下一些故事。"这些故事是快乐的同时又含有一丝忧伤，让读者在感受快乐的同时也能感受到一些意义"，这是她创作的初心。

还有就是"希望我的文字和笔下的人物能留存在孩子们的记忆中，当他们回想起自己的儿童时代，会因为我的作品而感到一丝暖意与感动"。

她在韩国出版的首部作品是《清新的橙子，小鱼》（韩国金宁出版公司出版，中文名《亲亲我的妈妈》），这部作品讲述了十岁少年赵安迪（昵称

"弟弟")和身患抑郁症的母亲之间的故事。

　　和爸爸一起生活了十年的少年赵安迪在爸爸突遭车祸离世后,第一次见到了自己在电台工作的妈妈,这时的妈妈已经因为工作和生活的压力患上了抑郁症。

　　妈妈甚至把弟弟精心烹制的炒饭直接扔进垃圾桶,伤心的弟弟却战胜了内心的苦痛,最终敲开了妈妈尘封已久的心门。

　　黄蓓佳介绍说:"我们需要把拯救他人和自我拯救这样深刻的问题剖析给孩子们……在中国,孩子们对这样苦痛又唯美的故事是非常喜爱的。"

本文发表于韩国《联合新闻》,2008年5月14日

黄蓓佳作品《我要做好孩子》
——江苏凤凰出版传媒集团全新推出"江苏文学名家名作"外译项目，传播当代声音

翻译：徐　辰

对江苏凤凰出版传媒集团而言，最新推出的"江苏文学名家名作"外译项目，仅在图书遴选一环就颇为不易。首先，凤凰集团拥有十家出版子公司，每年出版有六千多种新书。凤凰集团的图书目录里有数不清的获奖作品。其次，图书遴选工作不仅要反映凤凰集团所在的江苏省在中国当代文学的中心地位，还要反映其所在的省会城市——南京作为联合国教科文组织评选的"文学之都"的地位。

2021年12月，"江苏文学名家名作"外译项目第一辑亮相，入选的三本书分别是：黄蓓佳的《我要做好孩子》、苏童的中篇小说《另一种妇女生活》（西蒙·舒斯特出版社）和叶兆言的非虚构作品《南京传》（长河出版社）。

《我要做好孩子》是黄蓓佳的第一部儿童长篇小说，写于二十五年前。"它经受住了时间的考验，仍然深受中国儿童、家长和教育工作者的喜爱。"凤凰传媒国际拓展部副主任刘沁秋说，"这本书印刷超三百次，销量超五百万册，被改编成了电影、电视剧和戏剧，出版了阿拉伯文版、法文版、德文版、韩文版、俄文版和越南文版。《我要做好孩子》去年被美国儿童文学协会评选为优秀翻译作品。"黄蓓佳写作了五十多本儿童读物，她被提名为2020年国际安徒生奖候选人。

令人震惊的是，黄蓓佳写这个故事只用了二十天。"这部作品源于她帮

助女儿应对学业和升学考试的亲身经历。"江苏凤凰少年儿童出版社版权经理吴小红解释道,"她目睹了孩子们从上学第一天起就面临着巨大的学业压力。她还发现,将终极目标定为'被一流大学录取'是可怕又短视的。因此,她着手写了这本书,不仅给她的女儿看,还要给所有面临相同情况的孩子们看。"

在《我要做好孩子》中,主人公金铃是个十二岁的普通孩子:开朗、善良、勇敢、有创造力,但在数学学习上却颇让人绝望。她的经历和遭遇,以及她大起大落的数学成绩是这部近四百页的小说的主要内容。故事中有许多振奋人心的时刻,例如,金铃的外公外婆一起骑双人自行车,以及金铃救下了蚕宝宝。故事中也有一些发自内心的感慨,比如表现金铃作为孩子和学生所承受的压力。"这本书告诉我们,学习成绩不代表一切,拥有表达爱、感激、同情的能力,才是对孩子的成长发展至关重要的。"吴小红说,"这个关于孩子学校生活和成长的故事非常引人入胜,它是一个全球化的主题,因此《我要做好孩子》跨越了地域的界限,使读者易于理解,能够产生共鸣。这或许就是该作品版权能够销往十国的主要原因。"

宣传和推介江苏文学作品和黄蓓佳这样的作家是凤凰集团的一项重要使命。凤凰集团在 2021 年全球出版五十强榜单中位列第九。2016 年至 2020 年间,凤凰集团向六十二个国家输出版权一千五百六十五种。"我们新设立的凤凰文学奖致力于发掘本土作家,这将使我们能够持续向国际读者介绍江苏的新声音。"刘沁秋说,"同时,我们也在寻找顶级译者,以确保为作品提供最优质的译文。"《我要做好孩子》的英文译本就是多次获奖的英国翻译家尼基·哈曼与凤凰集团合作的。

"江苏文学名家名作"外译项目第二辑计划于 2022 年底出版,其中将收录韩东、鲁敏、徐则臣的优秀作品,也将再次收录黄蓓佳的一部作品。

本文发表于美国《出版人周刊》,2022 年 2 月 28 日

作家黄蓓佳：文学作品应当写人的苦难

报道：琼 燕 翻译：祝仰修

中国作家黄蓓佳的儿童文学新作《野蜂飞舞》越南文译本已由越南芝文化股份公司和劳动出版社联合出版。2022年10月29日星期六上午，越南芝文化股份公司组织了一次读者与作者的在线交流活动。

作家黄蓓佳出生于中国的江苏如皋，1972年发表首篇文学作品。1982年，黄蓓佳毕业于北京大学中文系文学专业，1984年成为江苏省作协直属的专业作家，并加入中国作家协会。黄蓓佳曾任江苏省作协副主席。2019年，她入选英国利兹中心评出的"中国作家月度榜"，她还是2020年度国际安徒生奖和2023年度林格伦文学奖的提名候选人。

作家黄蓓佳的主要作品有：《我要做好孩子》《今天我是升旗手》《亲亲我的妈妈》《你是我的宝贝》《艾晚的水仙球》《余宝的世界》《童眸》等。

黄蓓佳女士在同越南读者分享最近在越南翻译出版的长篇小说《野蜂飞舞》时说，作家在写一部大的作品之前，常把这个念头养在心里，养一两年，待它发芽膨胀，破茧而出，然后坐下来，慢慢从茧子里抽丝。但是她写《野蜂飞舞》的念头养得有点久了，三十年前就有这样的打算。不过那时候她还没有开始写儿童长篇。她说："我想写的是一群知识分子在抗战后方的坚守和传承。后来由于种种原因，一直没有动笔，但是写这本书的念头一直没断。"

大约在五六年前，黄蓓佳应江苏凤凰出版传媒集团之邀，担任年度十大好书的评委。在参评作品中，非虚构类文学作品《风过华西坝》引起了她的注意。三十年前的那个念头在心中重新萌动，生根发芽，她特地前往成都华西坝采风，完成了长篇小说《野蜂飞舞》。

《野蜂飞舞》以中国的抗日战争为背景。对于少年儿童来说，这个主题比较宏大。黄蓓佳认为，文学作品就是要写出人的困境，人处在绝境中的那种绝地求生，在艰苦困顿中迸发出的人性之光。这是非常迷人的文学题材，有很大的探索空间。即便是儿童文学，这也是一片可供开垦的处女地。

通过这本书，作家黄蓓佳想传递给越南青少年读者的信息很多，比如：家庭教育对小孩子良好性格的形成和心灵成长的重要性、友情和爱情的美好、理想的强大，还有亲人之间相濡以沫的温暖……

"我不奢望小朋友在阅读这本书的时候能够完全理解。如果他们能被其中某一个方面打动的话，那就是这部书的成功了。"作家黄蓓佳这样与读者分享自己的感想。

本文发表于越南《西贡解放日报》，2022 年 10 月 29 日

五 研讨会纪要

黄蓓佳小说创作研讨会纪要

周 韫

2011年12月17日,由江苏省作家协会主办的黄蓓佳小说创作研讨会在南京召开。中国作家协会副主席陈建功,江苏省委宣传部副部长梁勇,江苏省作协党组书记、主席范小青,省作协名誉主席王臻中,副主席赵本夫,党组副书记、书记处书记张王飞,副主席、书记处书记黄蓓佳,省委宣传部文艺处处长李朝润,省作协党组成员、创研室主任汪政,副主席苏童、叶兆言、周梅森、储福金、毕飞宇及省内外著名批评家雷达、吴秉杰、吴义勤、潘凯雄、阎晶明、张陵、彭学明、施战军、陈晓明、李建军、王干、栾梅健、张新颖、洪治纲、谢有顺、贺仲明、林建法、张燕玲、李国平、陈歆耕、丁帆、许钧、王彬彬、吴俊、黄发有、张光芒、朱晓进、何言宏、何平、王尧、江锡铨、黄小初、王振羽、黄毓璜、费振钟等参加会议并对黄蓓佳的小说创作进行了深入的研讨和交流。

黄蓓佳从二十世纪七十年代开始文学创作,在近四十年的创作生涯里,她始终坚守文学的理想与追求,创作了大量优秀的文学作品,尤其是她近年来创作的长篇小说《没有名字的身体》《目光一样透明》《眼球的雨刮器》《所有的》《家人们》等,引起了批评界的广泛关注。专家们普遍认为,黄蓓佳近期的长篇小说更侧重于对家庭、伦理、人性和亲情的演绎。雷达评价《家人们》是一部当代《雷雨》式的、把社会历史变迁和政治内容渗透、置换为家庭伦理冲突的充满形式感的小说,虽然它没有乱伦、弑父、恋母这样一些惊悚的情节,但它在表面的平静中蕴藏着深波大澜,其内在的风暴足以震撼人心。根据读者的阅读习惯或者阅读期待,也许更习惯于那种血腥、诡异的家族叙事,以家族作为叙事的核心,再蔓延出纷繁的情节与关系。黄蓓佳挖掘当今社会家庭的帷幕背后深藏的故事,在这些故事中,《雷雨》式的冲突并没有消失,隐痛、沉沦、迷失,善与恶,美与丑,爱与恨,无法解脱的灵魂,黄蓓佳用悲悯的情怀诠释得淋漓尽致。

北大中文系陈晓明教授说,黄蓓佳的小说尤其关注亲情伦理,她几乎是集中笔墨探究中国的亲情伦理。中国的小说主要以乡土家族伦理叙事为主,而黄蓓佳关注的是城市知识分子的家庭亲情伦理。在这方面,黄蓓佳这些年持续的写作已经卓有成效,开辟出了自己的道路并形成自己的风格。陈晓明形容黄蓓佳是在用针尖来写亲人之间的创伤,对亲情的理解几近极致,锐痛而不失温情的浪漫,《所有的》和《家人们》更能体现出她在家庭亲情伦理叙事方面俊逸犀利的笔触。张燕玲从女性的角度解读《所有的》和《家人们》,她说,黄蓓佳的小说体现了自觉的历史反思与自省,她孜孜探索的是人性在大时代背景下所蕴含的复杂性与丰富性,是"同情之理解",读这些小说,有一种文心如月,清朗又悲凉之感。

对于黄蓓佳小说中的人物形象,专家们也进行了深度的探讨和评析。张燕玲认为,黄蓓佳塑造了一系列卓尔不群的女性形象,她们身上冰冷与热切相容,坚韧与柔弱同在,偏执与宽容相长,绝望与希望共生。虽然不同时代、不同文化的婚恋观各有差异,但人们对美好爱情和婚姻的期盼是相同的,小说中所有的女性都怀着各自的憧憬。人生充满了荒诞性与宿命性,反衬出知识女性的宿命及其无奈与挣扎。吴秉杰指出,黄蓓佳刻画的人物有的非常尖锐,无论是《家人们》中的杨云,还是《所有的》中的艾早,都有着一种让人震撼的执着和意味深长的力度。谢有顺认为,黄蓓佳的小说恰恰就在于人物立得住,特别是次要人物,作家几句话就能把他们勾勒得生动有趣。在文学作品的创作中,次要人物容易被忽略,但往往又能够体现作家的真功夫。

专家们一致认为,文学批评界对黄蓓佳作品的关注度显然是不够的。

吴义勤说，黄蓓佳从某种意义上说是一个被忽略和误读的作家，这源于两个原因：一是儿童文学作家的标识；二是中性化风格的特殊性。其实，黄蓓佳的小说有着丝丝入扣的情感，充满了伦理与人性的力量，她的文学个性对今天的中国文学来说是非常宝贵的。传统的文学审美元素与叙事元素被精致地放大。很多被我们抛弃的东西，很好地保留在她的作品中，并散发出独特的文学芬芳。费振钟说，黄蓓佳是一个需要重新阐释和值得重新阐释的作家，她对爱、对恋的理想主义，乌托邦式的审美取向，对艺术形式的不懈追求，都应该用当代的审美目光来重新审视。

研讨会由丁帆和汪政分别主持，张王飞做总结发言。参加研讨会的还有江苏省作协各部门负责人、新闻媒体记者，三十多名南京大学、南京师范大学现当代文学专业的研究生参加了旁听。

本文发表于《扬子江评论》，2012 年第 1 期

黄蓓佳长篇小说《童眸》研讨会在南京举行

周 韫 俞丽云

2016年12月16日，江苏省作协和江苏凤凰出版传媒集团联合召开了黄蓓佳长篇小说《童眸》研讨会。中国作家协会副主席、全国儿童文学工作委员会主任高洪波，江苏省政协副主席、南京师范大学副校长朱晓进，江苏省委宣传部副部长徐宁，省作协主席范小青，省作协党组书记、书记处第一书记、副主席韩松林，凤凰出版传媒集团董事、凤凰传媒股份有限公司副总经理佘江涛，江苏省作协党组成员、书记处书记王朔，江苏省作协副主席、党组成员、书记处书记汪政，江苏省作协党组成员、书记处书记、《钟山》主编贾梦玮，江苏当代作家研究中心常务副主任张王飞，江苏省作协原书记处书记、副主席黄蓓佳，江苏省作协副主席周梅森、叶兆言、毕飞宇、丁帆、鲁敏、祁智以及省内外批评家刘绪源、牛玉秋、吴其南、徐鲁、萧萍、徐妍、张梅、赵霞、梅杰、齐童巍、王彬彬、吴俊、何平、谈凤霞、郁敬湘、王振羽等出席会议。

江苏是文学大省，也是儿童文学大省。二十一世纪以来，江苏儿童文学几乎每年都有作家获得全国性大奖，其中有不少作家获得过不止一次、不止一项文学大奖，更有不少作家获得了"五个一工程"奖、中国出版政府奖、国家图书奖、冰心儿童文学奖等重要奖项。江苏儿童文学的繁荣，既得益于良好的创作环境和条件、优越的出版资源和发表阵地，也得益于有一支规模宏大的创作队伍、一批甘于为儿童文学事业献身的创作人才。

这其中，黄蓓佳就是十分突出的代表。

省委宣传部副部长徐宁在讲话中说，黄蓓佳是当代江苏作家中的佼佼者，她四十多年始终笔耕不辍，秉持崇高的文学理想和信念，在她身上折射出江苏作家所共有的品质——关注现实、扎实积累、潜心创作、勤于反思，正是这样沉静深邃的精神洪流，浇灌出江苏根深叶茂的文学大树，在无数文学工作者的不懈努力下，开枝散叶，蔚为大观。黄蓓佳还是少有的在儿童文学和成人文学领域都取得相当成绩的作家，她的儿童文学作品，感情细腻纯真，笔触清新流丽，具有鲜明的个人风格。

省作协党组书记、书记处第一书记、副主席韩松林在研讨中说，黄蓓佳是一个挑着担子就不肯放下的人，她从事文学创作四十多年来，那副担子一直挑在肩上，担子里前头是文学理想，后头是社会人生，她的所有作品都是她担子里的成果，是肩负着理想和追求的成果，是一个有特别使命的成果。黄蓓佳是一个心地纯正又不失童真的人，与她相处，读她的作品，总觉得那么善良、那么温暖，让人感受到正能量、感受到有希望。黄蓓佳还是一个淡中有贵、贵而不傲的人，她处事淡定，不庸不俗，保持着贵气又不恃才傲物。韩松林说："习总书记在全国第十次文代会、第九次作代会开幕式的讲话中，用小鸟和雄鹰向作家们提出希望。我相信黄蓓佳在今后的创作中仍然会像一只小鸟在枝头鸣叫，仍然会像雄鹰俯视翱翔，我祝愿黄蓓佳笔走乾坤。"

专家点评：

高洪波（中国作家协会副主席、全国儿童文学工作委员会主任）：《童眸》如水，洗尽艰辛；《童眸》如玉，晶莹温润；《童眸》如茶，醒目提神；《童眸》如酒，温香耐品。

朱晓进（江苏省政协副主席、南京师范大学副校长）：这部作品不仅是为孩子写的，我觉得更多的是为孩子的父母写的，是一个成熟作家反映一个时代的童年记忆的一个集大成作品。

范小青（江苏省作家协会主席）：很多专家在研讨一本书的同时也回顾

了黄蓓佳四十多年的创作是多么深入人心。黄蓓佳用自己的一双眼看到了很多,她也经历了很多,但仍然葆有一颗童心。她有一份爱和两支笔,用儿童能够读得懂的语言写。小说看到最后让人很沉重,让人很难把握,从这个角度讲,小说非常成功。她用一辈子做着一件事,这是我们每一个写作者都有的体会,我作为一个同行表示敬意。

丁　帆（江苏省作家协会副主席、南京大学文学院教授）：我觉得作品是用朵儿的视角看待世界,这个视角也是黄蓓佳的视角。小说里的四个人物——白毛、大丫、马小五、闻庆来,完全可以写成悲剧人物,这是人性深度模式的一种表现,是一种悲剧性的表现。

刘绪源（《文汇报·笔会》原主编）：《童眸》是黄蓓佳的精心之作。她调动了自己久藏于心的童年经验,并且,是那么充分、那么不保留地发掘它们。她要把好材料浓缩在十几万字中,写成一部对得起童年记忆的精品。

牛玉秋（中国作家协会创研室研究员）：黄蓓佳的作品给我留下了深刻的印象,我觉得她对于中华文化里的精华和糟粕区分得非常精细。《童眸》让人感觉很震惊,这部作品不仅仅写了单纯和善良,还写了很多残酷的东西。

徐　鲁（湖北作家协会副主席）：《童眸》是一部非常厚实的作品,读这部作品让我有一种久违的感受,作家善于观察现实世界,并且质朴和准确地记录,《童眸》完全是用现实主义手法创作的小说,所以我非常喜欢。

吴其南（温州大学教授）：黄蓓佳在《童眸》中写了一条巷,作者是根据生活创作出来的,故事中的人物都是她的童年同学、伙伴,是她从记忆中获取的。朵儿就是中间的台柱,作家对童年的回望是通过童年的朵儿来完成的。

王彬彬（南京大学文学院教授）：可以说是回眸,更可以说是凝眸。小说有极大的真实性、写实性,情感控制拿捏得很有分寸,因为孩子的苦难,孩子自己往往是感受不到的。小说有真实的历史,更有作者的审视。

徐　妍（中国海洋大学教授）：我认为《童眸》的写作动因,有忧伤、绝望,也有对生命自身的恍惚和疼痛。这是一部因探寻生命存在本身,而带领我们一同回访生命的源头，从而复活童年记忆，反观现代人精神的文学力作。

萧　萍（上海师范大学教授）：从最美丽浪漫的修莎到最淳朴善良的朵儿……谢谢黄蓓佳老师的内心坚守，谢谢与你文字的相遇，谢谢一种名叫文学的光一直照耀。写作和为人的最高境界是返璞归真，真诚祝福蓓佳老师，祝福她的返和归，祝福她的清澈与芬芳！

吴　俊（南京大学文学院教授）：我觉得《童眸》不是"童话"，或者说至少不完全是"童话"。从叙事角度看，它其实是一个成人性的叙事。它处理历史的态度，体现了当下的价值观。

鲁　敏（江苏省作家协会副主席、创研室主任）：参加这个研讨会感觉十分珍惜、感慨。黄蓓佳曾经写过一部小说，名字叫《目光一样透明》，我觉得正是这种"透明"，让黄蓓佳有着如此持续的创造力。

赵　霞（浙江师范大学儿童文化研究院副研究员）：《童眸》写到对于童年自然生命的张扬，带给我们今天的儿童小说创作一个非常重要的启示。

何　平（南京师范大学文学院教授）：《童眸》质地纯良，充盈着诗意的理想主义。"童眸——那一双干净而明亮的眼睛"，是黄蓓佳想象世界的尺度，也是文学的尺度。人性的复杂，构成了这个世界的千姿百态。

梅　杰（海豚出版社副总编辑）：《童眸》里没有其他以"文革"为题材或时代背景的小说里的伤痕意识、英雄情结，然而这并不妨碍《童眸》的成功，这仍然是一种写实。

王振羽（凤凰出版传媒股份有限公司党群办主任）：《童眸》是更为温煦的文本，黄蓓佳从这里面看待人和事。黄蓓佳用《童眸》回眸，充满着记忆与诚意。

谈凤霞（南京师范大学文学院教授）：我认为这样一部作品即使从世界儿童文学的视野来看，也完全可以称得上是一流的少儿作品。这是一部跨界的作品，色调斑驳而复杂，非常有质感。

张　梅（曲阜师范大学副教授）：《童眸》为我们呈现出一份非常特别的童年经验，那么快乐，那么忧伤。借用作者喜欢的话来说：生活如此绝望，每个人却都兴高采烈地活着。

王　朔（江苏省作家协会党组成员、书记处书记）：黄蓓佳不喜欢热闹，喜欢清静，她的创作任务很重，每年"六一"儿童节邀请她做活动的单位很多，再忙她都会出席各种面向儿童的阅读活动，而且是义务的。特别是汶川地震的时候，她把自己一本书的稿费全部捐给了灾区，令人非常感动。

作家自述：

黄蓓佳：《童眸》是前年动笔写的，前后大概写了大半年时间，是我儿童文学作品中写得时间最长的一部。我对我自己现在的写作很珍惜，这部小说是我童年记忆的体现，以我过来人对社会的认识、对历史文化的认识，使用了孩子的视角来表达我对生活的追思和温柔的批判。我越来越不喜欢把儿童作品写得过于儿童，把小孩子简单脸谱化。反思我们自己，在我们漫长艰辛的成长过程中，每个人都有着与生俱来的自私，这是保护自己或者维持生存必要的手段。同一个孩子身上可以找出他的很多优点，那些美好的、动人的人性的善良之处；又可以找出他的很多缺点，比如说自私，比如说冷血，蛮不讲理。人性的复杂，构成了我们这个世界的千姿百态。我个人认为，正是因为有了这些千姿百态，文学中的人物才会有体温，才会从树叶中传出呼吸声，文学才值得读者们去回味。

本文发表于江苏作家网，2016年12月20日

"黄蓓佳儿童文学创作研讨会"召开：将儿童与成人打通至全生命统一的状态

何 晶

"我是晚熟的人，五十年是一点一点进入写作状态，五十岁之前我经常怀疑自己选错道路，我感觉以我的性格和专注程度，可能更适合做实验室的工作，也许我能成为很不错的科学家。五十岁以后我开始体验到写作的快乐，有了把控文字和思想的能力，现在我很庆幸当初沿着这条道路走。我不知道接下来还能写多久，生命有限，文学和文字无限，想想我的体力和精力还能写，心里面就充满感激和感恩。"

从1972年发表处女作《补考》开始，作家黄蓓佳已经在文学之路上行进了五十年，在5月27日由江苏省作协和凤凰出版传媒集团联合主办的"黄蓓佳儿童文学创作研讨会"上，她如此定义自己的写作。文学和文字无限，在她文学创作五十载之际的这次研讨会，正是对这种无限的一种丰富和延展。

如江苏省作协党组书记汪兴国所言，黄蓓佳是鲜少能同时驾驭成人文学和儿童文学两种话语风格、话语系统的作家，她的成人文学对人性的开掘，对思想的针砭，对历史的反思是深刻、尖锐、复杂的，而她的儿童文学对故乡的追寻、对童年的再现、对历史的回望，又是浪漫率真、韵味悠长的。

事实上，黄蓓佳的儿童文学创作有三个显著的特质为人们所熟知。首先是现实主义写作、理想主义追寻，无论当下还是历史童年生活，无论在城市还是在农村的童年成长，都能被她敏锐又细腻、耐心又克制的笔捕捉；其次是诗意温暖的笔触、高贵典雅的格调，她的作品充盈着丰富的诗意和温暖，通过对人生、教育、社会、历史的思考，拓宽情感的广度、挖掘人性的深度、追求着思想的高度，形成高贵典雅的艺术气质；再次是有着开阔宏大的视野、挑战有难度的书写，对黄蓓佳而言，写作不仅是她体验生命的源泉，更是不断挑战自我、不断创新求变的艺术实验。

在中国作协书记处书记邱华栋看来，黄蓓佳的创作，尤其是近年来的《野蜂飞舞》《太平洋，大西洋》等，都将艺术审美、家国情怀、革命精神、人物命运巧妙融合，为儿童读者奉献了了解历史、敬畏生命、崇尚英雄的文学范本，讲述了温暖深情、催人奋进的中国故事。前提是，儿童文学作家只有俯下身子贴近儿童群体，采用儿童视角，深入到孩子们的生活和内心中去，真正了解少年儿童阅读需求、情感需求、知识需求，从思想性、丰富性和可读性上着手，不断提高作品的时代温度和现实深度，才能创作出真正为儿童喜爱、为成人接受的精品佳作。黄蓓佳无疑做到了这点。

别林斯基曾说："儿童文学作家应当是生就的，而不应当是造就的。"这即是说，儿童文学作家天然有一种气质，在天性上拥有童心，能够和儿童对话。评论家高洪波认为，黄蓓佳就是这种儿童文学作家，她从容地在成人世界和儿童世界无障碍穿行，她对纯美的追求、对纯真心态的保持、对纯善理想的坚持，是她作为一个优秀的儿童文学作家的底色和底蕴，是她灵魂深处的韵味。

作家曹文轩强调黄蓓佳儿童文学的文学性，"她所有的儿童文学作品都是放在文学的框架中得以呈现的，从构思到语言、从情节到细节都非常考究。她的作品始终与历史纠结在一起，但无论怎么写都是从文学的眼光加以审视，历史也许只是一个背景而已，她关心的是在这些语境中的人，以及人性在特定的语境中如何展开"。在这之中，读者看到了她对历史的记忆、对当下的记忆、对现实的记忆，因而作品也就具备了当下性。曹文轩认为更重要的一点是，进入她作品的内部时，看到了她一如既往的文学方向，是一种趋同于经典的写作。"我们这一代人，在我们身上生效的可能还是古典形态的经典，我们的作品来自什么地方，接受过什么基本的文学训练，都有着影子和痕迹，那是古典形态的叙述、风情与品格。"

黄蓓佳的儿童文学创作有一个渐进的过程，评论家徐德霞表示，如果说黄蓓佳早期作品《我要做好孩子》《今天我是升旗手》《我飞了》描绘的还是孩子世界中的孩子，到《童眸》时，她已经不满足于只写孩子世界中的孩子。她将孩子放在丰富复杂的世界中，孩子成为世界的一部分，由此她的题材和视野也越来越宽泛，笔触也越来越自信、圆润，她的作品不仅题材宽阔，而且真实、有厚度。她的笔力从容稳健、柔中带刚，总是不疾不徐地慢慢描绘这个世界，刻画形形色色的人，揭示出隐秘而细微的精神世界，从故事透视人性。最关键的是，黄蓓佳从不认为孩子的世界就一定是一个纯净的世界，孩子内心隐秘的世界和成年人同样复杂。她的作品内容有厚度、有深度，更有层次感。

也正因为此，评论家李利芳认为，黄蓓佳在全人生视域内定位儿童文学书写，而且的的确确书写出了真实而深刻的人生景观。"黄蓓佳区别于大多数儿童文学作家的鲜明标识是她没有被'儿童'的特殊性所束缚捆绑，她在健全的、全人生系统内自然地看待儿童与成人、儿童与世界的关系。她看见了一种关系的本质，并以文字照亮'透明的童真与伟大的同情'这一独立的精神形态，由此，她的创作具有无法复制的美学价值。……黄蓓佳摒弃了单向度的童年本位，她要实现儿童与成人彼此深度的致敬与认同，实现不同主体的双向深层对话，这是儿童文学中儿童与成人关系问题的症结。在黄蓓佳看来，儿童与成人虽共处于一个物质时空中，但客观上确实生活在两种思维与价值系统中，儿童文学的功能其实就是建立一座理解与同情的桥梁，将儿童与成人打通至一个全生命统一的状态中。"

这或许与黄蓓佳是儿童文学和成人文学兼擅的作家有关，评论家汪政在其儿童文学作品中看到其成人文学作品的底色，"在成人文学作品中，黄蓓佳把人性的那种幽暗、人性角落里的那些东西写透了，但到了儿童文学中，她下笔是非常有分寸的，所以在讨论黄蓓佳的儿童文学时要以其成人文学作为参照和背景，二者可以对比研究"。

这和评论家王彬彬的观点不谋而合,"我从来不对文学进行分类,在我心目中只有两种文学,好文学和坏文学。优秀的成人文学一定具有儿童性,同样,优秀的儿童文学也一定具有成人性。儿童文学要提升儿童,就要有一个东西把儿童往上提,所有的设计、情感、思想里一定要有一些让孩子仰望的东西、让孩子踮起脚尖才能够得着的东西。黄蓓佳的儿童文学为什么好?就是她一直是在成人和儿童交融的地方写儿童文学"。

这种让儿童仰望的东西,评论家何平将其定义为我们这个民族、这个国家的一种精神。"黄蓓佳小说的基调是那些人类性的东西,比如说对爱、善良、公平、正义、生命尊严这种人类基本尺度的尊重,这也是作家的基本底线。"以他所见,黄蓓佳的作品有个人记忆系列、国家民族记忆系列、当代少年儿童生活系列,当从个人生命记忆扩展到整个民族记忆的遗产里时,所要考虑的是,儿童文学如何处理这种记忆遗产,因为它关系到儿童文学如何处理一些更为深刻的、复杂的文学命题。

实际上,与历史相对的,是当下。评论家刘琼更看重黄蓓佳儿童文学作品中的现代性,"通过黄蓓佳的儿童文学世界,我们可以一窥她的儿童文学观,也能够提炼出她的现代性,这个现代性并不因为她是一个资深作家或者她是一个新作家就先天具有,而是一种儿童观,是作家对儿童健康人格构成的认识,健康人格如何培养、健康儿童从何而来的认识。这样的认识体现出来一种现代性的东西。黄蓓佳儿童文学中对人的世界观、人生观、价值观有一种日常性、正常性、恒常性的表达,这种表达是用行云流水、轻轻淡淡的方式呈现的,但其实里面是广阔的历史背景"。

也正如评论家姚苏平所说,黄蓓佳"从不为儿童单独设立微观小世界,她笔下的儿童来自热腾腾的家庭、社会和时代,故事的发生关涉到现实世界的各种变故,细节相互缠绕生长,透过儿童的目光,展现文学想象力的辽阔"。也正是在这个意义上,儿童的主体性在历史和社会的变迁中生长出来,儿童与成人的裂隙、童年与历史的弥合构成文本的张力,而填充、缓和它们的方式是用日常生活场景、细节来进行,由此也揭示了中国百年的童年生态。

"我就是一个'抡镢头的人'……在文学田地里不停息地挖呀挖，一个土坑接着一个土坑，不断地希望，又不断地失望，五十年里周而复始。"黄蓓佳关于自身写作的这段表述，评论家徐妍认为是她对自身写作的动力源的表述，"文学创作动力源未必都是希望，很可能失望给作家的动力更持久。归根到底是一种思想，是点燃文学创作之梦的'五四'传统在她的灵魂中产生影响。少年们如何成长为一个理想性的人，这是黄蓓佳所关心的"。

五十年周而复始的写作，是一个漫长而又坚定的过程。中国作协副主席、江苏省作协主席毕飞宇说："黄蓓佳五十年的写作是高密度作业，几乎没有垃圾时间，这让我由衷地钦佩。她靠一支笔，为自己创造了一个世界，同时也为自己赢得了一个世界，何其了不得。"

研讨会由江苏省作协书记处书记贾梦玮主持，徐海、苏童、叶兆言、周梅森、储福金、张王飞、黄小初、吴俊、谈凤霞等参与研讨。

本文发表于《文学报》多媒体客户端，2022年5月28日

附录一：部分相关硕士论文摘要

《论黄蓓佳儿童小说的创作特色》

董欢秋，浙江大学，2012 年

摘要：在当代儿童文学作家中，黄蓓佳是非常优秀且极具创作特色的一位。作为一位在成人文学和儿童文学方面都取得相当成就的作家，她以写成人文学的笔力创作儿童文学，在儿童小说中一直坚持走自己独特的艺术创作之路。本文试图结合黄蓓佳的文学主张和创作实践，分析她儿童小说主要的创作特色，展示其作品在儿童文学中的独特价值。全文分为六个部分：绪论部分简述黄蓓佳儿童小说创作历程和主要作品，分析对黄蓓佳儿童小说研究的现状，指出黄蓓佳儿童小说创作的主要特色。第一章结合文学创作的一般规律和儿童文学创作的特殊性，指出黄蓓佳儿童小说的创作理念，她以"每一个孩子都是极其珍贵的宝贝""给孩子有深度的阅读"等理念不断进行艺术探索和实践。第二章从师生情、友情、亲情、大爱的情怀等方面论述黄蓓佳儿童小说作品中传达出来的温暖的情感。第三章通过描绘儿童的游戏生活和培养儿童兴趣的艺术生活，塑造"中间状态"的普通孩子、优秀少年、残障孩童等三类真实生动的儿童形象，表现丰富的儿童心理等方面来展现纯真的童年世界。第四章通过塑造一系列立体的成年人形象，展现儿童眼里复杂的成人世界。第五章从叙事视角、叙事结构、叙事时间、魔幻叙事、风景叙事的角度分析黄蓓佳儿童小说的叙事策略。结论部分肯定了黄蓓佳儿童小说的创作意义，指出存在的缺陷，期待她创作更为精彩的作品。

《游走在理想与现实之间——黄蓓佳小说叙事研究》

汪潇，南京师范大学，2012 年

摘要： 黄蓓佳自 20 世纪 70 年代登上文坛，创作了大量优秀的作品，受到广大读者的好评。她的小说中常常出现美好理想与平庸现实之间的激烈矛盾，本论文以"理想和现实"为切入点，研究黄蓓佳小说的叙事特征，剖析黄蓓佳小说的主题内涵和文学特质。本文共分为四章。第一章以"青春"为中心，分析其早期知识青年题材小说的叙事模式，指出作家早期的创作以情绪抒发为主，通过知识青年克服现实阻碍，追求理想的行动，表达了作家对爱情和人生信念的执着坚守。第二章分析社会现实小说以"情爱"为突破口，通过日常化的叙事，揭露了社会发展带给知识分子精神上的困境，并以"死亡"作为对理想的坚守方式。第三章研究黄蓓佳在儿童文学创作中采用的"温情"的叙事策略。她在构建理想的儿童世界的同时，注意反映真实的社会生活，给孩子们"有深度的阅读"。第四章分析黄蓓佳后期长篇小说写作对之前创作的融合与超越，分析跨界写作在文本中的具体体现。通过解析黄蓓佳小说创作的叙事变化可以发现，作家创作的核心是追求浪漫、诗意的理想，而对人性的深切理解、对现实生活的敏锐感悟，对立又和谐地构成了她的文学世界。

《文学翻译中文化信息的处理——以〈我要做好孩子〉德文译本为例》

王凤，黑龙江大学，2014 年

摘要： 在经济日益全球化的今天，国家和民族间的文化交流也日益频繁，翻译作为一种跨语言、跨文化的交际活动就显得越来越重要，如何正确处理翻译中的文化信息成为影响跨文化交流的关键因素。本文着重分析了文学翻译的特点及其难点，并以《我要做好孩子》德文译本为研究对象，从翻译学的角度，通过列举大量译例分析译者在对文化信息进行处理时所采取的翻译策略，并深入探讨了译者采取这些策略的合理性和可探讨之处。

《论黄蓓佳的少年成长小说》

薛晓青，东北师范大学，2014年

摘要：本文从"成长"这一主题来解读黄蓓佳的少年小说，着重探讨了小说中的儿童文学观、艺术追求以及黄蓓佳作品在儿童文学史上的特殊意义等。笔者将对主题的研究作为论文的重中之重，主要分析了黄蓓佳少年小说中的主题话语和成长的多维性两个方面。主题话语方面主要论述了世间真情、少年逐梦以及成长之艰这三个方面。成长的多维性表现在身体成长和心理精神成长等方面。黄蓓佳深谙少年们在这一阶段的身体和心理的奥秘，以细腻感性的笔触书写着少年在成长中发生的故事。深入透析黄蓓佳少年小说之后，其独特的儿童文学观也清晰可见。黄蓓佳本着对人生负责、对儿童负责的理念创作儿童文学，作品中处处流露着强烈的责任感与使命感。作品中对少男少女内心的关照和心理健康的引导体现了她自觉的责任担当意识。其次，黄蓓佳在其诸多少年小说中，并不回避苦难和现实的复杂性。对少年困窘但并不阴暗的成长状态的书写，对社会不公的拷问和对死亡的温情书写，展现了黄蓓佳"给孩子有深度的阅读"的儿童文学观。再次，黄蓓佳回避传统儿童小说"小英雄"模式，在少年小说创作中走"平正"路线，塑造了大量不完美甚至有许多缺点的少年形象，还将笔触伸向残障孩童，凸显他们纯洁善良的一面。她对每个儿童生命状态的关注和尊重表达出"每个孩子都是极其珍贵的宝贝"这一新的儿童文学观。黄蓓佳在其成长小说中以较高的文学素养演绎了她独特的艺术追求，主要表现在对艺术形象的塑造、对独特意象的运用、对叙述语言的把握上。在艺术形象塑造上，黄蓓佳小说再现了成长中的四类少年形象：叛逆型少年、优秀型少年、普通型少年以及残障自闭型少年，旨在表现成长状态的复杂性、深刻性和多样性。此外，成长中的引路人也是黄蓓佳小说中不可或缺的人物形象。黄蓓佳在小说中还大量运用了意象，折射出人物的复杂情感。在叙述语言上，一方面，黄蓓佳成长小说中的个性化语言比比皆是，这既突出人物的性格，同时也流露出人物内心的真情实感。另一方面，江南文人韵味是黄蓓佳成长小说语言文字所特有的艺术魅力。在对黄蓓佳少年成长小说主题、儿童观、艺术追求等方面深入探讨的基础上，笔者最后论述黄蓓佳在儿童文学史上的特殊意义，同时也指出其作品具有缺乏深度、单一化、类型化以及诗意渐失的缺陷。期待黄蓓佳的创作更加成熟，带给读者更多经典作品。

《黄蓓佳小说的青少年书写》

［白俄罗斯］王诗昆，东南大学，2016年

摘要：黄蓓佳在当代文坛上既是一位儿童文学作家，也是一位成人文学作家。她创作了大量儿童文学以及成人文学作品，是当代文坛上一位取得了很大成就的作家。黄蓓佳塑造了一系列具有丰富内涵的青少年形象，在儿童文学中具有独特的价值，并且赢得了不同年龄段读者的好评。本文主要以青少年为主体，研究黄蓓佳小说中对青少年的书写，除绪论和结语外，共分为三章。绪论部分梳理了黄蓓佳的创作历程及现有的研究概况，说明本选题的价值。第一章具体分析了黄蓓佳小说中的三种青少年形象，即"中间状态"的青少年、内涵丰富的青少年和有缺陷的青少年。第二章则从儿童心理学的角度探讨其塑造的青少年形象身上反映出的学校教育和家庭教育等方面的问题和缺陷，并且指出黄蓓佳小说对青少年的教育和引导作用。第三章则从三个方面着重分析了黄蓓佳小说中青少年书写的艺术特色，即通过小说中的三角形叙事结构，对同一事件场景的重复书写及刻画具有丰富情感的意象来叙事；对中国传统文化中的文化现象和要素的运用；此外还从小说中口语化的语言特点来分析作品的艺术特色。通过对黄蓓佳小说中青少年书写进行研究，可以发现作家对青少年的成长环境的思考、对青少年个体的关爱以及为促进青少年健康发展所做的努力。此外，在结语

部分，笔者肯定了黄蓓佳儿童文学创作的意义，并指出其作品中可以改进的部分，期望她能塑造更多的青少年形象，创作出更好的儿童文学作品。

《黄蓓佳儿童小说中的生命体验研究》

鹿茜，济南大学，2019年

摘要： 黄蓓佳是文学史上颇具影响力的作家，在成人文学和儿童文学两个领域中各有成就，特别是她的儿童小说深受小读者的喜爱，在国内外各个儿童文学奖项评比中获奖无数。她的作品从心出发，真情书写，深切关注儿童的生命成长体验。生命作为一种有机的存在物，它蕴含着丰富的生物性内容和社会性内容，生命体验是人类自身对自我生命的感受、反思与审视，是对生命普遍性和个别性的感知与概括，是人类对自我内在生存状态的切入与探察。对黄蓓佳来说，儿童是她观察生命的审美符码，黄蓓佳的儿童文学以审美性视角聚焦于儿童的生命体验，揭示了儿童生命里蕴含的真善美，把儿童生活、儿童经验、儿童情感提升为人类理想的存在形式，把童真、童心、童趣、童乐作为生命的内在目的。小说中的儿童形象，负载了作家理想的人格想象，实现了对生命价值、意义的回归叙述。本论文共分为绪论、主体和结语三个部分。绪论部分主要介绍黄蓓佳的文学创作情况和在文学史上的成就、地位。综述之前的研究者们对她的儿童小说的研究程度、研究方向和主要观点，分析总结了研究所欠缺的地方，并点出本论文的主要研究内容和研究方法。第一章探究《童眸》中的生命主题，分析黄蓓佳小说中生命体验的内涵。深厚的亲情和奇幻的友情是生命中真挚的情感，带给儿童"爱"的生命体验，是作家内心温情的自然流露。儿童在面对现实和经历历史事件时，会形成类似"伤痛"的生命体验，这种体验恰恰是成长的必经之路。第二章探究儿童的生命体验与儿童生存空间的关系，分析黄蓓佳儿童生命体验书写的特色。街巷空间和乡土空间皆是儿童的游戏空间，给予了儿童本真的快乐。儿童对自然空间下的事物本能地亲近，这种生命体验具体体现为景随心动，以及与动物生灵的灵性相通。在世俗空间中，儿童拥有了风俗之美的生命体验和"食"

之仪式感与幸福感等生命体验。第三章是关于儿童生命体验书写的探源。黄蓓佳对儿童生命体验的书写，一方面源自她儿童本位的创作观，另一方面源自她对童年生命经验的再叙和她的故乡情结。

《黄蓓佳儿童小说词汇研究》

张梦瑶，河北大学，2021 年

摘要： 黄蓓佳是当代著名儿童文学作家，其作品获奖无数，对少年儿童的成长具有深刻的影响。本文选取黄蓓佳四部极具影响力的长篇小说《我要做好孩子》《今天我是升旗手》《我飞了》《亲亲我的妈妈》，来建立黄蓓佳儿童小说作品的小型语料库，涉及总字符数约 55 万，总词次 321761，共有 18900 个词种。以此为材料，挖掘黄蓓佳儿童小说的词汇特点，以期为儿童文学词汇研究提供一些参考。本文主体共分为两部分。第一部分，黄蓓佳儿童小说词汇的概貌描写。利用 Microsoft Office Excel 2010 进行词频统计，并通过计算累加覆盖率，从绝对高频词语、相对高频词语和低频词语三个部分进行描写。第二部分，黄蓓佳儿童小说特色词汇的描写与分析。第三章重点分析黄蓓佳儿童小说中的重叠词和喻体词。本文从重叠词的词类和重叠形式两方面进行分类分析，并结合文章，举例分析其使用特点。另外，文章中出现的部分词语，不仅指代具体事物，而且经常用作喻体指代其他事物。本文按照其使用数量，从动物、人物、食物、植物及日常事物五个方面进行举例分析，以此探讨黄蓓佳作品的用词特点。第四章重点分析黄蓓佳儿童小说中的熟语及类固定短语。黄蓓佳儿童小说中成语、惯用语及类固定短语的使用数量颇多。本文将黄蓓佳小说的成语分为喻事性、喻人性、品行类等，分别归纳了它们的应用意义。除了成语的常规使用外，还有一些成语的套用，也为作品增色不少。在惯用语方面，本文按照语义内容进行列举，并结合文章内容对其语义特点进行分类分析。类固定短语的使用一定程度上体现了黄蓓佳用词多样的特点，本文从数词结构、副词结构等四方面进行了举例分析。

附录二

黄蓓佳儿童文学作品
"走出去"情况展示（部分）

| 我要做好孩子

法国版 　　　　　　　法国版（口袋书）

瑞士版（德文） 　　　韩国版

越南版 　　　　　　　俄罗斯版

英国版 　　　　　　　　　香港地区版（繁体字）

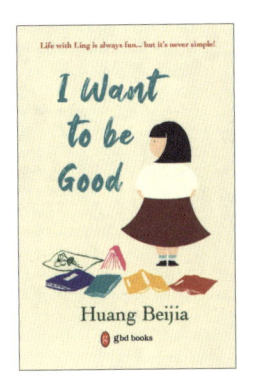

印度版（英文） 　　　　　巴基斯坦版（英文）

| 野蜂飞舞

英国版

马来西亚版 　　　　越南版

| 艾晚的水仙球　　| 余宝的世界

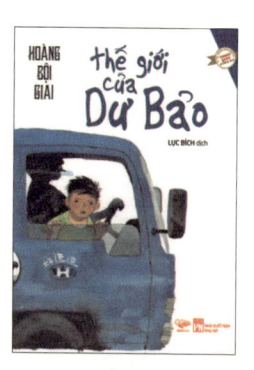

韩国版　　　　越南版